U0068587

異口同「聲」

探索臺灣現代文學創作的多元發展

德國特里爾大學漢學系

蘇費翔‧簡若玶——主編

主編序

　　台灣文化受到中國、南島原住民族、日本及西方文化的影響，為其文學領域提供豐富的創作養分。台灣作家又以不同的視角（本土文學、僑民文學、原住民文學、現代文學、女性文學、生態文學、古典詩詞、現代詩、網路文學等）生動地刻劃著這塊土地，共造出獨特的台灣文學史。台灣文學創作不僅不侷限於中文（即所謂「國語」）書寫，還包括以客家語、臺灣話及原住民族各種語言發表的作品；再者，台灣文學涉及到各類領域，如音樂、醫療等，隨處都凸顯出台灣文學的文化多元性及語言多樣性。2014年開始舉辦的「台灣移民工文學獎」已邁入第七年，顯示出文學亦能更有意義地為這個社會發聲。

　　台灣文學雖然很值得多被世人重視，然而台灣文學仍處於西方漢學研究的邊緣地帶。德國特里爾大學漢學系積極推動本次研討會、共建交流平台，用以提升台灣文學在歐洲學界的討論度。會議時間為2019年9月20日至21日，於特里爾大學校園舉行。主辦單位為德國特里爾大學漢學系、德國科學基金會高級研究中心「演變中的俄語詩歌」（Centre for Advanced

Studies "Russian-Language Poetry in Transition"）及德國華裔學志研究中心（Monumenta Serica Institute, Sankt Augustin）。

特別感謝台灣大學黃美娥教授熱烈支持本活動，帶領一團台灣文學專家來特里爾開會，並且協助出版論文集等事宜。

也特別感謝華裔學志Dirk Kuhlmann博士，幫我們聯絡到不少專家學者，鼎力協助研討會籌備工作。

另特別感謝台東大學董恕明教授，向大家介紹原住民文學色彩，好讓我們能多多關注台灣原住民族文人對塑造台灣文學的重要貢獻。

又特別感謝沙力浪（Salizan Takisvilainan）創作兩首詩，附上詩作解析和英文翻譯，一併收入本論文集，實為將來研究原住民詩歌的重要材料。

如今出版論文集內容豐富，在此並不逐一列出諸位學者的論文內容，但我們衷心感謝所有與會學者發表論文與熱烈討論。

二〇二一年三月五日於特里爾市

簡若玶（Chien Juo-ping）
蘇費翔（Christian Soffel）

序一

前進德國
──我們在馬克斯故鄉討論臺灣文學

黃美娥

臺灣大學臺灣文學研究所教授

　　「臺灣文學」在臺灣，成為一門學科是在1990年代末期，而在進入教育體制之後，臺灣文學的發展就立即面臨本土化與國際化兩個重荷，因此如何雙管齊下，其實充滿挑戰。可喜的是，關於後者，目前世界各地，如日本臺灣學會、北美臺灣研究學會、歐洲臺灣研究學會等，各個學術社群中已有若干學者對於臺灣文學感到興趣，因此得以逐漸累積成果。另外，臺灣政府方面，近十餘年來，亦積極透過文學館展開臺灣文學作品外譯、文化部光點計畫補助和教育部「臺灣研究講座」推動，努力向外宣傳。以德國為例，便有多所大學，包括：波鴻魯爾大學、柏林自由大學、杜賓根大學、海德堡大學，相繼申請進行臺灣議題的研究與教學，其中自不乏涉及臺灣文學領域者。

　　除了上述，值得注意的尚有來自德國本身內部，自發性引介臺灣文學的情形。早在1980年代，馬漢茂教授便著手翻譯臺灣文學，1982年曾經編有《望大海 —— 來自臺灣的中國敘事》，這是德國第一本有關臺灣文學的選譯本，後來又指導多位學生以臺灣文學為題撰寫學位論文，近期最為人知者，則是2017年翻譯出版《戒嚴：臺灣文學選集》的蔣永學博士，目前他還想進一步撰寫臺灣文學史。不僅於此，令人興奮的是，前年（2019）六月，我在歐洲漢學學會電子訊息上看到一則會議徵稿通知，會議舉辦地點在特里爾大學，大會主題是「異口同『聲』—— 探索台灣現代文學創作的多元發展」，這份來自於社會主義大師馬克斯故鄉的公告，瞬間使我血液沸騰，心跳加快，因此迅速邀請幾位好友一同參與投稿。

　　實際上，我更驚訝於會議主題竟能如此精準掌握臺灣文學的特性，尤其徵稿說明文字和子題設定，充分流露出主辦單位特里爾大學漢學系、華裔學志研究中心、德國科學基金會研究中心，特別是策劃者漢學系蘇費翔主任和華裔學志研究中心的顧迪康教授，他們二人對於臺灣文學顯然已有深刻認識。在公告內容中，提到了臺灣多語言、多族群、多文化、多文類狀態，乃至於近年出現的「移工文學」獎項。相關描述與勾勒，在我近二十年來參與海外國際會議中，實屬難得一見，更何況這還是一場專為「臺灣文學」而召開的會議，格外彌

足珍貴。

　　我不清楚這是否是德國第一場專屬於臺灣文學的國際會議，但就原本作為西方漢學研究邊緣地帶的臺灣文學而言，誠屬不易。在9月20日會議召開時，蘇費翔主任開幕致詞表示，德國成立了近三十所漢學系，卻相對缺乏現當代文學研究，故研討會特意選擇聚焦臺灣文學，並希望藉此增加在歐洲的討論度，結果竟促成了此場罕見單以臺灣文學研究為主體的會議。

　　在兩天會議中，與會者共提出17篇會議論文，作者主要來自臺灣與歐洲當地國家，前者計11位，後者共6位。大抵，論文題目多元，包括：臺灣語文、臺灣詩歌、原住民族文學、女性文學、兒童文學、戰後雜誌、後現代小說、自然書寫研究等範疇。會中，歐洲學者較為關注臺灣文學的多語言和後殖民、後現代文化現象，臺灣學者則側重剖析文學場域、文學史細節，以及文類、文本的跨界傳播、比較研究等問題。整體而言，與會者的豐富研究成果，一方面有助於呈現臺灣文學、文化如何從不同角度介入世界，和世界共振、共感；另一方面也相當程度彰顯了臺灣歷史，所曾遭遇過的衝突、和解與共生，其中蘊藏著臺灣努力追求民主自由的精神，以及想要藉由文學反思歷史的用心。

　　最後，主辦單位宣布會後將出版論文集，其成果正是現

今本書的集結出版，共計收錄11篇論文。需要說明的是，從2019年會務到今年專書出版，費心盡力的除了前述蘇主任與顧教授，正在擔任特里爾大學漢學系華語教職的簡若玶老師，也付出不少心血。身為與會者和本書作者，謹代表臺灣學者再次向他們三位表達誠摯謝意。

　　近兩年，新冠肺炎疫情蔓延全球，跨國之間的學術會議無法正常舉辦，遑論握手交談，當面議論。目睹本書，更加懷念前年九月德國的爽朗秋色，以及白葡萄酒的甜美滋味，期待再次於馬克斯故鄉討論臺灣文學的時刻，能夠早日到來！

序二

德不孤，必有鄰
──致《異口同「聲」──探索臺灣現代文學創作的多元發展》

董恕明

臺東大學華語文學系副教授兼系主任

　　2019年九月下旬，暑氣稍退，蟬聲漸歇，臺灣的大學多在開學第一週，校園渡過了安靜的長假，頓時又迎來了熱鬧的青春。尤其是大一新鮮人，一面享受著各年級學長姐們的殷勤呵護，一面開始了真正具有「獨立」意義的知識與人生追求。同時，分別來自：臺灣大學臺灣文學研究所的黃美娥老師和張俐璇老師、清華大學臺灣文學研究所的李癸雲老師和王鈺婷老師、臺東大學華語文學系董恕明老師、輔仁大學德文周郁文（彤雅立）老師、致理科技大學通識教育中心羅詩雲老師、國立政治大學臺灣文學研究所博士生張韡忻和國立中山大學中國文學系博士生賴奕瑋，正自全臺北、中、南、東各地，朝桃

園中正國際機場集結，帶著各自心中懷抱的「臺灣文學」，準備啟程飛往德國，參加由德國特里爾大學漢學系主辦的「異口同『聲』——探索臺灣現代文學創作的多元發展」學術研討會。

　　轉眼已是2021年八月仲夏，當年同行到德國的老師們，回臺後，復返研究、教學、行政與服務的教師生活日常，兩年前在特里爾大學聚會、論學和行旅的時光，回頭看，恍然如夢？可即使是夢，仍留下了學者爬梳臺灣文學在「文學史／文學場域」交流、碰撞、折衝與對話的真實篇章：黃美娥〈省外文人與戰後臺灣文學場域關係研究的幾點思考——以「東南文藝作家群」為考察起點〉、張俐璇〈三「文」主義——「冷戰末期」台灣的「文學史」建構（1979-1991）〉、王鈺婷〈聶華苓作品在香港之跨地域傳播——以《明報月刊》刊載〈千山外，水長流〉為考察對象〉、張韡忻〈女性鄉土的美學：陳淑瑤《流水帳》與蕭紅《呼蘭河傳》比較研究〉、李癸雲〈詩歌作為疾病誌的意義——試論林彧《嬰兒翻》、《一棵樹》的疾病書寫〉、周郁文〈臺灣（現）當代詩歌與音樂的跨界交會〉、董恕明〈直直地去，彎彎地回——臺灣當代原住民漢語詩歌中的「畸零地」初探〉、沙力浪〈月亮的鏡子〉和〈漫步在雲端〉。

　　穿越夢境，重回特里爾，在當時肅穆嚴整的學術討論

中，大會特別邀請兩位布農族作家到訪，一是出生在花蓮
卓溪中平（Nakahila）部落，就近「看守」嘉明湖的沙力浪
（1981－）；另一位是南投信義鄉望鄉（Kalibuan）部落的乜
寇・索魯克曼（1975－），日夜仰望的「東谷砂飛」（Tongku
Saveq／玉山）正是他和世代布農族人守護的聖山。沙力浪因
故無法親自前來，便由外甥女黃雅憶代為出席，她非常慎重的
念著經過舅舅精心調教指導的〈笛娜的話〉，這是青年沙力浪
在2000年初試啼聲之作，也是他回應「母土」的「原聲」。跟
著歲月的步伐，壯年沙力浪的「原聲」已不僅只於創作，他在
部落成立了「一串米族語獨立出版工作室」，以「行動」踐履
他對部落、文化與族群的關懷。親臨的乜寇，在斜暉初至的大
教室裡，娓娓講述他的創作之路。當他自嘲的說到「念小學
時，有一次因為作文寫得還不錯，老師以為我抄襲……」的文
學因緣，坐在臺下「一胞半」（漢／卑南族）的我，聽得猛地
在心中跌了一跤！布農族作家是一群出色的說故事的人，從拓
拔斯・塔瑪匹瑪（1960－）、霍斯陸曼・伐伐（1958－2007）
到乜寇，他們的作品雖是帶著笑，卻又常是令人忍俊不住的笑
著笑著就哭了……。

　　記得在2020年的春夏之交，在德國為我們打點學術會議
大小瑣事的若玶傳來e-mail，再次確定大會準備出版論文集，
之後，她再轉達寫一篇序，此事放在心中，因這事那事一延

再延，如同原訂2020年春天，特里爾大學的老師們就要再重聚臺灣，結果COVID-19以其微小而巨大的「疫」力，阻絕了各種「人類」視為理所當然的尋常。直到2021年七月下旬，蘇費翔主任在e-mail中婉轉地說到書稿已一校二校……。看來文學（書寫）是毅力亦是屹立？這兩年，世界確實因為COVID-19走得踉蹌顛簸，卻也更加證成了「德不孤，必有鄰」，而「我們都是一家人」？只要——

　　改變移動的方式，如微塵，在
　　縫隙與縫隙之間，撥開天地的密語，
　　彷彿暗夜中篩下的星子，徐徐
　　以細碎的步伐撿拾錯身而去的流光

　　改變呼吸的方式，如細雨，在
　　間隙與間隙之間，撈捕失溫的記憶，
　　彷彿長日裡散佚的笑語，盈盈
　　以恆久的靜默栽植撲面而來的春日

　　改變存在的方式，如飛絮，在
　　細縫與細縫之間，拾綴暴走的隱痛，

如同眾神疾行穿過蒼茫的荒徑

沒有歌哭，除了人

　　　　　　　　　　──董恕明〈特務〉

　　　　　　　　　　2021/05/17-19

目次
CONTENTS

學術大會日程安排

"Exploring Sinophone Polyphony – Voices of Modern Literature in Taiwan", Fachbereich II – Sinologie und DFG-Kollegforschungsgruppe"Lyrik in Transition",Universität Trier, 20–21 September 2019

德國特里爾大學漢學系學術研討會

異口同「聲」──探索臺灣現代文學創作的多元發展

時間：2019年9月20日至21日

地點：德國特里爾大學 Universität Trier （Universitätsring 15, 54296 Trier, GERMANY）

主辦單位：德國特里爾大學漢學系、德國科學基金會高級研究中心「演變中的俄語詩歌」項目（DFG-Centre for Advanced Studies "Poetry in Transition"）、德國華裔學志研究中心（Monumenta Serica Institute, Sankt Augustin）

2019年9月20日　星期五

開幕式	
9.00–9.30	主持人： Christian Soffel 蘇費翔主任（特里爾大學漢學系） Dirk Kuhlmann 顧迪康（德國華裔學志研究中心）
第1場：現代臺灣文學的當前趨勢	
主持人：Astrid Lipinsky	
9.30–10.00	Sinophone Polyphonicity, Invisible Languages and Taiwan Literature Henning Klöter, Institute for Asian and African Studies, Humboldt University of Berlin
10.00–10.30	省外文人與戰後臺灣文學場域——「東南文藝作家群」與「軍中文藝」的交錯和重構（1945-1960） Mainland Writers and the Literary Scene of Post-War Taiwan: The "The Association of Writers and Artists of the Southeast" and its Influence on the Reconstitution of the Journal Arts and Literature in the Military（1945–1960） Huang Mei-er 黃美娥, Institute of Taiwan Literature, National Taiwan University 國立臺灣大學臺灣文學研究所
10.30–11.00	Sinophone Polyphony in Taiwanese Nature Writing Pavlína Krámská, Charles University, Prague
11.00–11.30	茶歇
第2場：詩歌	
主持人：Dong Shuming 董恕明	
11.30–12.00	「疾病誌與再生詩——朝向人文醫學的臺灣現代詩研究」 Pathography and Reborn Poems: A Study of Taiwanese Modern Poetry on Human Medicine Lee Kuei Yun 李癸雲, Institute of Taiwan Literature, National Tsing Hua University 臺灣清華大學臺灣文學研究所
12.00–12.30	臺灣當代詩歌與音樂的跨界交會 A Cross-Genre Encounter between Contemporary Taiwanese Poetry and Music Chou Yu-wen 周郁文（筆名Tong Ya-li 彤雅立）, Department of German Language, Fu Jen Catholic University 輔仁大學德語系
12.30–14.00	午餐

第3場：案例研究I	
主持人：Rebecca Ehrenwirth	
14.00–14.30	"Under 18 years of age（小於 18）": 江淑文和她有關兒童權利的書籍 "Under 18 years of age": Jiang Shuwen's books on Childrens' Rights Astrid Lipinsky, Department of East Asian Studies, University of Vienna
14.30–15.00	Zhang Ailing's Taiwan image - a contradictory Taiwan perspective Hangkun Strian（呂恒君）, Independent scholar
15.00–15.30	Zhang Dachun's multicultural voice in the global context: the reception of Umberto Eco's theory of lies Ludovica Ottaviano, University of Catania
15.30–16.00	茶歇
第4場：臺灣原住民族文學	
主持人：Dirk Kuhlmann	
16.00–16.30	直直地去，彎彎地回——臺灣當代原住民漢語詩歌中「畸零地」初探 Go There in a Beeline, Return by Zigzag: A First Exploration on the Motif of the "Irregular and Useless Piece of Land" in Contemporary Sinophone Indigenous Poetry of Taiwan Dong Shuming 董恕明, Department of Chinese Language and Literature, National Taitung University 國立臺東大學華語文學系
16.30–17.00	匕寇・索克魯曼文學創作的三個生命行動與實踐 Three Testimonies to the Activity and Practice of Life from the Literary Works of Neqou Soqluman Neqou Soqluman 匕寇・索克魯曼, Gukeng Waldorf Upper Middle School古坑華德福實驗高級中學
17.00–17.30	寫出笛娜的話——以沙力浪的為例 Recording the Words of *dina* [Mother]: Taking the Author Shalilang as an Example Chao Tsung-yi／Shalilang 趙聰義／沙力浪, A String of Millet Independent Bookstore 一串小米獨立書店有限公司 [由Jael Huang黃雅憶代為出席發表]
18.00–19.00	晚餐

2019年9月21日　星期六

第5場：文學中的女性書寫
主持人：Henning Klöter
9.00–9.30	女性離散文學之跨地域流通：以聶華苓《桑青與桃紅》於香港之傳播現象為例 A Cross-Regional Encounter in Female Scattered Literature: Taking the Reception of Nieh Hualing's Two Women of China: Mulberry and Peach in Hong Kong as an Example Wang Yu-Ting 王鈺婷, Institute of Taiwan Literature, National Tsing Hua University 臺灣清華大學臺灣文學研究所
9.30–10.00	陳淑瑤《流水帳》與蕭紅《呼蘭河傳》的女性抒情鄉土 The Female Lyrical Home in Chen Shuyao's *The Scroll in the Running Water* and Xiao Hong's *Tales of Hulan River* Chang Wei Hsin 張韡忻, Institute of Taiwan Literature, National Cheng-chi University 國立政治大學臺灣文學研究所
10.00–10.30	後解嚴時代的雙城少女——以楊佳嫻散文為例 A Twin-Cities Girl in the Post-martial Law Era - A Case Study of Yang Chia-Hsien's Essays Lai Yi-Wei 賴奕瑋, Department of Chinese Literature, National Sun Yat-sen University 國立中山大學中國文學系
10.30–11.00	茶歇

第6場：案例研究II
主持人：Huang Mei-er 黃美娥
11.00–11.30	回歸與挫敗：戰後初期《新臺灣》的文化位置與身份論述 Between Reunification and Defeat: A Discussion of the Position and Status of Culture in Early Post-War "New Taiwan" Lo Shi-yun 羅詩雲, Center for General Education, Chihlee University of Technology 致理科技大學通識教育中心
11.30–12.00	新文學史之「聲」：《文學界》與《文訊》的「臺灣」與「民國」（1982–1987） Voices of "New Literary History" in 1982-1987: Polyphonic Narratives of "Taiwan" and "the ROC" in *Literary Taiwan and Literary Information* Chang Li-hsuan 張俐璇, Institute of Taiwan Literature, National Taiwan University 國立臺灣大學臺灣文學研究所

12.00–12.30	A Taiwanese Green Pen: The Ecocriticism in Wu Ming Yi's literature Samuel Cheng-Ming Chung 鍾正明, University of Vienna [由Dirk Kuhlmann代為發表]
12.30–13.00	閉會（Christian Soffel）
13.30–15.00	午餐
15.00–18.00	特里爾古城遊覽

>> 異口同「聲」
　　──探索臺灣現代文學創作的多元發展

省外文人與戰後臺灣文學場域關係研究的幾點思考（1945-1960）
——以「東南文藝作家群」為考察起點[*]

黃美娥

臺灣大學臺灣文學研究所

摘要

筆者晚近進行戰後初期臺灣文學研究時，曾注意到曾今可、于右任在臺灣詩壇的角色意義，且留心了學界也有對《臺灣新生報》「橋副刊」省外文人言論多所分析，或勾勒雷石榆、王思翔、周夢江、揚風諸人與臺灣本土左翼的互動關係，唯整體而言，目前有關省外文人在臺表現其實所知仍屬有限。即使到了1950年代，文學史對此一文人群體的評述，

---

[*] 本文為筆者科技部計畫〈省外文人與戰後臺灣文學場域——以「東南文藝作家群」為中心的考察（1945-1960）〉部分研究成果，計畫編號 MOST 107-2410-H-002-194-NY3，承蒙補助，謹致謝忱。又，在撰稿期間，曾經得到臺大臺文所博士生魏亦均、李秉樞協助蒐羅文獻，在此表達謝意。

往往注目的是懷鄉文學、反共文學的作家表現論或作品類型論，若能深入探討者，亦僅集中於少數知名個案而已。但，實際上「省外文人」對於臺灣戰後文壇重組或文學秩序之重整，曾經帶來極大挑戰與影響，故將「省外文人」研究予以問題化，確屬必要。對此，筆者留意到抗戰時期活躍於閩浙贛地區的「東南文藝作家群」，他們之中有多人與戰後的臺灣文學場域密切攸關；且更耐人玩味的是，這些過去活躍於國統區的作家們，彼此在政治意識形態、文藝觀念主張不乏競合與異同的現象。如此一來，從在中國內地的共同「抗戰」，到來臺後所歷經的「光復／戰後」、「反共／戰鬥」階段，在臺／來臺的「東南文藝作家群」究竟會如何面對與介入臺灣文壇和重要文藝思潮呢？本文於此略作鳥瞰式說明，並嘗試提出個人發現與相關現象的幾點思考，後續將輔以微觀研究方法，優先進行個案或特殊文學情況的考掘，例如「東南文藝作家群」與戰後臺灣軍中文藝的交錯和重構，便是值得玩味的事例。

關鍵詞：中國抗戰時期　東南文藝　戰後臺灣　文學場域　省
　　　　外文人　軍中文藝

一、前言

　　筆者早期研究興趣主要在於臺灣古典文學，其後因為注意到若干傳統文人也常是通俗小說作者，故亦展開殖民地時期通俗小說探討，近年則又逐步跨入戰後階段，首先鑽研的是戰後初期臺灣文學。對此，過往學界多聚焦於新文學研究，基於個人研究習性和想要通盤掌握整體文學場域細節，故嘗試將古典文學和通俗文學納入並觀，以求審思戰後初期臺灣文學新秩序的生成與重構問題。迄今，已發表〈戰後初期的臺灣古典詩壇〉[1]、〈戰後初期臺灣文學新秩序的生成與重構：「光復元年」——以本省人士在臺出版數種雜誌為觀察對象〉[2]、〈從「詞的解放」到「詩的橋樑」——曾今可與戰後臺灣文學的關係〉[3]、〈聲音‧文體‧國體：戰後初期國語運動與臺灣文學

---

[1]　參見黃美娥，〈戰後初期的臺灣古典詩壇〉，收入許雪姬主編，《二二八事件60週年紀念論文集》（臺北：中央研究院臺灣史研究所，2008），頁283-302。

[2]　參見黃美娥，〈戰後初期臺灣文學新秩序的生成與重構：「光復元年」——以本省人士在臺出版數種雜誌為觀察對象〉，收入梅家玲、林姵吟主編，《交界與游移：跨文史視野中的文化傳譯與知識生產》（台北：麥田出版社，2016），頁181-214。

[3]　參見黃美娥，〈從「詞的解放」到「詩的橋樑」——曾今可與戰後臺灣文學的關係〉，「跨‧界——第三屆戰後亞洲文學與文化傳播國際工作坊」研討會，日本橫濱國立大學主辦，2020.3.5-6，頁1-23。

（1945-1949）〉[4]、〈文學典範的建構與挑戰：從魯迅到于右
任——兼論新、舊文學地位的消長〉[5]、〈後殖民與現代性的
愛情——戰後初期臺灣通俗言情小說的時代意義〉[6]、〈戰後
初期臺灣通俗小說初探——從「作家論」到「場域論」的考察
（1945-1949）〉[7]等文。

　　而在進行上述議題的探索時，筆者所著眼的是臺灣在地
作家、作品及相關文學活動，亦即由「本土」、「在地」位置
出發，對於省外來臺文人群體關注較少；但，即使如此，也從
中注意到曾今可扮演省內外詩人溝通橋樑的角色，[8]于右任曾
被視為可與魯迅並肩對峙的右翼文壇典範，[9]或是省外文人雷
石榆對本省通俗小說「游離現實」的批判，以及臺灣本土通俗
小說界所謂的「大眾化」觀念，因與「橋副刊論戰」中許多省

4　參見黃美娥，〈聲音・文體・國體：戰後初期國語運動與臺灣文學
　　（1945-1949）〉，文刊《東亞觀念史集刊》第三期（臺北：政治大
　　學，2012），頁223-270。

5　參見黃美娥，〈文學典範的建構與挑戰：從魯迅到于右任——兼論
　　新、舊文學地位的消長〉，文刊《臺灣史研究》第22卷第四期（南
　　港：中央研究院台史所，2015.12），頁123-166。

6　文章發表於美國加州大學聖塔芭芭拉校區臺灣研究中心主辦，2016.5.10-
　　11舉行的「東亞殖民地文化與現代社會的比較國際學術研討會」。

7　參見黃美娥，〈戰後初期臺灣通俗小說初探——從「作家論」到「場
　　域論」的考察（1945-1949）〉，文刊《臺灣文學研究學報》第26期
　　（台南：國立臺灣文學館，2018.4），頁185-220。

8　參見黃美娥，〈戰後初期的臺灣古典詩壇〉，同注1，頁295-296。

9　參見黃美娥，〈文學典範的建構與挑戰：從魯迅到于右任——兼論
　　新、舊文學地位的消長〉，同注5，頁145-153。

外文人的主張有所歧異，遂不免影響了戰後初期臺灣本土通俗小說創作的發展與茁壯。[10]以上個案表現和文學思潮現象，提醒筆者的確需就省外文人及其對於臺灣文壇的刺激狀態，投以更多觀察。

只是，這其實不單屬於我個人的侷限，回顧臺灣學界相關研究，目前除了雷石榆、[11]王思翔、揚風[12]等人與戰後初期臺灣本土左翼作家關係，或「橋」副刊論戰言論，[13]較受關心之外，當時為數眾多的省外文人，大抵所知鮮少。因此，既然得知「省外文人」對於戰後臺灣文壇重組、文學秩序重整，已帶來極大挑戰，則將「省外文人」再問題化確有必要。其次，不僅前述戰後初期「省外文人」研究需再重探，倘以1950年代而言，臺灣文學史對此一文人群體的討論，往往注目的是「反共文學」和「懷鄉文學」創作、評論，或是省外女性作家書寫成就，[14]以及若干與國民黨過從甚密的文藝界人士，

---

[10] 參見黃美娥，〈戰後初期臺灣通俗小說初探——從「作家論」到「場域論」的考察（1945-1949）〉，同注7，頁212-214。

[11] 參見陳淑容，〈雷石榆〈臺南行散記〉分析：後二二八的風景與心境〉，《臺灣文學研究學報》20期（2015/04），頁73-94。

[12] 參見黃惠禎，〈揚風與楊逵：戰後初期大陸來臺作家與臺灣作家的合作交流〉，《台灣文學學報》22期（2013.06），頁27-66。

[13] 參見許詩萱，〈戰後初期(1945.8～1949.12)台灣文學的重建——以《台灣新生報》「橋」副刊為主要探討對象〉（台中：中興大學中國文學系碩士論文，1999）。

[14] 如范銘如，《眾裡尋她：臺灣女性小說縱論》（臺北：麥田出版社，2002）；王鈺婷，〈抒情之承繼，傳統之演繹：五〇年代女性散文家

如張道藩、陳紀瀅個案討論等，[15]則如果不想只以上述研究趨向為滿足，而要針對省外來臺文人採取更具宏觀視野的研究方法，又該如何著手？

二、為何以「東南文藝作家群」為考察
起點？

針對前述問題意識，筆者注意到章子惠於1947年出版的《臺灣時人誌》下冊為「大陸來臺人士」，總計當時國府派遣來臺辦理接收公務之各級、各類專業主管的483位中，以福建人125位、浙江人96位為最多。[16]雖然，這些人士並不等同於文藝群體，但可以一窺當時在行政長官陳儀治下的臺灣社會氛圍與統治階層結構，以及來自中國東南省分的浙閩人士的影響力。何況，再回到戰後初期臺灣文學場域現場，當年參與

美學風格及其策略運用〉（臺南：成功大學成大臺文所博士論文，2009）。

15 如李瑞騰，〈張道藩先生「我們所需要的文藝政策」試論〉，《臺北市立圖書館館訊》6:1（1988.06），頁96-103；簡弘毅，〈陳紀瀅文學與五〇年代反共文藝體制〉（台中：靜宜大學中國文學系碩士論文，2002）；梅家玲，〈五〇年代國家論述／藝創作中的「家國想像」：以陳紀瀅反共小說為例的探討〉，收入中央研究院中國文哲研究所籌備處編，《文藝理論與通俗文化論文集》（臺北市：中央研究院中國文哲研究所籌備處，1999），頁139-166。

16 因為《臺灣時人誌》下冊「大陸來臺人士篇」（板橋：龍文出版社股份有限公司，2009）所記人物都有附上籍貫，故可進行統計。

「橋副刊論戰」，或倡議新現實主義思潮，或具左傾思想而與臺灣本土作家楊逵互動密切者流，包括雷石榆、樓憲、王思翔、周夢江等人，頗不乏與抗戰時期的「東南文藝運動」有關，[17]因此「東南」區域性，就成為關注戰後初期臺灣文學省外文人身份時，一個值得重視的元素。

不過，相對於與前面若干具進步思想的左傾人士的表現，同屬東南文藝區域，在蔣經國掌控下的贛南地區則有一系列以「正氣」為名的報刊媒體、書籍出版等活動在推展，戰後來臺擔任警備總部參謀長的柯遠芬便予以借鏡，在臺創立了「正氣學社」，[18]並邀請出身江西的曾今可主編《正氣》、《建國月刊》刊物。以上說明了，無論意識形態如何，在抗日時期一致對外抗敵的情況下，發生在浙閩贛一帶，較左傾或偏右翼的文藝人和相關活動，其實都曾是當年「東南文藝」發展中的一環，而相關人士或文藝行動，日後更多少被引入了臺灣文學場域之中。

---

[17] 橫地剛《南天之虹》、徐秀慧《戰後初期（1945～1949）台灣的文化場域與文學思潮》已先注意到東南文藝運動作家群體與戰後臺灣文學場域關係，只是因為研究趨向有別，故未予以深究。參見徐秀慧，《戰後初期（1945～1949）台灣的文化場域與文學思潮》（台北：國立編譯館，2007），頁234。

[18] 柯遠芬先生口述回憶，自己言及「我來台後曾經仿蔣經國先生在江西成立的正氣學社，把臺灣青年組織起來」，參見網路訊息，網址：http://city.udn.com/66198/4585699#ixzz6INZlDox8，查索日期2020年4月2日。

　　更耐人玩味的是,閩浙贛地區,即抗戰文學研究者所公認的東南文藝活動區,藉由上述已知彼此在政治意識形態、文藝觀念主張有著競合、異同的微妙現象,則到臺灣之後又會如何互動呢?目前所知,在二二八與白色恐怖事件後,雖有若干東南文藝作家陸續逃離臺灣,但若是查索1960年中國文藝協會所統計入會的1290名會員中,浙江與福建籍卻又高居第二、三名,[19]則這一去一來之間,浙閩均屬高數量的狀態該如何審思?姑且不論原因為何,這至少已經提示了,無論是回顧戰後初期或是1950年代的臺灣文學史(亦即1945-1960年間),「東南文藝作家群」的存在及其相關活動概況,將會是一個值得咀嚼再三的問題。綜上,遂使筆者在觀察省外文人與戰後臺灣文學場域交錯與關係現象時,優先選擇了「東南文藝」作家群體和他們的活動狀況入手,相信可為現階段戰後臺灣文學史研究帶來新意。

三、「東南文藝作家群」與戰後臺灣文學場域交錯關係概況

　　那麼,既然「東南文藝」作家群體與相關活動,是一個

---

[19]　參見中國文藝協會編輯,《文協十年》(臺北:中國文藝協會,1960)書末所附〈中國文藝協會會員統計表〉。

可供考察省外文人和戰後臺灣文學場域關係的極佳切入點，則如此就有必要針對所謂的「東南文藝」加以說明，這得從1937年中日戰爭爆發談起。

戰爭既起，中國各地局勢紛擾，初始階段，浙江金華是整個東南地區的文藝中心；其後隨著日軍勢力拓展，文藝活動也陸續向浙閩贛皖全面鋪展，後來形成了金華—麗水、永安—南平、上饒—贛州三足鼎立的多中心狀態。雖然各據一隅，但這些主要集中在浙、閩、贛某些地區的文藝作者或文藝報刊，平日實際也有所聯繫，或是移動、支援。[20]到了1944年，許傑便進一步呼籲展開「東南文藝運動」，並拋出東南文藝作者的聯合和報紙副刊大聯合的構想，[21]當時各地報紙編者紛紛表示支持，且發表了許多建設性的意見。例如，在江西編輯《信豐幹報》的雷石榆便希望可在「東南文藝界，建立一個中心陣地，聯繫乃至集中分散的力量」；[22]他如徐中玉也在贛州《青年報》建議可在贛州或永安，集中東南各地文藝工

---

[20] 參見王嘉良、葉志良，《戰時東南文藝史稿》（上海：上海文藝出版社，1994）書中描述，可以清楚發現這個現象。
[21] 參見許傑，〈東南文壇與東南文藝運動——一個建議〉、〈關於東南文藝運動的初步計畫〉，收入氏著《文藝‧批評與人生》（戰地圖書出版社，無出版時間與發行地點），頁194-195、頁200-201；許傑，《戰時東南文藝史稿‧序》，文見王嘉良、葉志良《戰時東南文藝史稿》，頁2。
[22] 參見王嘉良、葉志良，《戰時東南文藝史稿》，頁53。

作者，共同展開東南文藝運動。[23]只是，後來因為抗戰勝利在即，大規模的「東南文藝」聯合刊物的計畫尚在醞釀中就宣告結束；儘管如此，日後學界討論起此一文學地域現象，仍將之視為可與大西北的延安根據地文藝、大西南國統區文藝，鼎足而三的另一個重要文藝區域。

究竟，在這個為時八年的「東南文藝」圈裡，曾經活躍、耕耘於此的作家群，或是直接發起、介入所謂「東南文藝運動」者，其與戰後臺灣文學場域有何關係？這些人士可能屬於本身就是出生東南區域的在籍者，或從外地跨界移動而來此投入文藝活動者，以上都會是本文關注的對象。而經過筆者追索之後，確實發現若干牽涉匪淺，以下稍加敘述，當有利略窺一隅。

首先，論起「東南文藝運動」，向被推崇的主力推手當屬許傑，但其實在《浙江日報》任職的浙江青年「尹庚」，才是最早提出「建設東南文藝堡壘」口號者，連許傑本人也曾言及。[24]而「尹庚」到底是誰？他正是與王思翔、周夢江在1946年來到臺灣的「樓憲」。[25]至於他們三人在戰後初期來到

---

[23] 參見王嘉良、葉志良，《戰時東南文藝史稿》，頁53-54。
[24] 參見許傑，《文藝、批評與人生》，他言及「建設東南文藝」口號，其實是尹庚率先發起，頁193。
[25] 參見周夢江、王思翔著，葉芸芸編，《臺灣舊事》（台北：時報出版社，1995），頁12-13。

臺灣的原因，和李上根主持的《和平日報》的淵源，以及與楊逵、謝雪紅的互動，相關過程在周夢江、王思翔所著《臺灣舊事》[26]，已有詳述。此外，另一位活躍於東南文壇的雷石榆，不僅來到臺灣成了著名舞蹈家蔡瑞月的夫婿，他在《臺灣新生報》「橋副刊」論戰中的頻頻發言，更顯示他的活力，以及想要積極參與戰後臺灣文學場域的熱切心情。再如，日後於1954年在臺創立「藍星詩社」，與紀弦、鍾鼎文並稱為「詩壇三老」的覃子豪，則早在金華、上饒和永安時，便知名一時，且有《永安劫後》等詩集問世。又如黎烈文，1946年因陳儀之邀，來臺擔任《新生報》副社長兼總主筆，1947年轉任臺大外文系教授，[27]以教學、研究、譯著終其一生；而他在福建永安時，曾主持改進出版社，創立《改進》綜合刊物，發揮了極大影響力。另如，1947年來臺，因為創作〈沈醉〉小說而為楊逵讚賞為「臺灣文學好樣本」的福州青年歐坦生，其實是許傑的學生，其有關文藝批評的許多討論，都有受到許傑的啟發。[28]外如，原本就為學界所熟悉的學者文人王夢鷗、著名劇作家陳大禹，和後來遭受白色恐怖之害的姚勇來、沈嫄璋夫婦等

26　同上注。

27　以上參見黎烈文生平簡表，資料來源為台大圖書館所舉辦「黎烈文教授手跡資料展」網上資訊，網址--https://www.lib.ntu.edu.tw/events/2014_li_lieh-wen/about.html，查閱日期：2019年9月14日。

28　詳參王萌，〈斷裂與繼承：從「歐坦生」到「丁樹南」作品研究〉（台北：臺灣大學臺灣文學研究所碩士論文，2015）。

人，他們都是來自福建地區的作家。

　　而除了上述與浙江、福建有關的來臺省外文人之外，再以地區來看，江西國統區與戰後臺灣文學場域關係，亦值得留意。尤其，蔣經國在1939年6月前往江西，至1945年7月止，陸續擔任過江西保安處少將副處長、第四區行政督察專員兼保安司令，舉辦三青團幹部訓練班，兼任贛縣縣長等，並曾展開「新贛南建設」工作，而由他掛名社長轄下出版的報刊、圖書甚夥，重要者如新贛南出版社發行的《正氣月刊》、《新贛南月刊》、新贛南叢書，以及前身是《新贛南報》，1941年10月蔣經國接手之後予以易名的《正氣日報》等。[29]日後，可知蔣經國在新贛南用心透過系列生產／消費出版文化模式，所建立起的「新贛南文化堡壘」情形，深深影響了受陳儀邀請來臺的柯遠芬。他先是成立「正氣出版社」，後於1946年3月擴大規模，改組為「正氣學社」，該社作為警備總部的外圍組織，也是柯氏經營政治影響力的團體。學社由柯氏自己出任社長，副社長為警備總部副參謀長范誦堯，總幹事即前已提及的曾今可。「正氣學社」轄下計有三個直屬機構：正氣出版社、正氣補習學校、正氣函授學校，[30]於此極易發現，柯遠芬、曾今可

---

[29] 參見王龍志，〈贛南《正氣日報》研究〉（江西：南昌大學新聞與傳播學系碩士論文，2010.12），頁1。

[30] 其實，蔣經國的新贛南建設，也包括教育方面的成果，他籌辦了正氣小學、中學，甚至有正氣大學的規劃與動工，只是後者後來未能建

對於蔣經國新贛南時期相關報刊出版宣傳經驗的移植，作法如
出一轍。

　　附帶一提，關於曾今可其人乃出生於江西泰和縣，1937年
抗戰時刻，返贛參戰，先後出任過江西省保安司令部政治部上
校科長兼「江西日報社」社長，廣東、浙江等省政府參議，浙
江省抗敵自衛總部政治部上校科長，湘鄂贛邊區挺進軍總部少
將參議兼代「開平日報社」社長，西南游擊幹部訓練班等處
上校政治教官。1939年12月，中國國民黨中央宣傳部「中央文
化運動委員會」成立，又應聘為委員，在各戰區及後方致力
文化宣傳工作。[31]透過上述，可知其後協助柯遠芬推動「正氣
學社」社務，以及主編《正氣》、《建國》雜誌編務，顯然與
其在江西的生命經驗密不可分。而關於以「正氣」為名的文化
傳播出版行動，還可注意金門軍報《正氣中華》，此報前身是
於1948年由國軍十八軍創辦的《無邪報》，報紙本在遂平縣創
刊，後遷徐陽發行，旋又因軍隊移駐整編而停刊。到了1949
年，人在江西南城擔任司令官的胡璉，為了軍隊教育訓練之
用，想到可加利用此報，遂易名為《正氣中華》重新刊行。
隨後又因國民黨政府退守臺灣的緣故，《正氣中華》一路從

成。對此，或許也啟發了柯遠芬籌辦正氣補習學校、正氣函授學校。
[31] 以上曾今可在抗戰時期所任官職或軍職，參見《傳記文學》第45卷第
1期（1984.7），頁140。

寧都、會昌、廣州轉進臺灣,最後由於金門做為反共前線的
政治需求,《正氣中華》乃從臺灣移師金門,終而肩負起當
地戰鬥文藝的重責。[32]而曾負責該報副刊編輯者的方向,也是
江西人士。

　　另外,尚有作家王琰如,原本服務於浙江奉化武嶺農業
職業學校圖書館,後也轉往江西,就在「新贛南出版社」任
職,1949年9月來到臺灣。至於1950年代著名戰鬥文藝理論大
將的王集叢,則是早在江西就參與了三民主義文化運動,在抗
戰時期即已撰寫《怎樣完成三民主義》一書,這與1952年在帕
米爾書店出版的《三民主義文學論》自是息息相關。再者,於
《新贛南》刊物上,也能見到盛成、梁寒操、何揚烈等人的發
表。盛成到達臺灣之後,進入台大政治系任教,彭明敏是他學
生,他除了進行原住民語言研究,也教授中國政治思想史、國
際政治和孔孟哲學,又因為來台時曾經多次參加臺灣古典詩社
活動,與臺灣古典詩人互動良好,日後成為鑽研「海東文獻
初祖」沈光文研究的專家,寫有〈復社及幾社與臺灣文化之
影響〉、〈荷蘭據臺時代之沈光文〉、〈沈光文之家學與師
傳〉等文,成為臺灣古典文學研究重要論著。而前已述及的

---

[32] 參見黃美娥,〈反共抗俄時代的金門文藝論述——以《正氣中華》為
　　分析場域(1949-1964)〉,陳益源主編《2014金門學國際學術研討會
　　論文集》,金門縣文化局、成功大學人文社會中心,頁53-82。

曾今可，在1945年來臺之後，即對臺灣古典詩歌與詩人多所肯定，且致力作為臺灣本地詩人與省外詩人橋樑角色而持續奮鬥。[33]以上，不僅發現「東南文藝」陣地或刊物相關作家與戰後臺灣新文學場域具有密切關係，於此則進一步可知實際也與臺灣古典文學研究範疇有關。

　　整體而言，筆者相信從活動地緣的親近或籍貫的在地，就「區域性」因素來看，戰後初期從省外來臺與「東南文藝」有關的作家群應該為數可觀，只是他們的生命史、文學史到底是怎樣的面貌？而像王思翔、樓憲、周夢江、雷石榆、陳大禹等人都匆匆離臺了，但何以到1960年時，隸屬東南地區作家，卻仍然擁有相較他省為多的數量？則這些可能在戰後初期來臺而後未再離臺，或是1949年以後才來臺者，最終又是面臨怎樣的情形？

　　上述疑惑，提醒筆者想去探討「省外文人與戰後臺灣文學場域：以『東南文藝作家群』為中心的考察（1945-1960）」這樣的研究議題時，還需要環繞在相關人士的來臺、離臺、在臺，以及人的流動和數量變化等問題去打轉。只是，伴隨著「來臺、離臺、在臺」的公、私背景因素為何？若

---

[33] 參見黃美娥，〈從「詞的解放」到「詩的橋樑」——曾今可與戰後臺灣文學的關係〉，「跨・界——第三屆戰後亞洲文學與文化傳播國際工作坊」研討會，日本橫濱國立大學主辦，2020.3.5-6，頁1-23。

以戰後初期而言,臺灣充斥著黨政軍派系鬥爭的狀態,因此其間文學、省外文人與政治派系之間關係會如何發展?特別是曾在蔣經國轄下贛南地區文藝活動的文人表現,又會與陳儀曾管理過的福建永安文藝是否有所差別?影響所致,那些來自不同地區、不同陣營的東南文藝人士,與戰後臺灣文學場域關係如何?此外,從「抗戰」到「光復」、「反共」,歷經不同歷史階段發展,相關人士的文藝觀念與創作行為是否會產生變化?以上種種,均是筆者後續想要關切、釐析的問題。

四、餘論

大抵,透過筆者目前的研究觀察與問題意識的說明,顯然還需要進行更全面性的資料爬梳分析,甚至於重新掌握抗戰時期「東南文藝」作家群體活動與創作表現,以及進行浙江、江西與福建移地研究,才能得到更為豐富的線索脈絡,不過筆者在努力進行全面關照之餘,後續將優先嘗試微觀研究,盼於相輔相成之下,可以取得更多收穫。那麼,究竟可以從哪些面向來闡述和分析呢?若採用微觀研究方式,可以發現什麼?

於此,我注意到了「抗戰」與「東南文藝運動」的關係。許傑在《文藝、批評與人生》指出,「文藝運動與文藝

鬥爭」其實就是「社會改造運動民族解放運動的一部門」，
若要藉此運動／鬥爭達成解放的目的，就必須有效地結合
「政治、軍事與經濟」三者，並「建樹自己的軍旗的先鋒部
隊」。[34]作為東南文藝運動主要倡議者的許傑，清楚地指出作
為一種政治選擇與實踐的「東南文藝運動」，若要發揮其之效
益與影響力，必須從政經與軍事方面著手，並主張要在自己的
文藝團隊中，建立自己的「先鋒部隊」。

　　上述許傑強調東南文藝運動與「軍」系的互動關係，或
「建樹自己的軍旗的先鋒部隊」的口號絕非無意的政治口號與
修辭。由於「東南地區同外地隔離，基本上處於孤立無援的境
地」，[35]東南特殊的地理環境與戰事現實的考量，使東南地區
的「軍事上的更趨獨，導致文藝運動的更需自給自足」，[36]進
而造就「素有戰鬥傳統的中國文藝工作者既無退路，團結一
致，共同對敵」，此一東南文藝運動與軍隊／文人共構的生產
機制與文藝現象。

　　事實上，在戰前曾喊出「建立東南文藝戰鬥堡壘」[37]、戰
後被視為在臺傳播東南文藝運動重要推手的王思翔，即出身自

[34] 許傑，《文藝、批評與人生》，頁18。
[35] 王嘉良、葉志良，《戰時東南文藝史稿》，頁68-69。
[36] 同上注。
[37] 周夢江，〈戰時東南文藝——一筆流水帳〉，《文聯》1卷6期。

黃埔軍系。[38]值得我們留心的是，戰後轉進臺灣的王思翔，得
到了李上根的青睞而入主《和平日報》，這提醒了我們應該注
意「李上根」此人及其於戰後初期臺灣文壇所扮演的角色。關
於李上根，他與王思翔同樣是出身自東南／浙江的文化人，
也具備著軍系的背景與軍人的身份。[39]這樣的結盟關係，應該
可以被視為「素有戰鬥傳統的中國文藝工作者既無退路，團結
一致，共同對敵」語境的再現。[40]此外，前身為軍辦的《掃蕩
報》的《和平日報》，戰後之所以能夠在臺灣復刊，所仰賴的
也是軍方系統的資源與支援。[41]

　　再者，若我們把視線轉往東南文藝的另一地區「江
西」，又能看到另一種景觀。前已述及，1948年由國軍十八軍
創辦於江西的《無邪報》，乃是後來對臺灣／金門文壇有著深
遠影響的《正氣中華》的前身，尤其《正氣中華》從臺灣移師
金門之後，更肩負起戰鬥文藝的重責。[42]無獨有偶，戰前由曾
今可一手包辦的《正氣》與《建國》，戰後也先後於臺灣以

---

[38] 徐秀慧，〈光復初期的左翼言論、民主思潮與二二八事件〉，收入黃
俊傑編，《光復初期的臺灣：思想與文化的轉》（臺北：國立臺灣大
學出版中心，2005），頁153。
[39] 王思翔、周夢江，《臺灣舊事》，頁14。
[40] 王嘉良、葉志良，《戰時東南文藝史稿》，頁68-69。
[41] 徐秀慧，《戰後初期（1945-1949）臺灣的文化場域與文學思潮》，頁
140。
[42] 黃美娥，〈反共抗俄時代的金門文藝論述——以《正氣中華》為分析
場域（1949-1964）〉，同注32，頁53-82。

《正氣月刊》、《建國月刊》的名義與形式復刊。只是，礙於政經環境丕變的緣故，《正氣月刊》轉到臺灣後，是由時任警總參謀長的柯遠芬爲社長的名義所發行；《建國月刊》則掛在省警備總部副司令鈕先銘的名下。這時的柯遠芬、鈕先銘在身份上雖被視爲警備的系統，但實爲軍方職務，且柯遠芬、鈕先銘也出身黃埔軍系。於是，《正氣月刊》、《建國月刊》不僅應被視爲「東南文藝運動」的一環，更重要的是，從《無邪報》到《正氣中華》、從《正氣》到《正氣月刊》，及其移動、轉向與在臺復刊的過程，所呈顯的正是東南文人與東南文藝運動在臺灣的解散與重構，以及介入軍方系統的顯影。

另，可以再強調的一點是，戰前東南文藝運動的範疇，包括浙江、江西與福建。儘管從地理空間的角度而言，三者比鄰相依，在分佈上並無明顯的斷裂與阻礙。但，就如前面所述，因爲政治立場與意識形態的差別，我們不應將東南文藝作家群體視爲無差別性的社群，那麼，我們又要如何理解其間的「差異」？此「差異」轉到臺灣後，究竟是被壓抑、消弭、整合，還是產生了更大的縫隙或斷裂？亦即，戰後臺灣的文學場域其實歷經容納／解構了分別來自浙江、江西與福建的東南文人的歷程。因此，戰後臺灣不單提供部分東南作家群重整隊伍的契機，也創造了使原先分屬不同區域或社群的東南文人，產生往來與關係性的空間。而「東南文藝運動」也因爲臺灣場域

的刺激與重整，提供了創造性的轉化機會。

綜合上述的說明，不僅可以發現「東南文藝」發展運動的軌跡，與「軍方系統」之間有著相當密切的關係；且在這個意義上，亦可進一步獲見，由「東南文藝」存有連結到「軍中文藝」的討論空間。那麼，由東南文藝運動衍異而來的「軍中文藝」，究竟與「臺灣五〇年代最具代表性的文壇特色之一」的「軍中文藝」會有什麼關係？甚至，同樣令人好奇的是，東南文藝隨《正氣中華》轉入金門的意義為何？又怎樣影響金門的「反攻」論述？同樣的，由大陸轉來臺灣出版的《正氣月刊》是否也會刺激、強化臺灣的「反共」文學？換言之，本文嘗試追索「東南文藝運動」相關人際網絡、文藝主張、報刊雜誌等，勢必有助於更動態地勾勒戰後臺灣軍中文藝、反共文學與戰鬥文論之間，交織形構的文學場域與知識生產樣態。

回顧現今常見的臺灣文學史著述，在談及省外文人遷徙來臺的創作表現時，最具代表性的便是「反共文學」（後來又衍生出「戰鬥文藝」），這原本是過去臺灣文學場域中未曾存在的文類範疇。其後，伴隨反共文學、戰鬥文藝之需，國防部也在軍中推動軍人寫作和相關文藝政策，此即所謂「軍中文藝」的產生。關於反共文學，目前臺灣學界討論甚多，但軍中文藝所論甚少；其次，文學史也都忽略了1945年二戰結束之

後，在陳儀政府負責政務的戰後初期，臺灣島上已有軍人士兵
和軍報存在的事實。因此，在介紹「軍中文藝」時，學界所熟
知的，仍僅是由國防部總政治部印行的《軍中文摘》、《軍中
文藝》、《革命文藝》等，並未聯想起前述曾參與「東南文
藝」的作家如周夢江、王思翔、樓憲，他們來臺之後就在1946
年5月初創刊於台中市的《和平日報》工作，此報前身為國民
黨國防部機關報《掃蕩報》，而《和平日報》正是國民黨在戰
後最為重要的軍報，[43]遑論去剖析前述三人在此軍報上的言論
與作品。

　　此外，在臺灣本島之外，1949年復刊於金門的《正氣中
華》，早以戰地報紙的立場，承擔前線軍民精神食糧的供應任
務，並曾在報上呼籲「企盼本島全體將士，不斷供給本報更多
從戰鬥生活體驗中創造出來的優美作品」，[44]顯然這些與軍隊
有關的報刊，都早於1950年代的「軍中文摘」系列雜誌出版。
至於蔣經國早年的「新贛南」經驗對於柯遠芬、曾今可在戰後
初期臺灣，以「正氣學社」、《正氣》、《建國月刊》展開的
文化／文藝行動，自具有延續性意義，尤其組織或刊物的參
與者、投稿者實有不少來自軍方士兵，故需一併觀看。更何

[43] 參見高郁雅，《國民黨的新聞宣傳與戰後中國政局變動（1945-
1949）》（臺北：國立臺灣大學出版委員會，2005.12），頁3。
[44] 參見黃美娥，〈反共抗俄時代的金門文藝論述：以《正氣中華》為分
析場域（1949－1964），同注32，頁61。

況，蔣經國後來對於軍中文藝的推動也用力甚深，則箇中演變
狀況尤待考掘。

　　是故，筆者單單藉由《和平日報》、《正氣中華》、
《正氣月刊》等案例來看，已可一窺「東南文藝」和「軍方系
統」存有錯綜複雜的關係，再加上其中參與者的意識形態光譜
或左或右，這無疑暗示著與「東南文藝」作家群體有關的戰後
臺灣「軍中文藝」，一開始並非均質性、齊一性的存在。那
麼，戰後臺灣的「軍中文藝」，最終如何臻至效忠領袖、擁護
國家、反共抗俄的目標，顯然有賴更多的討論與闡述，這正是
本文未來可再發揮之處。

參考文獻

專書

中國文藝協會編，《文協十年》（臺北：中國文藝協會，1960）。
王嘉良、葉志良，《戰時東南文藝史稿》（上海：上海文藝出版
　　社，1994）。
周夢江、王思翔著，葉芸芸編《臺灣舊事》（台北：時報出版
　　社，1995）。
范銘如，《眾裡尋她：臺灣女性小說縱論》（臺北：麥田出版
　　社，2002）。

徐秀慧，《戰後初期（1945～1949）台灣的文化場域與文學思潮》（台北：國立編譯館，2007）。

徐秀慧，〈光復初期的左翼言論、民主思潮與二二八事件〉，收入黃俊傑編，《光復初期的臺灣：思想與文化的轉》（臺北：國立臺灣大學出版中心，2005），頁105-166。

高郁雅，《國民黨的新聞宣傳與戰後中國政局變動（1945-1949）》（臺北：國立臺灣大學出版委員會，2005）。

章子惠編，《臺灣時人誌・下冊》（板橋：龍文出版社股份有限公司，2009）。

許傑，《文藝・批評與人生》（不詳：戰地圖書出版社，不詳）。

黃美娥，〈反共抗俄時代的金門文藝論述──以《正氣中華》為分析場域（1949-1964）〉，陳益源主編《2014金門學國際學術研討會論文集》，金門縣文化局、成功大學人文社會中心，頁53-82。

黃美娥，〈戰後初期的臺灣古典詩壇〉，收入許雪姬主編，《二二八事件60週年紀念論文集》（臺北：中央研究院臺灣史研究所，2008），頁283-302。

黃美娥，〈戰後初期臺灣文學新秩序的生成與重構：「光復元年」──以本省人士在臺出版數種雜誌為觀察對象〉，收入梅家玲、林姵吟主編，《交界與游移：跨文史視野中的文化傳譯與知識生產》（台北：麥田出版社，2016），頁181-214。

報刊雜誌

〈民國人物小傳〉，《傳記文學》第45卷第1期，頁140。

周夢江，〈戰時東南文藝——一筆流水帳〉，《文聯》1卷6期。

期刊論文

李瑞騰，〈張道藩先生「我們所需要的文藝政策」試論〉，《臺北市立圖書館館訊》6:1（1988.06），頁96-103。

陳淑容，〈雷石榆〈臺南行散記〉分析：後二二八的風景與心境〉，《臺灣文學研究學報》20期（2015/04），頁73-94。

黃美娥，〈文學典範的建構與挑戰：從魯迅到于右任——兼論新、舊文學地位的消長〉，《臺灣史研究》第22卷第四期（南港：中央研究院台史所，2015.12），頁123-166。

黃美娥，〈戰後初期臺灣通俗小說初探——從「作家論」到「場域論」的考察（1945-1949）〉，《臺灣文學研究學報》第26期（台南：國立臺灣文學館，2018.4），頁185-220。

黃美娥，〈聲音・文體・國體：戰後初期國語運動與臺灣文學（1945-1949）〉，《東亞觀念史集刊》3期（臺北：政治大學，2012），頁223-270。

黃惠禎，〈揚風與楊逵：戰後初期大陸來臺作家與臺灣作家的合作交流〉，《台灣文學學報》22期（2013.06），頁27-66。

會議論文

梅家玲，〈五〇年代國家論述／藝創作中的「家國想像」：以陳
　　紀瀅反共小說爲例的探討〉，收入中央研究院中國文哲研究
　　所籌備處編，《文藝理論與通俗文化論文集》（臺北市：中
　　央研究院中國文哲研究所籌備處，1999），頁碼139-166。
黃美娥，〈從「詞的解放」到「詩的橋樑」——曾今可與戰後
　　臺灣文學的關係〉，「跨‧界——第三屆戰後亞洲文學與
　　文化傳播國際工作坊」研討會，日本橫濱國立大學主辦，
　　2020.3.5-6，頁1-23。

學位論文

王萌，〈斷裂與繼承：從「歐坦生」到「丁樹南」作品研究〉
　　（台北：臺灣文學研究所碩士論文，2015）。
王鈺婷，〈抒情之承繼，傳統之演繹：五〇年代女性散文家美學
　　風格及其策略運用〉（臺南：成功大學成大臺文所博士論
　　文，2009）。
王龍志，〈贛南《正氣日報》研究〉（江西：南昌大學新聞與傳
　　播學系碩士論文，2010）。
許詩萱，〈戰後初期(1945.8～1949.12)台灣文學的重建——以
　　《台灣新生報》「橋」副刊爲主要探討對象〉（台中：中興
　　大學中國文學系碩士論文，1999）。
簡弘毅，〈陳紀瀅文學與五0年代反共文藝體制〉（台中：靜宜
　　大學中國文學系碩士論文，2002）。

網路資源

「黎烈文教授手跡資料展‧生平簡介」，網址：https://www.lib.
　　ntu.edu.tw/events/2014_li_lieh-wen/about.html，檢索日期：
　　2020年9月14日。

江山改，〈柯遠芬先生口述回憶〉，網址：http://city.udn.
　　com/66198/4585699#ixzz6INZlDox8，查索日期：2020年4月2日。

Continuity of Sinophone Polyphony in Taiwanese Nature Writing

Pavlína Krámská, Ph.D.[1]

Charles University, Prague

摘要

現當代臺灣作家從自然中得到啟發，培養自己對自然的特定理解，並通過創作強調自然之聲是臺灣最傑出的本土聲音之一。自然文學為戰後臺灣文學帶來了新形象。不同年代的作家如覃子豪、楊牧、劉克襄、廖鴻基與吳明益從不同的角度來解讀自然、地理面貌、臺灣歷史與個人故事。文本探討自然寫作是如何從1950年代後開始強調具體的「地方感」（sense of place），用現代文學的技巧與橋段幫助奠定臺灣生態文學的基礎及其特殊性。隨後自1980年代以來，重新強調了人與自然間的倫理關係、本土關懷、自然科學知識及生態理論，更擴大了

---

[1] Research Associate, Institute of International Relations Prague.

自然文學的領域。臺灣的作家慢慢地透過親自探索和冒險累積
與自然接觸的特殊經驗以及科學知識來挑戰官方歷史並敘述一
個非正式的、活著的生態歷史。通過自然歷史構想並通過個人
敘事表達的臺灣歷史，是當代臺灣文學的一個鮮明特徵。生態
文學在國際生態運動的影響下，逐漸在臺灣發展。

本文用對照的方法來描述臺灣自然文學的變遷。研究
「崇拜」（veneration）、「保護」（protection）和「背叛」
（betrayal）如何成為自然文學中的橋段，透過演變及重新定義
能把傳統與現代的自然文學銜接在一起，著重於抒情自我的通
感和多感官體驗。現代文學的人體各部分解散在生態文學中成
為自己身體祭祀或廟宇供奉的象徵。探討臺灣自然作家最後是
如何讓抒情自我被自然吞噬，讓自己的身體被自然所居住。敘
述者成為自然的一部分，並與自然形成終極的親密關係。

Taiwanese poets and writers have been sharing common literary
tropes[2] across generations highlighting their connection with nature
and heading towards the intellectually and scientifically sophisticated
nature writing. They have been bringing genius loci of Taiwanese

---

[2] Tropes in nature writing are characterised by Greg Garrard in a broader sense
as large-scale metaphors that are produced, reproduced and transformed as
rhetorical strategies.

places to the world stage with growing interest. Underlined by the synaesthetic, multi-sensory experience[3] of lyrical Self, the sense of place has been transformed into the sense of community encompassing all living organisms. This paper interprets dissolution of a body[4] in nature as an example of a literary trope that is preserved, but its meaning is slowly transformed in contemporary Taiwanese literature. Its meaning shifts from the image of nature devoured and inhabited by narrator's imagination to the image of narrator devoured and inhabited by nature.

This paper studies distinctive features of Taiwanese nature writing in literary works of Ch'in Tzu-hao（Tan Zihao 覃子豪, 1912–1963）, Yang Mu（楊牧, 1940–2020）, Liu Ka-shiang（Liu Kexiang 劉克襄, b. 1957）, Liao Hung-chi（Liao Hongji 廖鴻基, b. 1957）and Wu Ming-yi（Wu Mingyi 吳明益, b. 1971）focusing on the literary tropes of emotional turmoil and body dissolution. Selected Taiwanese authors managed to avoid the trap of the ideo-sensory imagination of

---

[3] Aesthetics of synesthesia in Taiwanese nature writing has been brought to attention especially by Wu Ming-yi.

[4] The literary theory of a body without organs by French philosophers G. Deleuze a F. Guattari in the context of Taiwanese nature writing has been explored in the study by Lee, Yu-lin. 2015. *Nizao xin diqiu. Dangdai Taiwan ziran shuxie* 擬造新地球. 當代臺灣自然書寫. Taibei: Taida

place[5] as well as plain expression of emotions[6]. They have cultivated their own specific understanding of nature and highlighted the voice of nature as one of the most prominent indigenous voices of Taiwan through their literary works. With a growing tendency, they have also been using their empirical or scientific knowledge of nature and their own experience to challenge official history and to narrate an unofficial, living one. Taiwanese history contemplated through natural history and expressed through the personal narrative is a distinctive feature of the contemporary Taiwanese literature which has gradually evolved into eco-environmental literature under the influence of international ecological movement.

Selected authors represent different generations of Taiwanese writers and address the topic of nature from little bit different points of view and with a different focus and literary strategy. Ch'in Tzu-hao was born in Sichuan and came to Taiwan in 1947. Yang Mu was born in 1940, whereas Liu Ka-shiang and Liao Hung-chi in 1957 and Wu Ming-yi in 1971. They represent different historical memories of Taiwan. Nevertheless, they explore the voice of nature that is specific for Taiwan

---

[5]   See Yjrö Sepänmaa (2007). The Multi-sensoriness and the City. *In: The Aesthetics of Human Environments*. NY: Broadview Press, p. 92-99.

[6]   The plain projection of emotions in nature has been heavily criticized by contemporary Taiwanese nature writers since the 1980s.

and they also address new literary tropes like veneration, protection and betrayal in the relationship between the human and nature.

They broaden the sense of place and contribute to the formation of a new tradition of contemporary Taiwanese nature writing in the dialogue with the Eastern and Western tradition. The second half of the 20th century can be studied as a transformation period, when various indigenous voices of Taiwan start to proliferate and represent Taiwan from diversified points of view calling Taiwan into being as a centre of its universe.

The stress is put on the literary works created in the last two decades of the 20th century. Nevertheless, earlier as well as later created works are included into the study to draw attention to the continuity of distinct features of Taiwanese literature. They include poetry as well as prose genres like essays and short stories. Shifting boundaries between genres is one of the distinct features of Taiwanese writers, especially Yang Mu, Liu Ka-shiang and Wu Ming-yi, but Liao Hung-chi as well. Yang Mu and Wu Ming-yi are both writing poetry-style essays and Liu Ka-shiang has ventured in prose-style poetry. It allows them to highlight the rhythm of the text through the multi-layered repetition and create not only a notion of a deeply concerned romantic hero but also kaleidoscopic perception of living history. First, the narrative is slowed down or interrupted so that we can look back and inspect the indistinct driving forces of the narrator and compare the new circumstances with the old ones. The current situation is compared with memories and with the perception of other writers and poets or in the broader sense with other organisms and the Earth itself. Second, the narrative is intensified and accelerated due to repetition. It may resemble the continued rhythm of the breath that can be accelerated and aroused through various sorts of feelings like excitement or anxiety. Third, the regular rhythm is highlighted in the texts through the calm statements that create atmosphere of objective, scientific statements.

The multi-sensory imagination of Hualien city 花蓮 and the sensual symbolism of the sea organisms in the collection of poems on ocean published by Ch'in Tzu-hao in 1953 is the ideal starting point for the study as it combines the old and the new literary tradition on the imagination of place. It is one of the first books of modern poetry that highlights the Taiwanese seaside and ocean.

Yang Mu, who was born in Hualien, joined Blue star poetry society founded by Ch'in Tzu-hao and was inspired by British romantic poets. He found his early inspiration and signs of eternity in nature. He captured his literary journey from lyrical expression towards intellectual sophistication in his memoires. The first part of his *Memories of Mount*

Qilai was published in 2003. It consists of three earlier written books that divide the book into three chapters: Mountain Wing and Ocean Rain, Return to Degree Zero and Long Ago, When We Started. The first book was written in 1987, the second in 1991 and the third one in 1997.

Two books from the 1980s were selected from the literary works of Taiwanese writer and poet Liu Ka-shiang. His collection of essays *Follow Birds to the Horizon* was published in 1985 and his collection of prose poems *Opinions of a Flying Squirrel* in 1988. Lyrical expressions and references to earlier literary tradition are recognisable in these early works. They notably underline his gradual shift towards scientific sophistication aroused by nature protection movement and driven by his own empirical experience.

The genius loci of Hualien seaside and ocean is highlighted in the books written by Taiwanese writer Liao Hung-chi. The romantic literary tropes coloured by his professional experience from the sea can be found in his early collection of short stories *The Fishermen* published in 1996. His further shift towards scientific sophistication is also motivated by nature protection movement and various attempts to understand sea life and way of communication between man and sea organisms.

Hualien seaside is also inspiration for Taiwanese writer of younger generation Wu Ming-yi and his book *The Man with the Compound*

Eyes where the H county is coloured in dystopian tones. Wu Ming-yi's intellectually sophisticated nature writing expressed through the voice of lyrical Self can be found in his early poetry-style essays *Tao of Butterflies* published in 2003.

This paper focuses on the synaesthetic, multi-sensory experience of lyrical Self that constructs the perception of the place and other living beings. It studies how the literary works are born from the emotional turmoil rather than the calm contemplative mind of harmony with nature that is highlighted in the traditional Chinese poetry. Lyrical Self is slowly dissolved in the more distant look through intellectual and scientific sophistication. As the writers pursue language of nature or a code of nature（自然符號）in the form of poetic, romantic, scientific expressions or dialogues and narratives of people living and working close to nature like indigenous tribes and fishermen, they broaden not only points of view and the perception of nature but also the scope of used language and sinophone polyphony that is sometimes even perceived as obstructed or missing.

In an interview in 1985, Liu Ka-shiang described his early experience with writing eco-literature in Taiwan. According to his experience, the poet who writes about the environment and ecology has to consider three situations he / she is facing at that time. First, the poet is facing nature and experiences how he / she stands out from the world of other living organisms. Second, the poet is facing society and experiences the same discord when leaving nature and entering the highly pragmatic society. Third, the poet is facing his / her own mind and experiences all the emotions born on the borders between nature, society and literary work.[7]

This emotional turmoil described by Liu Ka-shiang starts with the act of observation that is later transformed into the writing. Contemporary Taiwanese nature writers are looking for authentic encounter with nature through their own fieldwork. They are encountering also their own Self and examining their own emotions in this endeavour. They are looking for answers what it means to stand out from the world of other living organisms and how to gain authentic knowledge and understanding of them. Writers of previous generations also explored emotional turmoil in the contact with nature and place. Before the code of nature, there was the code of place explored by modern poets and writers on Taiwan that nourish the later nature writing.

Dissolution of body in nature through multiplied sense organs and voice of lyrical Self is a literary trope that paves the bond with

---

[7]   Liu, Xiang. 1985. p. 44-58.

place in contemporary Taiwanese nature writing. The poem Seashells by Ch'in Tzu-hao from 1952 uses this literary trope for a dialogue between the traditional and modern, Chinese and Western imagination. The subjective "I" that is highlighted in the words of the French poet Jean Cocteau as the one who perceives is substituted by the "I" that is dissolved and multiplied in the form of pure organs listening to the ocean's secrets. But at this moment, those secrets are not necessary the secrets of nature. They might be memories or sensual symbols.

《貝殼》[8]	Seashells（I）[9]
詩人高克多說	Cocteau once said
他的耳朵是貝殼	His ears are seashells
充滿了海的音響	Filled with ocean sounds
我說	I say
貝殼是我的耳朵	Seashells are my ears
我有無數的耳朵	I have countless ears
在聽海的祕密	Listening to the ocean's secrets

（Tr. by Jeanne Tai）

---

[8]　Liu. 2008. p. 39.

[9]　Yeh, Malmqvist (eds). 2001. p. 67-68.

Sea in the Ch'in Tzu-hao's poems takes the shape of a mirror, bridge or storage of memories that reflects people's life. The traditional notion of harmony that the human experiences in the contact with nature is preserved, but the excitement of the narrator that draws the attention towards the sea does not stop here. The image of an ocean strongly resonates with Taiwanese imagery of an island and it is further specified and tied with Taiwan itself. Ch'in Tzu-hao's collection of poems Ocean poetry[10] is not about an unknown ocean or seaside. It points to specific places. They are the topics of poems like Griffon and Azure Dragon. This poem describes Hualien through the eyes of a restless narrator that symbolically captures the geographic features of the sea port Hualien.

Ch'in Tzu-hao combined patterns of modern Western literature with the lyrical Chinese tradition. Yang Mu also explored both traditions and placed the emotional turmoil of romantic hero and his lyrical experience at the beginning of his literary career. Inspired by the Yang Mu's memoires, this paper focuses on the notion of betrayal, preceded or followed by veneration and protection. What is meant here by a betrayal, is the mutual betrayal experienced in the relationship between human and nature. As for veneration, this literary trope expresses the notion of

---

[10] Original title *Haiyang shichao* 海洋詩抄.

preservation and continuity that used to be essential for myth and ritual in aboriginal cultures.

In his memoires, Yang Mu retrospects the whole Taiwanese environment, where he grew up. This environment, that is now built from memories and imagination, covers his early contacts with nature and society and evolves as he witnesses the influence of bigger historical events that shape the society as well as landscape.

The childhood is described as idyllic. No echoes of war can disturb it. Typhoons are also passing by naturally as short-lived excitements that quickly calms down, passing by with its regular local habit that cannot made it to official news headlines. Nature belongs to personal history not to an official one:

> The wind and rain proved to be just an ordinary summer interlude that never produced any stirring news. The wind and rain passed as quickly as they had come, leaving the small, sleeping city awake. After the habitual busyness and chaos passed, the city went peacefully back to sleep, caressed by the lullaby of the Pacific Ocean and watched over by layer upon layer of big mountains. The typhoon seemed unreal, and though it occurred every year, we easily forgot about it. But it was also

> what we remembered, it and the dazzling sunlight that shone on the most beautiful alluvial fan in the world. (Trans. by J. Balcom and Y. Balcom) [11]

Nature represented vastness, loftiness and eternity and through this eternity also beauty that inevitably in Yang Mu's work matches with beauty of women and love. The memory of this kind of beauty should be preserved and kept, so as to never fade away.

The real disturbing moments that were described as turning points in his childhood characterised by the close links with nature are the moments of death that bear a notion of betrayal. First, it is the betrayal of the child by nature, later it is the betrayal of nature by humans.

> Daytime bore the fragrance of time. The mountains were unchanging and, save for the density of the mist, their appearance never changed. Looking down at me, steep and lofty, they stretched north and south firmly of their own accord. **I could hear the mountains speak; far away and high above, they narrated myths from time immemorial to me and**

[11] Yang Mu. 2014. p. 13.

told me secrets that no one else knew about. I seriously stored those secrets in my heart. But one day at the mouth of the alley, a throng of children suddenly appeared, jostling as they squeezed into a circle. I rushed over and saw two big men displaying a river deer. Most likely they were amateur hunters. Having killed the deer deep in the mountains, they had carried it down from high above. All traces of blood had been washed away, and it stared wide-eyed as it lay on the ground⋯ I looked up at the mountain, so tall and yet so near, just there above the rooftops and the treetops, as if you could reach out and touch the belt at its waist. **I was somewhat at a loss, for we shared many secrets; I heard the mountain speak, but it hadn´t told me that on this day at sunset someone would carry a dead deer down and even display it on the ground at the mouth of the alley with such shocking cruelty.** Later, when I was finally a bit more knowledgeable, the mountains were high, but in the mist and the bright and sunny forest, I imagined waterfalls⋯, wild deer and rabbits,⋯ monkeys,⋯. bear⋯⋯[12]

---

[12] Yang Mu. 2014. p. 15–16.

This romantic betrayal of the child by nature is followed by another strong or shocking （as author frames it） betrayal, this time the betrayal of nature by humans, which we can say marks the final expulsion of the young narrator from the Garden of Eden.

This betrayal concerns the death of crying water buffalo that was killed by three Taiwanese and is perceived as shocking because the slaughter of the water buffalo was probably done by his own masters, farmers who should be taking care of him, because he served them. This slaughter is therefore seen as cruelty that is somehow unnatural and seems to be opposite to the hunting of aboriginal hunters that he also witnessed in the woods. The first experience of deer's death made his imagination grow, whereas the second experience, that is framed by the sound of war sirens, took him closer to the events of bigger history and to the shape of society. The personal history marked by emotions and matched with the vastness of natural history is slowly oppressed by the narrowly shaped official history as the narrator grows up.

Soon I turned and came into a bright clearing, where I saw three men and a water buffalo. Speaking Taiwanese, the men obviously were not Ami, but when they saw me emerge from the forest, they waved their hands among themselves and said nothing.

With an utterly dejected look, the water buffalo stood to one side, tied firmly to a large tree. Filled with curiosity, I looked at the three men and then at the water buffalo, and discovered that it was crying. "Look! Your water buffalo is crying!" I said···

The following morning, I took the same route to that clearing in the meadow, where I discovered that the ground beneath the tree was covered with blood and a pile of manure, circled by hordes of gnats and flies. Although I was somewhat stupid and immature, I knew that those three men had slaughtered that crying water buffalo the previous afternoon. The slaughter came as a great shock to me. ···And how the water buffalo, silently, after a hard life of plowing and pulling a cart, realized how really cruel and heartless were the people whom it had served. Perhaps those three men were the farmers it had always known, and that was why it cried so sadly for itself and for the heartless cruelty of men. When my indignation and fear were at their peak, I had to keep telling myself that those three men were cattle thieves, and certain not the owners··· I detected the scent of human brutality, which had spread to mix with the superficial purity of the village. This gap in the mountains was nowhere near as peaceful and easy as I had imagined, nor nearly as pure as I imagined it.[13]

The discord between nature, his mind and society are the first emotional turmoils he experiences and shapes his imagination. It captures moments when he faces nature, society and mind and feels that he stands out. The harmony is disrupted and postponed. The nativist stand point emerges when he further elaborates on the way the literary work is created. One such a passage that compares the philosophy and poetry particularly stresses that the literature shouldn't be lacking contact with the external world and its phenomena.

I never believed that fish were happy. Now I wonder what the arguments and quandaries of the philosopher amount to. Now I wonder if all those repeated discussions with all the varying degrees of ridicule and derision are real. Philosophers lack an external world and its phenomena; all they have is the mind, the complicated and complex mind, which, because it is inflated with too much thought, resembles an overripe tomato in summer. The poor little walking catfish: "Although you hide in

[13] Yang Mu. 2014. p. 23–24.

the ebb and flow of the pale tide." Later, reading Yeats, I arrived at a greater understanding that the concerns of philosophy are very different from those of poetry⋯[14]

This dispute over the meaning of philosophy and literature inevitably grows into a critique of modern Taiwanese history. Framed by the story of admiration for his teacher from mainland, he criticizes the then official education policy. As a child, he couldn't dispute the explanation of some historical events, but he could dispute the description of nature that belonged to his personal history. Textbooks didn't describe the familiar Taiwanese reality, they conveyed exotic dreamlike images of unfamiliar nature.

Our textbook said, "When it snows, the dog runs across the wooden bridge, leaving plum blossoms imprinted on the bridge; the rooster runs across the wooden bridge, leaving bamboo leaves imprinted on the bridge." There was snow high on the mountains and more distant than a dream. But what were plum blossoms? I had never seen them. Bamboo leaves I was familiar

---

[14] Yang Mu. 2014. p. 45.

with, but in what way did rooster tracks resemble bamboo leaves? Our bamboo leaves were all larger than our teacher' s hand. All of this I knew. Maybe the textbook had been printed with errors.[15]

True, authentic and meaningful depiction of nature couldn't be omitted from the nativist movement. When compared with Yang Mu's earlier essay Vegetation in Shijing's Airs of the States published in the book *Traditional and modern* first in 1979, this discord between the literature and the reality in Taiwan since the 1950s might be even seen as the violation of the Chinese literary tradition. In this essay, he compares representation and depiction of vegetation in Shijing and in the Western literature. He argues, that if not just included for the reason of rhyme or embellishment, the plants in Shijing meaningfully point to geographical location, social-economic status or time. This is highlighted as the most significant feature of Chinese literary tradition. Then, when he criticises the discord of the reality and literature in Taiwan, then he actually means that the official discourse on Taiwanese literature after 1949 hollowed the Chinese literary tradition and made it only empty form. Not only the

---

[15] Yang Mu. 2014. p. 63.

Western, but also the Chinese literary tradition is missing basis, then.

On the other hand, what he sees as originally missing in the Chinese literature and on the contrary present in the Western tradition is the vegetation ceremony, that is expressed by the veneration of real, specific plant species, not imagined ones. Traditional Chinese literature is according to Yang Mu also missing the romantic wild primordial notion of nature seen as refuge for a man who wants to escape political burdens.

Yang Mu tries to pursue these distinctive features of both traditions, Chinese as well as the modern Western one. Romantic veneration of nature through love as well as eternity and continuity as highlighted in his memoires combines then inspirations from all the cultures – Chinese, Austronesian indigenous, Japanese, and Western – that shaped modern history of Taiwan.

Since the 1950s, this criss-crossed inspirations have been discussed also in the terms of horizontal and vertical transmission. The vertical one came from the Chinese literary tradition, whereas the horizontal one was represented by the modern Western literature. Nevertheless, also the Austronesian indigenous and Japanese literature and culture that contribute to the Taiwanese nature writing can be put on the axis and seen in this dichotomy as old and new, as the dialogue between the myth and modern science.

This broader scope of inspiration is also eagerly explored by the younger generation of Taiwanese nature writers. Liu Ka-shiang moved from social-critical nativist poems to eco-critical "glocalist" poems taking Taiwan as a centre but placing it in the middle of the global network of life. He depicts the literary "I" as well as the island as a companion of the whole living Earth.

Liu Ka-shiang seeks ecocritical attitude towards nature and transform it into a personal narrative. His decision to observe and closer meet living organisms especially birds made him experience all the difficulties that are inevitably connected with attempts to meet wildlife in his natural habitat. His early essays like Sandpiper from the book *Follow birds to the horizon* published in 1985 depict this rare experience of repeated crawling in mud trying not to scare sandpipers away.

Not only the hearing and listening, but also the act of hearing and listening itself is stressed in the painful process of birdwatching. Only through this authentic experience, he realises how difficult it is to merge with nature. And when he starts to hear nature then he realises that he stands out from the society. The trope of betrayal is not romantic like Yang Mu's but apocalyptic. It is betrayal of nature by human society.

Tropical Rain Forest[16]

Took a tour to a small island between the Equator and the
Tropic of Cancer. Wet, humid green, ceaselessly fattening in
the air. For five days running, we pass through the rain forest.
There is no snow or prairie, nor hibernation, even in dreams. An
ornithologist in our group is here to look for a horned osprey
particular to this place, a species on the brink of extinction. Every
evening as dusk descends, we call out in imitation of this bird,
but all we hear is our own weak voices, sent out unanswered. The
aboriginal guide says: without sound, the forest will disappear.
And I am once again too upset to sleep; awake for the entire
night, I press my cheek to the Earth, spreading out my arms into
a curve and holding it tight. (Trans. by Andrea Lingenfelter)

The act of hearing and listening is depicted in the poem as journey
with an apocalyptic ending. The ornithologist and birdwatchers are
left alone with their own imitation of birds' voices and later on with
complete silence. The rain forest that never sleeps is hollowed through
the sound that stands for extinction. As nature is betrayed by the

---

[16] Yeh, Malmqvist (eds). 2001. p. 430.

mankind, the poet is the one who offers himself as a companion to the Earth. And he is willing to the utmost offer, which takes shape of human sacrifice. This type of nature veneration is depicted in the prose poem Cremation, where the death of a man in the forest is celebrated by the poet.[17] Forest becomes the place of worshipping like in the prose poem National park,[18] where it is compared to the church and ancient ruins. When nature is hollowed then the body of narrator is offered to it and devoured by it, so that he can preserve it.

The betrayal and veneration are cyclical in Taiwanese nature writing. In the short stories *Fishermen* written by the Taiwanese author Liao Hung-chi, the battle between the fisherman and the fish loses its heroic aura and becomes a battle stained with blood, which is the cause of the fisherman emotional turmoil. This betrayal of loving and beautiful nature puts the fisherman in the circle of reincarnations with the fish.

"I had never seen such a tender, loving, and tenacious fish as this one. After meekly subjecting itself to our torture, hardly struggling at all, it displayed steely willpower to spend every last minute and second of its life to be with its partner. This ocean

---

[17] Liu. 2004. p. 15.
[18] Liu. 2004. p. 104.

battle of ours lost its glory and our fish dream was now tainted with criminal blood, owing to the deep affection that made them hang on to each other, unwilling to part.

Sitting on the bench in the cabin, I was drenched and bloody. I recalled saying to a friend who lived ashore, "If I could choose what I'll be in my next life, I'd like to be a fish in the ocean," and it suddenly dawned on me that from the instant we harpooned the iron fish, I had irrevocably entered the reincarnation cycle of a fish. I turned and saw the determined look on Uncle Haiyong's face, and I was certain he had long ago prepared himself to become a fish." (Trans. By H. Goldblatt) [19]

Each act of sailing is the act of leaving society and entering nature and vice versa. The fishermen are people on the borders of these two worlds. Their minimalistic and harsh language reflects the harsh and minimalistic life on the sea. That makes them feel more home on the sea than on the island. They are also offering their bodies freely to be devoured and inhabited by nature.

---

[19] Liao. 2005a. p. 95 – 96.

"On the pier, people crowded around to praise and appraise the fish lying on the deck. Onlookers often focus on the results and overlook the process, except for us, who knew that after leaving the surging water, both the dingwan and the fishermen lost their graceful bearing and beauty. Standing by the dingwan, Cuyongzai looked lost. We couldn't say much more, because we had experienced a process that could not be described and explained ashore or in the peaceful port. It had been a performance of raging waves, with no script or audience, a show away from the crowd." (Trans. by Sylvia Li-chun Lin) [20]

Wu Ming-yi on the other hand shows the act of hearing and listening through the detailed descriptions of natural phenomena, sense organs, perception, habits, artefacts etc. Listening and hearing are described as a process that ought to be understood to be fully appreciated. This understanding is not necessarily rational. Instinct and imagination are also required. Beauty in the context of nature is a construct built from our authentic experience, perception, imagination,

---

[20] Liao. 2005b. p. 105.

memory and knowledge. The act of listening and hearing is also an act of learning how to listen and hear. Wu Ming-yi's notion of betrayal is also apocalyptic one and we can say that like in the novel *The Man with the Compound Eyes*, the ecological crises start with a sound. This novel is framed in his essay *Slowly dancing in the silence*.

In this essay, Wu Ming-yi like Ch'in Tzu-hao in his poem Seashells. dissolves the body of the narrator in nature. He says, he was the Earth, an ear growing from the ground.[21] His body is not dissolved completely without any trace within nature, he becomes defined by his sense organs. The literary trope used by Ch'in Tzu-hao is reversed again. The narrator enters his own body followed by nature. He lets nature inside to become a part of the narrator's body. The narrator slowly recognizes that everything in his body is also nature. Scientific description of sense organs and the act of hearing and listening are taking place in lyrical Self. The narrative of the body and nature dissolves the distance and awakens intimacy. Wu Ming-yi's narrator is again devoured and inhabited by nature.

---

[21] 「而不論日夜，當我走在漫漫只聽見喘息聲的路上時，都有一種沉入自己的身體的感覺——沉入泥沼地，用腳尖試探那靠不住的立足點，呼吸漸漸和風聲、蟲鳴、鳥叫有了一種不算協調的默契，我是大地，從地上發芽的一朵耳。聲音是呼喚是想像是擺動是震盪是韻律是陳訴，它從空氣傳到鼓膜、打動槌骨、砧骨和鐙骨，穿過耳咽管，喚醒耳蝸、前庭、半規管，然後引起毛細胞化為點衝滲透到聽神經撞擊大腦聽覺皮層區，而後流到每支微血管。」(Wu. 2004a. p. 62)

This paper wanted to show how the older literary trope of body dissolution in nature has been closely connected with modern literary tropes of veneration, protection and betrayal through the emotional turmoil of lyrical Self. As the narrator in the contemporary Taiwanese nature writing more and more opens his body to nature, dissolves it into organs and offers it as a sacrifice or a temple, his lyrical Self is subsequently devoured and his body inhabited by nature. The narrator becomes the part of nature and reaches an ultimate intimacy with it. The personal history is marked by emotions and matched with the natural history and compared to the official history that is felt as oppressive.

References

Buell, Lawrence. 1995. The environmental imagination: Thoreau, nature writing, and the formation of American culture. Cambridge, MA: Belknap Press of Harvard University Press.

Buell, Lawrence. 2005. The Future of environmental criticism: Environmental crisis and literary imagination. Malden: Blackwell publishing.

Buell, Lawrence. 2008. "Place." In Modern Criticism and Theory: A Reader. Edited by Lodge, D., and Wood, N. 667-690. Harlow: Pearson Longman.

Carlson, A. and A. Berleant （eds.）. 2007. The aesthetics of human environments. Broadview Press.

Estok, Simon C., and Won-Chung Kim （eds.）. 2013. East Asian Ecocriticisms: A Critical Reader （Literatures, Cultures, and the Environment）. Palgrave Macmillan.

Hsiao, I-Ling 蕭義玲. 2009. „Liudong shiyu, shixing zhi hai: Liao Hongji taohairen xiezuozhong de guijia zhi lu" 流動視域，詩性之海：廖鴻基「討海人」寫作中的歸家之路. In: Zhongzheng daxue zhongwen xueshu nianka 中正大學中文學術年刊, 98.12: 165-196.

Garrard, Greg. 2004. Ecocriticism. London and NY: Routledge.

Hrdlička, Soukupová, Špína （eds.）. 2015. Básně a místa. Eseje o poezii. Praha: Karlova Univerzita v Praze.

Chen Jianyi 陳健一. 1994. „Faxian yige xin wenxue chuantong – ziran xiezuo" 發現一個新文學傳統——自然寫作. In: Chengpin yuedu 誠品閱讀, 1994 .8：81-87.

Chen Mingrou 陳明柔 （ed.）. 2006. „Taiwan de ziran shuxie" 臺灣的自然書寫. Taizhong: Chenxing.

Janowski, M. and Ingold, T. 2013. Imagining Landscapes: Past, Present and Future. London: Routledge.

Jian Yiminga 簡義明. 2013. „Jijing zhi sheng. Dangdai Taiwan ziran shuxie de xingcheng yu fazhan （1979-2013）" 寂靜之聲. 當代臺灣自然書寫的形成與發展 （1979-2013）. Tainan: National Museum of Taiwan Literature.

Lan Jianchun 藍建春. 2006. „Wuchu youwei tianqi – Tan Wu Mingyi de hudie shuxie" 舞出幽微天啟——談吳明益的蝴蝶書寫. In:

Taiwan de ziran shuxie 臺灣的自然書寫, edited by Chen Mingrou 陳明柔 （ed.）, 75-102, Taizhong: Chenxing.

Lan Jianchun. 2008a. „Leixing, wenxuan yu dianlü shengcheng: Taiwan ziran xiezuo de gean yanjiu" 類型、文選與典律生成：臺灣自然寫作的個案研究. Zhongxing renwen bao, Vol. 41 （September）: 173-200.

Lan Jianchun. 2008b. „Ziran wutuobangzhong de yinxingren – Taiwan ziran xiezuozhong de ren yu ziran" 自然烏托邦中的隱形人──臺灣自然寫作中的人與自然. Taiwan wenxue yanjiu xuebao, Vol. 6, （April）: 225-271.

Lee, Yu-lin 李育霖. 2015. „Nizao xin diqiu. Dandai Taiwan ziran shuxie" 擬造新地球. 當代臺灣自然書寫. Taibei: Taida.

Liang, Sun-chieh. 2012. Contact in Liu Ka-shiang's He-lien-mo-mo the Humpback Whale. Tamkang Review. Vol. 42, No. 2 （June）: 33-57.

Liao Hung-chi. 2005a. "Iron Fish." Trans. by Howard Goldblatt. In: Taiwan Literature: English Translation Series 17 （July 2005）: 87-96.

Liao Hung-chi. 2005b. "Dingwan." Trans. by Sylvia Li-chun Lin. In: Taiwan Literature: English Translation Series 17 （July 2005）: 97-108.

Liao Hung-chi 廖鴻基. 2013. „Taohairen" 討海人. Taizhong: Chenxing.

Liao, Hsien-hao Sebastian. 2000. Becoming Cyborgian: Postmodernism and Nationalism in Contemporary Taiwan. In Postmodernism and China. Edited by Dirlik and Zhang, 175-202. Durham, London: Duke University Press.

Liou, Liang-ya. 2008. The Ambivalence toward the Mythic and the Modern: Wu Mingyi's Short Stories. Tamkang Review 39.1 （December）: 97-124.

Liu Ka-shiang 劉克襄. 1978. „He xia you" 河下游. Taibei: Dehua.

Liu Ka-shiang 劉克襄. 1982a. „Cong haishang kaishi de gudu lüxing "Lüci zhaji" houji" 從海上開始的孤獨旅行「旅次札記」後記. In: Mingdao wenyi 明道文藝, 71.12: 118-121.

Liu Ka-shiang 劉克襄. 1982b. „Lüci zhaji" 旅次札記. Taibei: Shibao wenhua.

Liu Ka-shiang 劉克襄. 1983a. „Shangniao shi shengtai huanjing yundong de lizhuangdian" 賞鳥是生態環境運動的立樁點. In: Zhongguo luntan 中國論壇, 72.12.10: 51-54.

Liu Ka-shiang 劉克襄. 1983b. „Dingdian lüxing" 定點旅行. In: Xinshu yuekan 新書月刊, 72.12: 53-56.

Liu Ka-shiang 劉克襄. 1984a. „Zouxiang cuowu shengtaiguan de yi dai" 走向錯誤生態觀的一代. In: Zhongguo luntan 中國論壇, 73.4.10: 28-30.

Liu Ka-shiang 劉克襄. 1984b. „Lüniao de yizhan" 旅鳥的驛站. Tabei: Ziran shengtai baoyu xiehui.

Liu Ka-shiang 劉克襄. 1985a. „Wo bu zhidao, wo xiang biaoda de shi shenme" 我不知道，我想表達的是什麼！In: Taiwan niandai 臺灣年代, 74.4: 43-45

Liu Ka-shiang 劉克襄. 1985b. „Sui niao zou tianya" 隨鳥走天涯. Taipei: Hongfan.

Liu Ka-shiang 劉克襄, Xiang Yang 向陽. 1985. „Meili xin shijie: Wenxue yu shengtai huanjing de guanxi" 美麗新世界：文學與生態環境的關係. In: Taiwan wenyi 臺灣文藝, 74.03: 44-58.

Liu Ka-shiang 劉克襄. 1986. „Xiaoshizhong de yaredai" 消失中的亞熱帶. Taizhong: Chenxing.

Liu Ka-shiang 劉克襄. 1991. „Fengniao Pinuocha" 風鳥皮諾查. Taibei: Yuanliu.

Liu Kexiang 劉克襄. 1992. „Ziran lüqin" 自然旅情. Taibei: Chenxing.

Liu Ka-shiang 劉克襄. 1996. „Taiwan de ziran xiezuo chulun" 臺灣的自然寫作初倫. In: Lianhebao 聯合報, 85.1.4.

Liu Ka-shiang 劉克襄. 2001. „Zui meili de shihou" 最美麗的時候. Taibei: Datian.

Liu Ka-shiang 劉克襄. 2004. „Xiao wushu de kanfa" 小鼯鼠的看法. Tazhong: Chenxing.

Liu Ka-shiang 劉克襄. 2008a. „Yongyuan de xintianweng" 永遠的信天翁. Taizhong: Yuanliu.

Liu Ka-shiang 劉克襄. 2008b. „Xun shan" 巡山. Tabei: Aishishe.

Liu Ka-shiang 劉克襄. 2012. „Geming qingnian" 革命青年. Taibei: Yushanshe.

Liu Ka-shiang 劉克襄. 2013. „Li Taiwan" 裡臺灣. Taibei: Yushan she.

Liu Ka-shiang. 2014b. Očima malé poletuchy. Transl. by Pavlína Krámská. Jablonné v Podještědí: Mi:Lu Publishing.

Liu Zhengwei 劉正偉 （ed.）. 2008. „Ch'in Tzu-hao ji" 覃子豪集. Tainan: National Museum of Taiwan Literature.

Ševčík, M. 2013. Aisthesis – Problém estetické události v myšlení E.Levinase, J.F. Lyotarda a G. Deleuze a F. Guattariho. Praha: Pavel Mervart.

Vrabec, Martin （ed.）. 2010. Filosofické reflexe umění. Praha: Togga.

Wang Der-wei 王德威. 2011. 現代「抒情傳統」四輪. Taipei: NTU Press.

Wang Miaoru 王妙如. 1996. „Fanpu gui zhen de ziran xiezuo – Liu Kexiang

Fengniao Pinuocha, Zuotoujing Helianmomo yanjiu" 返璞歸真的自然寫作——劉克襄「風鳥皮諾查」「座頭鯨赫連麼麼」研究. In: Wenxueji 問學集, 第6期, 85.12: 11-31.

Wu Ming-yi 吳明益. 1997. „Benri gongxiu" 本日公休. Taibei: Jiuge.

Wu Ming-yi 吳明益. 2003a. „Hu ye" 虎爺. Taibei: Jiuge.

Wu Ming-yi 吳明益 （ed.）. 2003b. „Taiwan ziran xiezuo xuan" 臺灣自然寫作選. Taibei: Eryu wenhua.

Wu Ming-yi 吳明益. 2004a. „Die dao" 蝶道. Taibei: Eryu wenhua.

Wu Ming-yi 吳明益. 2004b. „Yi shuxie jiefang ziran: Taiwan xiandai ziran shuxie de tansuo （1980-2002）" 以書寫解放自然：臺灣現代自然書寫的探索 （1980-2002）. Tabei: Da'an.

Wu Ming-yi 吳明益. 2006. „Cong wuhuo dao huowu" 從物活到活物. In: Taiwan de ziran shuxie 臺灣的自然書寫, edited by Chen Mingrou 陳明柔. 65-73. Taizhong: Chenxing.

Wu Ming-yi 吳明益. 2007a. „Jia li shuibian name jin" 家離水邊那麼近. Taibei: Eryu wenhua.

Wu Ming-yi 吳明益. 2007b. „Shuimian de hangxian" 睡眠的航線. Taibei: Eryu wenhua.

Wu Ming-yi 吳明益. 2010. „Mi die zhi" 迷蝶誌. Taibeixian: Xiari.

Wu Ming-yi 吳明益. 2011. „Fuyanren" 複眼人. Xinbeishi: Xiari.

Wu Ming-yi 吳明益. 2012. „Ziran zhi xin. Cong ziran shuxie dao shengtai piping" 自然之心 從自然書寫到生態批評. Xinbeishi: Xiari.

Wu Ming-yi 吳明益. 2014. „Fu guang" 浮光. Taibei: Xin jingdian tuwen chuanbo.

Wu Ming-yi. 2016. Muž s fasetovýma očima. Trans. by Pavlína Krámská.

Jablonné v Podještědí: Mi: Lu Publishing.

Yang Guang （ed.）. 1996. „Zhujian jianli zige ziran xiezuo de chuantong"
逐漸建立一個自然寫作的傳統. In: Wenxun 文訊. 85.12: 93-97.

Yang Mu 楊牧. 1982. „Chuantong de yu xiandai de" 傳統的與現代的.
Taipei: Hongfan.

Yang Mu. 2014. Memories of Mount Qilai: the education of a young poet.
Trans. by J. Balcom and Y. Balcom. NY: Columbia University Press.

Yang Mu 楊牧. 2003. „Qilai qianshu" 奇萊前書. Taipei: Hongfan.

Yeh, M., and N. G. D. Malmqvist （eds.）. 2001. Frontier Taiwan. An anthology
of Modern Chinese Poetry. New York: Columbia University Press.

詩歌作為疾病誌的意義
——試論林彧《嬰兒翻》、《一棵樹》的疾病書寫[*]

李癸雲

臺灣清華大學臺灣文學研究所

摘要

筆者認為相對於醫學界對於「醫學人文」（Medical humanities）的日益重視，文學界應進一步反思「人文醫學」（Human medicine）研究視角的可能樣貌，以及如何達成？臺灣文學學界前此所展開的疾病書寫之研究道路，主要是在蘇珊·桑塔格《疾病的隱喻》的觀看方式下鋪設，疾病的意義被「失真」的延伸至社會思想系統之中，疾病的隱喻性被文學研究視為探討文本意義的一大利器，疾病不只是醫學性，更具文學性。因此，筆者希望重新再探疾病書寫，以一種「還原」的

* 本文為108年度科技部專題研究計畫「疾病誌與再生詩——朝向人文醫學的研究視角（MOST 108-2410-H-007-067-MY2）」之部分研究成果。

方式,讓疾病回復其本貌,更重要的是在隱喻性散發之前,疾病與個體關係。因此,本文將以林彧近期的兩本詩集《嬰兒翻》和《一棵樹》裡的疾病書寫進行「疾病誌」式的探討、分析詩人在詩作裡對病症的陳述、人與病的關係,此考察方式在尋繹詩的主題之外,加入疾病與主體的依存辯證關係,更能展開醫學與文學的雙重視野。

關鍵詞:疾病書寫、疾病誌、林彧、人文醫學

一、導論:「人文醫學」與「疾病誌」的書寫意義

> 希臘神話中阿波羅即是醫學與詩學的神祇;亞里斯多德便觀察到「傾訴」的力量,無論是閱讀或創作都被認為是治療的行動之一。[1]

「醫學人文」強調的是在醫學院的人才教育養成過程中,加入人文素養與人格教育,著重對「人」的關懷,例:一、在通識或系所課程裡開設「醫學與文學」或「醫學人

---

[1] 李宇宙,〈疾病的敘事與書寫〉,蔡篤堅編著,《人文、醫學與疾病敘事》(台北:記憶工程,2007),頁19。

文」課程，二、建制「醫學人文」相關專業系所與單位等[2]。
三、2008年，更聚集了臺灣十二所醫學院關心人文醫學教育
的醫學老師，以及非醫學背景的人文專業老師代表成立了
「醫學人文核心團隊」[3]。致力推動醫學人文課程的陳永興醫
師說明：「醫學教育的三大主軸除基礎醫學、臨床醫學外，
就是醫學人文。」[4]在此趨勢裡，處處可見醫學領域與醫學教
育對於人文領域的取經，例如文學、哲學、藝術、歷史等，
而在文學領域，文學作品裡的疾病敘述，可深化醫者對人的
理解。

　　從醫學的角度來看，將疾病書寫納入醫學人文範疇進
行探討，無非具有臨床醫學上的實用價值，從文學研究視角
而言，除了醫病關係的對話意義之外，疾病敘事更作為國族

[2]　目前有台北醫學大學醫學人文研究所、高雄醫學大學醫學系醫學人文與教育學科、中山醫學院醫學人文暨社會學院等，台大在2008年11將「臺大醫學人文博物館」開放給大眾參觀，說明述及「館內的文物典藏及展示以臺灣醫學史為重點，揭示醫學院在臺灣現代醫學及醫學教育發展之貢獻，並展現醫學各領域在臺灣發展之過程與特色，同時提供教師作為醫學人文領域之教育及研究材料，期望引導醫學院學生及一般觀眾對於『人』從生理、心理、社會等各面向的全面關注與理解，建立以人為中心的關懷精神與文化。」（http://www.museums.ntu.edu.tw/museums_medicine.jsp）
[3]　賴其萬，〈推薦序：讓文學拓寬醫學生的視野，培育更多關社會的良醫〉，陳重仁，《文學、帝國與醫學想像》（台北：書林，2013），頁3。
[4]　戴正德，《新時代的醫學人文》（台北：五南，2017），頁4。

歷史、政治文化、身分認同、性別意識等不同面向之隱喻書寫，因此作家為何書寫疾病？如何呈現疾病？以及病症與身體和心理之間的關係，成為當代疾病書寫的研究重點。例如李欣倫首先在《戰後臺灣疾病書寫研究》（國立中央大學中國文學研究所碩士論文，2002年）中從「文學治療」的角度切入，將疾病書寫分為「隱喻」和「除魅」兩個層面，前者作為批判和嘲諷社會的病態和畸形面貌，後者為解構社會大眾對疾病的誤解和偏見，兩者皆體現「敘事治療」的效果；唐毓麗《罪與罰：臺灣戰後小說中的疾病書寫》（東海大學中國文學研究所博士論文，2006年）深入探討「疾病是一種懲罰」的隱喻思維中，從文化傳統和心理譴責兩個面向，立論肉體痛苦與心理活動存在緊密的關聯性；林佩珊《詩體與病體：臺灣現代詩疾病書寫研究（1990-）》（國立中興大學臺灣文學研究所碩士論文，2009年）從「詩體」和「病體」角度切入，探討詩作中之形式及意象，如何塑造出疾病書寫的多樣景觀，並進一步將身體的疾病經驗對比國家歷史，延伸對歷史再現與重構之想像與詮釋。

在文學研究方面展開的這一條疾病書寫的研究道路，主要是在蘇珊・桑塔格（Susan Sontag）《疾病的隱喻》的觀看視角下展開的。桑塔格因感於疾病歷來無法只是疾病本身，總是被眾多隱喻給糾纏，疾病的意義被「失真」的延伸至社

會思想系統之中，「病向來被用做隱喻以作為對社會腐敗或不公的控訴。[5]」、「病不只是懲罰，而且是邪惡象徵、必須被懲罰的東西」[6]。桑塔格帶著「揭露」與「除魅」的方式，說明人們對結核病、癌症與愛滋病的「幻想」，並試圖力證應讓疾病回復至病症本身。然而，疾病的隱喻性卻被文學研究視作探討文本意義的一大利器，疾病不只是醫學性，更具文學性。

因此，筆者希望重新再探疾病書寫，以一種「還原」的方式，讓疾病回復其本貌，更重要的是在隱喻性散發之前，疾病與個體關係。當作家書寫本身疾病時，在國家、歷史、社會、文化等意義背景之前，人與病的辯證關係更為緊密，更值得優先關注。本文希望能建構一種「人文醫學」[7]的討論方式，擬以近年來「重出江湖」、詩風轉趨真淳、頻頻探向肉身疾苦的林彧作為觀察對象，其接連出版的詩集《嬰兒翻》[8]和《一棵樹》[9]裡的疾病書寫極為真切，將以此說明其中的意義

---

[5] 蘇珊・桑塔格著，刁筱華譯，《疾病的隱喻》（台北：大田，2000），頁89。

[6] 同上註，頁98。

[7] 「人文醫學」一詞也可意指「醫學人文」，「醫學人文也有稱為人文醫學的，這個人為醫學（Humane medicine）」其實就是醫療過程中人性化的強調。」（戴正德，《新時代的醫學人文》頁21）

[8] 林彧，《嬰兒翻》（台北：印刻文學，2017）。

[9] 林彧，《一棵樹》（台北：印刻文學，2019）。

與美學表現，以及作為文學研究與醫學討論的共通性。「人文醫學」與「醫學人文」，實是一體兩面的涵義，本文在此定名為「人文醫學」的原因，在於立基於文學研究，溝通醫學視野。換言之，醫學人文是以醫學為主體，人文關懷與人文素養為結合附加的跨學科精神，人文醫學則是以人文（文學）為主體，疾病知識、病者經歷、與病共處等醫病現象則是意圖融入的觀看視角。

　　本文立基於文學與醫學的可溝通性質，預計以人文醫學式的探討，參照李宇宙醫師所提倡之「疾病誌」的視角來探討、分析詩人在詩作裡對病症的陳述、人與病的關係。李宇宙對「疾病誌」（pathography）寫作的界定為：「旨在描繪疾病、治療、甚至死亡的個我經驗，嚴格說來是傳記或自傳體的次文類，一種關於『我』的書寫。……這一種特殊的文類，指涉的是以疾病為本體或以病人為敘述對象的文體。」[10]在此界義裡，本文採取疾病誌的文類指向與意義精神來觀看林彧《嬰兒翻》和《一棵樹》裡以疾病和患病主體為書寫對象的作品，檢視分析詩人如何審視並刻畫疾病與病中主體。

---

[10] 李宇宙，〈疾病的敘事與書寫〉，頁6。

二、林彧《嬰兒翻》和《一棵樹》的疾病
　　書寫面向

　　林彧沉寂近三十年後，二〇一七年出版第五本詩集《嬰兒翻》，後記裡陳述：「二〇一六年，我滿六十歲了。這一年，端午，中風；中秋，失恃；十月，仳離」，因而收錄於此集裡的作品題材除了日常生活感悟，也包括了疾病與復健書寫。前此以細膩刻畫都會上班族與單身族心境見長的林彧，至此將病中感受的創作結集，透顯出珍貴的存在意義提煉，其同為詩人的兄長向陽曾言：「不只是詩集，它同時也是林彧面對人生苦難、頓挫與危機，用坦蕩之心、動人之詩來面對的生命之書。[11]」這本生命之書即具疾病誌的書寫意義。兩年後，林彧再出版第六本詩集《一棵樹》，延續上本詩集的書寫面向，在日常生活裡思考自然、人事物與存在樣貌，集中亦有一輯名為「有病」，依然展現出詩人面對肉身困厄的心靈實況。最貼近也最深刻理解林彧其人其詩的向陽，再次評述此集：「六十歲病後的林彧，跌宕於生死之間，困頓於斗室之內，詩成為他的救贖，成為他的呼吸，既記錄了他的日

---

[11] 向陽，〈推薦序：在破折中翻身〉，林彧，《嬰兒翻》，頁17。

常，疊印了他的生活，也展現了他的詩藝，映照了他的生命哲思。[12]」更進一步強化詩作對林彧的意義，不僅是記錄，更是救贖。

本節將探討林彧在這兩本詩集裡的疾病書寫兩大面向，一是「我的病痛」，二是「我如何看待我的病痛」，前者近於記錄與自剖，後者則是自我轉化與重構。下一節將依此呼應、論證林彧的疾病書寫如何趨近李宇宙所提倡的疾病誌書寫意義。

（一）異化・困頓・苦痛

林彧的疾病源於二〇一六年的中風，導致右肢行動不便，個體不但要面對病痛本身，更要應付症狀的社會觀點，換言之，疾病從來就不只是疾病，肢體困頓亦牽連出心理弱勢。孫小玉在討論失能主體的疾病誌時，曾提出：「病者描述疾病體驗中的主體與疾病的斥離、抗拒、抗衡和共存之同時，其中必然伴隨了心理層次的體驗及感受。[13]」因而，詩中的「疾病敘事是一種再現病者主體或『我』的方式，無論疾病

---

[12] 向陽，〈跌宕於生死與悲欣之間──讀林彧第六詩集《一棵樹》〉（《一棵樹》附錄），頁303。

[13] 孫小玉，〈第三章　失能主體與疾病誌的辯證關係：卡蘿的生命書寫〉，《失能研究與生命書寫》（高雄：中山大學出版社，2014），頁53。

以何種形式出現，身體功能的喪失將威脅人的自我意識及認同感，並使他產生無常感。[14]」因此，依此考察方式將應在尋繹詩的主題之外，加入疾病與主體的依存辯證關係，更能展開醫學與文學的雙重視野，也更能深化理解病中主體的他視與自視觀點。

　　相對於「正常」，病是異常，而疾病的我是異我，原本的世界與自我整體感受到衝擊，甚而改變。病中主體常有與「正常社會」不同的異化心理，或是生活失序之感，林彧〈病中詩〉一詩便是記錄病中情景，連結病－人－世界，構成病人視角的世界觀：

　　　病人沒有小周末，沒有

　　　大周末，沒有星期天

　　　——病菌不放假

　　　運送著結核體與桿絲

　　　電梯不放假；散發冷顫和猩熱

　　　冷氣機不放假

　　　星星，月亮，不放假

---

[14]　同上註，頁66。

拓展著無邊的

光明與黑暗，太陽

是顆不放假的病瘤[15]

「病人」歧出了世界例行的生活周期中，沒有所謂「放假」，日日處於病中，如同日夜運轉的機器，也如同日月星辰。詩人在此傳達的「不放假」，與其表面理解為病的勤奮，無寧是透露出病中主體「無法喘息」之困頓，更甚者，原本光明正面的太陽，也因病中視角被貶義為一顆「不放假的病瘤」，與主體心境扣連。

異化之後，病中主體從此陷入困頓思維裡。例如〈做夢〉一詩所敘說的夢境：「手傷腳殘之後，我的／夢，總是吊掛著滾燙的水滴」[16]，如果夢是現實的反映與補償，那些滾燙水滴（淚水）即是主體心境的投射。到了〈醫囑〉這首詩，詩人直言：「中風就是中風，沒大沒小／無風無浪，再也別想漂回那太平／歲月。一日中風，終生在風中」[17]，在感慨醫囑的直白之後，最後兩句「一日中風，終生在風中」，道盡飄搖動盪的處世之感。病中困頓心境最強烈的表露，應是〈初秋

---

[15] 林彧，〈病中詩〉，《嬰兒翻》，頁95-96。
[16] 同上註，頁88。
[17] 林彧，《一棵樹》，頁180。

夜雨〉的末節：「一個人數著歲月，簷破雨漏／都是：點。
滴。穿。心」[18]，中風加上獨居，「簷破雨漏」的外象亦指涉
著軀體，以及病體連帶的椎心痛感。

痛感是疾病書寫的核心命題，從形體擴及存在感知，林
彧的〈失眠，一條根〉有深切的描繪：

> 痠麻在作亂，從筋骨
> 深處，發作起來，夢都震裂
>
> 左側分崩，右側離析
> 悲痛不過如此：
> 寸步難行。
> 坐立難安。
> 有苦難言。
> 天明，猶如蛋破之混沌
> 狠狠貼上六張一條根
> 條條封住眼耳鼻舌身意
>
> 痛，是醒後之事

---

[18] 同上註，頁169。

　　苦，是夢的開啟[19]

「天明一條根」是知名的酸痛貼布品牌，詩人從筋骨痠麻的「治酸痛」下筆，詩行漸次展開的則是筋骨之內的「悲痛」。肢體的痛讓形體有分裂之感，以致行動、坐立皆難安，也無法安睡，身心無法安頓。經過難熬的夜晚，「天明」（既是時間詞亦是貼布名稱）無法結束苦痛，世界的開始仍是破碎混亂。面對無法安整的身心，病中主體選擇加強麻痺知覺，以六張貼布——封住「眼耳鼻舌身意」，從裡到外，從身到心，封住知覺意識。逃避苦痛之感，是病中主體的因應之道，不醒就不痛，然而，夢裡亦有苦……，詩末透露苦痛的無所不在。

　　病中主體直面描述「我的病」，歷數異化、困頓、痛苦等病中心境，是疾病書寫的主要面向。然而，我們應該察覺詩中「我」的自視視角，亦產生超越性高度的另一種面向，兩種面向可能同時存在。例如〈蝸居〉一詩的雙面陳述：

　　我無
　　所謂，只能踱步

---

[19]　同上註，頁197-198。

斗室之內，我無所

僞：長日已盡，夜梟

四鳴。我無所爲

與世同病：我無所爲

與時俱老；我無所爲

星光爲我擦亮

滿天詩句，我，無，所，畏[20]

林彧毫無遮掩（我無所僞）的真實記錄、描述病中心情，再轉而自我定位、自我詮釋，存在處境有了雙面性：我既困塞，我亦超脫，如這首詩所傳達的心境，「我無所爲」／「我無所畏」，油然產生與世／時同進同退的平和感受。

　　總結此節的討論，我們可以說詩人記錄並梳理病中心境，是在病之內，然而在書寫裡亦得以超脫肉身困窘，出至病之外，提昇至更高視角審視自身更本質的存在，這是詩的意義與功勞。向陽曾以上述〈蝸居〉爲例，指出林彧：「在疾病之前，以詩重生；在歲月與時間的考驗中，以詩長成一棵新生之樹，生死與悲欣將會日漸淡去，星光將擦亮不朽詩句」[21]。如

---

[20]　如上註，頁74。

[21]　向陽，〈跌宕於生死與悲欣之間——讀林彧第六詩集《一棵樹》〉，頁318-319。

此重整與賦義的書寫功效，下一節的例證有更多的呼應。

（二）轉化・自我賦義・翱翔

在林彧疾病書寫的詩作裡，除了記錄與描述，另一重要面向就是說明疾病於生命的轉折與自我轉化、重新自我賦義，以及頻頻使用「飛翔」的意象，此面向著重於「我自己定義我與病」。

詩人面對生命的重大轉折（林彧自言「破折」），也許首先要將此「斷裂」理清：「校對，地方記者，雜誌編輯／風中賣茶，母亡，婚變，爬梯復健／　／關鍵字總在關鍵處，折斷另起／無法一氣呵成的風景啊。你怎知／　／轉行之後／又是一番風起雲湧了」[22]。病中主體「校對」自己的人生，下標關鍵字時無法迴避身體的變故，因此重大轉折人生風景被迫中斷，也因此視野被迫轉折，主體肯認其饒富深意的關鍵性。此關鍵性意義，在《嬰兒翻》集中最動人的同題詩〈嬰兒翻〉有深刻的呼應：

翻身後，我像剛滿月的
嬰兒，在復健床上無知地笑著

---

[22] 林彧，〈另行〉，《一棵樹》，頁157。

　　明明是逐漸撿回天賦的動作

　　我卻有著收復吋吋失土的激動

末句「收復失土的吋吋激動」表達出復健肢體，也在復健天
真；身體重建，心也重生，於是，有嬰兒般的純粹喜悅。而在
〈練站〉一詩裡敘述站立練習，雖是人生基本行動能力的練
習，詩人自嘲自娛也自得，輔具並未折損志氣，輪椅人生是
「拿破輪」／拿破崙的人生，站起時則能有睥睨天下的胸懷。

　　從輪椅中，巍然

　　獨立：病房陳設倏忽矮化

　　是的，身為拿破輪族

　　我有種睥睨天下的本領[23]

　　人生遭受重大衝擊，不得不的轉折，在林彧詩中竟能
化為柳暗花明，甚至成為趨向圓滿的路徑，這些皆源於書寫
的自我賦義。生病後重生，悲傷後狂喜，這些複雜而弔詭的

---

[23]　林彧，《嬰兒翻》，頁93。

情境,在〈多柿之秋〉有了總結:「六十歲,這個花甲/端午,失去健康/中秋,失去母親/十月,失去婚姻/來到黃昏的柿子林/逐顆撿拾失血的/地球。缺憾這麼多/卻更接近圓滿的境地了」。人生如柿,唯有體認缺憾,失卻火氣,才能進入無苦澀的圓滿滋味。當我們討論這些疾病書寫時,關注焦點除了詩人的病症,更應進入詩人以病透析存在的面向。如同李宇宙所指稱,「它(疾病誌)不再是個人因外界病原或內在體質而進入某種脆弱狀態的表稱,而成為觀照個體內在或自然社會的縮影或反射。[24]」

特別應該再注意的是,林彧疾病書寫裡頻頻出現「飛」(或翱翔)的意象。例如〈急雨〉描述復健情景:「單腳,提起。單腳,/放下。單腳,提起。/單腳,放下。夏日急躁的/雨滴,在窗外的屋頂上,/雀躍。我的左手,/在鍵盤上,習飛。」身體在練習,創作也在預備,預備起飛。而在〈三越大崙〉裡則將個體融入自然,不讓形體困阨妨礙遠行,欲與雲海一同出帆:「我的窗外,波浪正在會議/半瘸半跛的影子,融入雲海/撐起七彩的夢想吧,踉蹌不礙出帆」[25]。最強而有力的飛行意象,應屬〈驚蟄之前〉一詩的主體志向:

---

[24] 李宇宙,〈疾病的敘事與書寫〉,頁6。
[25] 林彧,《一棵樹》,頁44。

我是滿腮鬍渣的

男人，憂喜不在乎

刮與不刮

我是單飛的

翅膀，拍不拍浪

沒人管得著，我

上搏九萬丈[26]

詩人自陳外在形貌與肢體限制完全無礙於飛翔，因為心境自在自由，「我」拍著翅膀，搏著旋風，直上九萬丈。這等氣勢與胸懷的飛行意象，不同於青年林彧的都市詩階段，他澈底鬆脫，更加自得。

讓詩人得以直上九萬丈，撐開浩瀚空間的助力，就是詩。林彧在《嬰兒翻》的後記說：「歲月多舛，幸好有詩相伴；詩句雖短，卻足以懸掛一生。」向陽剖析更深：「這是告別『破折』人生的新日的開始，而詩正是他改寫人生的最佳本

---

[26] 林彧，《嬰兒翻》，頁58。

錢。」到了《一棵樹》亦可常見「翱翔」意象，例如〈長短腳
的日子〉：

> 簷前的
> 雨滴，參差落下
> 踉蹌的腳步聲
> 在四壁間迴響著
>
> 我已甘於這種日子
> 長短腳不便遠行
> 我，用心翱翔[27]

陷入困頓裡的肢體，如前述〈初秋夜雨〉所言：「一個人數著
歲月，簷破雨漏／都是：點。滴。穿。心」，然而，此詩彷彿
是上詩的「續寫」，以心翱翔，來突破困境。心境轉換，書寫
也有了不同的意象傾向。而〈踩梯練習〉一詩更有無數溫暖的
翅膀在飛翔著：

> 我小心扶著

---

27 林彧，《一棵樹》，頁182。

自己，向上攀爬
怕撞歪了別人的背影

我扶著自己的
心，下階
黃昏，日落

遙遠的夢海邊緣
星星飄飛，那是我
長了無數的翅膀[28]

李宇宙認為：「當代疾病書寫的文體和敘事隱喻與傳統疾病誌
並沒有太大的差別，神話想像式的象徵和隱喻，如困頓的旅
程、航行與漂泊、遭逢惡靈、戰役等等幾乎是所有疾病誌的
原型。[29]」審視林彧有關「飛翔」意象的詩作，其內涵接近文
學傳統裡的「大鵬鳥」象徵系統，前有「上搏九萬丈」的雄
心，後有「用心翱翔」的自由心靈，皆意欲藉由書寫的想像性
轉化自我、擺脫困厄、不受拘束。

---

[28] 同上註，頁203-204。
[29] 李宇宙，〈疾病的敘事與書寫〉，頁6。

三、詩歌作為疾病誌的意義

（一）詩是心靈的復健

　　常見的中風病症特徵是肢體不便，必須耐心面對漫長辛苦的復健過程，詩人林彧確實在詩裡坦露許多形體受錮、痛楚的經驗，以致在自由的創作場域裡，詩人的意識奔放，往往超脫現實，賦予病中「我」更多精神上的存在意義。軀體需要復健，心靈亦需要安置，協助病中主體進行心靈復健的就是詩。這層創作涵義，筆者曾在為《嬰兒翻》撰述書評時提出：「詩集不僅分享詩人於四季流轉間提煉出的生命洞見、事物本質，更傳達了破折中翻身的寶貴體悟，以及喜怒哀樂的真滋味。林彧復健身體，撿回天賦動作，也以詩復健心靈，收復吋吋本然，然後起飛，直上九萬丈高空」[30]。到了《一棵樹》，喜見集中即有一首詩直言〈詩在幫我做復健〉：

> 要翻轉？先翻查字典
>
> 依靠，這是我最需要的動詞

---

[30] 李癸雲：〈以詩復健，然後起飛——讀林彧《嬰兒翻》〉，《文訊》（第385期，2017/11），頁149。

興觀群怨，就留在古籍裡
肢體想舒卷，把微笑掛到臉上吧

復健不靠兩片薄唇，張張合合
手要動，腳要抬，在窄梯，上上下下

我扶著一行一行，歪歪斜斜的
字，在暗夜，登樓狂摘滿天星斗[31]

這首詩前半部著重肢體的侷限，需要「依靠」，想要「舒
卷」，以及日常家居重複的復健動作。到了最後一節，詩人轉
實為虛，對比肢體的緩慢復健，寫詩讓主體一躍而上，登樓摘
星。詩人明言透過排列詩句，文字賦予了力量，讓「我」得以
在暗夜登高，在燦爛的星空裡摘取光芒。

　　因此，詩歌作為疾病誌的意義，便如同李宇宙所肯定
的，「疾病如同失去生命的目的和地圖般地，會中斷了原
有的故事情節，因此必須重新述說。這種述說不僅是關於
（about）病痛的故事，而是透過（through）創傷後的身體重

---

[31] 林彧，《一棵樹》，頁188-189。

新發聲（voice）。[32]」為了不讓病中主體無法再前行，必須重
新述說，而且必須將重新述說的內容連結至原來的病體，方能
不斷裂，才能給予病體新的意義，讓病體從創傷中復原。因
此，林彧的詩作即是一種「重新述說」，透過詩，心靈亦展
開復健之行。詩人深知此層涵義，他在〈隨想，或者所謂截
句〉系列詩的「寫詩」一題寫下：「你心中的沼澤有個難以拔
救的人／不寫詩，你永遠不知道：你可以舉起自己」[33]。透過
一次次的重新言說，也就是一首首詩的重塑與砥礪，詩人不再
陷落心靈沼澤，反而得知自我超越的可能。

　　對林彧而言，詩歌作為疾病誌的意義，是一種心靈的復
健，研究者與詩人自身皆察覺此層涵義。詩的意義因而也有了
療效，呼應向陽對林彧長期以來的深刻觀察：「在苦痛之中，
用詩的書寫來治療病體，用心來翱翔的決志，終於讓詩人林彧
重生」[34]。詩治療病體的可能性，也許是從內而外的發酵著，
當詩人的心境得以轉換與安頓，穩健的心靈亦可能助益於形體
的復原。而回歸詩學，這樣的疾病書寫同時開拓出新的美學方
式，「因為面對病痛，他透過詩的書寫表現的『疾病詩』，連
結著疾病與身體、與生命、與苦痛的三方辯證，表現了新的方

32 李宇宙，〈疾病的敘事與書寫〉，頁8。
33 林彧，《一棵樹》，頁291。
34 向陽，〈跌宕於生死與悲欣之間──讀林彧第六詩集《一棵樹》〉，
　頁315。

法和深刻的領悟。[35]」不僅是以疾病作為題材的特殊性，在思維的開展、語言的互涉，以及形體內／外、個體自視／社會觀點等多方辯證的手法，皆是臺灣現代詩美學的嶄新面貌。

（二）以詩奪回身體的主體性

　　李宇宙醫師提到近年來疾病敘事大量出現的背景，是因為「病者和社會需要從對醫學科學的失望或絕望中重新贖回某些主體性，或謂自己的身體、疾病和治療的所有權。[36]」「贖回主體性」對於病人而言，一來是對自己身體與疾病的掌握，二來是去除疾病在社會文明裡的「污名」，不讓外在觀點成為唯一的詮釋。孫小玉在研究失能藝術家時，發現：「失能在傳統的宗教或文化論述中始終被視為一種原罪，以說明失能主體為一異化主體。失能者有異於常模的特殊標記或烙印[37]」，要去原罪去標籤，疾病主體必須自我言說，奪回主體性。李宇宙在歸結許多相關學說後，他認為欲贖回主體性的有效方式即是——疾病敘事，「敘事是詮釋『我』的方式之一，疾病疼痛的我，或瀕臨死亡的我已經不是原來的我。透過不斷的陳述和追尋當下的我成為建構自體，或重新擁有『我的

---

[35] 同上註，頁317。
[36] 李宇宙，〈疾病的敘事與書寫〉，頁8。
[37] 孫小玉，〈第三章　失能主體與疾病誌的辯證關係：卡蘿的生命書寫〉，頁54。

自己』（My-Self）的過程[38]」。

　　在林彧的疾病詩裡我們可以發現，詩人自述的面向兼有陷入困頓與痛苦中的「我」，以及轉折後重塑的自由主體，這兩個面向的持續書寫與整合，便完全呼應了李宇宙揭櫫的疾病誌意義，「就醫者或病者的臨床實踐而言，也不僅是文類意義而已，還是自我闡釋、修整、統合、甚至高度自我『凝視』的行動。[39]」當病與人被連結時，主體的分裂（健康我／生病我、原來我／現在我、異化我／本來我…）是首要被關注的，描述病症，是重新贖回某些主體性或自己的身體（疾病不只是官方說法或公定的權力和責任關係），也是建構健康的我（自我）與生病的我（異我）之間的連結與整合。

四、結語

　　致力結合醫學科學與人文文學的李宇宙醫師，認為醫學和文學對話的結構核心是某種關於痛苦生死等特殊意義的傳遞：「醫學與文學的基本關照都是人類的緣起和命運，神話、寓言、經典、史詩、自傳等文類，想要回答人從何而來？將往何處去？活著是為了什麼？怎麼活得健康的問題，

---

[38] 李宇宙，〈疾病的敘事與書寫〉，頁6。
[39] 同上註，頁14。

對話的結構核心則是關於生死等特殊意義的傳遞[40]。」因為病痛，主體有了更深刻的生命體悟，本文以林彧疾病詩為研究對象，發現詩人對於形體不便的苦痛與困頓有真切的透析。

除了林彧，臺灣現代詩人亦有多位詩人展現類疾病誌的書寫意義，如陳昌明在林梵《海與南方》詩集後跋裡所肯定的「病中悟道」，「深刻的文學思維，常源於生死危懼的經驗。林瑞明自二〇〇八年開始洗腎，幾度生死交關，如此嚴重的肉身困境，造就他成為感通心靈的生命。[41]」陳昌明特別林梵這段詩：「疾病王國的病因／定期進行血液透析／我痛故我在」。「我痛故我在」是多麼深沉的病中感知，血液透析是醫療行為，也是詩人滌淨心境的隱喻，在痛中感受存在。又如曾以《心痕索驥》詩集坦露憂鬱症的詩人朵思的自剖：「病態而無法解脫的生命掙扎，生死抉擇韌性的挑釁，我嘗試著把精神醫學溶入於詩，使兩者結合，終而意外得到療癒自己，並產生迎擊各種困頓的力量。[42]」其自述憂鬱症發作時的情況：「我以我的亢奮尋你／尋你在我自己的潛意識裡／有時我以淚洗著世界的塵垢一般／洗著黏附我本性的傷心／在加速度狂烈熾熱

---

[40] 李宇宙，〈疾病的敘事與書寫〉，頁5。

[41] 陳昌明，〈病中悟道〉，林梵，《海與南方》（台北：印刻文學，2012），頁295。

[42] 朵思，〈後記〉，《心痕索驥》（台北：創世紀詩社，1994），頁132。

的慾望裡／我有著追逐青山縱身躍下或騰飛的衝動／我愛從右側的睡姿出發／想像胸腔被刀刃刺穿的窟窿正淌流／潺潺玫瑰紅的酒液／我的淚，洗著被你隔絕被整個世界拋棄的傷感」[43]，這不僅是一首深沉自況的詩作，更真切的描繪心理感受與病症實況。這些珍貴而獨特的詩作特質，希望未來能繼續整合觀察與深入研究。

這些詩作的寫作特質即抵達了李宇宙所言的醫學和文學對話的結構核心，一種關於痛苦生死等特殊意義的傳遞。文學已能展示許多普遍的人性心理與事件的同情理解，讓醫學更加人文化、人性化，重視人的主體，若能更聚焦於疾病與人的連結上，透過患病主體的自我審視與面對疾病的方式，相信能給予醫學界更多啟發，從器官到身體到心理到存在樣貌，醫療行為應如何涵括？希望透過本文這樣的考察方式，在尋繹詩的主題之外，加入疾病與主體的依存辯證關係，更能展開醫學與文學的雙重視野。

參考文獻

向陽，〈推薦序：在破折中翻身〉，林彧，《嬰兒翻》，台北：印刻文學，2017，頁13-40。

---

[43] 朵思，〈憂鬱症〉，《心痕索驥》，頁28-29。

向陽，〈跌宕於生死與悲欣之間──讀林彧第六詩集《一棵樹》〉，林彧，《一棵樹》，台北：印刻文學，2019，頁303-319。

朵思，《心痕索驥》，台北：創世紀詩社，1994。

李宇宙，〈疾病的敘事與書寫〉，蔡篤堅編著，《人文、醫學與疾病敘事》，台北：記憶工程，2007，頁1-23。

李癸雲：〈以詩復健，然後起飛──讀林彧《嬰兒翻》〉，《文訊》第385期，2017／11，頁147-149。

林彧，《嬰兒翻》，台北：印刻文學，2017。

林彧，《一棵樹》，台北：印刻文學，2019。

孫小玉，〈第三章　失能主體與疾病誌的辯證關係：卡蘿的生命書寫〉，《失能研究與生命書寫》，高雄：中山大學出版社，2014，頁53-83。

陳昌明，〈病中悟道〉，林梵，《海與南方》，台北：印刻文學，2012，頁294-297。

賴其萬，〈推薦序：讓文學拓寬醫學生的視野，培育更多關社會的良醫〉，陳重仁，《文學、帝國與醫學想像》，台北：書林，2013，頁3-6。

蘇珊・桑塔格著，刁筱華譯，《疾病的隱喻》，台北：大田，2000。

戴正德，《新時代的醫學人文》，台北：五南，2017。

>> 異口同「聲」
——探索臺灣現代文學創作的多元發展

臺灣（現）當代詩歌與音樂的跨界交會

周郁文

輔仁大學德語系助理教授

摘要

詩歌與音樂的交會其來有自，無論在世界各國，皆有相當的傳統。詩歌以其聲韻之本質，自古以來便有許多與音樂的跨界媒合，或再創作，成為另一種型態的作品。本論文旨在探討臺灣（現）當代詩歌與音樂的交會，爬梳臺灣（現）當代漢語詩詞如何在音樂領域中產生新的藝術構成，以及其大致的流變。本論文的研究方法採用質性與文本分析，尋覓已被改作成為音樂作品的臺灣詩詞創作，理解其題材與內容，並且分析漢語詩詞經由跨界創作之後所呈現的風景，理出一條關於臺灣文學在音樂跨界創作方面的路徑。

關鍵詞：臺灣、漢語詩詞、音樂、跨界、（現）當代

A Cross-Genre Encounter between Modern/ Contemporary Taiwanese Poetry and Music

Abstract

The encounter of poetry and music has come a long way, enjoying legacies across countries. With its nature in sound and rhyme, poetry has been fused with music across genre, or re-created into another form of work, since ancient times. This paper aims to inquire the encounter between the modern/contemporary Taiwanese poetry and music, combing through how the modern/contemporary Chinese poetry generates new artistic compositions in the realm of music as well as the general process of its evolution. Qualitative analysis and text analysis were employed as the methodology herein in search of works of music adapted from Taiwanese poems to comprehend their subject-matters and contents, followed by analyses of the landscapes manifested by the cross-genre production derived from the Chinese poetry, so as to sort out a path for the Taiwanese literature with regard to its cross-genre production with music.

Keywords: Taiwan, Chinese poetry, music, cross-genre, modern/
contemporary

一、回溯日治時代

　　詩歌與音樂的交會其來有自，無論在世界各國，皆有相當的傳統。詩歌以其聲韻之本質，自古以來便有許多音樂的跨界媒合，或再創作，成為另一種型態的作品。臺灣詩歌與音樂的交會，若往日治時代回溯，可以從臺語創作歌謠當中覓得先聲。根據臺北市文獻委員會副主任委員莊永明先生的〈臺語歌謠史略──兼談日治時代流行歌〉[1]一文中指出：「《臺灣新民報》曾刊載過一首賴和作詞、李金土譜曲的〈農民謠〉，和蔡培火自己作詞作曲的〈作穡歌〉等多首歌曲，都是臺灣創作歌謠之先聲。」日治時期重要作家賴和（1894-1943），本職為醫生，他曾經與小提琴音樂家李金土（1900-1979）在1931年攜手合作，為農民喉舌，使〈農民謠〉成為知識份子的社會運動歌曲之一，也是抗日運動的民族詩篇。[2]

---

[1]　莊永明，〈日據時代的臺語流行歌謠初探〉，《1930年代絕版臺語流行歌》（臺北：臺北市政府文化局，2009），頁11。
[2]　甫三，〈農民謠〉，《臺灣新民報》，（1931.1.1），頁12。

　　賴和使用筆名「甫三」發表〈農民謠〉，共有九段，以詩歌陳述農民生活之疾苦，茲列如下——第一段為「風吹雨打／水浸日曝／一年中、率々苦々／只希望／稻仔好／粟價高／這辛苦、也即有補所」，第二段為「碎米蕃薯／菜脯鹹魚／一年中、儉々省々／只希望／好收成／無疾病／這儉省、也即有路用」，第三段「六月大水／秧仔淹沒／等待到、大水退乾／又不幸／圳頭崩／圳水斷／浸不死、也被日曝爛」，第四段「十月收冬／只有四成／這祇足、地主租額／留下來／刈稻工／肥糞錢／無粟糶、怎得去開支」，第五段「晒乾皷淨、讀濾／地主趕到、讀較／一大堆、被他輦走／只剩些／風皷尾／二槽頭／看怎會、維持到年兜」，第六段「敢刈布店／菜架豬砧／無一位、肯再賒欠／又兼得／這景氣／無塊借／只好把、食衣來縮減」，第七段「期限要過／當頭當盡／納不完官廳租稅／又被他／收稅官／來催促／駭怕得、真像犯著罪」，第八段「農會豆粕／圳務水銀／怎參詳、也不允準／差押官／牽去牛／拿去豬／雞鴨鵝、一齊攏總去」，第九段「不勤不儉／怕受飢寒／幾年來、勤々儉々／也依然／妻不飽／兒不暖／自嘆命、受苦敢誰怨」。

　　這首詩以敘事詩的方式表現日治時期農民生活的困厄，顯見了文學的社會使命與反抗日本殖民統治的社會與政治意識。在音樂表現上，由於不確知是否留下曲譜，目前僅可推

測，作為留學東京的小提琴音樂家的李金土，有可能以西樂的
方式詮釋這首長詩。而蔡培火（1889-1983）身為日治時期社
會運動家，也在臺語民謠流行之際，寫下〈咱臺灣〉、〈作
穡歌〉等多首歌曲。[3] 這些詩歌無不背負著許多使命，〈咱臺
灣〉寫於1929年，後於1933年至1934年間，由古倫美亞唱片
灌製並發行，演唱歌手為林氏好（1907-1991）。[4]〈咱臺灣〉
的歌詞讚頌了臺灣的地景風情，表達了對於土地的熱愛，儘管
歌詞並無政治字眼，它的存在與傳唱，卻是一種實在的政治表
達，詞共分三段——

（一）

臺灣　臺灣　咱臺灣

海真闊山真懸　大船小船的路關

遠來人客講汝美　日月潭　阿里山

草木不時青跳跳　白鴿鷥過水田

水牛腳脊烏秋叫

太平洋上和平村　海真闊山真懸

---

[3] 賴淳彥，《蔡培火的詩曲及彼個時代》，（臺北：財團法人吳三連台灣
史料基金會，2018），頁17。

[4] 林柏維，〈思想起：新國民年代的臺灣歌謠〉，《南台通識電子
報》（2007.6.28）。轉引自陳郁秀《音樂臺灣》（臺北：時報文化，
1996），頁47。

（二）

美麗島是寶庫　金銀大樹滿山湖

挽茶囝仔唱山歌　雙冬稻仔割昧了

果子魚生較多土

當時明朝鄭國姓　愛救國　建帝都

開墾經營大計謀　上天特別相看顧

美麗島　是寶庫

（三）

高砂島　天真清　西近福建省

九州東北旁　山內兄弟尚細漢

燭子火　換電燈

大家心肝著和平　石頭拾倚來相拱

東洋瑞士穩當成　雲極白　山極明

高砂島　天真清

　　這三個段落在自然、史地、人文等方面著墨，聲音則由當時的臺語女歌手林氏好詮釋。林氏好為社會運動家盧丙丁之妻，當時的林氏好，歷經丈夫因投身反殖民運動被臺南警察署逮捕關押，以及逃至廈門躲避追緝，從此不知所終，原為學校教員的她也被辭退，從此投身婦女運動與歌唱事業，在此情境下唱出蔡培火所作的〈咱臺灣〉，情感格外濃厚且詩意。一如

他們的同代人李臨秋（1909-1979），專職填詞，為後世留下
許多傳唱的作品，如〈望春風〉、〈四季紅〉等，多由作曲家
鄧雨賢（1906-1944）作曲，歌手純純（1914-1943）演唱。日
治時期漢語詩歌與音樂的交會，儘管不多，卻往往可從歌謠當
中窺見一斑，構成了當時的美學。

二、戰後詩歌與音樂的交會

　　1945年終戰之後，臺灣最早的詩歌與音樂的交會，始於
〈高山青〉（1947）。填詞者為詩人鄧禹平（1925-1985），作
曲者為導演張徹（1923-2002，原名張易揚），作品因應戰後
第一部國語片《阿里山風雲》（1947）而誕生。四川詩人鄧禹
平筆名夏荻、雨萍，一九四九年自東北大學肄業來臺，從事寫
作與影藝編導，主編《中央影藝》等刊物，著有詩集《藍色
小夜曲》（1951），《我存在，因為歌，因為愛》（席慕蓉繪
圖，1983）。

　　1950年代，臺灣詩壇經歷了政治的變遷，而有了新的局
面。許多詩刊紛紛成立，各類論爭輪番上演。當時官方主導的
反共文藝盛行，詩歌的創作少有跨界的情形。直到1970年代，
民歌運動盛行，西洋音樂影響，青春洋溢的大學生，將個人的
情愛與對生活的感受以民謠的方式唱出來。由於適逢中華民國

退出聯合國與中美斷交的時代背景，自臺大農化系畢業不久
的歌手楊弦（1950-）決定歸返自身文化，選擇余光中的詩作
〈鄉愁四韻〉，加以譜曲。1974年夏天，在胡德夫（1950-）
的個人演場會上以受邀嘉賓的身分發表。〈鄉愁四韻〉為余光
中詩集《白玉苦瓜》[5]收錄的作品，出版於1974年3月，詩作全
文如下——

　　〈鄉愁四韻〉

　　　給我一瓢長江水啊長江水

　　　酒一樣的長江水

　　　醉酒的滋味

　　　是鄉愁的滋味

　　　給我一瓢長江水啊長江水

　　　給我一張海棠紅啊海棠紅

　　　血一樣的海棠紅

　　　沸血的燒痛

　　　是鄉愁的燒痛

---

[5]　余光中，《白玉苦瓜》，（臺北：大地，1975），頁158-160。

給我一張海棠紅啊海棠紅

給我一片雪花白啊雪花白
信一樣的雪花白
家信的等待
是鄉愁的等待
給我一片雪花白啊雪花白

給我一朵臘梅香啊臘梅香
母親一樣的臘梅香
母親的芬芳
是鄉土的芬芳
給我一朵臘梅香啊臘梅香

　　余光中在經歷了臺灣、香港、美國等地的生活，對於故鄉中國大陸的鄉愁日益加深，〈鄉愁四韻〉所呈現的風景，分別以四個段落呈現出四種風景——由長江水而醉酒、由海棠紅而沸血、由雪花白而家信、由臘梅香而鄉土。詩作的意象豐富、結構整齊，反覆疊唱的韻律飽含音樂的節奏。歌手楊弦在音樂的呈現上，以吉他配合鋼琴與小提琴演奏，開啟了民歌時代以詩入樂之先河。演出當天，楊弦邀請詩人余光中親臨現場

觀賞，由於作品獲得好評，同時受到余光中的讚賞，詩人遂鼓勵楊弦以其詩集《白玉苦瓜》中的其他詩作入歌[6]。《白玉苦瓜》為時年46歲余光中的第十部詩集，受到第三次赴美的生活影響，作品除了富含民族意識之外，也多了西方搖滾樂的現代氣息。其後，楊弦陸續為余光中的另外七首詩作譜曲，於翌年連同〈鄉愁四韻〉共八首詩，於自己舉辦的個人演唱會「現代民謠創作演唱會」當中發表[7]。該演唱會前半場演唱英文歌曲，後半場則以余光中的詩歌作為主軸。這八首詩，包括了〈民歌手〉、〈鄉愁四韻〉、〈小小天問〉、〈搖搖民謠〉等，演唱會結束之後，警察廣播電臺的節目《平安夜》播出了部分的現場實況錄音，節目主持人凌晨小姐則對楊弦進行了專訪。

根據1975年6月6日的《聯合報》所登載的消息〈現代民謠創作演唱　今晚在中山堂舉行〉[8]，可以得知當晚演出之梗概——

【本報訊】「現代民謠創作演唱會」，定今晚八

---

[6] 〈余光中促成民歌運動，羅大佑譜曲《鄉愁四韻》〉，《蘋果日報》（2017.12.14），https://tw.appledaily.com/new/realtime/20171214/1259306（2019.9.1徵引）。

[7] 張釗維，《誰在那邊唱自己的歌——臺灣現代民歌運動史》，（臺北：滾石文化，2003），頁72。

[8] 〈現代民謠創作演唱　今晚在中山堂舉行〉，《聯合報》（1975.6.6），第8版。

時在中山堂舉行，會中將演唱歐美民謠，詩人余光中亦將朗誦自己作品。

　　演唱會中並將發表新近由詩人余光中作詞，青年民謠音樂家楊弦譜曲的八首歌謠體新詩，其中「民歌手」、「江湖上」、「搖搖民謠」、「白霏霏」，是以旋律柔和，節奏鮮明的民謠方式譜成。另外尚有「小小天問」、「鄉愁」、「民歌」、「鄉愁四韻」四首。劉鳳學女士指導的現代舞將配合「小小天問」演出。

　　門票分四十、六十、八十元，在功學社、中國書城、林口書局、敦煌書局、士林宇音樂器行等處預售，演出所得將作為獎助現代中國民謠創作基金。

　　　　　　　　【1975-06-06／聯合報／08版】

　　由上可以得知，「現代民謠創作演唱會」的曲目，包括了歐美民謠，歌謠體新詩譜唱，以及舞蹈家劉鳳學（1925-）為詩作〈小小天問〉跨界編舞的現代舞演出。由於當時已定居在香港，於香港中文大學任教的余光中返臺，屬於文化界大事，演場會兩日之前，消息即已見報[9]，《聯合報》於1975

---

[9]　黃北朗，〈詩人與音樂家攜手　創作現代民謠——這只是起步希望引起注意　尚賴大家推廣使詩歌飛揚〉，《聯合報》（1975.6.4），第8版。

年6月4日預告了演唱會的消息，新聞標題為〈詩人與音樂家攜手　創作現代民謠——這只是起步希望引起注意　尚賴大家推廣使詩歌飛揚〉，首先介紹余光中〈鄉愁〉一詩，接著敘述——

　　余光中的這首「鄉愁」以及他另外七首詩，被青年音樂家楊弦譜上了曲，像余光中自己說的，詩是「蛋」，而音樂是「鳥」，由「楊媽媽」孵出的「新雛」，在今天來看也許是個奇怪的結合，只因為我們近二十年來，詩與歌已分了家。

　　余光中是詩人，但他卻對音樂有份狂熱，他說，文人與其在旁邊訴苦，埋怨沒有淨化的音樂，何不「參與」，只有政府高聲疾呼的提倡是不夠的，如果沒有民間作曲、作詞的人響應，歌曲的淨化將永遠只是「空中樓閣」，所以他說，楊弦為他的詩譜曲，而舉行「現代民謠創作演唱會」，這只是個開始，想為音樂界投下一粒石子，引起人們的注意，再經由大家的推廣，以期做得更廣更闊。

　　（中略）

　　六日的演唱會中，余光中將親自朗誦他的「鄉愁四韻」，他是專誠自香港返國，他為音樂的愛好而貢

獻自己的力量，他相信僅憑他與楊弦的單薄力量，是
無法挽時下音樂之狂瀾，不過他堅信這是起步，總有
一天，我們的詩與歌將一起飛揚！（本報記者黃北朗）

　　這篇報載的文章，透露了當時「詩歌分家」的狀態，也
將詩人在此一跨界合作計畫的立場表明。余光中作為詩人與作
詞者，在此有著主動參與的痕跡。儘管1974年楊弦譜唱〈鄉愁
四韻〉，詩人處於被動位置，但是在胡德夫演唱會當天，余光
中對楊弦的鼓勵，將詩人在此一跨界合作當中的位置從被動變
成了主動。余光中在該報載的受訪中表示：「他承認，只是幾
次音樂會是不足以蔚成風氣的，必須走向街頭，深入人心，就
像藝術歌曲一樣，只在音樂台上的表演，怎麼大眾化呢？」可
見詩人對於跨界合作的大眾化性質早有理解，並且期待新作品
的誕生，以跳脫以往的藝術歌曲，鼓勵時下年輕人在欣賞西洋
音樂之餘，也要「探求出促進中國新音樂產生之『靈感』，經
過吸收進而創新」。儘管余光中喜歡楊弦為他所譜的民歌，但
卻也不否認，「在曲譜的表現上，有流於西化之嫌」，並認為
這只是開始，「相信繼續下去將會更調和，為中國音樂開一番
新面貌」[10]。

10　同上。

民謠的純樸風格，使得作品更接近鄉土的根，而余光中本人也返國，在演唱會上親自朗誦了〈鄉愁四韻〉一詩。[11]這次演出，開啟了臺灣的民歌的歷史，也將臺灣當代詩歌與音樂冶於一爐。之後，知名廣播主持人、有「現代民歌之母」之稱的陶曉清，更將整晚的演唱會內容於她所主持的中國廣播公司的《熱門音樂》節目中全數播出，造成熱烈迴響。透過陶曉清的引介，甫成立數年的「洪健全文教基金會」創辦人洪健全（1913-1987）之長媳洪簡靜慧女士也出席該演唱會，聽完之後很感動，認為「楊弦帶給臺灣年輕人的是一種希望和可能」，決定資助唱片的發行。三個月後，《中國現代民歌集》於1975年9月出版，收錄了當天演場會的8首歌曲，並增加余光中《蓮的聯想》（1964）詩集中收錄的〈迴旋曲〉，一共9首。此一專輯初版一萬張，一個月內銷售一空，四個月內再版三次。此一演唱會與專輯的幾近同步的推出，標誌臺灣現代民歌運動的開端，激起青年學子「唱自己的歌」，也帶動了校園民歌風潮。然而，被譽為「現代民歌之父」的楊弦，兩年後急流勇退，於1977年發行第二張個人專輯之後，就離開了歌壇，赴美修習中醫。

---

[11] 同註7。

《中國現代民歌集》中的專輯曲目如下——

1. 鄉愁四韻／合唱

2. 民歌／大合唱

3. 江湖上／楊弦

4. 鄉愁／楊弦&章紀龍

5. 白霏霏／合唱

6. 民歌手／楊弦&徐可欣

7. 迴旋曲／楊弦

8. 搖搖民謠／章紀龍

9. 小小天問／楊弦&徐可欣

　　《中國現代民歌集》專輯載體為黑膠唱片，在專輯手冊當中，余光中為文書寫〈出版前言〉：

　　沒有歌的時代，是寂寞的。只有噪音的時代，更寂寞。要壓倒噪音，安慰寂寞，唯有歌。我在寫《白玉苦瓜》集中的作品時，很少想到，那些詩有一天會變成歌，因為在我們這時代，詩大半是寫來看的，很少是寫來聽的。青年作曲家楊弦，在看我的詩時，卻聽到了音樂，很是令我高興。他不但聽到了音樂，還將音樂譜了起來，讓大家一起聆賞。今年六月六日，一

個溫柔多雨的晚上,楊弦和許多歌手琴手,在擁擠的中山堂,把兩千聽眾帶進了那音樂裡,那旋律何其青麗美婉,有如參加了詩與歌的婚禮。歌魂琴魄,繚繞不絕,於今念及,猶感蜜月未遠。《中國現代民歌集》中所收,除了那晚演唱的〈鄉愁四韻〉等八首外,還有楊弦新近從《蓮的聯想》裡挑出來譜成曲的〈迴旋曲〉,共為九首。從詩到歌,從歌到圓紋細細的唱片,是一條不能算短的歷程,令人高興,值得一記。

余光中　六十四年八月十六日夜於台北

這則〈出版前言〉寫於演唱會後兩個月,專輯出版在即時。他提到他所身處的時代,「詩大半是寫來看的,很少是寫來聽的」,又提到演唱會當晚「有如參加了詩與歌的婚禮」,甚至「猶感蜜月未遠」。這張詩歌專輯從詩到歌的歷程,歷時大約兩年。而在專輯出版之後,《聯合報》也分別於同年十月13、14兩日先後刊載了兩篇評論,一篇為「楊子」所撰之〈我的愛情〉[12],另一篇為「薇薇夫人」所撰之〈中國現代民歌〉[13]。

---

[12] 楊子,〈楊子專欄——我的愛情〉,《聯合報》(1975.10.13),第12版。
[13] 楊子,〈薇薇夫人專欄——中國現代民歌〉,《聯合報》(1975.10.14),第6版。

　　「楊子」為時任《聯合報》總主筆的楊選堂（1921-
2011）先生之筆名，〈我的愛情〉為其在聯合報所開設的「楊
子專欄」之內容。其中提到他收到洪建全視聽圖書館簡靜惠女
士致贈的《中國現代民歌集》，遂對余光中的詩作與音樂的結
合予以評論──

> 在楊弦所選的九首余詩中，除了「白霏霏」和「迴旋
> 曲」外，都稱得上中國現代民歌，民歌很難寫，形式
> 要樸素，意境要高遠，感情要含蓄，余詩雖然套入了
> 現代詩的框子，仍不失其韻味，可愛在此，民歌更難
> 譜曲，要唱得單純而不單調，重複而又能曲折，楊弦
> 的作曲與歌唱，一般的說都很好，但民歌部分比詩的
> 部分好，和聲合唱部分比獨唱部分好，反覆的聆聽這
> 九首歌，我覺得民歌的公開演奏、獨唱頗難討好，獨
> 唱的旋律應該拍子快一點，配樂不妨多樣性，更重要
> 的，歌詞的押韻是應該講究的，余光中形容楊弦的作
> 曲與演唱是「清麗美婉」，以我的意見，有些獨唱部
> 分稍嫌「清麗」了，便會陷於單調，京劇之所以適宜
> 於清唱，乃是它曲折婉轉；民歌的獨唱，要花腔化，
> 才能補救它的單調。

　　從上述文字看來，《聯合報》總主筆的楊選堂先生對
於此張專輯並非全然追捧，而有指教之意。楊先生在文中指
出：「楊弦所選的余詩九首中，以〈鄉愁〉為最成功，〈民
歌〉次之，〈搖搖民謠〉又次之，我們上面所提到的〈白霏
霏〉，〈迴旋曲〉，以及「〈小小天問〉則不愜意，因為這四
首詩，宜看不宜聽，因為看，能懂它的抒情，聽，則缺乏感情
的共鳴作用。」他將曲目當中鍾愛與不愛的作品列出，並且點
出了某些詩歌「宜看不宜聽」的特質，最後則期許民族民歌之
未來。翌日，女作家薇薇夫人（1932-，本名樂茞軍）在她的
專欄中也寫及自己聆聽演唱會與專輯的感受——

　　　　在今年六月聽過「現代民謠創作演唱會」以後，
　　就一直盼望他們的唱片能早點錄製好，我已經跟孩子
　　們「預約」了一張唱片的位置，而且保證他們不討厭
　　（事實上我們家的「音樂代差」並不懸殊）。
　　　　前幾天，這張由洪建全教育文化基金會出版的
　　「中國現代民歌集」果然來了，那一整天我們家的唱
　　機上都「迴旋」著「迴旋曲」和「鄉愁」。孩子們愛
　　極了幾首現代意味比較濃的，而我捨不得不聽那鄉
　　愁，尤其是那南胡的音韻，輕輕的牽出多少多少在我
　　腦海中永遠忘不了的人和事。於是一遍一遍又一遍，

唱片旋轉著，我們沉迷在自己喜愛的旋律裡。

　　從薇薇夫人的字裡行間可以得知，「現代民謠創作演唱會」的兩千名觀眾當中，除了一般大眾之外，也冠蓋雲集。透過媒體的推波助瀾，使得這場臺灣當代詩歌與音樂的交會有著龐大的觀眾群。當唱機中的唱片旋轉著，〈迴旋曲〉與〈鄉愁〉成為薇薇夫人最愛的作品，特別〈鄉愁〉一詩使用了南胡作為伴奏，使得樂曲的民族意識更加貼切。

　　二次戰後的時代氛圍以對於中國的懷想與反共戰鬥文藝為主，在民歌風潮之下，一些愛國歌曲譬如〈龍的傳人〉（1978，侯德健）、〈中華民國頌〉（1978，劉家昌）也不約而同地在1980年來臨之前誕生。而在戰後至1970年代民歌運動發軔之前，詩歌與音樂之間的跨界合作微乎其微，這種斷裂或與語言的移置與轉換，以及文藝創作之審查有所關聯。值得注意的是，1960年代，儘管在嚴肅文學的領域少有跨界合作之勢，兒歌的部分卻因為詩人周伯陽（1917-1984）的投入，而間接在此一領域發出先聲。周伯陽為兒童文學作家、詩人與歌謠創作者，在日治時期以日文創作，活躍於兒童文學界，1942年，作品入選公學校國語教科書，翌年應邀參加「童謠詩人聯盟」。戰後他改以中文寫作，二二八事件之後數年皆未見其發表文章，直到1950年代始自費出版中文歌謠。他的作品傳唱至

今，包括〈妹妹揹著洋娃娃〉（1952）、〈娃娃國〉（1952）
等，兩首童謠皆收錄於1952年三月的《新選歌謠》當中，由作
曲家蘇春濤（1908-未知）譜曲。戰後被收錄於國小音樂教科
書的〈妹妹揹著洋娃娃〉，原名〈花園裡的洋娃娃〉，它的歌
詞其實顯現出不同於他國童謠的奇怪意境：「妹妹揹著洋娃娃
／走到花園來看花／娃娃哭了叫媽媽／樹上小鳥笑哈哈」。而
〈娃娃國〉的歌詞則更加貼近了戰鬥文藝的時代現實——

> 〈娃娃國〉
>
> 娃娃國，娃娃兵，金髮藍眼睛，
> 娃娃國王鬍鬚長，騎馬出王宮，
> 娃娃兵在演習，提防敵人攻，
> 機關槍，達達達，原子彈轟轟轟。
>
> 娃娃國，娃娃多，整天忙做工，
> 娃娃公主很可愛，歌唱真好聽。
> 娃娃兵，小英雄，為國家效忠，
> 坦克車，隆隆隆，噴射機嗡嗡嗡。

　　戰後除了兒歌的領域可見詩人投入跨界合作之外，因
為國家政策導致漸趨式微的臺語，也在曾有文學跨界的專輯

合作。譬如1964年，亞洲唱片出版的黑膠專輯《金色夜叉》
（1964），改編自日本明治時代作家尾崎紅葉（Ozaki Kōyō,
1868-1903）的小說連載代表作（1897-1902），由歌手文夏
（1928-）與同為歌手的妻子文香演唱與口白。反映在當時的
民眾娛樂有此一需求。而1962年有線電視在臺灣開播，也創造
了作家更多的跨界可能。

　　女作家瓊瑤（1938-，原名陳喆）於1963年在皇冠出版
社出版小說處女作《窗外》，之後每年陸續集中發表多部作
品，創作產量豐沛，描述刻骨的愛情，透過報紙的連載與宣
傳，使瓊瑤迅速成名，1965年開始，中央電影製片廠陸續推出
《婉君表妹》、《啞女情深》等電影，1970年開始，臺灣三家
電視臺也陸續拍攝瓊瑤電視劇。在無數的合作當中，瓊瑤自
1966年開始為電影填詞，至1983年共有三十部瓊瑤電影的電影
插曲皆由瓊瑤本人填詞，且發行唱片。電視劇填詞的部分，則
從1970年開始，直到今日，同樣近三十齣瓊瑤電視劇。女作家
瓊瑤的跨界合作，影響長達數十年，與她合作過的作曲家，包
括王菲、劉家昌、周藍萍、慎之、林福裕、古樂、翁清溪、
葉佳修、史擷詠、剛澤斌、左宏元與黃自等。這些積極的參
與，也創造出了作家跨足娛樂產業的經濟與市場效應，將文學
的大眾化進行到底。

三、民歌之後——詩人與他們的歌詞

　　1980年代，由於電視普及，媒體興盛，流行音樂產業盛行的情況下，許多作品都不乏詩人的身影。1979年，女歌手齊豫（1957-）唱紅了〈橄欖樹〉（1979）一曲，即為唱片產業與女作家合作的最佳例證。〈橄欖樹〉（1979）的作詞者為女作家三毛（1943-1991，原名陳懋平），原名《小毛驢》，作曲者為阿美族音樂家李泰祥（1941-2014）。這首作品收錄在1979年新格唱片發行的齊豫首張國語專輯《橄欖樹》（1979）當中。該專輯的音樂全由音樂家李泰祥操刀，曲目包括詩人蓉子的〈青夢湖〉、羅青的〈答案〉等，以及李泰祥自己填詞的作品。蓉子（1928-，原名王蓉芷）為「藍星詩社」（1954-1984）成員，自1953年開始出版詩集，作品〈青夢湖〉原題〈四月〉，描述少女等待生命啟航；羅青（1948-，原名羅青哲）則自1972年開始出版詩集，〈答案〉一詩當中僅有短短兩句：「天上的星星，為何像人群一般地擁擠呢？地上的人們，為何又像星星一樣地疏遠？」隨著齊豫的渾厚的高聲，李泰祥富有現代風情的譜曲，使得詩人的語言透過流行音樂產業以大眾傳播的方式傳遞到普羅大眾的腦海裡。

　　1985年，三毛以錄音帶與黑膠的形式發行了自己的詩歌

專輯《回聲 三毛作品第15號》，1986年，滾石唱片以CD
形式重新推出，為臺灣第一張出版販售的實體CD。這張專
輯收錄了11首歌曲，包括〈軌外〉、〈謎〉、〈沙漠〉等，
作曲家包括李泰祥、李宗盛（1958-）等，演唱者則為齊豫、
潘越雲（1957-）。之後，三毛陸續出版了三部有聲書，《三
毛說書》（1987）、《流星雨》（1987）與《閱讀大地》
（1989），顯見作家在1980年代的跨界嘗試。

　　女詩人席慕蓉（1943-）在文壇的初試啼聲，同樣與大眾
傳媒密不可分。1981年，席慕蓉出版第一本詩集《七里香》
（1981），其中收錄的〈出塞曲〉，寫於1979年，同年由李南
華女士作曲，女歌手蔡琴（1957-）演唱，內容描述內蒙古風
光，儘管席慕蓉在1989年才初次踏上內蒙古，這首歌曲的發表
先於自己的詩作近兩年，其中的傳媒效應可見一斑。

　　1978年，歌手蔡琴參加中國電視公司的《六燈獎》歌唱比
賽節目表現突出，後參加海山唱片所舉辦的民謠風歌唱比賽
而進入歌壇。1979年4月愚人節，蔡琴發行首張個人專輯《出
塞曲》（1979，黑膠唱片），此前已經發表過《恰似你的溫
柔》等單曲。1980年9月，海山唱片以CD形式再度出版《出塞
曲》，翌年獲得金鼎獎兩大肯定，兩個獎項皆為唱片類，一為
「作詞獎」，由席慕蓉〈出塞曲〉獲得，一為「演唱獎」，
蔡琴以收錄在專輯中的《台北吾愛》（1980）電影主題曲〈抉

擇〉成為三位獲獎者其中一位。[14]

　　值得注意的是，這張蔡琴的首張專輯，不乏與作家的合作，除了席慕蓉，瓊瑤的〈船〉與〈庭院深深〉便是例證，〈船〉為瓊瑤第八部小說《船》（1966）的同名之作，〈庭院深深〉則是瓊瑤第14部小說《庭院深深》（1969）的同名作品。此前，《庭院深深》已於1971年改編成電影，1974年改編為電視劇，因此對於觀眾而言，這些主題內容已經耳熟能詳。蔡琴的嗓音低沉富有磁性，無論詮釋席慕蓉的詩，或是瓊瑤的愛情故事，都成功吸引了聽眾的關注，使得跨界合作帶來高度商業利益。

　　此時期，歌手羅大佑（1954-）延續民歌風潮，也為余光中的詩作〈鄉愁四韻〉（1982）作曲並演唱，收錄於滾石唱片為其發行之個人專輯《之乎者也》（1982），成為出道之作。《之乎者也》的載體為錄音帶，其中收錄的曲目如下——

A面

1. 鹿港小鎮（詞：羅大佑）

2. 戀曲1980（詞：羅大佑）

3. 童年（詞：羅大佑）

---

[14] 〈出版事業金鼎獎——得獎名單昨評定，聯合報系獲三項榮譽〉，《聯合報》（1981.11.18），第2版。

4. 錯誤（詞：鄭愁予）

5. 搖籃曲（詞：羅大佑）

B面

1. 之乎者也（詞：羅大佑）

2. 鄉愁四韻（詞：余光中）

3. 將進酒（詞：羅大佑）

4. 光陰的故事（詞：羅大佑）

5. 蒲公英（詞：羅大佑）

在《之乎者也》這張專輯當中，大多數的曲目為羅大佑自行編寫詞曲，在錄音帶的兩面，各有一首歌為現代詩入樂，分別是A面第四首〈錯誤〉，取自詩人鄭愁予（1933-）寫於1954年的詩作，收錄於第二部詩集《夢土上》（1955），以及B面第二首〈鄉愁四韻〉，取自余光中收錄於第十部詩集《白玉苦瓜》（1974）當中的作品。羅大佑融合搖滾與東方美學，自創新曲，與當時的電影合作之餘，也不忘詮釋詩作。羅大佑對於詩歌的熱愛，從學生時代便可看出；1974年，就讀中國醫藥學院二年級的羅大佑，發表了二首詩作改編的歌曲，分別是徐志摩（1897-1931）的〈歌〉（1928）與余光中的〈鄉愁四韻〉（1974），這一年，也是楊弦在胡德夫的演唱會上發

表〈鄉愁四韻〉的時刻。徐志摩的〈歌〉（Song, 1928）其實
是一首譯詩，原作者為英國女詩人羅塞蒂（Christina Rossetti,
1830-1994），這首歌曲在三年後被選為電影《閃亮的日子》
的插曲，由張艾嘉與劉文正主演，並收錄於劉文正的專輯
《閃亮的日子》（1978）。羅大佑的選詩從民國時期的詩人到
當代臺灣詩人，而作品則橫跨中西方，搖滾與抒情融合的現代
曲風，讓他以獨有的風格引領臺灣1980年代的流行樂壇。

　　另一位與流行樂壇合作的詩人，是創作〈臺北的天空〉
（1985的陳克華（1961-）。〈臺北的天空〉是1985年臺灣電視
公司連續劇《花落春猶在》（1985）的主題曲，當時陳克華仍
在醫學院就讀，在文壇初露頭角，出版過一本詩集《騎鯨少
年》（1981），屬於相當受到關注的新人，作品已時常見報。
〈臺北的天空〉的主唱是王芷蕾（1958-，原名王玉娟），這
首歌曲收錄《王芷蕾的天空》（1985）當中，歌詞傳遞異鄉
遊子對原鄉的思念，成為當時海外留學風潮下，學生對於臺
北的記憶與鄉愁。這首歌曲發表的隔年，陳克華一連出版了
兩本詩集——《我撿到一顆頭顱》（1986）與《星球記事》
（1986），顯見其受到出版界歡迎的程度。

　　另一位以筆名在流行樂壇寫歌詞的女詩人是夏宇（1956-，
原名黃慶綺）。夏宇自1975年開始寫詩，時年十九歲。1984年
自費出版詩集《備忘錄》（1984），印量五百本，翌年宣告絕

版。1984年起，夏宇使用筆名童大龍、李格弟、李廢創作歌詞，作品包括趙傳的〈我很醜可是我很溫柔〉（1985，李格弟），〈男孩看見野玫瑰〉（1991，李廢）、〈每個人都有自己的幫要混〉（1991，李廢）、陳珊妮的〈乘噴射機離去〉（1995，夏宇）等數十首。直到1991年，夏宇始出版第二本詩集《腹語術》（1991），與第一部作品相隔七年。由於作風低調，作品少有見報，夏宇在文壇的存在是一種口耳相傳、爭相傳閱的狀態。使用多個筆名，也顯示了女詩人在各個領域當中的穿越與分身扮演。詩歌的多重身分，在夏宇的文字當中體現，也應用於流行音樂產業。儘管我們無法確知是否詩人完全屬於被動受邀的狀態，但是可以理解的是，夏宇的的跨界行動做得鮮明漂亮，更深刻地傳達出一種屬於自我的個性。有關夏宇的詩樂跨界，在千禧年之後仍然繼續，本文將於後段繼續探討。

　　戰後臺灣當代詩歌與音樂的跨界交會，經常發生在流行音樂產業的層面，隨著廣播電視的普及、音樂載體的發展，使得詩歌得以寄託在歌曲當中，多重發揮這個體裁原有的音樂性。在小眾的領域，詩人杜十三（1950-2010，原名黃人和）便曾於1982 年舉行「杜十三（觀念）藝術探討展」（1982），引起藝文界注目。此一藝術行動結合詩歌、散文、繪畫、造形藝術、小說、劇本、設計與歌曲創作，並出版作

品冊，是為臺灣詩人主動跨界的重要歷史。繼1984年出版首部
詩集《人間筆記》（1984）之後，杜十三在第二部詩集《地球
筆記》（1986）更增添了有聲嘗試，「容納了一卷製作精美的
錄音帶在書的『中央』，使詩集的銷售也轉向，朝唱片行進
軍」[15]，成為臺灣第一個出版有聲詩集的詩人。 1986年三月，
「詩的聲光」活動連續三日於國立藝術館演出，天天爆滿[16]，
該活動由杜十三、羅青、莊祖煌三人共同策畫，「試圖突破傳
統的詩歌朗誦方式，借助幻燈、音效、武術、舞稻、默劇、相
聲……等，企圖將詩更加多元化，使觀眾透過視覺、聽覺和
即場思索，去捕捉詩質」[17]。詩歌開始與其他領域跨界合作，
羅青也發表了「錄影詩學」，「向錄影與詩創作結合投石探
路」[18]。根據一篇《聯合晚報》的消息，1988年曾經誕生了臺
灣第一份「聲音雜誌」，名為《迴聲》[19]：

> 迴聲雜誌是一份由視障青年鄭龍水所籌劃而發行

---

[15] 莊祖煌，〈新詩反撲——詩向聲光探路〉，《聯合報》（1986.
3.27），第8版。
[16] 李儀婷、陳雪鳳，《你永遠都在——耕莘50紀念文集》（臺北：秀威
資訊，2016），頁32。
[17] 同註15。
[18] 同上。
[19] 彭碧玉，〈為黑暗世界點燃一盞明燈——第一份聲音雜誌迴聲誕
生〉，《聯合晚報》（1988.5.22），第8版。

的雜誌，是以錄音帶形式，透過人的聲音、曼妙的旋律和大自然的聲響，來傳達觀念與訊息，送到聽者的耳邊。

鄭龍水本身就是一位失明的人，他真正了解失明的朋友需要些什麼，他希望迴聲雜誌是：「在黑暗的世界中為同樣處於黑暗世界的兄弟姊妹們所點燃的一盞亮燈。」

創刊號的迴聲雜誌內容，包括趙天福以閩南語朗誦白靈詩作「童年」、人物專訪、啟明學校楊振榮主講「怎樣成為視障人的好朋友」、報導「台北啟明學校玉山之旅」和「淡水最後列車」，作家三毛也特為視障朋友設下「三毛信箱」，創刊號上她將和盲胞談「自愛而不自憐」。

面對這樣一份性質特殊的有聲雜誌，文化界人士如曾昭旭、潘元石、王邦雄、陳映真、三毛、杜十三等人，都表現了最大的支持與關愛。詩人杜十三說：「這是由盲胞主動發起的一種文化自力救濟行動，我為迴聲的出擊感到高興，也感到慚愧。」

這份雜誌的出現，標誌著一種嶄新的嘗試。由一名視障青年所發起，讓文學的聲音以錄音帶的形式傳誦至聽眾的耳

朵。在該報導當中，記者也傳達了陳映真的擔憂：「陳映真擔
心的是，鄭龍水因目盲而在企劃、管理和執行倍為艱辛，更困
難的將是鄭龍水因辦『迴聲』，而背負的沈重財務負擔，他呼
籲目光人社會給予更多的支持與參與」[20]。有關這份雜誌的存
在，以及有多少詩人與作品的涉入，還需要更多研究者投入
調查。可以得知的是，《迴聲雜誌》確實在兩年之後停刊[21]，
或許應驗了陳映真的擔憂。由上述文章節錄可知，《迴聲雜
誌》曾經錄下了趙天福以閩南語朗誦白靈詩作〈童年〉，時值
1987年解嚴之後的時代，閩南語終於得以被公開朗誦。

本土詩人路寒袖（1958-，原名王志誠），於1991年三十
三歲時，發表了第一首閩南語詩作〈春語〉，同年並由臺中
縣立文化中心出版他的第一本詩集《早，寒》（1991）。路寒
袖的第三本詩集《春天个花蕊》（1995）也是他的第一部臺語
詩集。自1990年代起，路寒袖的詩歌時常與音樂人、電影導演
與政治人物合作，如潘麗麗專輯《春雨》（1992）、《畫眉》
（1994）、侯孝賢電影《戲夢人生》（1993）、鳳飛飛專輯
《思念的歌》（1995）、謝長廷高雄市長競選歌曲《南方新世
界》（1998）等，跨界合作迄今不歇，成為解嚴之後臺語詩歌

---

[20] 同上。
[21] 曹怡，〈《聾啞文化關懷》無聲世界，昂首發聲〉，《聯合報》
（1990.9.3），第8版。

一道亮麗的光譜。

1990年代，可謂閩南語詩歌與音樂交會的蓬勃期。作曲家蕭泰然（1938-2015）在解嚴過後的1995年終能返臺定居，陸續創作具有強烈臺灣本土意識之作，其中不乏詩人的作品，如詩人李敏勇的〈玉山頌〉（1999）等，此前，他在海外已完成的譜曲作品包括詩人牧師鄭兒玉的〈遊子回鄉〉（1989）、〈臺灣翠青〉（1993）等，思鄉情懷盡顯其中。

在另類流行樂壇的方面，於1980年代隨家人自菲律賓返回臺灣定居的第三代華人陳珊妮（1970- ），於1990年代開始嶄露頭角，1994年發行第一張專輯《華盛頓砍倒櫻桃樹》（1994），1995年第二張專輯《乘噴射機離去》（1995），收錄11首歌，最後一首〈乘噴射機離去〉即是夏宇以寫詩所使用的筆名，為陳珊妮所寫的歌詞，以散文詩的方式娓娓道來。陳珊妮以唸唱的方式搭配輕快的電子音樂，彷彿一名女子自語，卻又隱約反映著一些想像——

> 可能　非常可能　在彼此憂患的眼睛裡　善意的略過　無法多做什麼
> 四下突然安靜　唯剩一支通俗明白的歌：乘噴射機離去
> 哼著哼著　想讓自己隨意的悲傷　在淺薄的歌詞

裡　　得到教訓

　　你知道有一張郵票　　自從離開集郵冊　　就再也不
曾回去

　　同年，音樂人雷光夏（1968-）也發行了第一張專輯《我
是雷光夏》（1995），自己填詞作曲演唱，充分展現才華，
1999年，第二張專輯《臉頰貼緊月球》（1995）發行，第一首
歌〈臉頰貼緊月球〉即以全方位的創作與唸唱傳遞了詩與聲
音的融合。有「音樂詩人」之稱的雷光夏，在這首歌中如是
唱誦——

　　我彷彿在期待這樣的情況　　看見人類文明一點一
點的崩毀

　　在時間輕蔑的流動裡　　極遠變的極近　　極大變的
極微

　　（中略）

　　我現在認識的人都變成過去　　他們在地面上奔跑
呼喊

　　聽不清楚他們在說些什麼　　我只是不斷往上浮升

　　用臉頰貼緊月球

這兩首歌不約而同地展現出女性在飄移、流動並且渴望遠離的心境。它們分別於1990年代下半葉出現，為這個時代的散文詩與音樂呈現了更多的景致。此外，在臺灣時興的古詩唱誦，在流行樂當中也可見一斑，譬如北宋文學家蘇軾（1037-1101）所寫的〈水調歌頭（明月幾時有）〉在1983年便曾經由知名音樂人梁弘志（1957-2004）作曲，以〈但願人長久〉為歌名，鄧麗君（1953-1995，原名鄧麗筠）演唱，收錄於該年唐詩宋詞的翻唱專輯《淡淡幽情》（1983）當中。1995年，鄧麗君驟逝之際，香港歌手王菲（1969-）正籌備發行翻唱鄧麗君歌曲的專輯《菲靡靡之音》（1995），其中第三首即為〈但願人長久〉，成為當時港臺聽眾的最重要的詩歌與聲音的回憶。

四、二十一世紀之後的詩與聲音跨界

千禧年之後，時序進入二十一世紀，傳播媒介日新月異，詩歌與音樂的結合也更形普及。一部政大中文所探討「二十一世紀臺灣女詩人的行動詩學」的碩士論文，作者陳麒如便以「坐而言乃至起而行」作為標題，探討女詩人在跨界合作方面的主動性[22]。

──────────────
[22] 陳麒如，《「坐而言」乃至「起而行」：二十一世紀臺灣女詩人的行動詩學》（臺北：國立政治大學中國文學系碩士學位論文，2014），

　　在詩壇隱匿行跡、風格特出的女詩人夏宇，她在有聲詩的部分發行過兩部作品，一為2002年的《愈混樂隊》（2002），另一部作品為《七首詩和一些耳鳴》（2016）。前者為夏宇第四部詩集《Salsa》（1999）的詩作所改寫的歌詞，並且與資深音樂人陳柔錚與多位地下樂團成員合作，發行詩歌專輯，「夏宇在專輯中將詩與歌詞相融，並參與聲音演出，是一張融合搖滾、舞曲、重金屬、氛圍、極限、劇場等多元曲風的『alternative』（另類、非主流的）風格專輯」[23]。《愈混樂隊》詩歌專輯共收錄24首歌曲，歌詞全由夏宇所作，其中也包含先前被唱片公司退稿的13首歌詞，「由陳柔錚等人譜曲，每首歌皆穿插夏宇獨白《Salsa》詩句」[24]。

　　根據中山大學中文所碩士李宥璇對於夏宇詩作風格的研究，她提出如下觀察[25]——

　　　　《愈混樂隊》詩歌專輯中，〈進入黑暗的心〉、〈同
　　　　日而語〉各只有三句歌詞：「你的名字緩緩滴著／且
　　　　在寂靜中流著／流散著它的水」、「於是海最藍時才

　　　　頁1。
[23]　李宥璇，《夏宇詩的修辭意象與其後現代風格》（高雄：國立中山大學中國文學系研究所碩士論文，2011），頁28-29。
[24]　同上。
[25]　李宥璇，頁29。

是你的注視／而那個藍／就是那個極清澈的謊」，不
僅充滿迷離晦暗的氣息，更挑戰了「詩是否能成歌」
的質疑，整張專輯時而冷靜悲傷，時而激昂凝重，以
劇場式的起承轉合，有層次地引導聽者的情緒變化，
夏宇的獨白穿梭在音樂間，時而冰涼如刀，時而溫暖
動人。

　　從上述文字可見女詩人在此一跨界行動意欲打破傳統
的意圖。這張專輯的樂隊陣容有十二人，包含陳柔錚、王
斯禹、Faye、噬菌體樂團、海豚樂隊等人，李宥璇認為，
「『混』是一種創意與巧思的混合，也是一種頹廢的、玩世
的、放棄的、疲懶的態度，既是詩與詞的混、文學與音樂的
混，亦是前衛與通俗的混、唱與吟的混，『愈混樂隊』亦象徵
著遊走於多重領域、擁有各種身分的夏宇」[26]。2002年九月，
夏宇與愈混樂隊在臺北師大附近的「地下社會」酒吧演出，
由於人潮過多，致使許多人無法進場。2012年，夏宇以歌手田
馥甄的〈請你給我好一點的情敵〉（2011，李格弟）一曲，入
圍第二十三屆金曲獎最佳作詞人獎，此前出版的第六部詩集
《這隻斑馬》／《那隻斑馬》（2010）更以歌詞本的方式行文

---

[26] 同上。

並編輯成書。夏宇以顛覆的節奏，多重意指的文字，以及創新的行動思維，進行著詩歌與音樂的實驗。

　　2016年，夏宇與中國實驗音樂人與詩人顏峻（1973-）攜手合作，選取七篇詩作，中英雙語並陳，錄製成CD，以精裝書加唱片的形式出版，一共四十九頁，限量五百本，在中國大陸出版。這張專輯充滿實驗風格，跳脫歌曲與旋律，全以朗誦、電子聲音，噪音與寂靜的間歇所構成。中國詩人顏峻曾參與2007年第八屆臺北詩歌節詩歌專輯《測量、擁抱與撫摸》（2007）其中兩首詩歌的創作，分別是第四首〈黑社會〉與第九首〈6月28日〉。在這兩首詩當中，顏峻朗誦自己的詩句，中國音樂人段小林編曲。這張詩歌專輯涵納了臺灣、中國與香港的詩歌與聲音創作者，為時代留下不可抹滅的紀錄。第八屆臺北詩歌節的主題──每一種藝術的邊界都是詩，也說明了清楚的跨界意圖。詩歌專輯《測量、擁抱與撫摸》的曲目如下──

　　1. 小島　Ｉ　蔡宛璇　Ｉ　羅思容

　　2. 擁抱　Ｉ　夏宇　Ｉ　王榆鈞

　　3. 九月　Ｉ　海子　Ｉ　周雲蓬

　　4. 黑社會　Ｉ　顏峻　Ｉ　段小林

　　5. 真相　Ｉ　尹麗川　Ｉ　張瑋瑋

6. 山不是家　I　鴻鴻　I　王榆鈞

7. 灣仔情歌　I　廖偉棠　I　黃守仁

8. 關於故鄉的一些計算　I　零雨　I　羅思容

9. 6月28日　I　顏峻　I　段小林

10. 墓床　I　顧城　I　萬曉利

11. 墓之歌　I　黎煥雄　I　陳建騏

12. 小孩與鳥　I　羅思容　I　羅思容

　　曲目中的名字，前者為詩，後者為音樂人，臺灣的音樂人包括了羅思容（1960-）、王榆鈞（1982-）與陳建騏（1973-）。上述三位音樂人在創作的路上，時常與詩歌相遇，隨著詩與聲音的跨界合作越來越多，也逐漸有了詩樂專輯的誕生，譬如羅思容的《多一個》（2017）與《落腳》（2019），王榆鈞的《頹圮花園》（2014）與《原始的嚮往》（2018）等。兩位音樂人各自選取自己喜愛的詩作，經由詩人親自授權之後，譜成歌曲，不僅是一種再創作，也為臺灣當代詩歌留下聲音的紀錄。

　　在羅思容與王榆鈞從音樂人的角度出發，推出詩歌跨界專輯之前，當時甫從中央大學英美文學研究所畢業的女詩人崔香蘭，也曾經在2010年出版《虹In Rainbow ——崔香蘭的音樂

詩集》（2010）[27]。這部音樂詩集共收有九首歌，與音樂人蔣
韜合作，其中五首由崔香蘭編曲，四首由蔣韜編曲。第三首
〈瑪類的筆〉由崔香蘭自己寫詞編曲演唱，可謂體現女詩人個
人風格之最佳例證。陳麒如在其碩士論文中如此分析崔香蘭的
作品[28]——

　　　　崔香蘭的詩——身體結合還有更當代性的表現。
其〈瑪類的筆〉除了文字詩加上音樂CD的唱唸，還另
外作了一支音樂MV，詩人自己當MV主角，用身體展示
了詩的節奏與韻律。

　　（中略）

　　　　作為在平面紙本中的文字詩時，它有較強的敘事
性，文字簡潔，沒有多餘的重覆字詞，意義比節奏來
得顯明，到了CD與MV中，便增加了許多諸如「瑪類的
筆筆筆、瑪類的筆筆、瑪類的、瑪類的、瑪類的筆筆
筆……」帶有RAP意味的、節奏強烈的反覆唸唱。……
在整首MV中，她不斷配合節奏大幅扭動肢體，或站或
躺，或貼近鏡頭以怪異誇張表情唸／唱詩，從音樂、
節奏到舞感都似是一場嘻哈風格的流行表演。

---

[27] 崔香蘭，《虹：崔香蘭音樂詩集》（臺北：夢幻仙境工作室，2010）。
[28] 陳麒如，頁78-79。

　　崔香蘭以詩歌音樂詩集作為在文壇初試啼聲的處女作，
並於翌年與女歌手魏如萱（1982-）合作，由其導演拍攝MV
〈螞類的筆〉（2011，2分58秒），透過YouTube傳播[29]，彰顯
了數位時代結合個人才能的所有可能。2015年，崔香蘭出版
第2部詩集《99：崔香蘭詩集》（99 Caine Road），雖然未見
聲音的嘗試，卻可從其簡介當中得知更多詩人在音樂方面的
興趣──

　　崔香蘭Sharon Tsui

　　創作人、企劃

　　輔仁大學英美語文學系畢業，

　　央大學英美文學所畢業。

　　參與過幾張唱片企劃案，曾任藝人經紀、書編輯、音
　　樂製作公司企劃，嚮往成為一名很棒的唱片企劃。

　　其文字創作富有音樂性、節奏性，擅以彩色糖衣包裝
　　並反諷現實。2010年出版第一本個人音樂詩集《虹-in
　　rainbow》，並附錄同名實驗詩專輯，其中詩作品收錄

---

[29] 音樂詩人崔香蘭（Sharon Tsui）首波主打《螞類的筆》，導演：魏如
萱（Waa Wei），黑市音樂2011年2月22日上傳。https://www.youtube.
com/watch?v=SijIGyWDbVo（2019.9.1徵引）。

於教育局編訂實用技能教材國文課本。

期許作品能帶給人歡笑。

facebook page：崔香蘭Sharon Tsui

不同於《虹 In Rainbow——崔香蘭的音樂詩集》中的作者簡介，僅有短短數行——

崔香蘭Sharon Tsui

輔仁大學英國語文學系畢

中央大學英研所碩士。創作人。

希望大家每天笑口常開。

哈哈哈。

I am what I write,

but you can never define me according to what I wrote.

相同的是，兩份簡介已經看出詩人跨越單一語言以及跨越類型的企圖。曾經待過唱片業的崔香蘭，對於跨界合作有著自己的想像，並且憑藉自身的力量與數位媒介實踐它。2004年成立的臉書（facebook）、2005年成立的YouTube，成為音樂詩人與讀者溝通的媒介。崔香蘭的詩集有文字、插圖，聲音有合成器、吉他、二胡與電音，她以娃娃音的聲線，穿著類似日本

後現代女藝術家的泡泡洋裝，唱出了自己的音樂詩歌——我是我所書寫的（I am what I write）

　　另一位在詩歌與音樂之間進行跨界合作的女詩人是彤雅立（1978- ）。2010年出版第一部詩集《邊地微光》（2010），2012年出版第二部詩集《月照無眠》。兩本詩集皆有同名跨界聲音計畫。2011年，彤雅立與王榆鈞合作「邊地微光詩聲音展演計畫」（2011），獲得臺北國際藝術村支持，受邀成為駐村藝術家，當時在德國留學的彤雅立，歸國三月，從一月至四月，與王榆鈞一同以「邊地」為題，探鑿詩與聲音的邊界。駐村期間，曾經於寶藏巖、女書店、小小書房與溫羅汀進行詩聲音的演出，以及在寶藏巖一處「聲音山洞」進行為期半年的詩聲音展覽。同年受到富邦藝術基金會「粉樂町」（Very Fun Park）展覽計畫的邀請，在臺北誠品書店信義店詩書區進行「邊地微光」詩聲音裝置展（2011），翌年參加「粉樂町政大續展」（2012）。

　　「月照無眠詩聲雜誌」（2011-2012）則是彤雅立進行的第二個聲音計畫，以月亮為主題，將古今中外與月亮相關的詩篇做成音樂，中英雙語並陳，合作的音樂家為當時同樣在德國留學的謝杰廷。發行的載體為網路，從辛卯中秋（2011年9月12日）至壬辰元宵（2012年2月6日），每逢月圓發刊，共發行

六期，每期三首曲目。詩評家楊宗翰指出[30]——

> （這份詩聲雜誌）開拓了音聲實驗的邊界，也透過月
> 亮傳達作者的家國之思。面對「《月照無眠》詩聲雜
> 誌」這種獨特的文學－音樂、視覺－聽覺、中文－德
> 文交融體驗，可視為對臺灣新詩評論者的嶄新挑戰。資
> 訊技術日新月異，文學創作「數位化」必將蔚為風潮。

2011年底，《自由時報》的〈2011給閱讀者的備忘錄〉將
這份雜誌的創刊載於九月份重要記事：「九月一日……《月照
無眠》詩聲雜誌於網路創刊，展現詩與音樂的多元表現」[31]。
2012年，該雜誌受邀參加臺南「赤城／赤誠」藝術展覽計畫，
於神農街的「五七藝術工作室」展覽，之後則受邀至臺北南海
藝廊「詩文之家屋」展覽，兩場展覽的主體皆為詩聲音，輔以
手稿等物件，供民眾參觀。音樂家謝杰廷則於2015年受邀臺北
市立美術館《愛麗絲的兔子洞——真實生活：可理解與不可
被理解的交纏》（2015-2016）展覽，展出「月照」系列詩聲
音，成為詩聲音進駐市立美術館的重要事件。

---

[30] 楊宗翰，《臺灣新詩評論——歷史與轉型》（臺北：新銳文創，
2012），頁233。
[31] 〈2011給閱讀者的備忘錄〉，《自由時報》（2011.12.27），D9版。

　　數位時代使得詩人與合作者有更大的發揮。2015年，香港八〇後女詩人陸穎魚嫁至臺灣一年後，在臺灣出版了第二部詩集《晚安晚安》（2015），並且為這部詩集設定了主題曲〈私人的飛翔〉，邀請香港音樂人伍棟賢（Tonyi Ng）編曲，以該詩集內的詩句「併寫成歌詞，用自身角度觀感譜寫」主題曲。此前陸穎魚的第一部詩集《淡水月亮》（2010），兩人已經有過一次合作——為該詩集中的〈禮物〉一詩寫成歌曲。晚近一部電影《致親愛的孤獨者》（2019）的電影主題曲，則從追奇、陳昭淵、陸穎魚、楚影四人合作的詩集《書店裡的星空》（2018）當中，選取了陸穎魚寫給臺中一家獨立書店——「給孤獨者書店」的詩〈感覺做一個孤獨的人〉作為電影主題曲，顯見詩歌跨界的範圍將越來越廣。

　　近年的詩歌跨界，從聲音到展覽，無所不包，就聲音的作品而言，「吟唱詩人」黃安祖的作品值得注目——《來自崩裂世界的情詩》（2012，中英對照詩畫）、《吟唱詩人》（2015，中英對照詩畫集／音樂專輯）、《吟唱詩人》（2016，音樂詩）、《不相信愛情的都死掉了》（2017，音樂詩）、《天上人間》（2017，音樂詩）、《與永恆拔河》（2018，余光中致敬詩歌／數位單曲）、《允諾》（2018，鄭愁予致敬／數位單曲）、《尋愛》（2018／2019，音樂詩）。黃安祖在北美洲居住過十餘年，自身詩作常以中英雙語呈現，

除了寫作,也畫畫與歌唱,風格偏向流行與大眾,由於擅長「數位連載」,他的作品跨越地域藩籬,在新馬也有聽眾。

此外,歌手胡德夫在2017年發行了《時光》(2017)專輯寫真書,十首曲目當中包括了周夢蝶(1920-2014)的〈菩提樹下〉、〈月河〉,吳晟的〈熄燈後〉、鍾喬的〈撕裂〉等詩作,皆為胡德夫在1970年代以來曾經發表過的詩跨界作品,為他曾經的創作足跡留下紀錄。而未來,詩歌跨界或將更形商業化,例如啟明出版社為女詩人徐珮芬出版詩集《夜行性動物》(2019),便邀請法蘭黛(Frandé)樂團主唱法蘭為這部詩集打造同名主題曲,並舉辦演唱會,出版社的主動性,顯出了不同於以往的文化產製模式[32]。

結語

臺灣(現)當代詩歌與音樂的跨界交會,從日治時期發軔,既有政治意識的小眾之作,也有流行樂壇的傳唱作品。終戰之後,1947年的〈高山青〉以戰後第一部國語片的主題曲,成為戰後首度的詩歌與音樂跨界,1952年的〈娃娃國〉顯示了

---

[32] 〈徐珮芬╳法蘭黛推詩集主題曲:我們都是夜行性動物〉,「女人迷」網站,2019年1月14日。https://womany.net/read/article/17684 (2019.9.1徵引)

詩人在時代巨變之中與娛樂產業的協作。隨著1962年有線電視開播，暢銷小說、連續劇與電影的跨界，造就了瓊瑤王國，也催生了許多由瓊瑤親自填詞的主題曲。1970年代，民歌運動開始流行，首創專輯《中國現代民歌集》中，便有8首歌曲使用了詩人余光中的詩作。1980年代，無論在國語流行樂壇或詩歌跨界實驗的部分，皆有聲音與詩的交融，不僅許多流行歌手的初試啼聲的專輯與詩歌相關，在另類文化的創造上，同樣有出色的作品。1990年代，解嚴過後的創作光譜顯得廣泛，國語流行樂壇的散文化詩歌創作，以及閩南語詩人在政治上的回流，為千禧年前的聲音風景留下了深刻的文學足跡。

二十一世紀，詩與聲音的跨界成為顯學，詩歌節、演唱會、網路發表……都成為詩人或歌者表現自我的重要途徑。綜上所述，詩歌透過音樂而大眾化，儘管曾經歷時代的斷裂，卻有其長久之傳統；而它所呈現的形式，則隨媒介型態而不斷嬗變，而常保新意。

參考文獻

不著撰人，〈2011 給閱讀者的備忘錄〉，《自由時報》（2011年12月27），D9版。
不著撰人，〈出版事業金鼎獎——得獎名單昨評定，聯合報系獲

三項榮譽〉，《聯合報》（1981.11.18），第2版。

不著撰人，〈余光中促成民歌運動，羅大佑譜曲《鄉愁四韻》〉，《蘋果日報》（2017.12. 14），https://tw.appledaily.com/new/realtime/20171214/1259306（2019.9.1徵引）。

不著撰人，〈現代民謠創作演唱　今晚在中山堂舉行〉，《聯合報》（1975.6.6），第8版。

不著撰人，〈徐珮芬X法蘭黛推詩集主題曲：我們都是夜行性動物〉，《「女人迷」網站》（2019.1.14），https://womany.net/read/article/17684（2019.9.1徵引）。

余光中，《白玉苦瓜》（臺北：大地，1975）。

李宥璇，《夏宇詩的修辭意象與其後現代風格》（高雄：國立中山大學中國文學系研究所碩士論文，2011）。

李儀婷、陳雪鳳，《你永遠都在——耕莘50紀念文集》（臺北：秀威資訊，2016）。

莊祖煌，〈新詩反撲—— 詩向聲光探路〉，《聯合報》（1986.3.27），第8版。

崔香蘭，《虹：崔香蘭音樂詩集》（臺北：夢幻仙境工作室，2010）。

———，《99：崔香蘭詩集》（臺北：崔香蘭，2015）。

曹怡，〈《聾啞文化關懷》無聲世界，昂首發聲〉，《聯合報》（1990.9.3），第8版。

黃北朗，〈詩人與音樂家攜手 創作現代民謠—— 這只是起步 希望引起注意 尚賴大家推廣使詩歌飛揚〉，《聯合報》（1975.6.4），第8版。

陳郁秀《音樂臺灣》（臺北：時報文化，1996）。

陳麒如，《「坐而言」乃至「起而行」：二十一世紀臺灣女詩人的行動詩學》（臺北：國立政治大學中國文學系碩士學位論文，2014）。

張釗維，《誰在那邊唱自己的歌──臺灣現代民歌運動史》（臺北：滾石文化，2003）。

楊子，〈楊子專欄──我的愛情〉，《聯合報》（1975.10.13），第12版。

──，〈薇薇夫人專欄──中國現代民歌〉，《聯合報》（1975.10.14），第6版。

楊宗翰，《臺灣新詩評論──歷史與轉型》（臺北：新銳文創，2012）。

彭碧玉，〈為黑暗世界點燃一盞明燈──第一份聲音雜誌迴聲誕生〉，《聯合晚報》（1988.5.22），第8版。

賴淳彥，《蔡培火的詩曲及彼個時代》（臺北：財團法人吳三連臺灣史料基金會，2018）。

魏如萱，〈螞類的筆〉，《黑市音樂》（2011.2.22），https://www.youtube.com/watch?v=SijIGyWDbVo（2019.9.1徵引）。

張愛玲作品中的臺灣意識

呂恒君[1]

摘要

從夏志清耶魯大學《中國現代小說史》（1961）開始，至1980年代，張愛玲終以市民文學、海派文學代表正式納入中國新文學史。但在1990年代興起的臺灣文學史討論中，其是否納入臺灣新文學史，仍是一項充滿爭議的二律背反問題（Antinomie）：其並非臺灣本土作家，但卻在臺灣造成了空前的文學影響力。

由於文學史的撰寫涉及「國族」、「民族」、「國民」等要素，本文基於實驗主義（Pragmatism）的文本批評原則，以「語言」與「敘事」為基礎考察張愛玲以臺灣為背景創作的兩部作品，即寫於60年代的英文遊記"A Return to the Frontier"

---

[1] Hangkun Strian, 德國漢學者，曾在北京、首爾、柏林等地學習德意志語言文學、應用語言學、文學理論與批評等。著有 *Die Schriftstellerin Zhang Ailing und ihre Studien und Kommentare zum Roman Der Traum der roten Kammer*, Frankfurt am Main: Peter Lang Academic Research, 2016.

與80年代的中文手稿〈重訪邊城〉；並在後結構主義理論框架
中對其「身份認同」、「文化記憶」、「主體意識」等進行
辨析。

　　考察結果顯示：兩部作品從語言到敘事均不具備「臺灣
意識」，也無法生成臺灣主體性。張愛玲是否納入臺灣文學
史，取決於「臺灣文學史」這一概念的內涵及外延，以及各種
可能性分期。而克服「臺灣文學史」這一概念的模糊性與矛盾
性，在於如何界定其撰寫初衷。

關鍵詞：臺灣文學史　主體性　臺灣意識　張愛玲作品　身分
　　　　認同　文化記憶

一、關於張愛玲作品寫進臺灣文學史的爭論

　　1987年臺灣解除戒嚴之後，文學創作日益自由與多元化，
臺灣本土文學的研究日益興起，而臺灣文學史的撰寫也成為學
術界極具意義的議題。[2]在臺灣文壇何處安放張愛玲，是否寫
進臺灣文學史，這向來是一個充滿爭議性的問題。九十年代以
來，隨著後殖民主義和後現代主義理論等提供的廣泛視角，

---

[2]　陳芳明〈臺灣文學史的撰寫〉，楊澤編《閱讀張愛玲》，桂林：廣西
　　師範大學出版社，2003年，頁317-318。

陳芳明在臺灣新文學史的考察中傾向於將其「放進臺灣文學史」[3]，丘貴芬則傾向於「告別張愛玲」[4]。然而，不管是贊成或反對，都面臨著一項二律背反問題（Antinomie），因其無法否認的共項事實是：「張愛玲在臺灣造成的文學影響力，同時代的任何一位作家都無法望其項背」[5]，「不是她需要臺灣，而是臺灣需要她」[6]；而另一方面，不管是臺灣還是中國大陸考察臺灣文學史的學者都注意到：「她從未在臺灣定居過」[7]，「未曾關注過臺灣的現實」[8]，「不曾以臺灣背景寫小說」[9]。

在撰寫文學史時，一項通常的標準是：「一國文學應該繼承本國的文學傳統，同時基本符合國民文學史的要求，

---

3 見陳芳明〈臺灣文學史的撰寫〉，楊澤編《閱讀張愛玲》，桂林：廣西師範大學出版社，2003年，頁303-318。

4 見邱貴芬〈從張愛玲談台灣女性文學傳統的建構〉，楊澤編《閱讀張愛玲》，桂林：廣西師範大學出版社，2003年，頁319-331。

5 陳芳明根據王德威文章〈落地的麥子不死——張愛玲的文學影響力與「張派」作家的超越之路〉指出。見陳芳明〈臺灣文學史的撰寫〉，楊澤編《閱讀張愛玲》，桂林：廣西師範大學出版社，2003年，頁304。

6 大陸學者古繼堂在《臺灣小說發展史》中指出。見古繼堂《臺灣小說發展史》，臺北：文史哲出版社，1992年，頁176。

7 陳芳明〈臺灣文學史的撰寫〉，楊澤編《閱讀張愛玲》，桂林：廣西師範大學出版社，2003年，頁304。

8 古繼堂《臺灣小說發展史》，臺北：文史哲出版社，1992年，第176頁。

9 廖炳惠〈臺灣的香港傳奇——從張愛玲到施樹青〉，楊澤編《閱讀張愛玲》，桂林：廣西師範大學出版社，2003年，頁332。

即創作意識和背景也必須是本國的。」[10]由於文學史的撰寫不可避免地涉及到「國族」、「民族」或「國民」等概念，我們應首先考察構成這些集合概念的基本要素。人類學家本尼迪克特‧安德森（Benedict Anderson）在《想像的共同體》（*Imagined Communities – Reflections on the origin and spread of nationalism*）中指出，構成民族這個「想像的共同體」首先需要一個世俗語言共同體，也就是說，「想像」民族最重要的媒介是語言。由於語言的起源不易考證，所以容易產生無可選擇的宿命感與民族歸屬力量。而建立在語言之上的敘述（narrative），也是建構民族想像不可或缺的一環。[11]

基於此，當考察張愛玲作品與臺灣文學史的關係，嚴格說來也應首先基於「語言」與「敘述」，從作品本身著手進行剖析。需解答的基本問題依次為：

一、張愛玲是否創作過有關臺灣的作品？

二、以何種語言？語言是否體現臺灣本土特色？

三、其敘述中體現的身分認同、族群認同是什麼？是否具備臺灣主體性或臺灣意識？

---

[10] 任佑卿〈國族的界限和文學史——論建構臺灣新文學史與張愛玲研究〉，《去國‧文化‧華文祭：2005年華文文化研究會議》（臺灣新竹交通大學2005年1月8-9日），頁1。

[11] 本尼迪克特‧安德森《想像的共同體》，吳叡人譯，上海：上海人民出版社，2005年，頁137-145，193-195。

　　對於上述三個問題的具體考察方法，應基於實驗主義
（Pragmatism）的基本原則，首先以文本批評（Textual criticism）
作為基礎。作為一種重要的文學研究方法，文本批評基於語
言文字本身的勘察過程（philological），對手稿、版本等進行
批判性比較，從而提供出客觀可靠的分析。[12]張愛玲本人在美
國的流亡歲月中研究《紅樓夢》時，面對後四十回續書的爭
端，就曾在其研究作品《紅樓夢魘》中敏銳地指出：「單憑作
風與優劣，判斷四十回不可能是原著或含有原著成份，難免主
觀之譏。文藝批評在這裡本來用不上。事實是除了考據，都是
空口說白話。」[13]

　　但是，正如張愛玲在《紅樓夢》研究的實際過程中並不
僅僅囿於、而是遠遠超出了文本批評的範疇，[14]在考察張愛
玲作品中的臺灣意識時，也應根據文本批評所提供的確鑿依
據，在後結構主義框架之下進行進一步分析與評估。後結構

[12] Delz, Josef: „Textkritik und Editionstechnik". In: Graf, Fritz (Hrsg.): *Einleitung in die lateinische Philologie*, Stuttgart: B. G. Teubner Verlag, 1997, p. 51–73. 見Strian, Hangkun: *Die Schriftstellerin Zhang Ailing und ihre Studien und Kommentare zum Roman Der Traum der roten Kammer*, Frankfurt am Main: Peter Lang Academic Research, 2016, p. 29.

[13] 張愛玲《紅樓夢魘》，北京：北京出版社，2007年，頁8。

[14] Strian, Hangkun: *Die Schriftstellerin Zhang Ailing und ihre Studien und Kommentare zum Roman Der Traum der roten Kammer*, Frankfurt am Main: Peter Lang Academic Research, 2016, p. 29.

主義強調語言、意識、文化批評與哲學批評的相結合。[15]其相關理論，將運用於本文關於「身分認同」、「文化記憶」、「主體意識」等的勘察之中。

二、張愛玲的臺灣作品

（一）「邊城」還是「前線」？從「Frontier」的譯名說起

據張愛玲遺產執行人宋以朗介紹，2007年，在配合香港大學搜集有關〈色，戒〉資料的過程中，其在「一堆三十四頁非常混亂」的手稿中發現了一頁有關香港大學的內容。後經整理之後，發現這堆手稿其竟為一篇題為〈重訪邊城〉的完整遊記，且與四十多年前張愛玲發表的另一篇英文稿"A Return to the Frontier"有關。[16]臺灣皇冠公司在2008年四月號《皇冠雜誌》將其公眾於世，並把中英兩版〈邊城〉連同近年發現的〈鬱金香〉、〈天地人〉兩篇佚文獨立成書，嵌入《張愛玲全集》，於2008年九月首發。而簡體中文版《张爱玲全集‧重访

---

[15] Weber, Ingeborg: „Poststrukturalismus und écriture féminine: Von der Entzauberung der Aufklärung ". In: Weber, Ingeborg (Hrsg.): *Weiblichkeit und weibliches Schreiben: Poststrukturalismus, weibliche Ästhetik, kulturelles Selbstverständnis*, Darmstadt: Wissenschaftliche Buchgesellschaft, 1994, p. 14.

[16] 宋以朗〈發掘〈重訪邊城〉的過程〉，《重訪邊城》（張愛玲全集19），台北：皇冠出版社，2008年，頁81-85。

边城》亦在2009年六月由北京十月文藝出版社首發出版。[17]至此，中英兩版「邊城」共同呈現于世人眼前，它們是迄今為止所發現的張愛玲書寫臺灣的唯一兩部作品。

"A Return to the Frontier"於1963年3月28日發表於美國《記者》（The Reporter）雜誌，之後張愛玲曾致函宋淇，稱之為"Frontiers Revisited"。[18]根據曲楠在〈張看臺港：張愛玲〈邊城〉書寫中的「重返」與「重訪」〉的介紹，劉錚本人亦在未獲得授權的情形下，於2002年12月14日臺灣《中國時報·人間副刊》發表了對"A Return to the Frontier"的首篇全文翻譯，譯名為〈回到前方〉，並在譯後記〈幾點釋疑〉中指出：

> 許多傳記、回憶文章裡都提到過這篇文章，但多數是從別處轉述而來，真正讀過這篇文字並談及其內容的，大概只有宋淇、鄭樹森、王禎和、水晶、司馬新等幾位。[19]

---

[17] 曲楠〈張看臺港：張愛玲〈邊城〉書寫中的「重返」與「重訪」〉，上海：《現代中文學刊》2015年第4期，頁80。

[18] 宋以朗〈書信文稿中的張愛玲——2008年11月21日在香港浸會大學的演講〉，北京：《中國現代文學研究叢刊》2009年第4期，頁152。

[19] 劉錚〈幾點釋疑（〈回到前方〉譯後記）〉，臺灣：《中國時報·人間副刊》2002年12月14日。見曲楠〈張看臺港：張愛玲〈邊城〉書寫中的「重返」與「重訪」〉，上海：《現代中文學刊》2015年第4期，頁80。

關於文章的題目，則進一步說明道：

此前有〈回返邊疆〉、〈重回前方〉、〈重回前線〉
等幾種譯法。[20]

而高全之則在2002年的〈張愛玲與香港美新處〉一文中，
將其譯為〈重訪前方〉；[21]並在2003年9月8日發表於《聯合報》
副刊的〈林以亮〈私語張愛玲〉補遺〉中，將其譯為〈回到前
方〉。[22]而相對於「回返」、「重回」與「重訪」等之間的分
歧，「Frontier」本身所兼備的「前線」與「邊疆」二義造成的
譯名分歧顯然更大。2007年張愛玲中文手稿〈重訪邊城〉[23]的發
現，倒是可以確認"A Return to the Frontier"實為重訪「邊城」而非
「前線」。根據美國歷史學者Frederick Jackson Turner等關於「邊
城」的理論，「邊城」包含了地理以及文化空間的交界或消

---

[20] 同上。

[21] 高全之〈張愛玲與香港美新處〉，高全之《張愛玲學：批評·考證·
沉鉤》，臺北：一方出版社，2003年，頁245。

[22] 高全之〈林以亮〈私語張愛玲〉補遺〉，陳子善編《記憶張愛玲》，
濟南：山東畫報出版社，2006年，頁185-186。

[23] 宋以朗在〈書信文稿中的張愛玲——2008年11月21日在香港浸會大學
的演講〉提到，張愛玲在1983年4月7日信中寫道：「正在忙著改寫
〈重訪邊城〉這篇長文。」在9月的信中又提到：「〈重訪邊城〉很
長。」由此看來，〈重訪邊城〉應該是作者張愛玲自己的命名。

融，以及其中種種衝突與合作，[24]與「前線」相比，具備更曠闊的義域，而並非僅指意識形態或戰爭狀態的激進對峙與對抗。

（二）重寫與擴充："A Return to the Frontier" 與〈重訪邊城〉

　　"A Return to the Frontier"與〈重訪邊城〉這兩篇文章均以1961年秋張愛玲的訪台為藍本，也是張愛玲生平中唯一一次訪問臺灣，大概停留了一周左右。這次訪問是為了搜集張學良傳記的素材，並通過美國駐台領事館新聞處處長理查·麥卡錫（Richard M. McCarthy）促成。[25]在這次臺灣行程中，其經過麥卡錫的促成會見了不少臺灣文學界的年輕人士，主要為台大《現代文學》雜誌的白先勇、陳若曦、王文興、歐陽子、殷張蘭熙、王禎和、戴天等。這些學生多為創辦《文學雜誌》的夏濟安的學生，受到其胞弟夏志清1957年在其中發表的兩篇張愛玲作品分析介紹，對她滿懷崇敬之情。張愛玲在台期間也沿途考察了臺灣的風情。由於她讀過並喜歡王禎和的〈鬼·北風·人〉，麥卡錫特意安排其陪同遊覽花蓮老家，並住在其老房子家裡。大約一周之後，張愛玲抵達香港創作電影劇本

---

[24] Osterhammel, Jürgen: *Die Verwandlung der Welt. Eine Geschichte des 19. Jahrhunderts* (2 Aufl. der Sonderausgabe), München: C. H. Beck, 2016, p. 513.

[25] 宋以朗〈書信文稿中的張愛玲──2008年11月21日在香港浸會大學的演講〉，北京：《中國現代文學研究叢刊》2009年第4期，頁152。

《紅樓夢》，在香港停留了半年左右。[26]

關於這段經歷，1962年張愛玲回到美國之後，即創作了 "The Return to The Frontier"。據她給宋淇的信裡：文章並未立即得到發表，而是拖到了一年之後。其主要原因推測是：「聽那編輯電話上說，似乎按捺著不登的原因是去年（1962）這裡都認為中共不久就會垮，不像我說的那樣彷彿什麼事都不會發生。」[27]而在中文稿〈重訪邊城〉中，由於文中唯一的「注」提到了1982年11月《光華》雜誌以及同年12月《時報週刊》第251期中的照片，考量到達美國的郵遞時間，該「注」應最早寫於1983年初左右，[28]因此中文手稿的總體完成應為時據"The Return to The Frontier"之後二十年之久。

在張愛玲的創作生涯中，重寫與改寫並不罕見，特別是在其美國流亡生活期間。雖然這固然與其現實生活中美國創作生涯的受挫有關，也與其本身嚴謹而清絕的文學態度有關（譬如對缺乏把握的角色不寫[29]、不喜歡別人翻譯自己的作品等

---

[26] 王禎和、丘彥明〈張愛玲在臺灣〉，鄭樹森編《張愛玲的世界》，臺北：允晨出版社，1989年，頁15-32。

[27] 宋以朗〈書信文稿中的張愛玲——2008年11月21日在香港浸會大學的演講〉，北京：《中國現代文學研究叢刊》2009年第4期，頁152。

[28] 參見宋以朗博客：The Bilingual Eileen Chang, Part 1：A Return To The Frontier（http://www.zonaeuropa.com/culture/c20080407_1.htm）：〈張愛玲以〈重訪邊城〉為題寫過中文文章嗎？〉（2009.06.05）。

[29] 郭文美〈我所認識的張愛玲〉，宋以朗編《張愛玲私語錄》，北京：北京十月文藝出版社，2011年，頁9。

等[30]），但從文化與身分認同理論來說，這種充滿「戀舊性」
的「重複」或「迴旋性」書寫，特別是當其與母語或母國文化
傳統有關時，也意味著作者在生活環境中藉此尋找文化記憶與
族群歸屬，旨在重新確認與加固自我意識。[31]王德威在〈張愛
玲再生緣──重複、衍生與迴旋的敘事學〉一文中指出，重複
（repetition）、迴旋（involution）與衍生（derivation）的敘事
學已經構成張愛玲作品的特色，也是其題材癥結。[32]本人亦在
考察《紅樓夢魘》時指出，這一特點甚至清晰地貫穿於張愛玲
在美國的整個創作生涯，其高潮體現在「十年一覺迷考據，贏
得紅樓夢魘名」的癡迷研究之中。[33]拋卻這項被其自稱為「豪
舉」的行為不說，單就其自己的創作題材，其就曾把1959年遭
受出版拒絕的英文長篇小說*Pink Tears*改寫為中文版《怨女》，
於1966年在香港《星島日報》及臺灣《皇冠》雜誌社連載，
「給讀者有了驚豔之感」。[34]根據夏志清的分析，《怨女》甚

[30] 夏志清《張愛玲給我的信件》，武漢：長江文藝出版社，2014年，頁
346。

[31] Strian, Hangkun: *Die Schriftstellerin Zhang Ailing und ihre Studien und Kommentare zum Roman Der Traum der roten Kammer*, Frankfurt am Main: Peter Lang Academic Research, 2016, p. 51.

[32] 王德威〈張愛玲再生緣──重複、衍生與迴旋的敘事學〉，劉紹銘編
《再讀張愛玲》，濟南：山東畫報出版社，2004年，頁7-18。

[33] Strian, Hangkun: *Die Schriftstellerin Zhang Ailing und ihre Studien und Kommentare zum Roman Der Traum der roten Kammer*, Frankfurt am Main: Peter Lang Academic Research, 2016, p. 58.

[34] 陳芳明《臺灣新文學史》，臺北：聯經出版社，2014年，頁376。

至可以追溯到1943年在上海的成名之作〈金鎖記〉。[35]而1967年於香港《星島日報》及臺北《皇冠》雜誌連載的張愛玲長篇小說《半生緣》，則脫胎於其1950年於上海《亦報》出版社發表的二十五萬字小說《十八春》。就其整體承接輪廓進行考察，《半生緣》在改寫過程中刪除了《十八春》中契合當時時代氣氛的政治情節，即主人公們投身革命的所謂「光明的尾巴」，使作品又回到〈金鎖記〉裡蒼涼的風格。[36]

　　放在此種連貫性的創作特色之中進行考察，中英兩版〈邊城〉應屬於張愛玲「重複、衍生與迴旋的敘事學」從小說到散文遊記的擴展。但其特別之處在於：本是基於同一實地、同一主題的所見所聞，在書寫篇幅及敘事等方面，兩篇之間卻存在不同尋常的巨大差異：英文版"A Return to the Frontier"大約六千七百字左右，中文版〈重訪邊城〉卻將近一萬五千字。在敘事內容方面，除卻刪除的英文版原部分內容，重寫增加的部分超過一萬多字，達全文三分之二，並非僅僅只是一個「經過充分擴展補充的詳盡、豐富和多樣化的版本」，且已非「中西語言在跨語際實踐後所造成的文化增補和流失所能解

[35] 夏志清〈序〉，水晶《替張愛玲補妝》，濟南：山東畫報出版社，2004年，頁7。

[36] Strian, Hangkun: *Die Schriftstellerin Zhang Ailing und ihre Studien und Kommentare zum Roman Der Traum der roten Kammer*, Frankfurt am Main: Peter Lang Academic Research, 2016, p. 53.

釋」。[37]而在敘事風格方面，高全之曾在〈張愛玲與王禎和〉
一文中指出：「張愛玲對臺灣一般性的示意可分為三個階段
（憧憬、冷峻、親切），並以1963年3月28日在美國《記者》
雜誌發表的訪臺遊記〈重訪前方〉（A Return to the Frontier）
為冷峻時期的代表。」[38]在對照中英版〈邊城〉之後，其於新
書《張愛玲學》中指出：「兩版內容差異也證明作者曾為預設
讀者著想。中文版細緻入微，銳利敏感，以同情的理解來接觸
臺灣，完全沒有英文版予人的冷淡印象。」[39]

鑒於語言與敘述的顯著差異，下面將針對中英兩版〈邊
城〉展開深入的文本批評與討論程序，以多方面探索中英兩
版〈邊城〉所呈現的敘事機制，以及其中所蘊涵的作者創作
意識。

三、"The Return to The Frontier"的身分意識

中英兩版〈邊城〉均分為臺灣與香港兩大部分內容，而
臺灣部分又按照旅程依次分為臺北與花蓮。本文對中英兩版

---

[37] 曲楠〈張看臺港：張愛玲〈邊城〉書寫中的「重返」與「重訪」〉，
上海：《現代中文學刊》2015年第4期，頁81。

[38] 高全之《張愛玲學：批評‧考證‧沉鉤》，臺北：一方出版社，2003
年，頁245。

[39] 宋以朗〈書信文稿中的張愛玲──2008年11月21日在香港浸會大學的
演講〉，北京：《中國現代文學研究叢刊》2009年第4期，頁154。

〈邊城〉的文本考據均根據臺北—花蓮—香港敘事順序依次展開。其中"A Return to the Frontier"的中文翻譯以劉錚譯／鄭遠濤校版本[40]為基礎進行參照，存在分歧的重點部分則採用筆者自譯，並以底線進行中英對照標注。〈重訪邊城〉則採用北京十月文藝出版社2012年版本。

（一）Formosa與Taiwan，orient與Orientalism

"When I got off the plane in Taipei on my way to Hong Kong, I did not expect to see anyone I knew"

去香港的途中，在臺北停留，下得飛機，原沒想到會遇見熟人。

"A Return to the Frontier"以此開頭。緊接著，一位「模樣精幹、西裝整齊」的男士走過來，誤以為作者是美國前副總統尼克森的夫人。作者說：

"It struck me as a little odd that Mrs. Nixon should come to Formosa, even if everybody is visiting the orient just now.

---

[40] 此版本見於宋以朗博客：The Bilingual Eileen Chang, Part 1: A Return To The Frontier （http://www.zonaeuropa.com/culture/c20080407_1.htm），以下不再特別標注。

Anyhow there must have been some mix-up, as there was only this one embassy employee to greet her." (我有些奇怪,尼克森夫人為什麼到福爾摩沙來,即使現在無論是誰都到東方來看看。這一定是搞錯了,怎麼可能只有這一位使館人員來接她。)

而當前來機場的朱先生、朱太太 (Mr. and Mrs. Chu) 解釋說這個人精神不太正常,常在機場附近轉悠,想見美國名流時,作者的反應是:

"I laughed, then went under Formosa's huge wave of wistful yearning for the outside world, particularly America, its only friend and therefore in some ways a foe. " (我笑了,感到福爾摩沙對外界渴求的巨浪,尤其是美國——它唯一的朋友,因此某種程度上也未免不是敵人。)

接下來當「朱先生」問道「回來感覺如何」時,作者的感受是:

"Although I had never been there before, they were going along with the official assumption that Formosa is China, the mother

country of all Chinese."（雖然我以前從未來過，但他們還
是順著官方思路，認為福爾摩沙就是中國，是所有中
國人的故鄉。）

這段寒暄之後，作者轉入當晚住進山間旅館、在將軍套
房過夜的描述。在簡短精煉的篇幅中，作者描繪了幾近荒棄的
院落、假山荷塘、薄暮細雨、石獅溫泉，指出這兒有臭蟲和斑
斑點點的床單，並感嘆：「在集基督教和儒家信仰於一身的新
生活運動發起者的眼皮底下，召妓竟如此方便。」以此為承
接，作者隨即轉入對花蓮的描述之中：「後來我離開臺北，到
了鄉間，才發現在這裡賣淫業可能比在世界上任何地方都更明
目張膽。」

在上述臺北部分的敘事中，"A Return to the Frontier"文
本中共有三處指示臺灣，但均使用「Formosa」而非通用
的「Taiwan」。[41]曲楠在〈張看臺港：張愛玲〈邊城〉書寫
中的「重返」與「重訪」〉一文中指出：「Formosa」與
「Taiwan」一詞有著基於語言立場的巨大差異。其引用明治
時期（1868-1912）日本學者伊能嘉矩在《臺灣文化志》中的
論述說：「『Formosa』一詞源於大航海時代，是著手東方

---

[41] 2002年劉錚翻譯的版本直接將「Formosa」譯為「臺灣」，應是在未考
慮文本批評的情景之下。

擴張的葡萄牙人在侵佔中國澳門時對所見臺灣島的命名，這一名稱後來被十七世紀侵台的荷蘭人沿用，並在今日臺灣得以保留，即中譯名『福爾摩沙』。」[42]並且，由於最早出現「Formosa」的文獻之一是西方繪製的地圖（即1554年葡萄牙製圖家Lopo Homem在世界地圖中首次以「I. Formosa」標示的包括臺灣在內的弧形列島），[43]曲楠進一步引用本尼迪克特・安德森在《想像的共同體》所言，「地圖是殖民帝國為開展想像工程而施行的三大視覺化手段之一（另兩項為人口普查與博物館），通過地圖的命名工程，西方著手將東方規訓於西方認知框架中」，認為這印證了薩義德（Edward Said）所警覺的東方主義，「即以自身修辭系統改造東方地理面目，實現他者化（other）的東方想像」。而張愛玲「對『東方化』東方的西方認識框架和話語策略顯然了然於心」，「早在1978年薩義德出版《東方主義》（Orientalism）之前，……如何配合西方的命名習慣，書寫東方化的臺灣想像，這才是張愛玲用力琢磨的文本內部問題」。[44]以此入手，連帶文本中佔有更大比重的香

---

[42] 曲楠〈張看臺港：張愛玲〈邊城〉書寫中的「重返」與「重訪」〉，上海：《現代中文學刊》2015年第4期，頁81。

[43] 石守謙編《福爾摩沙——十七世紀的台灣、荷蘭與東亞》，台北：故宮博物院，2003年，頁16-17。見曲楠〈張看臺港：張愛玲〈邊城〉書寫中的「重返」與「重訪」〉，上海：《現代中文學刊》2015年第4期，頁81。

[44] 曲楠〈張看臺港：張愛玲〈邊城〉書寫中的「重返」與「重訪」〉，

港內容，"A Return to the Frontier"被曲楠總體上定義為張愛玲在60年代投機並利用冷戰的「策略性」書寫。

雖然「Formosa」一詞究竟出於葡萄牙人還是西班牙人尚存爭議，1554年葡萄牙製圖家Lopo Homem所標注的「I. Formosa」究竟是否指代臺灣本島也尚無定論，[45]但國民黨接收臺灣後，也曾於聯合國正式要求將「Formosa」的書寫方式改名為羅馬拼音「Taiwan」，亦可見其從殖民地體系中收回話語主體權的決心。1950年8月31日中華民國駐聯合國代表蔣廷黻在安理會上聲稱：「『Taiwan』是個中文地名，是古老的名稱；而『Formosa』本源自西班牙語，甚至跟日本也毫無關係，因為即使日據時期也仍然沿用中文名稱『Taiwan』。」[46]在此陳述之下，1950年9月29日的聯合國安理會87號決議（S／RES／87）正式改變了臺灣的稱呼與書寫形式：國際上臺灣的英文表述正式為「Taiwan」加注括弧（Formosa），中文則使用「臺灣」（福摩薩）形式。[47]張愛玲本出自一向稱呼臺灣

上海：《現代中文學刊》2015年第4期，頁81-82。

[45] 參見中研院臺灣史研究所翁佳音〈「福爾摩沙」由來〉一文，中央研究院臺灣史研究所檔案館館藏選粹（http://archives.ith.sinica.edu.tw/collections_con.php?no=25）。

[46] 參見聯合國安全理事會1950年08月31日第493次會議正式紀錄，頁3：https://www.un.org/en/ga/search/view_doc.aspsymbol=S/PV.493& referer=/english/&Lang=C

[47] 參見聯合國安全理事會1950年第87號決議：S/RES/87（1950）臺灣（福摩薩）遭受侵略之控訴。中文版：https://undocs.org/zh/S/

為「Taiwan」的傳統國語區中國大陸，且寫作"A Return to the Frontier"時，據聯合國正式更名已十幾年，很難想像其不知期間國際稱謂的變更。而刻意使用西方專有詞彙「Formosa」一名，雖然並不足以單一判斷為曲楠所指出的對「西方殖民歷史語境」的迎合，但卻至少表現出從特定的他者角度進行書寫的距離感。正如陳芳明在〈張愛玲與臺灣文學史的撰寫〉一文中所指出，她的小說擺脫了所有文化權力中心的干擾，全然是從「他者」（other）的角度來進行描寫。[48]但在影像學理論中，這種毫無互動關係、全然從他者角度進行的「觀看」，卻也使得臺灣作為「被觀看者」純粹處於西方視角的注視之下，客觀上造成了「臺灣主體性」在文本論述形構（discursive formation）中的缺失。因為在分外強調論述形構的福柯（Michel Foucault）等看來，主體性是在各種錯綜複雜的關係中才得以被建構與生成的。[49]何況，如若觀看者與被看者完全處於隔絕的空間，亦有可能被解讀為「詢喚與臣服」的本質關係，歸類於「政治與倫理的觀看」。[50]而在上述文本中，

RES/87(1950)，英文版：https://undocs.org/en/S/RES/87(1950)

[48] 見陳芳明〈臺灣文學史的撰寫〉，楊澤編《閱讀張愛玲》，桂林：廣西師範大學出版社，2003年，頁315。

[49] 張錦《福柯的「異拓邦思想研究」》，北京：北京大學出版社，2016年，頁29。

[50] 參看張慧瑜《主體魅影：中國大眾文化研究》，北京：北京時代華文書局，2017年，頁25。

這種刻意而又遙遠的空間觀看角度所帶來的隔絕感，甚至又因開首使用的「orient」（東方）一詞以及相關陳述語氣而得以強化："even if everybody is visiting the orient just now"（即使現在無論是誰都到東方來看看）。

（二）「Shandi, shandi！」與「Chigaru yo！ Chigaru yo！」

在花蓮部分，張愛玲繼續以「福爾摩沙人」指稱臺灣原住民，而以「難民／流民」指稱外省人：

> "In the countryside Formosa peels back, showing older strata. There were more native Formosans than refugees. The mixed emotions of my homecoming of sorts gave way to pure tourist enthusiasm." 一到農村，福爾摩沙的浮面便層層褪去，露出底下較傳統的本來面目。這裡的福爾摩沙人比外省難民／流民人多。我原先種種還鄉的思緒消散殆盡，只剩下觀光客的熱情。

緊接著，作者借同車的朱太太之口，以悄聲但卻急切的「Shandi, shandi！」指認勾勒出山地原住民的形象：臉頰上紋著（像鬍子一樣的）刺青、灰色幽靈似的（a gray little wraith）山地婦人，一群像吉普賽人似的（gypsylike）衣衫襤褸的小

孩。與此同時，張愛玲還吃驚地指出，同車的乘客中「相當多
的年輕人居然還在講著日語」。在臨摹因為逃票而被司機及售
票員追打的年輕人喊出的「Chigaru yo！Chigaru yo！」（搞錯
了、搞錯了）之後，張愛玲寫道：「我想，這些人是太不像
中國人了（I thought how un-Chinese these people were）。」作
者並就此回憶起在香港時看到的逃票者（巴士售票員也不過
是抓住領帶雙方混戰對罵而已），而文章就此轉入下一部分
香港敘事之中。

在上述部分的文本中，張愛玲在語言方面雖然納入臺灣
當地對原住民的稱呼語「Shandi, shandi！」，並臨摹了花蓮人
的日語表達「Chigaru yo！Chigaru yo！」，但在以此為基礎而
構建的敘事中，這些被描述的物件卻是陌生、奇特、並且令作
者感到生疏的，以致像「灰色幽靈似的」、「像吉普賽人似
的」、並且「太不像中國人了」。顯而易見，這些文本敘述從
根本上排除了作者的族群認同感，印證了前文「觀光客的熱
情」，因為構成身分認同的文化記憶在此明顯缺席。在德國學
者揚・阿斯曼（Jan Assmann）等的身分認同理論中，「文化記
憶」（kulturelles Gedächtnis）是一項舉足輕重的核心因素。它
首先屬於集體記憶，是某個群體、某個時代或某個社會所擁有
的，可重複使用的文本、圖像與禮儀。通過對它們的整理或

維護，一個群體得以定義和表達自我圖像。[51]並且，由於「文化記憶」是一種集體共有的知識，所以它一般是與族群的過往或歷史有關，以使這個族群以此支撐起團結意識與族群特徵。[52]具體結合臺灣來說，李喬曾循著葉石濤理論就「臺灣文學」的定義提出過「臺灣經驗」，這無疑觸及了「文化記憶」的要素：包括臺灣近四百年來與大自然搏鬥與相處的經驗；反封建、反迫害的經驗；反政治殖民、經濟殖民、和自由爭取民主自由的經驗。[53]而這些經驗或記憶在張愛玲的「觀光客的」臺灣敘事中是隔閡與陌生的，不屬於彼此共享的身分認同。這也再次印證了張愛玲在臺灣與王禎和的對話內容。在回答「要不要以臺灣為背景寫小說」時，張愛玲說：「不行」，臺灣對她是「Silence movie（默片）」，「因為語

[51] Assmann, Jan: „Kollektives Gedächtnis und kulturelle Identität". In: Assmann, Jan und Tonio Hölscher (Hrsg.): *Kollektives Gedächtnis und kulturelle Identität*, Frankfurt am Main: Suhrkamp Verlag, 1988, p. 13–15; Erll, Astrid: „Kollektives Gedächtnis und Erinnerungskulturen". In: Nünning, Ansgar und Vera Nünning (Hrsg.): *Einführung in die Kulturwissenschaften*, Stuttgart: Metzler Verlag, 2008, p. 172.

[52] Assmann, Jan: „Kollektives Gedächtnis und kulturelle Identität". In: Assmann, Jan und Tonio Hölscher (Hrsg.): *Kollektives Gedächtnis und kulturelle Identität*, Frankfurt am Main: Suhrkamp Verlag, 1988, p. 13–15; Erll, Astrid: „Kollektives Gedächtnis und Erinnerungskulturen". In: Nünning, Ansgar und Vera Nünning (Hrsg.): *Einführung in die Kulturwissenschaften*, Stuttgart: Metzler Verlag, 2008, p. 172.

[53] 見日本學者藤井省三〈臺灣文學史概說〉，賀昌盛譯，汕頭：《華文文學》2014年第2期，頁79。

言的隔閡」。[54]顯而易見，作為甚至失去語言交流功能的純粹觀看型「默片」，如前文所述，「臺灣主體性」無從在文本中通過各種關係的搭建與互動而得以生成、鍛鑄或展現。

（三）饑荒與偷渡：香港敘事中的身分認同

而在香港敘事中，作者一開始就以「離開福爾摩沙，我又到了闊別六年的香港」（From Formosa I went on to Hong Kong, which I had not seen for six years）的懷舊基調，全身心地投入到以家族遭遇、熟人經歷為主的香港敘事之中，這種"主體經驗"在場的敘事與臺灣部分形成強烈對比。其論述形構大致如下：

> 報章上讀到一位因偷渡失去父親的難民姑娘的疑惑：「在這麼大的香港，我是唯一沒有耶誕節可過的人。請告訴我該不該回大陸去。」房東太太一家寄東西接濟大陸老家，並託親戚老太太捎帶東西回大陸、卻因太多而在羅湖橋邊的海關被盤查受阻。

以此作者回憶起自己十多年前通過羅湖橋最後一段時，

───────────────

[54] 王禎和、丘彥明〈張愛玲在臺灣〉，鄭樹森編《張愛玲的世界》，臺北：允晨出版社，1989年，頁24。

「腳下踏著粗木板，兩邊的崗哨和鐵網逼得很近」；當在毒日頭下等待香港員警檢查證件曬了一個鐘頭之後，「共產黨的哨兵，一個圓臉的北方小夥子，穿著皺巴巴鼓囊囊的軍裝」，嘟嚷著示意大家去背陰處站站，令「我最後一次感到同胞的溫暖流遍了全身」；感慨「那條生命攸關的橋常被人比作奈何橋，連接著人間與冥界」，並圍繞這條橋描述起家族與熟人在大陸的命運：阿姨一家自「三反、五反」以來的離散與囚禁，舅舅一家在土地改革中的傾家蕩產，熟識的廣東阿媽在人民公社所經歷的饑荒、勞作與物資短缺，以及沿海大陸人民在水陸關卡與機關槍肉搏、冒死偷渡的驚險場面。

　　一如上海時期的文學創作，張愛玲在題材中關注的是大時代背景下的小人物命運，並在微妙的歷史空間給予這些微不足道的小人物們以「因為懂得，所以慈悲」的同情，這反而促成其獨具一格的突破時代限制的歷史觀。在"A Return to the Frontier"中，張愛玲繼承了此種傳統，即是以刻畫某一特殊時期的小人物群像為主，卻也在凝練的敘事中往上追溯歷史脈絡：譬如在描述舅舅一家土改中的傾家蕩產時，感嘆「戰爭、饑饉、通貨膨脹，接連不斷，歲入是損之又損，他們是越來越窮。共產黨只不過是讓結局來得更快一點罷了」；感嘆人民公社的饑荒時，指出「向來是農民最苦，現在仍是他們在咀嚼苦上加苦的滋味」；描述人民公社刻板的勞作制度與物資短

缺時，感嘆「我們中國人在僵化的框框裡總能發揮到最好，就連寫詩都是如此。似乎只有在重重束縛之下，我們才能超越自己。經過兩千年的宗法統治，我們總算自由了二十年，可是對我們許多人來說，這段時光並不快樂，充滿了鬥爭與自疑。現在政府取代了宗法家族，熟悉的、無所不在的壓力再次進入生活的每時每刻、方方面面。羊回到了羊圈，連挨餓也成了無可厚非的事情——在一定範圍之內」；而當結尾部分描述大陸人民用削尖的竹竿跟緊追其後的摩托艇上的機關槍肉搏的慘烈偷渡場面時，感嘆「但他們是不留在當地抗爭的。我們中國人的弱點是太懂得明哲保身了」，並在最後以一句評論結束全文：「前進兩步退一步——毛澤東說過，這就是他進步的方式。跳舞也好、行軍也罷，人民總是苟延殘息地活下來，冀盼能活到煎熬到頭的一日。」

這種充滿歷史意識的時事類敘事使張愛玲作品如前文所言，在當時歐美市場上並不受歡迎。但這種「溯時間之流而上」的書寫方式在本尼迪克特・安德森看來，卻是「為民族立傳」的唯一方式，因為民族是沒有清晰辨認的生日的，而民族認同要求我們必須抵制歷史的遺忘。[55]並且，由於在這部分的論述形構中，張愛玲直接以自己為中心、以行雲流水般

---

[55] 本尼迪克特・安德森《想象的共同體》，吳叡人譯，上海：上海人民出版社，2005年，頁194。

的流暢筆觸繪製出一張複雜的充滿互動的關係網絡，與《秧
歌》相比，不僅繼承了被胡適譽為「細緻、與忠厚」[56]的寫實
風格，而且因自我在場而凸顯作者自身的主體意識。也就是
說：《秧歌》中農民金根與月香所經歷的身體與精神上的饑
荒、艱難的物質條件與嚴酷的政治環境，在此也有了「我」的
親身見聞與共同記憶，成為「我們自己的」經驗，其引發的同
情與共鳴也越發切實而深刻。至此，這種因「自我主體」的參
與而與歷史性敘事渾然一體的文化記憶達成了完美的構築，而
張愛玲的身分意識也得以完全確定：誠如陳芳明所言，張愛玲
善於以被壓迫的小人物等邊緣性書寫來抵制威權敘事、抵制國
族主義；但更重要的是，正如韓國學者任佑卿所指出，張愛玲
所抵制的並不是哪一國的國族主義（譬如中華國族主義），而
是作為宏大敘事的男性意識所支配的所有國族主義，她本身並
不否定中華國族認同。[57]正因如此，"A Return to the Frontier"意
義方就此得以全然呈現：在作者潛意識的中華國族的身分認同
之下，臺灣與香港均為「邊城」。就臺灣而言，國族的正統性
偏居一隅，外省人不過只是那兒的「難民／流民」，就連將

---

[56] 張愛玲〈憶胡適之〉，張愛玲《張看》，臺北：皇冠文化出版社，
2004年，頁142-143。
[57] 任佑卿〈國族的界限和文學史——論建構臺灣新文學史與張愛玲研
究〉，《去國‧文化‧華文祭：2005年華文文化研究會議》（臺灣新
竹交通大學2005年1月8-9日），頁11。

軍館的臭蟲亦是隨著政權「從大陸撤退到臺灣帶來的」；[58]就
香港而言，則為自由世界的邊城，是「連接生死與自由的橋
樑」，並且「你自己親身經歷過，才知道它的真實」，以致於
「每當聽到西方人吹毛求疵地說所謂自由世界也並不真的自
由，我總覺得不耐煩。我們當中許多人，因為在外面無法謀生
不得不走回頭路，實在是悲哀的。」

四、〈重訪邊城〉的身分意識

　　相對於六十年代的英文版，中文版〈重訪邊城〉多出了
三分之二的內容。這在手稿發掘人宋以朗看來是因為不同的讀
者群：由於"A Return to the Frontier"的讀者是英文讀者、是美國
人，所以很多民俗與文化的細節沒能寫出來，否則需要大量附
注以讓讀者明白。[59]陳子善也認為這是基於用中文有更廣闊的
表達空間，所以〈重訪邊城〉能「精雕細刻，又回歸到她的

---

[58] 王禎和在訪談中曾回憶道：水晶當時讀了"A Return to the Frontier"後提
出臺灣不是邊疆的抗議，又指她寫睡床有臭蟲也不對，因為臺灣不可
能有臭蟲。王禎和因而寫了信去抗議，張愛玲回信解釋說，臭蟲可能
是從大陸撤退到臺灣帶來的。見王禎和、丘彥明〈張愛玲在臺灣〉，
鄭樹森編《張愛玲的世界》，臺北：允晨出版社，1989年，頁15-32。
[59] 宋以朗等〈張愛玲的雙語創作〉，宋以朗、符立中主編《張愛玲的文
學世界》，北京：新星出版社，2013年，頁57-59。

早期風格」[60]；並且「張愛玲開始關心一個地方（比如香港）的民俗、方言和地域文化。雖然多了一些懷舊之情，但卻學會了用研究的眼光去看事物，所以她的文章也就多了一些學術性」。[61]

但結合時代背景進行考察，〈重訪邊城〉寫於八十年代初，國際國內、兩岸三地等局勢都已有了一些巨大變化。總體說來，東西方緊張而激烈的冷戰秩序已趨向尾聲，現代意義上的全球化浪潮開始萌芽，臺灣、香港日益發展成為較為穩定的資本主義社會，中國大陸也因改革開放政策而日益擺脫封閉僵化的意識形態。雖然此時張愛玲已在美離群索居近三十年，並步入生命的最後十年期，但各種動態的「權力關係」（各種社會機制所形成的關係網絡，哪怕僅僅只是日常生活中的「微觀權力」）[62]，仍會生成或影響其文本構述之中主體意識的表達。

因此，本部分仍將按照臺北—花蓮—香港的敘事順序對〈重訪邊城〉進行文本考證，考察重點在於與"A Return to the Frontier"存在顯著差異的部分，目的仍然在於探討敘事機制中所體現出的身分認同與主體意識。

---

[60] 王巧玲〈張愛玲新遺作之謎〉，北京：《新世紀週刊》，2008年4月8日。

[61] 酈亮〈張愛玲遺物爆重要手稿　中文版〈重訪邊城〉露滄桑〉，上海：《青年報》，2008年12月24日。

[62] 張錦《福柯的「異拓邦思想研究」》，北京：北京大學出版社，2016年，頁29。

（一）臺北與花蓮：「歷史上空前的變局」

「我回香港去一趟，順便彎到臺灣去看看」。中文版〈重訪邊城〉以此開首，並自始至終使用「臺灣」一詞代替「福爾摩沙」稱謂。當被誤認為美國前副總統尼克森的夫人時，與六十年代寥寥幾語、略顯傲慢的敘述不同，作者加入一向最為擅長的心理分析為自己的詫異進行辯護：「我覺得有點奇怪，尼克遜太太[63]這時候到臺灣來，而且一個人來。前副總統尼克遜剛競選加州州長失敗，⋯⋯正是韜光養晦的時候，怎麼讓太太到臺灣來？即使不過是遊歷，也要避點嫌疑。不管是怎麼回事，總是出了點什麼差錯，才只有這麼一個大使館華人幹員來接她。」[64]而當前來接機的麥氏夫婦[65]告知這個人老是來機場接美國名人，「有點神經病」時，作者描繪自己的同情心理：「我笑了起來，隨即被一陣抑鬱的浪潮淹沒了，是這孤島對外界的友情的渴望。」[66]緊接著作者加入一段形象的視覺描述：「一出機場就有一座大廟，正殿前一列高高的白色水泥臺階，一個五六十歲的太太相當費勁地在往上爬，裹過的半大腳，梳著髻，臃腫的黑旗袍的背影。這不就是我有個中學同班

---

[63] 即"A Return to the Frontier"中的Mrs. Nixon，一般譯為尼克森夫人。
[64] 張愛玲《重訪邊城》，北京：北京十月文藝出版社，2012年，頁263。
[65] 即"A Return to the Frontier"中的朱先生、朱太太（Mr. and Mrs. Chu）
[66] 張愛玲《重訪邊城》，北京：北京十月文藝出版社，2012年，頁263。

生的母親?」而當麥先生「問我回來覺得怎麼樣」之後,作者同樣加入一大段記憶之中的視覺描述:「我以前沒到過臺灣,但是珍珠港事變後從香港回上海,乘的日本船因為躲避轟炸,航線彎彎扭扭的路過南臺灣,不靠岸,遠遠的只看見個山。……我站在那裡一動都不動,沒敢走開一步,怕錯過了,知道這輩子不會再看見更美的風景了。當然也許有更美的,不過在中國人看來總不如——沒這麼像國畫。」[67]

日本文學理論家柄谷行人曾在《日本現代文學的起源》指出,風景的發現與作為現代主體的產生往往有密切的關係,[68]因它「是和孤獨的內心狀態緊密聯繫在一起的」,「自然化的風景是建構祖國認同的有效策略」,「意義在於建構一種國族身分」。[69]僅僅機場這一大段豐富的描述,張愛玲的敘述風格已與"A Return to the Frontier"的香港部分類似,即以自我在場的方式進行主體性敘述。其不僅以戀舊的回憶踰越了原本予人隔絕感的西方「他者」旁觀角度,也因對孤島臺灣的共情、以視覺化的國族想像,從而使自己努力與臺灣構築共同記憶的試圖躍然紙上。隨後作者刪去了在山上將軍套房過夜

---

[67] 同上,頁263-264。

[68] 柄谷行人《日本現代文學的起源》,趙精華譯,北京:生活・讀書・新知三聯書店,2003年,第15頁。引自張惠瑜《主體魅影:中國大眾文化研究》,北京:北京時代華文書局,2017年,頁27。

[69] 同上。

時由招妓引發的政治聯想,卻在此之前加入大段關於臺北景色的豐富心理感受:羅斯福路的老洋房與大樹令她聯想到香港;花園洋房圍牆裡的露天書場令她想到上海的書場,「沒有粽子與蘇州茶食,茶總有得喝?」;而經過一座廟時,聯想到神農「深棕色的皮膚,顯然是上古華南居民,東南亞人的遠祖」;下一座古廟裡「面目猙獰」、著「武生的戲裝」、「身材極矮」的神像則被她認定為日本版畫的表親或祖先,並不由感嘆道:「日本吸收中國文化,如漢字就有一大部分是從福建傳過去的。閩南塑像的這種特色,後來如果失傳了,那就是交通便利了些之後,被中原的主流淹沒了。」[70]在緊接這段話的「注」中,作者進一步聯繫中國歷史寫道:「局部的歪曲想必是閩南塑像獨特的作風。地方性藝術的突出發展往往不為人注意,像近年來南管出國,獲得法國音樂界的劇賞,也是因為中國歷史上空前的變局,才把時代的水銀燈撥轉到它身上。」[71]

作為全文唯一的注釋,此注釋被普遍用來界定〈重訪邊城〉的書寫時間,[72]但其表達的本意,卻在於對上述古廟塑像

---

[70] 張愛玲《重訪邊城》,北京:北京十月文藝出版社,2012年,頁266。

[71] 注釋原文很長,以大部分筆墨描述鹿港龍山寺守護神的照片,認為是「古樸的原貌」。然後發出此部分感概。見張愛玲《重訪邊城》,北京:北京十月文藝出版社,2012年,頁285。

[72] 如前文所述,考慮到郵遞時間,應完成於1983年1月之後。

「獨特」風格的評注：除卻老洋房、大樹、露天書場等表像的
街景如同作者熟知的上海與香港，在更本土的層面（譬如古廟
裡的雕塑特徵），臺灣所表現出的風格卻與上古華南居民、閩
南塑像等地方性風格是一致的，以致古廟裡的神獸造型也令作
者覺得獨特而罕見，懷疑在正統的中原文化裡，「似乎殷周
的銅器之後就沒有過」？[73]這種無所不在的南中國特色，與中
原文化不由自主的強烈對比，表達出的文本潛意識恰恰是以
「注」的方式對臺灣形象進行的詮釋：「因為中國歷史上空前
的變局，才把時代的水銀燈撥轉到它身上。」

在接下來的花蓮部分，作者所觀之處，此種對比更為頻
繁強烈且無所不在：城隍廟令她想到「南中國的建築就是這樣
緊湊曲折，與方方正正的四合院大不相同」；坐在神外的神像
令她感道：「人比在老家更需要神」，「這裡的人在時間空
間上都是邊疆居民」；而當地妓院裡的匆匆一瞥則令她與大
陸的澡堂子進行對比，妓女們的照片則令她想到清末民初盛
行的「對我圖」；古屋裡的紅磚令她想到「大陸從前都是青
磚」，但「在臺灣，紅磚配上中國傳統的飛簷與綠磁壁飾，於
不調和中別有一種柔豔憨厚的韻味」；看到鄉土美人，認為
「此地大概是美人多」，是因為「一來早期移民本來是南國佳

---

[73] 張愛玲《重訪邊城》，北京：北京十月文藝出版社，2012年，頁266。

人」；而當品味當地特產柚子時，不由自主地感歎道：「從來
沒吃過這樣酸甜多汁的柚子，也許因為產地近，在上海吃到湖
南柚子早已幹了」，並且「我望著地下欄杆的陰影裡一道道橫
條陽光。剛才那彩色闊銀幕的一場戲猶在目前，疑幻疑真，相
形之下，柚子味吃到嘴裡真實得使人有點詫異」。[74]

　　當視覺與味覺的一片共融交匯使作者感到疑幻疑真的詫
異之時，臺灣敘事嘎然而止。但與60年代的「默片」感受相
比，它已變幻成了一部活色生香、觸動中國上下歷史、橫連
地域的靈活鮮動的「彩色寬銀幕電影」。而在花蓮開首部分
所描述的公共汽車的打鬥中，作者雖仍模仿日語發音，但卻
不由自主地加入評論說：「一樣是中國人。」[75]而至此我們也
可窺見張愛玲在〈重訪邊城〉中所作的種種試探與努力：即
在「看」與「被看」的主客體之間深入加述自己的心理感受
與回憶想像，借此營造出各種關係的交匯流通以及自我在場
的主體性書寫，力圖參與臺灣的共同記憶。只是，正是如同
「這不就是我有個中學同班生的母親？」、「（別的景色）沒
（臺灣）這麼像國畫」、「（說日語的花蓮人）一樣是中國
人」、以及尾聲部分對上海故鄉的聯想等描述，作者營造與臺
灣共同記憶的基石仍立足於中華國族之內。正是在中華國族的

---

[74] 同上，頁269-273。

[75] 同上，頁268。

文化記憶與身分認同之中，其不由自主地在觀看過程中區分以大陸為主體的中原文化與閩南文化為中心的臺灣文化，並徹底拋卻以「福爾摩沙」、「東方」等指代臺灣的純西方外部視角。並且，由於此種認同的構建在於從文化傳統的角度出發，作者刪去了政治敘事，但卻仍然保留了臺北將軍會館裡「從大陸而來的臭蟲」，[76]由此亦見：其對抗傳統男性意識所支配的中華國族主義的立場無論何時也從未改變。

（二）香港：「最後一次」與「訣別」

而在隨後的香港敘事之中，其與大陸一衣帶水的地緣關係一開始就得到強化：「同是邊城，香港不像臺灣有一水之隔，不但接壤，而且返鄉探親掃墓的來來去去絡繹不絕，對大陸自然看得比較清楚。……大陸橫躺在那裡，聽得見它的呼吸。」[77]接下來，與作者家族有關的政治敘事統統得到刪除，代之的卻是對60年代處於資本主義加速發展期的、高速拆建的新香港的陌生與不適。在這部分，作者集中筆墨描述了各種「最後一次」：

一是「這時候正是大躍進後大饑荒大逃亡，五月一個月就有六萬人衝出香港邊界」，作者因此而回憶起最後一次跨越

---

[76] 張愛玲《重訪邊城》，北京：北京十月文藝出版社，2012年，頁267。
[77] 同上，頁273。

羅湖橋邊界時，中共小兵的善意令我「覺得種族的溫暖像潮水沖洗上來，最後一次在身上沖過」。[78]隨後緊接的是對「新」香港日益西化的「面熟陌生」與對「老」香港的懷念，因為老香港「兼有西湖山水的緊湊與青島的整潔，而又是離本土最近的唐人街。有些古中國的一鱗半爪給保存了下來，唯其近，沒有失真，不像海外的唐人街」。[79]

二是「共產黨來了以後，我領到兩塊配給布。一件湖色的，粗硬厚重得像土布，我做了件唐裝喇叭袖短衫，另一件做了條雪青洋紗袴子。那是我最後一次對從前的人牽衣不捨」。[80]而引出這段「牽衣不捨」的，卻是作者在告別香港前夜一段前所未有、空前華麗而又盛大的回憶與想像，包括各類親友、各種服裝與質地、各色國民、歷朝歷史、民風民俗、國畫與文學經典等等。它們夾雜著人聲鼎沸與目不暇給的擁擠，與作者當時身處的黑暗孤寂、迷茫擔憂形成強烈對比，也是中英兩版「邊城」之中最動人心魄的高潮描寫：在香港飯店「一片死寂」，「不通車」的黑暗的青石板山道後街上，在迷路的擔心與辨路的疑惑之中，「已經往事如潮，四周成為喧鬧的鬼市。攤子實在擁擠，都向上發展，小車櫃上豎起高高的

---

[78] 張愛玲《重訪邊城》，北京：北京十月文藝出版社，2012年，頁276。
[79] 同上，頁276。
[80] 同上，頁283。

杆柱，掛滿衣料，把沿街店面全都擋住了」。「在人叢裡擠
著，目不暇給，但是我只看中了一種花布。……那種配色只有
中國民間有。」而在這「故鄉氣的市集裡」，「與我同去的一
個同學用食指蘸了唾沫試過了。是土布」；「我母親曾經喜
歡一種印白竹葉的青布，用來做旗袍」；「我從前聽我姑姑
說：『天津鄉下女人穿大紅紮腳袴子』，……當時親戚家有個
年紀大的女僕，在上海也仍舊穿北方的紮腳袴」。[81]而在描述
服裝的質地、構圖與顏色時，則穿越上下千年歷史，從唐宋人
物畫裡衣服上簡約的團花、沖淡的色調，到明末清初冒辟疆回
憶錄中董小宛的「衣退紅衫」；從不愛紅的滿清民族，到受此
影響的晚清上海妓院與附近小戶人家的清淡著裝；從「什麼時
候起，連農民也摒棄鮮豔的色彩，只給嬰兒穿天津鄉下女人的
大紅袴子」到「而在一九四〇年的香港，連窮孩子都穿西式
童裝了，穿傳統花布的又更縮到吃奶的孩子」等等。在這作者
憑「古老的記憶，人類在一切時代之中生活過的記憶」[82]所營
造出的繁複社會空間裡，被視覺化的還有白蛇娘娘、《海上
花》裡的妓女、小家碧玉趙二寶和她哥哥等。而在一片熙熙
攘攘之中，春宮圖與天津楊柳青的年畫則是積習相沿，「洞

---

[81] 同上，頁281-282。
[82] 張愛玲〈自己的文章〉，張愛玲《張看》，北京：經濟日報出版社，2002年，頁367頁。

房」這個詞可上訴到穴居時代，而民國農民對顏色的保守化演變也是因為「宋明理學已經滲透到了基層」。[83]本尼迪克特・安德森在《想像的共同體》中曾結合沃爾特・本雅明（Walter Benjamin）的分析說：「一個社會學的有機體遵循時曆規定的節奏，穿越同質而空洞的時間的想法，恰恰是民族這一理念的準確類比，因為民族也是被設想成一個在歷史中穩定地向下（或向上）運動的堅實的共同體。」[84]不僅如此，由於民族的傳記必須以「溯時間之流而上的方式來為民族立傳」，張愛玲在此表現的，正是對國族文化強烈的認同與依戀之感，甚至借助這場視覺化的盛宴而對抗現實及眼前的失落與迷茫，即所謂「世俗的、連續的時間之中的遺忘」[85]。

而那被反覆強調只給「嬰孩」、「吃奶的孩子」穿的傳統花布，卻「令我只感到狂喜，第一次觸摸到歷史的質地」，而且「你無法在上面留下個人的痕跡；它自有它完整的亙古的存在，你沒份，愛撫它的時候也已經被拋棄了」；而當它在裁剪成衣服，「就不能再屬於別人」之後，「我拿著對著鏡子比來比去，像穿著一幅名畫一樣森森然，飄飄然，什麼時

────────────

[83] 張愛玲《重訪邊城》，北京：北京十月文藝出版社，2012年，頁282-283。

[84] 本尼迪克特・安德森《想像的共同體》，吳叡人譯，上海：上海人民出版社，2005年，頁22-24。

[85] 同上，頁194。

候絕跡於中原與大江南北，已經不可考了」；而最後，卻是
「當然沒穿多久就黯敗褪色了。像抓住了古人的衣角，只一會
工夫，就又消失了」。[86]在這段描述之中，搭建在紛繁複雜的
敘事場景之上的稍縱即逝，令人感到非常錯愕與遺憾。但正如
本尼迪克特・安德森在《想像的共同體》中所指出：同時性的
概念對我們而言是全然陌生的，它是一種過去和未來匯聚於瞬
息即逝的現在的同時性，這是在一段漫長的時間裡逐漸成型
的，而這種同質的、空洞的時間觀念對於民族的想像的共同體
的誕生卻是非常重要的，因為它為「重現」民族這種想像的共
同體提供了技術上的手段。[87]

　　而這也正如結尾處的高潮部分：當作者終於在黑暗中
找到夜市金鋪的橫街，「忽然一抬頭看見一列日光光雪亮的
平房高高在上，像個泥金畫卷，不過是白金，孤懸在黑暗
中，……就像〈清明上河圖〉，更有疑幻疑真的驚喜」；而金
店裡不設防的氣氛「好像還是北宋的太平盛世」；歸途的攔街
有一道木柵門，也使作者想起：「賈寶玉淪為看街兵，不就
是打更看守街門？」[88]只是，就在這場疑幻疑真的文化視覺之
中，在作者最心愛的古典文學借遐想復活之際，「忽然空中飄

86　張愛玲《重訪邊城》，北京：北京十月文藝出版社，2012年，頁283。
87　本尼迪克特・安德森《想像的共同體》，吳叡人譯，上海：上海人民
　　出版社，2005年，頁23。
88　張愛玲《重訪邊城》，北京：北京十月文藝出版社，2012年，頁284。

來一縷屎臭，在黑暗中特別濃烈。不是倒馬桶，沒有刷馬桶的聲音。晚上也不是倒馬桶的時候。也不是有人在街上大便，露天較空曠，不會這樣熱呼呼的。那難道是店面樓上住家的一掀開馬桶蓋，就有這麼臭？而且還是馬可孛羅的世界，色香味俱全。我覺得是香港的臨去秋波，帶點安撫的意味，若在我憶舊的份上。在黑暗中我的嘴唇旁動著微笑起來，但是我畢竟笑不出來，因為疑心是跟它訣別了。」[89]

全篇〈重訪邊城〉以此在高潮之中嘎然而止。但在作者黑夜訣別的背影之中，我們看到的卻分明是40年代上海與香港時期的張愛玲：「我真快樂我是走在中國的太陽底下。我也喜歡覺得手與腳都年輕有氣力的。而這一切都是連在一起的，不知為什麼。快樂的時候，無線電的聲音，街上的顏色，彷彿我也都有份；即使憂愁沉澱下去也是中國的泥沙。」[90]

亦或是那首同樣寫於40年代的〈落葉的愛〉[91]：

　　大的黃葉子朝下掉；

　　慢慢的，它經過風，

　　經過淡青的天，

---

[89] 同上，頁285。
[90] 張愛玲〈中國的日夜〉，張愛玲《張看》，北京：經濟日報出版社，2002年，頁110。
[91] 同上，頁107。

經過天的刀光，

黃灰樓房的塵夢。

下來到半路上，

看得出它是要，

去吻它的影子，

迎上來迎上來，

又像是往斜裡飄。

葉子盡著慢著，

裝出中年的漠然，

但是，一到地，

金焦的手掌，

小心覆著個小黑影，

如同捉蟋蟀──

「唔，在這兒了！」

秋陽裡的，

水門汀地上，

靜靜睡在一起，

它和它的愛。

五、結論

　　不管臺灣文學史亦或90年代以來重新建構的臺灣新文學史如何劃分，總是離不開臺灣經驗、身分認同、主體性、主體意識等角度的考察。正如始於八十年代的中國大陸關於張愛玲作品是否納入中國文學史的討論，要妥善解答這個問題，我們應該首先從作品本身出發，進行文本考證與定性：即張愛玲40年代上海軸心時期的創作屬於海派文學與市民文學，與受控於父權體制或男性支配意識的宏大國族敘事保持清醒的距離，從而為那些在「大敘述」（grand narrative）傳統中無以安身立命的時代小人物們留下真實而又忠厚的一筆。同理，當我們探討張愛玲作品是否能納入臺灣文學史，首先也需確定：張愛玲作品中究竟是否具備臺灣意識或臺灣主體性？其所體現的身分認同究竟是什麼？經過上述分析考證，在她唯一以臺灣為背景創作的兩部作品之中，不管是英文版"A Return to the Frontier"還是中文版〈重訪邊城〉，從語言到敘事均不具備「臺灣意識」，也無法生成臺灣主體性。張愛玲在作品中所立足的身分認同是中華國族，其文化記憶是中國傳統文化記憶。

　　這反而促使我們觀照：不管是否如葉石濤立場，將張愛玲作品以反共文學納入臺灣50年代文學史；還是如王德威立

場，以內化為一系列臺灣作家創作意識的女性文學譜系「祖師奶奶」身分納入臺灣文學史；亦或如陳芳明立場，以其現代主義文學風格納入60年代臺灣文學史；亦或在新詩論戰、鄉土文學論戰中聯繫三三集刊與右派行動主義[92]納入70年代臺灣文學史；亦或以邊緣性書寫納入反男性沙文主義、反父權體制中華國族主義的後殖民呈現（Postcolonial representation）的臺灣文學史，這取決於「臺灣文學史」這一概念的內涵及外延，以及各種可能性分期。傾向於從上述各種角度接納張愛玲的陳芳明曾在《臺灣新文學史》中寫道：「在文學盛開的地方，正是受傷心靈獲得治療之處。」[93]或許，只有當撰寫臺灣文學史的初衷（如透過歷史書寫重建臺灣主體性、使臺灣掙脫被邊緣化的角色，[94]達成社會整體的自我理解與身分認同等[95]）建立於強烈的「治癒」目的之中，我們才能在更廣闊的流域中，克服「臺灣文學史」這一概念本身所充斥的模糊性與矛盾性。

---

[92] 張愛玲與新詩論戰、鄉土文學論戰，以及與三三集團的關係亦見於楊照〈透過張愛玲看人間——70，80年代之交臺灣小說的浪漫轉向〉，楊澤編《閱讀張愛玲》，桂林：廣西師範大學出版社，2003年，頁345-348。

[93] 陳芳明《臺灣新文學史》，臺北：聯經出版社，2011年，頁8。

[94] 見陳芳明〈葉石濤臺灣文學史觀之構建〉，陳芳明《後殖民臺灣》，臺北：麥田出版社，2002年，頁50。

[95] 韓國學者任佑卿指出：臺灣的文學史編撰終究是為整個「臺灣」社會的自我理解和身分認同而創造文學史規範的工作。見任佑卿〈國族的界限和文學史——論建構臺灣新文學史與張愛玲研究〉，《去國・文化・華文祭：2005年華文文化研究會議》（臺灣新竹交通大學2005年1月8-9日），頁10。

參考文獻

Literature

Assmann, Jan (1988) : „Kollektives Gedächtnis und kulturelle Identität". In: Assmann, Jan und Tonio Hölscher (Hrsg.) (1988): *Kollektives Gedächtnis und kulturelle Identität*, Frankfurt am Main: Suhrkamp Verlag. S. 9-19.

Delz, Josef (1997): „Textkritik und Editionstechnik". In: Graf, Fritz (Hrsg.): *Einleitung in die lateinische Philologie*, Stuttgart: B. G. Teubner Verlag. S. 51-73.

Erll, Astrid (2008): „Kollektives Gedächtnis und Erinnerungskulturen". In: Nünning, Ansgar und Vera Nünning (Hrsg.) (2008): *Einführung in die Kulturwissenschaften*, Stuttgart: Metzler Verlag. S. 156-179.

Osterhammel, Jürgen (2016): *Die Verwandlung der Welt. Eine Geschichte des 19. Jahrhunderts* (2 Aufl. der Sonderausgabe), München: C. H. Beck.

Strian, Hangkun (2016): *Die Schriftstellerin Zhang Ailing und ihre Studien und Kommentare zum Roman Der Traum der roten Kammer*, Frankfurt am Main: Peter Lang Academic Research.

Weber, Ingeborg (1994): „Poststrukturalismus und écriture féminine: Von der Entzauberung der Aufklärung". In: Weber, Ingeborg (Hrsg.) (1994): *Weiblichkeit und weibliches Schreiben: Poststrukturalismus, weibliche Ästhetik, kulturelles Selbstverständnis*, Darmstadt: Wissenschaftliche Buchgesellschaft. S. 13-52.

中文文獻（按作者姓氏漢語拼音編排）

專書

本尼迪克特・安德森，《想像的共同體》，吳叡人譯，上海：上
　海人民出版社，2005年。

柄谷行人，《日本現代文學的起源》，趙精華譯，北京：生活・
　讀書・新知三聯書店，2003年。

陳芳明，《後殖民臺灣》，臺北：麥田出版社，2002年。

陳芳明，〈臺灣文學史的撰寫〉，楊澤編《閱讀張愛玲》，桂
　林：廣西師範大學出版社，2003年，頁303-318。

陳芳明，《臺灣新文學史》，臺北：聯經出版社，2011年。

高全之，〈林以亮〈私語張愛玲〉補遺〉，陳子善編《記憶張愛
　玲》，濟南：山東畫報出版社，2006年，頁182-188。

高全之，《張愛玲學：批評・考證・沉鉤》，臺北：一方出版
　社，2003年。

古繼堂，《臺灣小說發展史》，臺北：文史哲出版社，1992年。

鄺文美，〈我所認識的張愛玲〉，宋以朗編《張愛玲私語錄》，
　北京：北京十月文藝出版社，2011年，頁5-12。

廖炳惠，〈臺灣的香港傳奇——從張愛玲到施樹青〉，楊澤編
　《閱讀張愛玲》，桂林：廣西師範大學出版社，2003年，頁
　332-342。

邱貴芬，〈從張愛玲談台灣女性文學傳統的建構〉，楊澤編
　《閱讀張愛玲》，桂林：廣西師範大學出版社，2003年，

頁319-331。

石守謙編，《福爾摩沙——十七世紀的台灣、荷蘭與東亞》，台北：故宮博物院，2003年。

宋以朗，〈發掘〈重訪邊城〉的過程〉，《重訪邊城》（張愛玲全集19），台北：皇冠出版社，2008年，頁81-85。

宋以朗等，〈張愛玲的雙語創作〉，宋以朗、符立中主編《張愛玲的文學世界》，北京：新星出版社，2013年，頁43-86。

王德威，〈落地的麥子不死——張愛玲的文學影響力與「張派」作家的超越之路〉，蔡鳳儀編《華麗與蒼涼》，台北：皇冠出版社，1996年，頁196-210。

王德威，〈張愛玲再生緣——重複、衍生與迴旋的敘事學〉，劉紹銘編《再讀張愛玲》，濟南：山東畫報出版社，2004年，頁7-18。

王禎和、丘彥明，〈張愛玲在臺灣〉，鄭樹森編《張愛玲的世界》，臺北：允晨出版社，1989年，頁15-32。

夏志清，〈序〉，水晶《替張愛玲補妝》，濟南：山東畫報出版社，2004年，頁3-8。

夏志清，《張愛玲給我的信件》，武漢：長江文藝出版社，2014年。

楊照，〈透過張愛玲看人間——70，80年代之交臺灣小說的浪漫轉向〉，楊澤編《閱讀張愛玲》，桂林：廣西師範大學出版社，2003年，頁343-356。

葉石濤，《台灣文學史綱》，高雄：春暉出版社，2010年。

張愛玲，《重訪邊城》，北京：北京十月文藝出版社，2012年。

張愛玲，《紅樓夢魘》，北京：北京出版社，2007年。

張愛玲，〈憶胡適之〉，張愛玲《張看》，臺北：皇冠文化出版
　　社，2004年，頁141-154。

張愛玲，〈自己的文章〉，張愛玲《張看》，北京：經濟日報出
　　版社，2002年，頁366-370。

張愛玲，〈中國的日夜〉，張愛玲《張看》，北京：經濟日報出
　　版社，2002年，頁107-110。

張惠瑜，《主體魅影：中國大眾文化研究》，北京：北京時代華
　　文書局，2017年。

張錦，《福柯的「異拓邦思想研究」》，北京：北京大學出版
　　社，2016年。

期刊論文

曲楠，〈張看臺港：張愛玲〈邊城〉書寫中的「重返」與「重
　　訪」〉，上海：《現代中文學刊》2015年第4期，頁80-91。

宋以朗，〈書信文稿中的張愛玲——2008年11月21日在香港浸會
　　大學的演講〉，北京：《中國現代文學研究叢刊》2009年第
　　4期，頁143-159。

藤井省三，〈臺灣文學史概說〉，賀昌盛譯，汕頭：《華文文
　　學》2014年第2期，頁72-84。

會議論文

任佑卿，〈國族的界限和文學史——論建構臺灣新文學史與張愛
　　玲研究〉，《去國‧文化‧華文祭：2005年華文文化研究會
　　議》（臺灣新竹交通大學2005年1月8-9日）。

報刊雜誌

酈亮，〈張愛玲遺物爆重要手稿　中文版〈重訪邊城〉露滄桑〉，上海：《青年報》，2008年12月24日。

劉錚，〈幾點釋疑（〈回到前方〉譯後記）〉，臺灣：《中國時報·人間副刊》2002年12月14日。

王巧玲，〈張愛玲新遺作之謎〉，北京：《新世紀週刊》，2008年4月8日。

網路資源

（douban）〈張愛玲以〈重訪邊城〉為題寫過中文文章嗎？〉（2009.06.05），見宋以朗博客：The Bilingual Eileen Chang, Part 1：http://www.zonaeuropa.com/culture/c20080407_1.htm，檢索日期：2020年2月20日。

聯合國安全理事會1950年第87號決議：S/RES/87（1950）臺灣（福摩薩）遭受侵略之控訴。中文版：https://undocs.org/zh/S/RES/87(1950)，英文版：https://undocs.org/en/S/RES/87(1950)，檢索日期：2020年3月18日。

聯合國安全理事會1950年08月31日第493次會議正式紀錄，頁3：https://www.un.org/en/ga/search/view_doc.aspsymbol=S/PV.493&referer=/english/&Lang=C，檢索日期：2020年3月18日。

劉錚譯／鄭遠濤校，〈重返邊疆〉，見宋以朗博客：The Bilingual Eileen Chang, Part 1: http://www.zonaeuropa.com/culture/c20080407_1.htm，檢索日期：2020年2月10日。

翁佳音，〈「福爾摩沙」由來〉，中央研究院臺灣史研究所檔
案館館藏選粹：http://archives.ith.sinica.edu.tw/collections_con.
php?no=25，檢索日期：2020年3月10日。

張大春《小說稗類》中的謊言
與關於「小說」的概念

Ludovica Ottaviano

University of Catania, Italy

摘要

　　臺灣在八九十年代追求建立具有主體性的臺灣文化的理想，文學可作為表現「臺灣性／身分」的最佳工具之一。張大春以其謊言技術及以假亂真的詩意等而聞名。同時他因「輕蔑」描繪臺灣現實而受到批評。根據學者的說法，張大春的態度導致著一種心理「異化」。然而，「異化」這個標籤傾向於簡化身分的概念，以及限制在文化政治的框架中。事實上，張生活在全球化的世界中，他的身分不僅受到本地經驗的影響，而且受到全球文學經驗的影響。其中，他採用安伯托・艾可的「謊言理論」來創作自己的謊言詩學。本文的重點以張大春對艾可符號學的實際應用——《小說稗類》為主，並將小說作為一種假「學問」進行討論。目的是借用《小說稗類》的謊

言來質疑是否有必要將作者的謊言詩學與對誤傳「臺灣性」的
所說「異化」聯繫起來。

關鍵詞：張大春、謊言、小說、安伯托·艾可、臺灣性

As one of the favorite authors of the Taiwanese contemporary
literary world, Zhang Dachun 張大春（b. 1957）is also renowned
for his work as a reporter and editor for the *Zhongguo shibao* 中國時報
（*China Times*）, a spokesperson for vanguard novels, a literary critic, a
movie scriptwriter, a radio and TV host, and so on.

Regarding his literature, he has been defined a "Big Liar" （*da
shuohuangjia* 大說謊家）or even a "naughty writer"[1] due to his
attitude of telling lies into his works. Scholars, in fact, have seen an
important shift in beliefs in Zhang's career since the 1980s, and divided
his writing experience in two main periods: "[the first] characterized
by his belief in reality, and [the second by] his belief in language"[2];
accordingly, he has developed his positions on the mendacity of language
and fiction. This shift is particularly evident in his works from the late
1980s on, i.e. his several collections of short stories, such as *Sixi youguo*

---

[1]   Shi (2009: 1).
[2]   Ng (2007: 255).

四喜憂國 （Lucky Worries about His Country, 1988） in which is
included the well-known magical realistic story *Jiangjun bei* 將軍碑
（*The General's Monument*, 1987）; and his full-length novels among
which the most representatives are a series of declared mendacious
stories, such as *Da shuohuangjia* 大說謊家 （The Big Liar, 1989）,
a formation novel's trilogy （1992-1993-1996） signed with the
pseudonym Datou Chun 大頭春 （Big-head Spring）, and the long
martial art's novel *Chengbang baoli tuan* 城邦暴力團 （The Violent
Urban Gang, 2000）.

In addition, he has been very active also in the writing of essays, and
in particular we are interested in *Xiaoshuo bailei* 小說稗類 （Fiction of
"Grass" Kinds）, a two-volumes book published in Taiwan in 1998 and
2000, which has received attention of both the readers and the academic
circles, and has also been republished in simplified characters for the
Chinese market in 2004. This work will be the focus of our analysis,
since it has been extensively discussed in Taiwanese and Chinese literary
worlds for its use of lies, and it seemed appropriate to me to consider
how Zhang has been able to employ Umberto Eco's （1932-2016）
"theory of the lie" in this work.

In fact, Zhang's works are also renowned for their use of western
authors' narrative and theoretical techniques. As the Fudan University's

scholar of comparative literature Ma Ling 馬凌 states, "in China, his name is often associated with Italo Calvino, Umberto Eco, and Jorge Luis Borges. Zhang's work asks us to face it as we would Eco's: we would rather believe in nothing than in something"[3]. As already mentioned, his poetics of the lie is clearly inspired by Umberto Eco's "theory of the lie", to the extent that *The Violent Urban Gang* is often referred as the Chinese equivalent to *The Name of the Rose*（1980）.

Since the post-Chiang era[4], Taiwanese authors have been asked to depict the Taiwanese reality as a tool to display the spirit of the so-called "Taiwanese identity"（*Taiwan shenfen* 臺灣身分）. In the recent decades, indeed, the necessity of re-constructing a cultural identity in Taiwan – or a "Taiwaneseness"（*Taiwanxing* 臺灣性）– has been extensively discussed in the ethnic-political discourse[5], and literature has been perceived as a meaningful device to articulating authors'

---

[3] Ma (2011: 122).

[4] With the "Chiang era", we refer to the period during which the Guomindang leaders Chiang Kai-shek（Jiang Jieshi 蔣介石, 1887-1975）and his son, Chiang Ching-kuo（Jiang Jingguo 蔣經國, 1910-1988）, ruled Taiwan. The "post-Chiang era", thus, should be dated from Jiang Jingguo's death. However, scholars agree that, because of the gradual democratization and the relaxation of Jiang Jingguo's rule, the post-Chiang era may be dated back to the early 1980s. Here, I am using the term in this sense. See Wang/Rojas (2007: 213).

[5] See Dittmer (2017).

positions toward the need of defining identity[6].

Zhang Dachun's poetics of the lie, his writing techniques, the diversity of his literary production, and the variety of his statements declared in all kinds of shows, journals, and essays – especially of his later works – have been labeled as an attitude toward literature that goes counter the mainstream flow, and aimed to mis-represent the Taiwanese reality. Therefore, he has been criticized for being a writer who "disdains"[7] or is "immune" to engage in the socio-political discourse towards identity, and to define the characteristics of his own "Taiwaneseness"[8].

According to the writer and literary critic Ng Kim-chu （Huang Jinshu 黃錦樹, b. 1967）, the problem beyond Zhang's resistance – or in his terms Zhang's "alienation" – is reflected in his works, and deceives the real significance and aim of literature: "narrative is a technology for the production of truth"[9]. On the contrary, Zhang refuses Ng

---

[6] See Tang (1999); Wang/Rojas (2007); Hsiau (2012).

[7] Zhang's declaration of "disdain" toward the recent Taiwanese literature can be seen in *Qingmie wo zhege shidai* 輕蔑我這個時代 (Disdain for My Epoch), published as the preface of *Wenxue bu an: Zhang Dachun de xiaoshuo yijian* 文學不安：張大春的小說意見 (Literature Is Not Safe: Zhang Dachun's Opinions on Fiction) in 1995.

[8] Ng (2007: 254).

[9] Ibid., 259.

argument, and conceives his poetics as relying on the artistry of the lie: he believes that "writing cannot fully express the meaning"[10], mostly because of the infinite interpretations that a writer is able to propose, and the impossibility to reach the ultimate truth. Consequently, he chooses to dismiss the utilitarian dimension of literature, and to embrace the most primitive function of fiction, namely the aesthetic and reflexive goal of literature, that can be accomplished by experimenting with the creative process of language and form through the construction of the lie. Answering back, Ng condemns Zhang's claim by affirming that Zhang's use of the lie cannot even be associated with the "actual artistry of the lie", that is to say "the philosophy of lying for the sake of the truth of poetry". In his opinion, authors like Zhu Tianxin 朱天心 （b. 1958）, even if using the "artistry of the lie", have been able to describe their reality, engaging themselves in the political discourse to some degree. Thus, he concludes that Zhang Dachun has failed in representing the Taiwanese experience by transforming himself in "a performer specializing in literary acrobatics", and that his manipulation of language and form establishes a sort of alienation from "Taiwaneseness"[11].

---

[10] Shubujinyi eryi 書不盡意而已 (Writing Cannot Fully Express the Meaning) is the title of the preface to the short story Jiling tu 雞翎圖 (Birds of a Feather, 1981).

[11] Ng (2007: 275-6).

In light of all these considerations, I have asked myself whether it is really necessary to link the representation of reality with the "Taiwaneseness", or the miss-representation of reality with the "disdain" and "alienation" associated with the rejection of the political discourse. My essay will attempt to answer to this question, by focusing on *Xiaoshuo bailei* 小說稗類, which may be considered one of the most successful applications of Umberto Eco's "theory of the lie".

Eco's "theory of the lie" as a method for interpreting Zhang Dachun's Xiaoshuo bailei

Xiaoshuo bailei's lies reflect on the essence of language and writing, and can be interpreted as an application of Umberto Eco's renowned semiotics, namely "theory of the lie" as Eco himself has defined it.

According to Zhang, a writer is an interpreter of reality, and language is not able to describe it objectively: "How can I presume my description is 'real'? And how do I prove that my interpretation is not too bold and headlong?"[12]. According to semiotic theories, in describing

---

[12] Zhang (1981: 3). Translated by Rojas for Ng's essay (2007: 258).

reality the writer-interpreter creates a code, founding it on the most basic unit of the textual generation: the sign. These theories are particularly useful in interpreting Zhang's works since he employs the Chinese language system which is composed by signs that, technically speaking, are not just linguistic but also conceptual and iconic.

Umberto Eco's semiotics emphasizes the non-univocal nature of the sign's meaning. In his theory, a sign is not conceived to correspond to a "real" thing, but it may be used to refer to different things, or the different states of the world, as conveyed by the socio-cultural contexts and conventions.

Properly speaking, the sign Eco refers to is a sign-function, or, in other words, the correlation between the expression and the content of the sign, and the inter-correlation of a sign with other signs. Semiosis is possible because signs are governed by inference （if a, then b） between expression and content, and between two or more signs. Furthermore, Eco highlights the referential fallacy of the sign: "A sign is everything which can be taken as significantly substituting for something else. This something else does not necessarily have to exist or to actually be somewhere at the moment in which a sign stands in for it". Every time there is a sign-function, there is the possibility of lying, and vice-versa: which is to signify, and to communicate, something that has no correspondence to a "real" object. Lying is, therefore, the proprium of semiosis[13].

As standing for "something else", a sign is potentially infinitely interpretable: it could occur either as another sign of the same semiotic system, or one of another semiotic system, or an object, activating the "unlimited semiosis".

The two qualities of the sign – the so-called "referential fallacy" and the "unlimited semiosis" – lead Eco to define semiotics as the "theory of the lie", and to consider the sign something that if "cannot be used to tell a lie, conversely it cannot be used to tell the truth: it cannot in fact be used 'to tell' at all"[14].

Yet, Eco underlines that if we want to understand the meaning of a sign, we have to establish a referent in terms of abstract entities that are culturally defined. In fact, we can only consider the sign a cultural unit which the interpreter refers to, and something he has accepted as the result of the cultural conventions shared by the community in which he lives, regardless of the absence of a "real" referent. Consequently, in order to create signification, the interpreter （either a reader or a writer） will rely on the cultural conventions merged in the sign. Identifying

---

[13]　Eco (1976: 40-50, 7, 58).
[14]　Ibid., 7.

its cultural contents means to understand the language as a social and cultural phenomenon[15].

To illustrate the contents of the sign, and then to activate the signification process, Eco favors the encyclopedic model, that shows the plurality and the stratification of the linguistic sign, structured as a semantic network of interconnected nodes. To further understand the model, it might be useful to remind the definitions of the two key semantic markers of a given "sememe": denotation and connotation. The first refers to the cultural unit which first corresponds to the expression and upon which all the possible connotations rely. The latter, instead, is a second level unit that, through the mediation of the preceding denotative marker, establishes a new semantic unit, like in metaphors, tropes, double meanings, and so forth[16].

With this in mind, Eco designs a simplified semantic model （Figure 1）, in which the form of a sign-vehicle ／X／ corresponds to a content «X» which can be interpreted and organized in different layers of meanings （p） – denotative and connotative – that can be read according to the context and the circumstances[17].

---

[15] Ibid., 65-68.
[16] Ibid., 84-6.
[17] Ibid., 104.

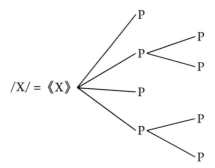

$$/X/ = 《X》$$

Figure 1. The sememe as encyclopedia (Eco, 1976: 112)

The model may be implemented if we consider that all the units used in order to analyze a sememe turn out to be a sememe to be analyzed. And "speculating upon the overlapping of possible readings or paths whose programmed intertwining constitutes an aesthetic achievement".[18] This is the model of linguistic creativity mostly employed by Zhang in *Xiaoshuo bailei*.

Unlike alphabetic languages which make use of the "pure" linguistic signs, Chinese written language is not conceived as dependent to the verbal one. Chinese characters, in fact, are not just words, but graphic systems designed from pictorial, conceptual, acoustical, and grammatical elements. As a result, they differ from words, because they

---

[18] Ibid., 114.

are not arbitrary linguistic signs that function as principal carriers of meanings without being linked with it. Nor can we associate word's morphemes to radicals, because radicals graphically compose Chinese characters, and carry the conceptual and iconic meaning. According to the intent of this essay, it would be irrelevant to take sides in the debate on Chinese characters' iconicity degree[19], but we should keep in mind that in interpreting Chinese language we must consider the iconicity of its signs.

Although Eco is skeptical about the codification of "iconic signs", he points out that even non-verbal signs, provided that they are strictly coded signs, can be represented by the encyclopedic model[20].

Thus, Eco's "theory of the lie" legitimates us to it being applied to Chinese characters. In the next paragraph, we will see how Zhang employs this encyclopedic model to *Xiaoshuo bailei's* poetics of the lie.

The mendaciousness of Xiaoshuo bailei

Xiaoshuo bailei is a big lie.

First of all, one of its "lies" – in Eco's terms – is the structure of this

---

[19] On Chinese characters' iconicity, see Sonesson (2016: 20), and Hu (2010).
[20] Eco (1976: 114, 216-7).

work, that is difficult to be categorized in a specific genre. *Xiaoshuo bailei* is, indeed, a collection of various essays which discuss various aspects of "fiction"（*xiaoshuo* 小說）. In these critical essays – for a total of thirty chapters – Zhang makes a claim about ideas and themes on *xiaoshuo* that are conveyed in the texts of some of the most important literary personalities in the world, such as Zhuangzi 莊子（ca. 4th century BCE）, Wang Zengqi 汪曾祺（1920 – 1997）, Homer, and finally Eco. *Xiaoshuo bailei* covers almost all the epochs and all the geographical areas of literature: from ancient to contemporary, and from east to west.

Each essay develops a different thesis on *xiaoshuo* as testified in the chapters' titles, i.e. *You xu bu luan hu? – Yi ze xiaoshuo de tixijie* 有序不亂呼？——一則小說的體系解（The Order is Not a Disorder? – The Systematic Interpretation of Fiction）, *Yi ge ci zai shijian zhong de qiyu – Yi ze xiaoshuo de bentilun* 一個詞在時間中的奇遇——一則小說的本體論（The Adventure of a Word in Time – The Ontology of Fiction）, *Ducuo le de yi bu shi – Yi ze xiaoshuo de qiyuandian* 讀錯了的一部史——一則小說的起源點（The Misread History – The Origin of Fiction）, and so on.

Then, the title itself is also a "lie" since it is composed of four Chinese characters – *xiao shuo bai lei* 小說稗類 – each of them mendaciously related to the other.

The juxtaposition of *xiao* 小 （tiny, little, small, inferior） and *shuo* 說 （to say, to tell）, for example, has already been connoted for the first time in the *Zhuangzi* 莊子 （c. 4-th century BCE）, one of the most important texts of Chinese history that – similarly to Zhang's work – is meant to illustrate the falseness of human distinctions of oppositions through the use of literature[21].

Normalized by the time, this apposition – *xiaoshuo* – is already a "lie" because its meaning conveys other meanings according to the various literary works. For instance, in the *Zhuanzi*, it indicates chit-chat of no great consequence, or, in other words, works of literature with no *explicit moral purpose.* For this reason, in the Chinese literary context, *xiaoshuo* has been contraposed to historical writing although both may use narrative texts. In the Tang Dynasty （618-907）, renowned for the flourishing of poetry but also of the narrative, the term *xiaoshuo* has been properly associated with narrative （*chuanqi* 傳奇 are defined *xiaoshuo*）, meant as a genre of academic writing with no explicit and intentional didactic purpose. In the Song Dynasty （960-1279）,

---

[21] *Zhuangzi* is mentioned in two of essays of the work: *You xu bu luan hu? – Yi ze xiaoshuo de tixijie* (1-13), and *Yuyan de jian she xiang guangyong zhijian – Yi ze xiaoshuo dezhishelun* 寓言的箭射向光影之間——一則小說的指涉論 (Fables' Arrows Shoot between Light and Shadow – The Referential Theory of Fiction: 39-45).

however, *xiaoshuo* preferably stands for the works that are written in vulgar language in contrast to those written in literary language[22]. Finally, since the New Cultural Movement（1919）, *xiaoshuo* has being used to refer to fiction, either novel or short story, in opposition to other literary genres, such as poetry and theatre. Zhang employs *xiaoshuo* as synonymous of "fiction".

The third character *bai* 稗 represents the crucial sign to discussing how Zhang interprets the *xiaoshuo*. In fact, Zhang dedicates a preface, namely *Shuobai* 說稗（On *bai*）, to explain how it connotes *xiaoshuo*.

In this preface, Zhang illustrates the character *bai* with its different meanings conveyed in the different epochs. He explains that in the ancient texts, such as the *Zuozhuan* 左轉（The Commentary of Zuo, c. 4-th century BCE）and the *Shuowen jiezi* 說文解字（Explaining Graphs and Analyzing Characters, early 2-nd century）, *bai* stands for *he* 禾（grain）[23]. In the *Book of Han*（*Hanshu* 漢書, 2-nd century）

---

[22] See Lu (2014: 1-6).

[23] As Xu Kai 徐鍇 (920-974) in his *Shuowen jiezi xichuan* 說文解字系傳 (Comprehensive Studies to the Shuowen) points out, Xu Shen's 許慎 (c.58 – c.148 CE) explanation of the character *bai* already contains the pictographic composition of the character, where we can distinguish two parts: the radical *he* 禾 (grain) followed by *bei* 卑 (low, humble). Xu Kai further illustrates the *bei* as composed by *jia* 甲 (helmet) on the top of *zuo* 𠂇 (left hand), as the graphic symbolization of a left hand spreading over to hold an helmet (denotative content). However, in Chinese *bei* means "humble, inferior" as showed by Xu Kai,

and in the *Book of Tang* （*Tangshu* 唐書, 10-th century）, *bai* is associated with the term *xiaoshuo* since the grain is intended to feed animals, likewise fiction is meant to feed "inferior people". Similarly, in the *Shuowen jiezi zhujian* 說文解字註箋 （Commentary to the *Shuowen,*18-th century）, *bai* stands for the wild qualities of the *xiaoshuo* as opposed to the historical writings. It has acquired then, through the different epochs, also a moral connotative meaning.

Summarizing the operation made by Zhang Dachun with the character *bai* using Eco's "encyclopedic model", we obtain the spectrum of *bai* as in Figure 2:

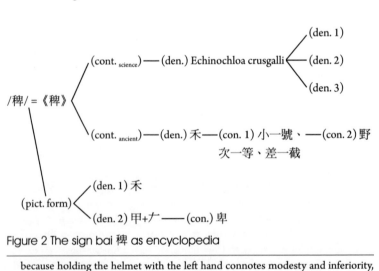

Figure 2 The sign bai 稗 as encyclopedia

because holding the helmet with the left hand connotes modesty and inferiority, as opposed to the right hand that indicates importance. See Xu Kai (shuowenjiezi. com: 卑).

However, Zhang tells us how we should interpret both *bai* and *xiaoshuo*, and their apposition, at the end of his preface in these terms:

> If we don't interpret the character 稗 as "minor" or "something else", but we merely refer to its scientific meaning that belongs to the vegetative world, saying that novel is like grass fills me with joy. Because it is wild, free, and it can grow both on wet fields and coarse soils; if people eat it, it is not easy to digest, but this would be due to people's own limitations.[24]

The last character *lei* 類 means "type, category, genre" and Zhang uses it in the meaning of "literary genre".

What is therefore Zhang Dachun's aim in writing his essay's collection *Xiaoshuo bailei*?

Professor Wang Dewei 王德威 defines it as a "work that seems to preach science （*xuewen* 學問）", and argues that it aspires to "rectify the name （*zhengming* 正名） of fiction as a branch of science （？）". As professor Wang points out, it is paradoxical to try to define *xiaoshuo* as a "science", because even if one's intent is to describe it, this

---

[24] Zhang (2004: 1-3).

task is impossible to complete, as it is impossible to reach the ultimate definition, similarly to the *dao* 道 （Tao）: "the Tao that can be told is not the eternal Tao"[25]. That is to say that, *Xiaoshuo bailei* pretends to define, categorize, and limit fiction, but fiction, as the Tao, is beyond limits.

Eco's lies in Xiaoshuo bailei: a Zhang's interpretation

Zhang dedicates two essays of *Xiaoshuo bailei* to Eco's novels and theories: *Jiangxinjiangyi yi chuangshi – yi ze xiaoshuo de suoyintu* 將信將疑以創世——一則小說的索隱圖 （Believe or Mistrust to Create a World – The Obscure Design of Fiction）[26], and *Bu dengan bian bu dengan – yi ze xiaoshuo de honghuangjie* 不登岸便不登岸——一則小說的洪荒界 （No Landing – The Primordial Times of Fiction）[27]. In the first essay, he conveys his ideas on the trustworthiness of fiction, and in the second he discusses the encyclopedic knowledge beyond the writing of fiction and its limitlessness, supported by Eco's evidences.

---

[25] Here Wang cites the *Daodejing* 道德經 （*Tao Te Ching*, 4-th century BCE), see Wang (2001: 36). The English translation here used is by Stephen Mitchell (Lao Tsu: 1989, 1).

[26] Zhang (2004: 161-9).

[27] Ibid., 195-205.

In *Believe or Mistrust to Create a World*, Zhang questions the attitude of a certain category of readers who try to detect the truth in fiction. Eco has described this kind of reader's attitude in *Six Walks in the Fictional Woods* （1994）, where he recounts about one of his enthusiastic readers who has previously contented him to have ignored a detail in narrating a particular event of the *Foucault's Pendulum* （1988）. This reader, after having inspected the local newspapers and documents, has criticized the trustworthiness （*xinren nengli* 信任能力） of Eco's description of Casaubon's walk through the streets of Paris in a certain day, because Eco has forgotten to tell about a fire that was happening in that moment.

In his essay, Zhang doubts whether this reader is a real person, or just a literary expedient – a lie or a joke – that Eco employs to claim something, and to make fun of his readers. Then, he uses *Six Walks in the Fictional Woods*'s evidences to discuss the trustworthiness of fiction. He theorizes so the "test on fiction's trustworthiness" （*xinren nengli ceyan* 信任能力測驗）[28] that challenges the reader either to trust or mistrust a novel. Zhang affirms that fiction is able to create different levels of reliable worlds that are "perfect worlds lacking of nothing"[29], and not the

---

[28] Ibid., 162.
[29] Here Zhang is borrowing Huang Chunming's 黃春明 words. Ibid., 164.

reflection of the reality.

Then, the author describes some of his personal experiences: when he used to read Huang Chunming's 黃春明 （b. 1935） novel, and when he used to listen to his father reading the *Romance of the Three Kingdoms* （*Sanguo yanyi* 三國演義, 14-th century） while he was a child sitting on his knees. He confesses that at that time he believed these novel's lies, he enjoyed it, and he still does. （Should we doubt he is telling the truth? Or is he behaving like Eco?）. That is why Zhang suggests the reader that he should accept the challenge of fiction, and entrust its perfect world.

At the same time, he condemns those – either writers or critics – who aspire to re-create the truth in fiction, especially referring to those who are engaged in creating realities for the Taiwanese political discourse conducted by the nativist movement. Both readers who seek for reality in fiction, and writers who claim that their works rely on reality are – in Zhang's opinion – misreading the text and humiliating fiction.

In *No Landing*, Zhang briefly introduces a series of western novels about voyages and survival experiences, such us the *Odyssey* （c. 8-th century BCE）, *Robinson Crusoe* （1719）, *The Narrative of Arthur Gordon Pym of Nantucket* （1838）, and so on. Then, he briefly describes Eco's first two novels and his most significant theories in order to finally focus on *The Island of the Day Before* （1994） as the most mendacious work in Eco's literary production.

Zhang strongly believes that *The Island of the Day Before* conceals three big lies.

The first lie is traced in the novel's implementation of the so-called "ancient and free writing tradition" （*gulao qie ziyou de shuxie chuantong* 古老且自由的書寫傳統）, that is defined as follows:

> Nearly two thousand years ago novelist pioneers used myth, history, reality, science, philosophy, dreams, delusions, lies, and so on as texts to merge into a vigorous and magnificent wholeness. [⋯] Wherever the possibility of knowledge used to be, the field of fiction would catch it. So, the novelist's complete set of rhetoric, complaints, nonsense, and lies converged, making the story a labyrinth, like a forest, or a kaleidoscope, or an "open encyclopedia". Yes, an encyclopedia.[30]

According to Zhang, Eco maintains the tradition to explore the possibilities of knowledge, or, in other words, to imagine something

---

[30] Ibid., 199.

outside its territory, and implements this knowledge in his works. For instance, *The Island of the Day Before*'s protagonist gets lost at sea, but since he was born before the discovery of the Earth's geographic longitude measurement system, he is forced to use the navigation's knowledge of his time to find his way. Therefore, Eco steps back to the primordial times when there was not nowadays knowledge, and explores all the sources available – theology, physics, math, chemistry, astronomy, literature, and so on – in order to imagine how his protagonist would deal with navigation. Consequently, Zhang argues that Eco's intertexuality is mendacious, because it used to re-create a fabricated reality that is meant to appear true.

The second lie relies on Zhang's interpretation of *The Island of the Day Before*'s narrator. As Zhang argues, Eco adds a first-person narrator to the third-person narrator, to make the novel ground more "historically referred" and "authentic". This "I" could be either the model author or even Eco himself, but Zhang reminds us that this "I", if referred to Eco himself, is the person who has written *The Name of the Rose* and the *Foucault's Pendulum*, who has explored ancient knowledge, who has had his own life experiences, and so on. How could a reader who has never looked at Eco's works deal with this "I"? In Zhang's opinion, this blurred "I" is one of the lies, or jokes, that Eco employs to make fun of his reader.

The last lie concerns the metaphor of the "no-landing on the island" used by Eco to refer to the impossibility to grasp the ultimate truth of fiction. Neither the protagonist, nor the author, nor the novel can reach the shore because the sea of knowledge is too big, and it cannot be comprehensively revealed. The solution is to remain on the sea, where the overlap of truth and fiction shows to the reader that he cannot define and master knowledge.

Conclusion

In a successful attempt of using Eco's lies, *Xiaoshuo bailei* has developed Zhang's own theories on fiction, which may be considered big lies, and therefore the idea of the self, spread throughout the work, may also be a lie.

However, Ng affirms that Zhang's refusal to representing reality can be linked to the writer's alienation from "Taiwaneseness". Ng accuses Zhang to have become a mere performer, one who disdains everything, even himself. Zhang's manipulation of language and reality would have caused him to get stuck into his own lies, or – using Ng terms – into a "prison-house of language"[31]. As a result, Zhang failed what Ng defines

---

[31] Ng (2007: 262).

as the most important task for a Taiwanese writer: representing the Taiwanese cultural identity.

Xiaoshuo bailei has remarked some points on fiction: on one hand, it encourages the readers to entrust the fictional reality; on the other hand, it discourages them to seek for any kind of truth in the text, including information of the author's real identity. Therefore, to look for "Taiwaneseness" in Zhang's works is in itself a misinterpretation of the text.

However, if we really feel the need to talk about the writer's cultural identity and his political positions through his work, we could then consider "identity" an encyclopedic sign, that is to say the *summa* of several frames built on one's knowledge, readings, and life experiences. For example, one could either connote Zhang Dachun's self from the personal point of view as a filial son and caring father, or from the socio-political point of view as a Taiwanese citizen （*Taiwan gongmin* 臺灣公民）, or from the ethnical and political point of view as a second-generation Chinese mainlander （*waishengren* 外省人）, or from the artistic point of view as a "Big Liar", or even a "naughty writer", and so on *ad infinitum*.

Yet, as *Xiaoshuo bailei* has claimed, fiction cannot reach the ultimate truth. Using again Wang Dewei's metaphor of the Tao, we may argue that not only fiction cannot be defined, but also the author's identity cannot be defined. Thus, we should not seek for information about the author's real life and political ideas in the text, since "identity" is not a "science", but fiction: a big lie.

References

Dittmer, Lowell （2017）. Taiwan and China: Fitful Embrace. Oakland, California: University of California Press.

Eco, Umberto （1976）: A theory of semiotics. Bloomington, London: Indiana University Press.

Eco, Umberto （1980）: The Name of the Rose. Translated by Weaver, William （1984）. San Diego: Harcourt Brace.

Eco, Umberto （1988）: Foucault's Pendulum. Translated by Weaver, William （1989）. San Diego: Jovanovich.

Eco, Umberto （1994）: The Island of the Day Before. Translated by Weaver, William （1995）. New York: Harcourt Brace.

Eco, Umberto （1994）: Six Walks in the Fictional Woods. Cambridge, London: Harvard University Press.

Hsiau A-chin 蕭阿勤 （2012）: „Chonggou Taiwan: dangdai minzuzhuyi de wenhua zhengzhi" 重構臺灣：當代民族主義的文化政治. Taipei: Lianjing.

Hu Zhuangling （2010）: The Image Iconicity in the Chinese Language.

In: Chinese Semiotic Studies. Volume 3. Issue 1. 40-55.

Lao Tsu 老子 （1988）, Tao Te Ching 道德經. Translated by Mitchell, Stephen. NY: Harper Perennial.

Lu Xun 魯迅 （2014）: A Brief History of Chinese Fiction. Translated by Yang Xianyi / Yang, Gladys. Beijing: Foreign Languages Press.

Ng Kim-chu 黃錦樹 （2007）: Techniques behind Lies and the Artistry of Truth: Writing about the Writings of Zhang Dachun. In: Wang Dewei / Rojas, Carlos （ed.）: Writing Taiwan: A New Literary History. Durham, London: Duke University Press. 253-82.

Sonesson, Göran （2016）: The Phenomenological Semiotics of Iconicity and Pictoriality—Including Some Replies to My Critics. In: Language and Semiotic Studies. Volume 2. Issue 2. 1-73.

Shi Taoyang （2009）: Zhang Dachun: an amateur writer who goes his own way. In: China Central Television http://www.cctv.com/english/special/excl/20090908/108443.shtml [26/03/2020].

Tang Xiaobing （1999）: On the Concept of Taiwan Literature. In: Modern China. Volume 25. Issue 4. 379-422.

Wang Dewei 王德威 （2001）: „Zhongsheng xuanhua yihou: dianping dangdai Zhongwen xiaoshuo" 眾聲喧嘩以後：點評當代中文小說. Taipei: Maitian.

Wang Dewei 王德威 / Rojas, Carlos （2007）: Writing Taiwan: A New Literary History. Durham, London: Duke University Press.

Xu Kai徐鍇: „Shuowen jiezi xichuan" 說文解字系傳. In: www.shuowenjiezi.com [15/03/2020].

Zhang Dachun 張大春 （1981）: „Jiling tu" 雞翎圖. Taipei: Shibao

wenhua.

Zhang Dachun 張大春 （1995）: „Wenxue bu an: Zhang Dachun de xiaoshuo yijian" 文學不安：張大春的小說意見. Taipei: Lianhe wenxue.

Zhang Dachun 張大春 （2004）: „Xiaoshuo bailei" 小說稗類. Guilin: Guangxi shifan daxue chubanshe.

>> 異口同「聲」
　　—— 探索臺灣現代文學創作的多元發展

直直地去，彎彎地回
——臺灣當代原住民漢語詩歌中的「畸零地」初探

董恕明

臺東大學華語文學系副教授

摘要

自八十年代起，臺灣當代原住民漢語文學書寫從身分出發，觸及文化、認同、族群、階級、性別……等議題的探討，已有極可觀的成果。本文在此嘗試借用「畸零地」的概念，意即：面積狹小、地界曲折不齊，必要時須與鄰接土地，協議調整地形或合併使用，否則即無法配置建築物的「疆界特性」，觀察原住民漢語詩歌在原住民文學內部與非原住民文學（或所謂的主流文學）之間的親近與游移。

關鍵詞：原住民文學、現代詩、畸零地、保留地

一、引言：微小而堅忍的文化勞動者

自八十年代起，臺灣當代原住民漢語文學書寫從身分
出發，觸及文化、認同、族群、階級、性別……等議題的探
討，已有極可觀的成果[1]。本文在此嘗試借用「畸零地」[2]
的概念，意即：面積狹小、地界曲折不齊，必要時須與鄰接
土地，協議調整地形或合併使用，否則即無法配置建築物的
「疆界特性」，觀察原住民漢語詩歌在原住民文學內部與非原
住民文學（或所謂的主流文學）之間的親近與游移。

在1980年代原住民當代漢語文學蜂起前，1962年即有排灣
族作家陳英雄（谷灣・打路勒，Kowan Talall 1941－）的作品
〈山村〉[3]於〈聯合報〉副刊登載。到了1980年代，布農族拓

---

[1] 關於當代原住民漢語文學專著，可參見浦忠成《臺灣原住民族文學史
綱》下冊。臺北：里仁，2009年；魏貽君《戰後臺灣原住民族文學形
成的探察》。台北：印刻，2013年；董恕明《山海之內天地之外──
原住民漢語文學》。臺南：國立臺灣文學館，2013年。楊翠《少數
說話──臺灣原住民女性文學的多重視域》（上、下），臺北：玉山，
2018年。重要選文可參見孫大川主編《臺灣原住民族漢語文學選集》
（評論卷上下、小說卷上下、散文卷上下、詩歌卷），臺北：印刻，
2003年。陳伯軒《臺灣當代原住民漢語文學中知識／姿勢與記憶／
技藝的相互滲透》。臺北：政治大學中國文學系博士論文，2015年。

[2] https://tw.answers.yahoo.com/question/index?qid=
20100110000015KK07921（2019年06月12日查詢）

[3] 一九七一年作者將其發表的作品集結成《域外夢痕》一書，此文收錄

拔斯・塔瑪匹瑪（Topas Tamapima，1960－）以同名小說〈拓拔斯・塔瑪匹瑪〉和〈最後的獵人〉，以及排灣族詩人莫那能（Monan，1956－）發表〈燃燒〉、〈恢復我們的姓名〉等詩作[4]，為文壇所注目，正式揭開了當代原住民作家漢語書寫的歷史性一頁。

同時，卑南族孫大川（Pagulapon danapan，1953－）、達悟族夏曼・藍波安（Syman Rapongan，1957－）、布農族霍斯陸曼・伐伐（王新民Husluma Vava，1958－2007）、泰雅族瓦歷斯・諾幹（Walis Norgan，1961－）、排灣族利格拉樂・阿女烏（1969－）、泰雅族里慕依・阿紀（曾修媚Rimui Aki，1962－）、魯凱族奧威尼・卡路斯盎（Auvini Kadresengan，1945－）、鄒族伐依絲（白茲）・牟固那那（paicü mükünana1942－）[5]、卑南族巴代（1962－）……等具有原住民身分的書寫者投入，使「原住民文學」不僅有悠久綿長的「口傳文學」的傳統，更「創造」了「原住民作家文學」[6]的新頁。（如圖示[7]。）在這之中以詩歌創作為主的作家有：

在此書。台北：商務。1971年。

[4] 這些作品均收錄在《美麗的稻穗》。台中：晨星。1989年。

[5] 原為白茲・牟固那那，更名理由據作家言，指「白茲」在鄒語為青春可愛之意，她認為自己年歲日長與「白茲」有指有落差，故更名之。

[6] 此語採用鄒族學者浦忠成於《臺灣原住民族文學史綱》一書用法。台北：里仁。2009。

[7] 原圖收錄董恕明《《山海之內天地之外——原住民漢語文學》，此處

莫那能（Monan，1956－）、卜袞・伊斯瑪哈單（布農族，1956－）、林志興（卑南族，1958－）、泰雅族瓦歷斯・諾幹（Walis Norgan，1961－）、讓阿淥・達入拉雅之（排灣族，1976）、伍聖馨（布農族，1978－）……等。

除有前輩作家的持續寫作，到了90年代後，則陸續有撒力浪（布農族1981－）、陳孟君（排灣族1983－）、馬翊航（卑南族1982－）、甘炤文（布農族1985－）、黃璽（布農族1990－）、林櫻（阿美族1995－）……等於「原住民族文學獎」中展露頭角的新生代作家出線。

臺灣當代原住民作家的出現，一是「在統治者未來之前即生活在這片土地上的人」終以「第一人稱主體位置說話」，並為人所見[8]；再一是在「文學」的版圖上，因為原住民作家的書寫，使山的高度與海的深度，同時注入了文化的力度，至於泰半必須離開大山大海走進平原、城鎮與大都市

為2022年修訂版。其中奧威尼・卡露斯盎出生年為1945年，於本文圖中已修訂。另紅色標示為女性作家。

[8] 對於原住民作家寫作在文學版圖中所開展出的意義，可參見孫大川〈原住民文化歷史與心靈世界的摹寫——試論原住民文學的可能〉（《山海世界》，2000年）、〈原住民文學的困境——黃昏或黎明〉（《山海世界》，2000年）、〈從言說的歷史到書寫得歷史——臺灣原住民歷史之建構與相關問題得檢討〉（《夾縫中的族群建構》，2000年）、、〈用筆來唱歌——臺灣當代原住民文學的生成背景、現況與展望〉（《臺灣文學研究學報》第1期，2005年10月）……等文，在這一系列對「原住民文學」之發生之初到未來發展之可能性，已有了深刻的論述，可供參閱。

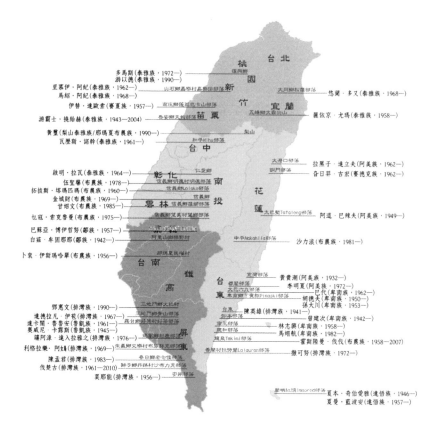

的原住民族人，則成了臺灣這座島嶼上「少數」、「邊緣」和「異質」的存在，而這恰恰呼應了「面積狹小、地界曲折不齊，必要時須與鄰接土地，協議調整地形或合併使用」的「畸零地」的概念，它不因為微小、曲折就消失不見，更不因此而「一無所是」，它正在其身的足與不足間，產生與他人（者）細緻而綿密的互動。在本文中，即以原住民漢語詩作為例，嘗試從「畸零地」的角度，勾勒原住民文學微小而豐富的存在。

二、生活中的毛邊——你了解我的明白

詩人泰戈爾說「星星不因僅似螢火而怯於出現」，失明的排灣族詩人莫那能是在無光的所在，燃燒苦難，鑿出光明，80年代他寫〈恢復我們的姓名〉[9]：

> 從「生番」到「山地同胞」
> 我們的姓名
> 漸漸地被遺忘在臺灣史的角落
> 從山地到平地
> 我們的命運，唉，我們的命運
> 只有在人類學的調查報告裡
> 受到鄭重的對待與關懷

莫那能以淺白的文字，傳達「作為一個山地人」的「存在」：不論是稱作「生番」或「山地同胞」，也不管是「山地」到「平地」，稱呼和生存的空間即使改變了，也與「我們的命運」無關，因為在實存的際遇裡，作為主體的個人或民族

---

[9] 參見莫那能《美麗的稻穗》，臺北：人間，2010，頁19—21。

一樣都是「漸漸地被遺忘在臺灣史的角落」。「漸漸」是時間
推移，隱而未顯的過程，「發現」時已是「被遺忘在臺灣史的
角落」。這句以「被遺忘」寫成的拗口詩行，不直說「是誰遺
忘」，原住民族沒有屬於自己的文字，要進入「史冊」，多
要仰仗「他者」的「目光」，而留存在「臺灣史的角落」或
「人類學的調查報告」中的「原住民」，與「正呼吸著的族
人」確是判然有別，排灣族詩人溫奇寫於90年代的〈山地人三
部曲〉[10]如是描寫：

　　山上　　躍進

　　下山　　滾進

　　山下　　伏進

短短的十二字，詩人將情感（情緒）收束在一序列「非常
態」的動作中，簡潔明快地傳達：「山地人」在山上「躍
進」的雀躍、靈敏、自信；山下「伏進」的偽裝、警戒、卑
微；以及下山「滾進」的迅捷、緊急、扭曲。作為一名「山地
人」在三部曲中的存在，原來是處在一「如常中的非常」狀
態。尤其是到山下伏進的族人，又常以何種面目「現身」？莫

---

[10] 參見孫大川主編《臺灣原住民族漢語文學選集》(詩歌卷)，臺北：印刻，2003年。頁87。

那能〈流浪〉如是描述[11]：

　　流浪，它是甚麼意義？

　　你不懂

　　只知道必須無奈地離開

　　希望找到能夠長留的地方

　　十三歲，多嫩弱的年紀

　　還有多少不理解

　　就開始一天十二小時的工作

　　被「當」在焊槍工廠

　　……

　　走到一家磚窯廠

　　運磚的錢賺得多

　　你那山豬般的體力

　　走入燜熱的燒磚房

　　得到了頭家滿心嘉許

　　但你還是走

　　……

---

[11]　參見莫那能《美麗的稻穗》，臺北：人間，2010，頁27—30。

你還是不停地流浪

當捆工，睡在卡車上

鐵工廠，揮鐵鎚睡廠房

漂流到茫茫大海跟漁船

渡重洋到阿拉伯做工

終於，你不能再流浪

挖土機的手臂

打斷了你的脊骨

……

根據聯合國169號公約中定義的原住民族是：「主流社會或現
在的統治者尚未移入時，就已經先居住者」，在公約中定義原
住民是一件事，更重要的是「主流社會」和「統治者」決定如
何與這些「先居者」互動，才是關鍵。「你」在自己生活的土
地上，從「焊槍工廠」、「磚窯廠」、「鐵工廠」，「跟漁
船」、「當捆工」……，為了各種「合理的生存」，而成了只
有非走不可的「流浪」，是因為「你」：太勤勞？太能幹？太
天真或「太無知」？身兼原運者、歌手和詩人多重身分的胡德
夫（卑南族，1950－），在1984年為海山煤礦罹難的族人們寫
下〈為什麼〉[12]：

---

[12] 莫那能《美麗的稻穗》中亦有〈為什麼〉詩一首，其中「轟然 的巨

為什麼　那麼多的人　離開碧綠的田園　飄盪在無際
的海洋
為什麼　那麼多的人　離開碧綠的田園　走在最高的
鷹架

繁榮　啊　繁榮　為什麼遺忘　燦爛的煙火
點點落成角落的我們

為什麼　這麼多的人　湧進昏暗的礦坑　呼吸著汗水
和汙氣
為什麼　這麼多的人　湧進昏暗的礦坑　呼吸著汗水
和汙氣

轟然　的巨響　堵住了所有的路　洶湧的瓦斯
充滿了整個阿美族的胸膛　為什麼啊　為什麼
走不回自己踏出的路　找不到留在家鄉的門
……

響……」部分詩行與胡德夫〈為什麼〉歌相類，二作品可互相參酌。

臺灣原住民同胞，百年來歷經的「現代化」挑戰，從不曾稍歇。70年代起，跟著「經濟起飛」的部落青壯人口，從原鄉四散到異地他方，企盼與所謂文明進步的社會接軌，於是在最深的礦坑、最高的鷹架、無邊的海洋以至最僻靜隱微的巷弄，都有他（她）們勞動的身影[13]，即便如此，「主流社會」原則上不太「看見」他（她）們的存在，除非發生了「重大災難（事故）」，偶然走進了誰的視域，留下一筆。在〈為什麼〉裡的「那麼多人」，不論是生或死，再沒有機會聽到誰會回答他們心中的疑惑。「原住民」佔全島人口數的2%是實存的真實，與98%「更多的人」的生存相較，少數中的少數，相對不具「可比性」。

　　然而，不論從過去，或到眼前的生活，人當然可以居住在高級住宅區、別墅區、度假區，不只可有亭臺樓閣、山林海景，甚至還有精心設計量身訂做的法律政策，特別當時間來到2017年2月14日，在第一位以國家元首身分向原住民族道歉的政府，由其行政院所屬之原住民族委員會公告「傳統領

---

[13]　參見楊士範編著《礦坑、海洋和鷹架——近五十年的台北縣都市原住民底層勞工勞動史》，臺北：唐山，2005年出版；楊士範《成為板模師傅——近五十年台北縣都市阿美族板模工師傅養成與生命史》，臺北：唐山，2010年。

域劃設辦法」[14]後，獨立歌手巴奈[15]及其伴侶那布已「流浪在凱道」二年餘。原住民在都市底層伏進後，連所在原鄉及其「傳統領域」，於此「劃設辦法」中，形同倒轉了蔡政府積極推動的「轉型正義」，於是在今人極盡檢討批判的「不正義時代」，泰雅族詩人瓦歷斯・諾幹早寫下〈離家的番刀〉，猶如是對今朝的預言：

入夜後，山雨的手勢

很模糊，也許是邀我入山

難說，不過我倒想起部落的番刀

掛電話問父親番刀的下落

竟說是離家出走了

---

[14] 此辦法最為族人非議之處在於將原住民族傳統領域中的「私有地」排除在外，因此少掉100萬公頃的傳統領域，將近4萬座大安森林公園，逾4分之1個臺灣，即便「傳統領域」非指土地所有權。依照《原基法》二十一條，政府機關或企業財團要大規模開發傳統領域範圍內的土地，需取得部落的「知情」和「同意」。排除100萬公頃私有地，代表政府、財團可以不經原住民「知情同意」的程序，就任意開發這些土地，例如亞泥礦權展延。相關信息請參閱鍾岳明〈凱道流浪記——巴奈〉20170704鏡文學。https://www.mirrormedia.mg/story/20170630pol001/2019/09/16
維基百科巴奈・庫穗辭條https://zh.wikipedia.org/wiki/2019/09/16查詢

[15] 參見維基百科「巴奈・庫穗」辭條https://zh.wikipedia.org/wiki/2019/09/16查詢。

> 蓋著被子看到窗外的番刀
> 起身隨它帶領到森林的邊緣
> 叮叮咚咚的伐木聲來自
> 已然禿盡的部落山脈。天一亮
> 知道又做夢。……[16]

「土地」對原住民的意義，不會是因為「擁有它」即可變賣生財，它首先是在這土地上「安居」和「生活」，否則，千百年來族人從平原到山林海洋，山仍常青水也長流，人與萬物各取所需，卻在這躍進現代化的百年，即已面臨到：「我家門前有小河，後面有堰塞湖，堰塞湖地上面有漂流木……」[17]的「盛況」，番刀會離家出走不是意氣用事，當它所在的山林是「已然禿盡的部落山脈」，令它情何以堪，更何況是居住其中的人？一旦人最終只能從「經濟」、「進步」和「開發」的角度去衡量其所身處的世界，選擇以不同方式生活著的族人，即如沙力浪・達岌斯菲萊藍（趙聰義，布農族）在〈心戰喊話——放下裝備，遷村吧！〉[18]一詩中所述：

---

16 參見瓦歷斯・尤幹(即今瓦歷斯・諾幹)〈番刀的下落〉，《山是一座學校》，臺中：臺中縣立文化中心，1994，頁67。
17 此為兒歌「我家門前有小河，後面有山坡，山坡上面野花多，野花紅似火……」改寫成原住民莫拉克風災版。
18 參見《部落的燈火》。臺北：山海雜誌。2013年。頁69—70。

部落外

傳來

「親愛的同胞們，你們已經被土石流包圍了，不要做

無謂的

抵抗了

放下武器

放下肩上的鋤頭

放下心中的希望

放下手中的砂包

放下重建家園的心

起義歸來吧。我們的政府是寬大為懷的，絕對保障你

們的生

命安全。」

族人們的內心

傳來

「該遷村的

應該是礦場

……」

生活對原住民究竟意味著甚麼？沙力浪〈心戰喊話——放下裝備，遷村吧！〉，為讀者展開一幅原住民即使一路努力「追求進步」活到當下，結果卻常是「不合時宜」和「不知進退」。在大多數人認為理所當然和天經地義的「常識」和「常情」之中，原住民有機會從「生活的毛邊」上提醒大多數的我們，那些我們視作「無庸置疑」的種種，常是我們自身迴避或遺忘了的「不見」，以為忽略那些參差不齊的生活隙縫，就有助於我們無視或無感於他者的存在，進而得以如此狀態，達到了彷彿「我們都是一家人」的和樂融融之境。

三、文化裡的保留地——你不了解我的明白

既然生活未必盡如我們以為的這樣或那樣，究竟是甚麼因素會在關鍵時刻影響我們做決定、判斷和選擇？李永松（多瑪斯）〈菜區之歌〉[19]一詩，是「原民風」的「汗滴禾下土」，也是「顆顆皆辛苦」的農務、勞動寫照。原住民部落能夠自給自足，必要時以物易物交換的時代，已然遠去，一旦須與當道的「資本主義貨幣邏輯」共存共容，在菜區工作的族

---

[19] 林宜妙主編《用文字釀酒——99年臺灣原住民族文學獎得獎作品集》。頁221-223。

人們，從「算工錢」這件事上，正可見出「族群／階級／文化」的細微差異：

　　每顆高麗菜三斤重

　　一簍算一　　件

　　一臺菜車載兩百件

　　五臺菜車八個人　砍

　　請問　平均每個人　一晚要挑幾斤

　　〈提示〉

　　每人一擔可挑兩簍六十斤

　　每件單價三十元

　　一晚

　　工錢是　多

　　少

　　答案是

　　Yanai被阿比兄弟大力拍著頭（暈）　不會算

　　誰會算

　　菜販最會　算

　　保證　一斤也不少　工錢四捨五不入　通通算整數

　　給多少是　　多

　　少[20]

在「菜區」工作的族人，「做工」很容易，但做完工的「工
錢」怎麼算？結果是「不會算」！如再細想這其中「不會
算」是真不會算、不想算，還是算了也沒用？或者最終的理由
是不管再怎麼算，都不及「很會算」的「保證　一斤也不少
工錢四捨五不入　通通算整數」的「菜販」！原住民若是因不
會算，民族的命運方才逐步走到如今的田地，林朱世儀（阿美
族）的〈鄉土祭〉[21]，興許能更好的說明「不會算」的人，他
們真正在意「計算」的是甚麼：

　　北部建築工地上的太陽沒有感情的燃燒我

　　連風也在旁邊納涼

　　「這個泥土是哪裡的?有幾車?」

　　「那個是花蓮秀姑巒溪上面的啊！差不多十幾車吧！」

　　「阿～？阿～！那是我小時候長大的地方說」

　　是經過跟我一樣的路　過來這邊的嗎?

[20] 林宜妙主編《用文字釀酒──99年臺灣原住民族文學獎得獎作品
　　集》。頁222。
[21] 林宜妙主編《2012年第三屆臺灣原住民族文學獎得獎作品集》，臺
　　北：原住民族委員會，2012年。

抓一把　偷偷塞進工作服的口袋

還能感受　曾經滴下汗水凝結的熱度

還有山林呼吸的聲音

也有溪水流過的痕跡

更有祖靈留下的訊息

我要祭拜你和你的弟兄們　晚一點的時候

因為它們將成為這面牆建造時的犧牲陪葬品

我要去買小米酒,檳榔還有米

太陽下去　收工後窄巷裡的單人房裡

掏掏已經握不到一把的沙土

放在我最喜歡的彩色圖片雜誌上面　用樹葉墊著

我的部落　我的鄉土　謝謝你

謝謝你讓我可以工作有錢領　有飯吃

謝謝你　讓我可以主持你的葬禮

一杯　二杯　很多很多杯……

自自然然抱著吉他搖晃身體跟著哼唱

依稀記得Ina（母親）在小舅舅的墓前低聲吟唱的古調

平平　悠悠　揚揚　有風　有草　也有Ina的淚

為了生計必須離開家鄉,包括從家鄉「秀姑巒溪」來的土,竟來到了「我」工作的地方,這是何等的珍貴「重聚」?儘管

它是別人「精算」的有價之物，但也和「我」一樣，都離開了「故土」。而後，它最終會因為「我」，成全一面牆的誕生。在它「慷慨犧牲」前，至少「抓一把　偷偷塞進工作服的口袋」，它的「餘生」與我作伴，可以稍稍緩解彼此的鄉愁，也因著它的「獻身」，讓身在異鄉的「我」，還有機會吃飯糊口，不致吃土！土地本不只是生養買賣，更是無私的奉獻與付出，種菜的、做工的「原住民」想的和「菜販」、「工頭」這類比較會算的人想的，真是不太一樣？曾有欽（排灣族）的〈鐵工的歌〉[22]是這樣唱的：

> 趁我們收拾疲憊與勞苦的時候
>
> 太陽已偷偷回家躲進黑幕裏
>
> 而　多情又害羞的月亮也悄悄斜掛在星空夜
>
> 浪漫的催促部落青年
>
> 快快　抓把吉他
>
> 彈掉一天的汗臭與鐵灰
>
> 彈唱今晚的情歌：我要kisudu[23]

---

[22] 林宜妙主編《搬來伴，文學瀚杯！——100年第二屆臺灣原住民族文學獎得獎作品集》。頁256－258。

[23] kisudu：排灣語；拜訪女朋友（夜晚排灣男子會到女朋友家唱情歌）

今天晚上我要kisudu　我要找妹妹

我去看到aluway[24]的時候

原來她在emavaavai[25]

啊！做年糕？為什麼

因為　頭目的兒子要來求婚

噯呀！又是貴族

mulimulitan琉璃珠一串100000

reretan陶壺一個60000

alis熊鷹羽毛一隻20000

還要聘金、殺豬、砍木柴、搭鞦韆，很貴呢要貸款！

怎麼辦　我　鐵工又平民？

你　平民　唱啊：

「妹妹的男朋友　完全都是mazazangilan貴族

不像我這個小小的atitan平民　沒有資格愛上妳

妹妹的理想沒有我的存在

把我丟在山的那一邊

Kavala lacing sun sakavulin ni ina

（盼望妳是野菜，媽媽把妳摘回家）

Cinusu a lasalas i vavucungan ammen

---

[24] Aluway（阿露娃依）：排灣語；貴族女子名
[25] Emavaavai：排灣語；做小米糕（貴客來訪時做米糕款待）

258

（黃水茄串成花環，我是結尾處那一粒，最不起眼）」

a-i[26]1……好可憐！你們排灣族真的很愛搞階級、搞政治！

……

生活再如何困窘狼狽，甚至連民族文化都可改用貨幣的標價衡量，在有價和無價、價格和價值、可計算與不可計算……之間，終也有「打破階級」和「不搞政治」的赤誠天真，即使這個小小的平民（atitan）沒有「資格」準備：琉璃珠、陶壺、熊鷹羽毛，也沒有「實力」置辦聘金、殺豬、砍木柴、盪鞦韆……，但仍無礙於即使是「平民 又鐵工」的他，一心要突破萬難，追求「真愛」：

Maya maya azuwa niaken na azuwa[27]

我為妳砍柴，我為妳挑水，我為妳做花環

Maya maya azuwa niaken na azuwa

我為妳戒酒，我為妳戒菸，我為妳上教會

Maya maya azuwa niaken na azuwa

我為妳頭痛，我為妳感冒，我為妳發高燒

---

[26] A⋯i：排灣語：嘆詞（含疼惜之意）

[27] Maya maya azuwa niaken na azuwa：排灣語；她是我的唯一（通常出現在歌唱首句或副歌）

　　Nui kasun na masalu[28]

　　如果妳不相信，如果妳不了解，今天晚上我們唱唱歌！

生活裡真實的困頓，化為對所愛之人的行動：「砍柴、挑
水、戒酒、戒菸、上教會……」，當然也有不美麗的時
候「頭痛、感冒、發高燒……」。是自嗨自嘲的「多愁善
感」，也是令人心生羨慕的傻氣樂天？總之，族人無論身處在
何種境遇，都努力維持著這種「差一點點差很多」，雖然細微
但卻堅韌的秉性，不疾不徐，不多不少，不計不算，無歌不
歡，好好呼吸在文化的保留地上，不是誰一定要來了解誰的明
白，是自己很明白！

四、生命中的過敏原——明不明白，到底

　　通過生活、文化的幽徑，再艱難處是有出路，同時一樣
得面對作為一個人（或某種人）的存在，即如畸零地，如果只
是在那裡，不與其他周邊場域產生連結，發生意義，特別是生
出「產值」，它確實就能「一無所是」的自在自為，如讓阿
涤・達入拉雅之〈你們說的是誰〉[29]所述：

---

[28]　Nui kasun na masalu：排灣語；如果你不相信（通常出現在首句或副歌）
[29]　參見《北大武山之巔》，臺中：晨星，2010，頁21。

牛樟樹這麼說著

有一位老人走到森林裡

鐮刀還留在那裡忘了帶走

相思樹這麼說著

有一個鐵撬放在水源地已經很久了

不知道是誰的

老人們在部落裡在郊外各說各話

芋頭園裡的工作已經結束

芒草間的竹雞盡情的高唱自如

可能是傍晚來臨前的奏樂

Rutjamkam祖父抽著菸斗愜意地坐在石砌之上

路上的草是他除的

Ljiuc祖父咬著檳榔　頭上綁著毛巾

屋瓦是他幫忙做的

Lijemavau和maljeveljev姨媽包著檳榔乾

Ljiamilingan姨丈正在除去他褲子上的擾人草[30]

---

[30] 擾人草：即咸豐草。（原作註解）。

你們說的是誰

在〈你們說的是誰〉詩中,「牛樟」知道老人走進森林,忘了
帶走鐮刀;「相思樹」知道一把不知道是誰的鐵撬,放在水源
地很久了。兩棵「長住在地」的樹木,各自守著它們所見的某
人的遺落,是守護也算是見證?見證物件隨時間流逝,「那個
誰」怎麼遲遲沒來。當場景瞬間從森林轉到「老人們在部落裡
在郊外各說各話」,「老人們」中有那位是忘了鐮刀或鐵撬
的嗎?是「Rutjamkam祖父」或是「Ljiuc祖父」?工具總在那
兒,沒有拿回去,是不缺這一件,還是即使沒有也沒關係?因
為該做的工作都做了,各安其位,各行其是,大自然中「芒草
間的竹雞盡情的高唱自如」是如此,人在自然間的移動進出
是如此,在部落生活的現場亦復如此。人與萬物各有各的擅
場,即便真的遺落,「屬於誰」並不妨礙彼此俱足的存有。因
此「你們說的是誰」,重點不在「指認」後「物歸原主」和
「畫疆設界」,是相互「了解」知所進退,否則,便很容易出
現如林櫻〈蛇的爬行〉[31]中的窘境:

---

[31] 參見參見林宜妙主編《105年第七屆臺灣原住民族文學獎得獎作品
集》,臺北:行政院原住民族委員會,2016,頁211-212。

「你叫甚麼名字？」

我是一條蛇

爬過很久、很久以前

鱗片摩擦土壤的折痕

我向前爬行

太陽升起，落下

獵人的足跡踏過碎裂卵殼

走出沉默的陶壺

洪水升起，落下

火焰點燃歌聲

神話在木紋裡閃爍

「你叫甚麼名字？」

我是一條蛇

爬過以前與現在

蛇信探測時代的溫變

我向前爬行

太陽升起，落下

足印與笑聲退潮

歷史的餘燼輕聲咳嗽

「你叫甚麼名字？」

我是一條蛇

爬過現在、現在、現在

太陽升起，落下

時間的卵在光下烘烤

我靜靜守候

歌聲升起落下……

卵蜷縮在陶壺底部

而壺已被遺忘

詩作中自稱（視）「我是一條蛇」的簡單清楚明白，就在
「誰」反覆提問「你叫甚麼名字」之後，「我這一條蛇」進
入了層層的序列說明：身世、經歷、遭遇，同時一併帶出
「主體認同」、「歷史記憶」、「文化慣習」和「現代性」
的課題。「我是一條蛇」確實不全等同於「一個名字」，不
過，是「一條蛇」和不是「一尾魚」和「一隻鳥」……的
「區別」，本不致太糾結，偏偏，「我這一條蛇」，「爬過
很久、很久以前……、「爬過以前與現在……」、「爬過現
在、現在、現在……」，為要回答「你叫甚麼名字？」，到了
最後竟問起了自己：「我叫甚麼名字？」，從最初簡單清楚明
白的篤定，結果竟至曲折繁複甚至「不明」起來！不妨順著這

一條蛇，跟著筆述一・莫奈過個〈一半的新年〉[32]：

喜紅新年混著陰鬱藍色的我

總是變成慘澹的紫

除夕

照例因母親的拖拉總在最後一刻才趕上山上的年夜飯

車上永遠是　母親埋怨　父親安靜　我尷尬

一抵達部落

我簡直像是換了一個父親

說著我聽不懂的話

漾著我少見的自信

悠遊在我永遠認不清且一直增加的親戚中

而母親宛如被拋棄的怨婦

死掐著我的手不放

開始數唸一直困擾著我的規定

禮貌　所以不准隨便跟著跑跳

衛生　所以不准隨便跟著吃喝

因此我總是在看著「他們」過除夕

---

[32] 參見林宜妙主編《103年第五屆臺灣原住民族文學獎得獎作品集》，
臺北：行政院原住民族委員會，2014，頁194–196。

初一

……

我準時地在母親醒來前躺回床上

她對我耳語昨晚睡不好

但明明全家只有我們兩個被禮讓睡在房間裡

母親吃著帶來的葡萄吐司

遞給了我一片　再飽也只能跟著啃

母親常說父親的時間觀念有問題

但我認為父親是一個善用時間及腳程很快的人

別人是走春　他是跑春

總是能利用這個上午跑遍部落家戶

然後在中午趕回家吃飯

來自山上的泰雅爸爸和平地多禮自制的漢人媽媽組成「一半」的我，在「喜紅新年混著陰鬱藍色的我／總是變成慘澹的紫」，頗傳神的表達了夾在爸爸和媽媽之間的左右為難：爸爸回到山上後，使我覺得「像是換了一個父親」，爸爸自信自在地優游於部落族人中，並且一改媽媽眼中「時間觀念有問

題」的形象，捉緊時間在山上「跑春」，反倒是媽媽：「照例因母親的拖拉總在最後一刻才趕上山上的年夜飯／車上永遠是　母親埋怨　父親安靜　我尷尬」，一家三口回「爸爸家過年」的短暫時光，對爸爸有多珍貴，對媽媽就有多煎熬，而我能理解的理解，不能理解的，像yaki對「我」的愛，卻也不必懷疑：

> 多虧母親前晚的牽制
>
> 讓我得以早睡早起
>
> 可以趕去廚房享受跟yaki（奶奶）相處
>
> 她不多話
>
> 常常只是笑著一句：ciwas（泰雅名），那麼早起，
>
> 來，吃⋯
>
> 前晚受限的年夜飯總是讓我很飢餓
>
> 她溫柔自語看著狼吞虎嚥的我
>
> 雖然聽不懂
>
> 但她真實愛著我，我懂

祖孫情感的親切和親暱，即使是少數且有限的語言，在行動中已充分表達。如果祖孫之情輕易就超越了語言的界線，媽媽「回到山中的家」，明明是生活裡的「歲時祭儀」——過

年，面對的是「一家人」，但是媽媽的「戒慎恐懼，小心翼翼」，在「對我耳語昨晚睡不好」中，不是不愛，是不好「拿捏」怎麼合宜的表現「在山中的愛」：

　　我準時地在母親醒來前躺回床上

　　她對我耳語昨晚睡不好

　　但明明全家只有我們兩個被禮讓睡在房間裡

同時也化成自己必須和媽媽「準時」帶爸爸下山時，「我」對父親的抱歉：

　　每次看著父親邁向黑車的背影

　　垂落的肩膀瞬間讓他變得好小好小

　　跟在背後繼續哭著的我

　　其實滴落不斷的眼淚

　　是我對他無盡的抱歉

雖然明知在「喜色新年」中「變色的自己」有多大的限制，才有機輝發現自身有多大的彈性（能量），去「接受」這其中因個人、生活、文化、場域……衍生的差異，這自是在「制度」（法律）上無權也無能置喙之事，卻是身為「一半」的孩

子的恩寵和挑戰。

畢竟每個人生命中的「過敏原」，不是如處理公文般的明晰井然，也不是請醫生開處方，對症下藥即能藥到病除。反而是不論症頭輕重，此一區別、辨識、認識、游移和夾纏的「過程」，有機會讓「主體」可以自覺、不自覺或無關自覺，能夠認同、不認同以及非關認同。如卜袞・伊立瑞斯・伊斯瑪哈單〈竊據〉[33]所述：

> 白紙
>   黑點
>   一丁點
>
>
> 白紙
>   嘩然爭吵
>   誰嵌了這黑點
> 黑點　不語

「白紙」和「黑點」一出現即是「一起」了，因為是「一起」，即使是一丁點的黑點也無法視而不見，還引起「誰嵌了

---

[33] 參見《山棕月影》，臺中：晨星，1999，頁86。

這黑點」的爭吵,事實卻是:

原來

　　白紙佔住在黑點上

黑點

　　仍是不語

在原住民詩人寫出的詩作中,確實是提出了「不一樣」的存
在以及原此而生的不同的選擇或命運,而「不一樣」不是
「不好」,或者即使會因為「不一樣」也要一併承擔的「不
好」,如那「不語的黑點」,白紙「嘩然爭吵」時不語,當
「白紙佔住在黑點上」,它仍不語,不語可以是「不爭」,未
必是「不會爭」?這些終是誰都無權替代誰做的選擇,尤其當
它是一凡存在都有意義,凡呼吸都有價值的「追尋」或「建
構」時,原住民詩人的創作,確實指出了一些機會。

五、代結語:忘路之遠近,異質寫……

　　當歷來的統治者不斷強調臺灣是一具有多元文化、多
族群共生和要承擔「歷史共業」的社會時,原住民詩人的詩
歌,讓我們更細緻的體會到「畸零地」微小、曲折、破碎和隱

微的特色，如同愛德華・薩依德留給後人的省思：

> 我想，在上距一九四八年以來五十年的今天，我們可
> 以開始把巴勒斯坦人和以色列人的歷史放在一起談
> 了。這兩個部分看似分離的歷史其實是交織在一起和
> 互相對位的。不這樣做的話，「他者」（the other）
> 就總是會被非人化、妖魔化，被變成隱形的。我們必
> 須找到一條出路。對此，心靈的角色、知性的角色和
> 道德意識的角色是關鍵的。必須要找出一種正確對待
> 「他者」的方式，給予他們空間而不是剝奪他們的空
> 間。所以我的這種想法絕不是烏托邦。烏托邦是沒有
> 空間的。但我的要求卻是把「他者」安置在一個具體
> 的歷史和空間裡。[34]

薩依德的期許和原住民作者在作品中展開的世界，是不是正有
異曲同工之處？排灣族格格兒・巴勒庫路收錄在《108年第十屆
臺灣原住民族得獎作品集》中的〈Kacalisian〉[35]一詩是這麼寫：

[34] 愛德華・薩依德著，梁永安譯《文化與抵抗》，臺北：立緒1994，
頁22。
[35] 參見林宜妙主編《108年第10屆臺灣原住民族得獎作品集》，臺北：
原住民族委員會，2019，頁230—234。

Makuda[36]

Kacalisian[37]

蝸牛　慢慢

螞蟥　慢慢

毛毛蟲　也　慢慢

Kacalisian

為什麼　你　慢慢

向前傾斜身體　走　慢慢

這樣

Aisa[38]

不了解我的明白啊　你

很難的走路　這邊

不見了　斜坡

沒有了　我的平衡感

---

[36] Makuda：排灣族語，「怎麼了」的意思。

[37] Kacalisian：排灣族語，意指「真正住在斜坡上的子民」。

[38] Aisa：排灣族語，意思就是「哎呦、怎麼會這樣、驚呼詞」之意。

Nekanga[39]　nekanga

街道不再有　起起　　　　上上

　　落落　下下

Nekanga　nekanga

馬路看不到　彎　　曲曲　　彎

　　彎　曲　曲彎

今天開始

不要再叫我　Kacalisian

Kudain[40]　kudain

不見了　斜坡

沒有了　我的平衡感

這樣

叫我怎麼辦　怎麼辦

Tjaljuzua[41]　唉聲嘆氣　我的vuvu[42]

小米要成熟了　上不去　怎麼辦

---

[39] Nekanga：排灣族語，「已經沒有了」的意思。

[40] Kudain：排灣族語，「沒有辦法，怎麼辦」的意思。

[41] Tjaljuzua：排灣族語，「在那邊」的意思。

[42] Vuvu：排灣族語，祖父母輩的稱呼。

Maza[43]　　徬徨無助　我的vuvu[44]

迷路了　就在這井然有序　沒有斜坡的部落街道裏

哭喊著

我

找不到

回家的路

……

為這首作品，我個人寫了〈不太多不太少，斜斜的，剛好〉[45]
的如下短評：

　　2019年11月10日，午後，詩歌組評審在經過仔細地
討論、對話，同時還勉力「說服」彼此，若「某詩」
和「某詩」相較，應該更如何如何，而終不可得，最
後以投票比分比序的方式，選出了今年詩歌組的得獎
作品。其中〈Kacalisian〉此詩，在第一輪評審的不計名
投票中即獲高票，應是此次評審心中最具「共識」的
作品，理由如下：

---

[43] Maza：排灣族語，「這邊、這裏」的意思。

[44] Vuvu：排灣族語，孫兒女輩的稱呼。

[45] 參見林宜妙主編《108年第10屆臺灣原住民族得獎作品集》，臺北：
原住民族委員會，2019，頁219-220。

一、「原住民的」生活素材：從具體的Kacalisian場景，到其中的物件（蝸牛、毛毛蟲、小米……），一眼即能辨識「和原住民有關」。

二、「原住民的」時空感：時間是「慢慢（小心）的」、「綿長（陌生）的」；空間是「斜斜的」、「曲折的」……終至「井然有序」卻「無方向感」的。原住民生活和移動的場域，相較非原住民族群而言，確實是要「從容」一些，如同部落族人常有「原住民補助時間」一說，雖似笑話也是真話。

三、「原式」幽默：當「一般人」都安於迅捷便利和有條不紊的「生活（人生）樣態」時，Kacalisian這群「真正住在斜坡上的子民」，卻在「一般人」的生活條件下，失去從原來「斜斜的」、「上上下下」、「彎彎曲曲」的部落生活中「養成」的「平衡感」：「從此之後／Kacalisian不再是我的名　好吧／按照你吧　可是　／哪裏　我的家／到底」別人把別人認為好的部落規劃、街道設計以及「姓名」都「為我們」設想好了，還能再說

　　甚麼呢，到底？結果到底還是要在平平的路上斜斜慢慢走，才能比較了解別人的明白？

四、其他：最明顯不過的是「語言」，從母語的寫實與雙關，非常自然貼切也準確地傳達了「如假包換」的原民風，但這顯然對作者是不公平的評判，因為，首先是一首好詩，作為一首詩的「質地」，當然和「作者」有關，卻不一定非和作者的「身分」相關，唯能如此，創作才有它的「真自由」！

　　在〈Kacalisian〉之前，曾有多馬斯〈菜區之歌〉、曾有欽〈鐵工的歌〉和林朱世儀〈鄉土祭〉……等在寫作風格和旨趣上相近的得獎佳作，之後，勢必也會出現眾多令讀者驚豔的作品，只要創作者不畫地自限，不論我們是來自平原、斜坡、高山、海洋或不知名某處的高地，定都能寫出「原行必路」的好詩！

　　一個人、一群人和一個部落（地方、場所）的連結，「一般人」以為一定要如何，結果對「這一群人」而言，還「真的不一定」，恰如〈Kacalisian〉。而地方與人的關係多種多樣或親或疏，當然更可以是一個人，真實活出的一生──

2018年歲末，下賓朗部落[46]的mumu孫貴花女士走完她107歲的
人生，轉站天界，下賓朗部落的「媽媽小姐合唱團」成員，在
她的守夜彌撒中獻唱她生前教大家唱的歌、她最愛唱的歌以及
此刻在人間的媽媽小姐們思念與祝福她的歌，這一群在當年
也是如「花兒一般溫柔又漂亮的山地小姑娘」，只要在歌聲
中，天上也如人間，同悲亦如同歡──

如歌──致mumu遠行

一條小路，拾級，在重重的青山，遠遠的川上／彷彿
小橋，彷彿輕舟，走啊走

2018年12月28日，黎明還在酣眠，山微微的顫了一下，
喘一口氣／「換一口氣，吐一口，再一口，再試一
口……」轉角的巴拉冠心底默念／像那曾經如微光閃爍
的'emaya'ayan頌歌，她說：vangsaran唱不了，／saraypan
來唱！於是，misa'ur回來了，媽媽小姐在家裡、在田
裡、在路上／在這裡那裏……從pinaski的話到日本話到
ㄅ、ㄆ、ㄇ、ㄈ、A、B、C、D，不只有hohaiyan haiyan

46　下賓朗部落位在臺東縣卑南鄉，為卑南族八社十部落之一。

haiyan有hu-hu-wa-mapiyapiya ya-- hu-hu-hu-wa-huy！還有／「我的一顆心」、「祖國，祖國！我們愛祖國……」、「梅花梅花，滿天下……」

一條小河，順流，在層層的流光，近近的遠方／彷彿清風，彷彿細雨，流啊流

每天每天，有時候是前門，有時候是後門，咚咚咚或砰砰砰，時應偶不應／部落裡的這一條路或那條路，直直地來直直地走，笑她直直的心，連綠籬上的／「traker葉」都懂她的堅持，沒有浪費的時光沒有浪得的虛名沒有無味的人間／一步一步抖擻的步伐硬挺的身影，不是臉上沒有皺紋，連心都是，是火的不是水／是水的不是煙雲，即使變身是水是煙雲，還是每天每天，好好走路，好好吃飯，好好睡覺，火一樣的清清，水一樣的明明，煙雲一樣的晶瑩

一朵花，小小花，最最親愛的小花花，隨風搖曳，在漸漸老去的歲月／淡淡的暮靄中，唱著唱著唱回了初萌的年少——

Oh my darling oh my darling oh my darling I love you……

董恕明　2018/12/30

參考文獻

卜袞・伊立瑞斯・伊斯瑪哈單《山棕月影》，臺中：晨星，
　　1999，

巴代《走過》，臺北：印刻，2010年。

瓦歷斯・諾幹《想念族人》，台中：晨星，1994年。

利格拉樂・阿女烏《祖靈遺忘的孩子》，臺北：前衛，2015年。

林宜妙主編《用文字釀酒——99年臺灣原住民族文學獎得獎作品
　　集》，臺北：行政院原住民族委員會，2010年。

林宜妙主編《撒來伴，文學淪杯！——100年第二屆臺灣原住民
　　族文學獎得獎作品集》，臺北：行政院原住民族委員會，
　　2011年。

林宜妙主編《101年第三屆臺灣原住民族文學獎得獎作品集》，
　　臺北：行政院原住民族委員會，2012年。

林宜妙主編《vaay104年第六屆臺灣原住民族文學獎得獎作品
　　集》，臺北：行政院原住民族委員會，2015年。

林宜妙主編《我在圖書館找一本酒－2010臺灣原住民文學作家筆
　　會文選》，臺北：山海文化，2010年。

林宜妙主編《108年第10屆臺灣原住民族得獎作品集》，臺北：
　　原住民族委員會，2019。

孫大川《久久酒一次》，臺北：張老師文化，1991年。

孫大川《山海世界》，臺北：聯合文學，2000年。

孫大川主編《臺灣原住民族漢語文學選集》（評論卷上下、小說卷上下、散文卷上下、詩歌卷），臺北：印刻，2003年。

浦忠成《臺灣原住民族文學史綱》上下冊，臺北：里仁，2009年。

楊翠《少數說話——臺灣原住民女性文學的多重視域》（上、下），玉山，2018年。

楊士範編著《礦坑、海洋和鷹架——近五十年的台北縣都市原住民底層勞工勞動史》，臺北：唐山，2005年出版。

楊士範《漂流的部落——近五十年的新店溪畔原住民都市家園社會史》，臺北：唐山，2008年。

陳英雄《域外夢痕》，臺北：商務，1971年。

陳伯軒《臺灣當代原住民漢語文學中知識中知識／姿勢與記憶／技藝的相互滲透》。臺北：政治大學中國文學系博士論文，2015年。

莫那能《美麗的稻穗》，臺北：人間，2010。

董恕明《山海之內天地之外——原住民漢語文學》，臺南：國立臺灣文學館，2013年。

魏貽君《戰後臺灣原住民族文學形成的探察》，台北：印刻，2013年。

泰瑞・伊格頓（Terry Eagleton）著，李尚遠譯《理論之後》，臺北：商周，2005年。

泰瑞・伊格頓（Terry Eagleton）著，黃煜文譯《如何閱讀文學》，臺北：商周，2014年。

胡德夫〈我的歌路與心路：為什麼〉，《印刻文學生活誌》，第

14卷第12期，2018年。

《更生日報》。原文網址：把台鐵「普悠瑪號」想成普拿疼！　花
蓮議員言論鬧笑話　（第1頁／共2頁）| 頭條新聞 | NOWnews
今日新聞網http://www.nownews.com/2012/07/30/11490-
2839443.htm#ixzz2iWtQ6Sd7

　　——探索臺灣現代文學創作的多元發展

月亮的鏡子
——寂寞的人

沙力浪

沙力浪，漢名：趙聰義。1981年生，布農族，成長於花蓮卓溪鄉中平nakahila部落。曾經就讀於元智大學中文系，畢業於東華大學民族發展所，目前除了在部落成立一串小米族語獨立出版工作室，也在嘉明湖擔任山屋管員。文學創作曾獲得2000、2001、2011、2013、2015、2018年原住民文學獎，2008、2011年花蓮縣文學獎，2011、2013年教育部族語文學獎，2016年臺灣文學獎。著有《笛娜的話》、《部落的燈火》《祖居地・部落・人》。

關鍵詞：月亮的鏡子、漫步在雲端、山屋管理員、布農族、
　　　　嘉明湖、向陽山、射日故事

　　一次的因緣際會中，取得一份位在雲端上的工作——嘉明湖山屋管理員。這份工作要開車到位於南橫公路的一百五十

公里處，海拔二千三百五十公尺的向陽陽森林遊樂區。車子停妥後，再背著登山背包，爬六到七個小時，到達三千多公尺的嘉明湖山屋，進行十天雲端上的生活。

山屋管理員的基本工作項目，有維護步道與山屋的環境、安全，製作預防迷途路標、出借無線電給自組隊等等。有點像民宿老闆，分配床位、介紹山屋的週邊設施，又有點像小管家，顧山屋、修繕山屋。又有點像醫生，解決山友的一些小病痛，腳破皮、頭痛、高山症等等。晚上，管理員按照自己的專長，教授一些高山教育課程。對我來說，布農族的遷移、山名、嘉明湖的神話故事是我最熟悉的事物，成為我與山友分享的故事題材。

在山中，我最常分享的就是〈射日故事〉。在神話的世界中，天空有兩個太陽，他們是兄弟，輪流出現在天空。哥哥從西邊山頭落下後，弟弟再從東邊的山頭昇起。所以在布農族的神話裡，世界本來是沒有黑夜，也沒有月亮。有天，兄弟倆覺得每天輪流的工作很無趣，想要互相拜訪對方，因而同時出現在天空，造成地面乾旱。

一對在田裡工作的夫妻，把嬰孩放在樹蔭下，結果孩子還是被太陽的光芒曬死，變成蜥蜴。父親生氣至極攜另一子去射日。越過叢山峻嶺，排除萬難的射中了其中的太陽弟弟。被射中的太陽成為月亮後，臉上留下了一道疤痕。它為了看自己

臉上的疤痕是否痊癒了，於是在山林中，尋找一片鏡子。最後
在三千多公尺的三叉山附近找到了一座湖。這座湖成為了月亮
的鏡子。所以布農族人稱嘉明湖「ittu tindanuman tu buan」或
「tindanuman mas buan」意為月亮的鏡子。

　　在嘉明湖山屋值勤，一待就是五天至十天。每天待在山
屋，有時感受寂寞的心情，只能思念山下的人、事、物。這時
走到離山屋四公里處的嘉明湖，看看月亮的鏡子，於是寫下這
一首詩〈寂寞的人〉：

　　　嘉明湖畔
　　　把玩著月亮的鏡子
　　　將登山包裡的
　　　口簧琴、相思豆
　　　情人袋、檳榔、
　　　鼻笛、送情柴
　　　被馴服的玫瑰花
　　　一一的放在鏡子旁

　　　月亮啊
　　　當你照著鏡子。尋找疤痕時
　　　可否將思念反射到

285

望著月亮的那個人

　　當我們爬山前，都會列出登山所需的裝備檢核表，保暖衣物、地圖、打火機、行進糧、睡袋，這些物品不但影響登山目的之達成，嚴重時甚至攸關生死。這首詩中，我的背包裡裝滿了滿滿的思念，有口簧琴、相思豆，情人袋、檳榔、鼻笛、送情柴等裝備。

　　這些裝進背包的物品，都有許多運用的功能，我則截取與愛情有關的意涵。像是泛紋面族（泰雅族zzima'[1]、、賽德克族qoqo[2]、太魯閣族qowqaw[3]）的口簧琴除了自娛、傳遞訊息外，也是吹奏給愛慕的女子的樂器。阿美族人的情人袋alufu，則是在「換工」習俗中，族中壯丁在農忙時、送柴時，未婚少女藉此機會，送上情人袋給她喜歡的未婚男生。另外，情人袋最為人熟知就是應用在「情人夜」，未婚少女將檳榔，裝在她喜歡的未婚男子身上的情人袋裡。排灣族的鼻笛，是過去未婚男生追求未婚女生時，用來表達自身情感的重要媒介。木柴則是原住民族人重要民生品，送柴等於是送珍貴禮物，所以年輕男女會以送柴來表情意，排灣族稱papuljiva送情柴。相思豆、

---

[1]　https://m-dictionary.apc.gov.tw/tay/Term_11_305518.htm?q_1泰雅語的口簧琴

[2]　https://e-dictionary.apc.gov.tw/sdq/Search.htm賽德克的口簧琴

[3]　https://e-dictionary.apc.gov.tw/trv/Search.htm太魯閣語的口簧琴

小王子的玫瑰花，這都是東方、西方經典文學中的物品，我們可以從書中體驗到文字中的愛意。

有時候，聽課的山友會問說：「那布農族送什麼樣的定情物呢？」，我思考了一下，我們布農族男子，個性總是比較內斂不善言語，很少有定情物這種東西。我們的口簧琴主要是用來自娛或述說寂寞之情，我們扛的柴，就真的是拿來燒，沒有別的意思。我想布農族人在情感上比較實際，為自己的妻子、孩子排除萬難射下太陽，表達關懷。守護鏡子是族人送給月亮，表達歉意最實用的禮物。對我來說，我的文學創作，也是一種實際路線，一路上默默的寫出布農族的歷史、神話。

The Mirror of the Moon — Lonely Man

Chances had it that I got a job above the clouds as the administrator of the Jiaming Lake Mountain House. This job required driving to the Xiangyang Forest Recreation Area, which is located at kilometer 150 of the South Heng Highway and at an altitude of 2,350 meters.

After parking my car, I used to carry my mountaineering backpack and hiked for six to seven hours to the Jiaming Lake Mountain House, which lies around 3,000 meters above sea level, and stayed there for 10 days each month.

The basic work of the mountain house administrator includes maintenance of the trails and mountain houses, ensure safety for visitors, make road signs, give radios to self-organized hiking teams, etc. A bit like a homestay owner, I also allocated beds to guests and introduced the surrounding facilities of the mountain house. It also feels a bit like a housekeeper, taking care of the mountain house and the surroundings of the mountain house.

At the same time, it was a bit like being a doctor, treating discomfort of fellow mountaineers, abrasions on the feet, headaches, mountain sickness and so on. In the evening, the administrator teaches some alpine education courses according to his expertise. To me, the emigration of the Bunun People, the names of the mountains and the legends of the Jiaming Lake are the things that I am most familiar with, and they have become the subject of the story I shared with friends on the mountains.

The story that I tell most often in the mountains is the story of "Shooting the sun". As the legend goes, the sky had two suns, who were brothers and appeared in the sky in turns. Whenever the older brother set behind the mountains in the west, the younger brother rose from the mountains in the east. Therefore, in the mythology of the Bunun People, the world originally had no night and no moon. One day, the brothers felt it was boring to work in turns and wanted to visit each other. So, they appeared in the sky at the same time, causing the ground to dry.

A couple which was working on the field put their baby in the shade of a tree. As a result, the baby died from the heat of the sun and turned into a lizard. The father was so angry that he brought along his older son to shoot the sun.

Above the mountain ridge, one of the arrows hit the younger sun brother. After the younger brother was shot, he had a scar on the face and turned into the moon. In order to see if the scar on his face healed, he looked for a mirror in the mountains. Finally, he found a lake close to the Sancha Mountain, at around 3,000 meters above sea level. This lake became the mirror of the moon. Therefore, the Bunun People call the Jiaming Lake "ittu tindanuman tu buan" or "tindanuman mas buan", which means "Mirror of the Moon".

Each duty on the Jiaming Lake Mountain House requires a stay of 5 to 10 days. Staying in the mountain house every day, I sometimes feel lonely and cannot help but miss the people and things in the valley. One day when I hiked the 4 kilometers from the mountain house to the Jiaming Lake, and saw the Mirror of the Moon, I wrote this poem called "Lonely Man":

Jiaming Lakeside

Playing with the Mirror of the Moon

I take out the

Jew's harp、Acacia beans

Lover's bag、betle nuts、

Nose flute、The wooden love-token、Tamed rose

One by one and place them next to the Mirror

Moon,

When you look into the mirror, when you look for your scars,

Can you reflect my yearning towards the man who is looking at

moon?

Before we start climbing a mountain, we will make a checklist of all the equipment required for hiking, e.g. warm clothing, maps, lighters, traveling food, sleeping bags. These items do not only affect the successful outcome of the mountain trip, but in severe cases can also make the difference between life and death. In this poem, my backpack is full of thoughts, including Jew's harp, acacia beans, lover bag, betel nut, nose flute, the wooden love-token and other equipment.

These items packed into the backpack have many functions, but I only associate these things with love. E.g., the mouth harps（called zzima1 by the Atayal people, qoqo2 by the Seediq people and qowqaw3 by the Taroko people） of the tribes with face tattoos is not only used for entertainment and transmitting messages, but also to express admiration for a woman.

The lover's bag of the Amis People, called alufu, is also used in the custom of "changing workshifts". During the busy farming season and when the wooden love-token, an unmarried woman send the lover's bag to a unmarried men that she likes.

In addition to that, the lover's bag is best known for its usage during "Lover's Night", in which an unmarried girl puts betel nuts in the lover bag of an unmarried man she likes. The nose flute of the Paiwan tribe used to be an important medium for an unmarried men in order to express his emotions to the unmarried woman that he pursued. Firewood is an important livelihood product of the indigenous people. Sending firewood is equivalent to sending precious gifts. Therefore, young men and women express their feelings by sending firewood. The Paiwan People call this "papuljiva".

Acacia, the rose of the little prince, these are all items in classic literature of the East and the West. We can feel the love from the texts in those books.

Sometimes, fellow mountaineers, who attend my classes ask:

"So, what kind of items do the Bunun people give in order to express affection?" I thought about this question a bit. We, the Bunun men, are quite introverted and not good in expressing ourselves. We hardly have any items that express our affection. The firewood we carry is really used for burning and does not have any other meaning. I think, the Bunun people are quite practicable when it comes to emotions. To spare no efforts to shoot the sun in order to protect wife and kid is an expression of care. To protect the mirror is the most practical gift from the Bunun people to the moon, in order to express apology.

As far as I am concerned, my literary work is also a practical path and along the path I silently write about the history and mythology of the Bunun People.

漫步在雲端

沙力浪

　　三千二百公尺的工作環境中，看似浪漫，看似每天都有不同的山友入住，熱鬧非凡。看著遙遠的海平面、遙遠的綠島，一顆脆弱的心，遊蕩的心靈往往是在寂寞中慢慢的煎熬，特別是在走進管理室，一個孤獨的人兒獨處一室時，那種心情就會油然而生。

　　這時候留給自己一個想像的空間，走進山的最高處，是一件讓人舒坦的感覺。尤其趁著山友還沒有入住山屋時，走上三千六百多公尺的向陽山。獨自浪漫的與歷史、遷移、神話，漫步在雲端。於是我寫出了這一篇名為〈漫步在雲端〉：

　　　沿著稜線
　　　走進三千二百公尺的雲端
　　　站在向陽山
　　　站在鍵盤上
　　　一字一句的敲打出

　　　　祖先的口述

　　　　將耆老口中的山
　　　　無雙山、西巒大山、
　　　　塔芬尖山、布拉克桑山
　　　　卑南主山、海諾南山、
　　　　儲存在雲端

　　　　將耆老口中的故事
　　　　玉山的螃蟹、大蛇
　　　　馬博拉斯的第一塊小米田
　　　　大分的抗日戰役
　　　　儲存在雲端

　　　　留下一個小角落
　　　　註記「小王子」的資料夾
　　　　放入一朵
　　　　無法複製、貼上的小玫瑰

　　　　雲端可以是站在三千公尺向陽山的我，也可以是在海拔
三百公尺的中平部落，一串小米工室內的電腦前，正在將田野

資料輸入雲端的我。這幾年的工作，就是山上與山下的生活交替著。在交替的生活中，我將族群的故事、山名、神話，一一的記錄在我的筆記本，並且傳輸到雲端裡。

站在向陽山，可以看到布農族的整個遷移路線。族人口述中，布農族人原本居住在現今的南投縣南無雙山Masunuk[1]、西巒大山等地。巒社群家族某一個男子，越過了馬博拉斯山manqudas[2]，種下的第一塊小米田，來到花蓮縣的塔芬尖山，到達台東縣的布拉克桑山lamahavwun[3]、海諾南山[4]、最後越過卑南主山Sakakivan[5]來到高雄。沿著中央山脈建立部落。不論遷移到何方，歷史—大分事件、神話—洪水故事的螃蟹、大蛇，仍然透過口述，延續下去。我漫步在雲端，藉著山頂上的視野，利用文字，將族人的傳說地點、遷移路線，儲存在雲端上。

在登山的路程中，就像與山林談了一場戀愛，配合山林的步伐緩慢上升，讓身體有足夠的時間，適應山林高度的變化，調整自己的呼吸，讓頭腦清新，減少高山症狀況的發生。當身體適應了高度，就能夠一字一字的寫出自己的文

---

[1] Masunuk：是尖突的意思
[2] manqudas：意為山頭會積雪，像老人家的白髮。
[3] lamahavwun：布拉克桑山，是日語Bulaksang，布農語為lamahavwun楊柳科的褐毛柳，長得像Mahav-lungis是樟科山胡椒。
[4] 海諾南山：布農族與魯凱、排灣族的界山
[5] Sakakivan：是指回望之意，台東與高雄界山

字。在文學的領域，族群的神話、歷史、遷移，是我積極想到書寫的空間。而私下的愛情，就留在命名為「小王子」的資料夾內，輸入密碼，只有自己能解開。

對我來說，文學中的愛情是故事的底層、背景，傳達的不僅僅是唯美與浪漫，真正扣人心弦的是我對族群歷史認知的渴望與及我對族群文化所散發出的那種深沉、簡單的愛。這份愛，看似虛無縹緲，如同瀰漫在這嘉明湖上空的層層雲霧，但卻真實質樸，也是我文字裡的靈魂。

Walking in the Clouds

Working on 3,300 meters seems romantic and it seems like you will meet new fellow mountaineers every day - it seems bustling and exciting. However, looking at the distant sea and the distant Green Island, my heart feels fragile and my wondering mind is often tormented in loneliness. Especially when I enter the administration room, when I face the loneliness in the room, such an emotion arises.

At such times, leaving myself a space for imagination and walking into the highest parts of the mountain, makes me feel at ease. I especially use the time when no one has checked into the mountain house yet, in order to hike up to the 3,600 meter high Xiangyang Mountain.

Walking slowly above the clouds and thinking about the history,

migration an mythology of the Bunun, I wrote the following poem called

"Walking in the Clouds"：

Walking into the clouds on 3,200 meters

Along the ridge

Standing on top of Xiangyang Mountain

I'm standing on a keyboard

And word by word I type down

The tales of the ancestors

The mountains the elderlies were talking about

Wushuang Mountain, Xiluan Mountain,

Dafenjian Mountain, Bulakesang Mountain,

Beinanzhu Mountain, Hainuonan Mountain,

I store them in the clouds

The stories of the elderlies

about the crab and snake at Yu Mountain,

the first millet field in Maboras,

the battle against the Japanese in Dafen

I store them in the clouds

I leave a small corner

For the notes on the book jacket of "The Little Prince"

I put them into a flower

Into a small rose that cannot be copied and pasted

The clouds can be next to me on the 3,000 meters high Xiangyang Mountain, or they can be at the Zhongping Tribe on 300 meters, in front of a computer in the Millet House, where I am typing information into the clouds. In recent years, my life on the mountain alternates with my life at the foot of the mountain. In this alternating life, I have recorded the stories, mountain names, and myths of the Bunun people in my notebook and transferred them to the cloud.

Standing at Xiangyang Mountain, you can see the whole migration route of the Bunun people. According to the oral accounts of the indigenous people, the Bunun people originally lived in Masunuk (Wushuang Mountain), Xiluan Mountain, and other places in today's Nantou County. A man from the Luan community once crossed Manqudas (Mabolasi mountain), planted the first millet field there, then went to Dafenjian Mountain in Hualien County, Lamahavwun

(Bulakesang Mountain) in Taitung and Hainuonan Mountain and finally crossed Sakakivan (Beinanzhu Mountain) to arrive in Kaohsiung. Along the central mountains he established tribes. No matter where they move, historical events, such as the Musha incident, and myths, such as the Story of the Flood, will be passed on. I slowly walk in the clouds and make use of the vision from the top of the mountain. I use words to store the legendary places and migration routes of the indigenous people on the clouds.

When I climb the mountains, it feels like I have a love relationship with the mountain forest. While slowly walking up in the mountain forest, I can give my body enough time to adapt to changes in the height of the mountain forest, adjust my breathing, refresh my mind, and reduce the possibility of suffering from acute alpine disease. Once my body got adapted to the height, I can write down my thoughts word by word. In the field of literature, the myths, the history and migration of the indigenous people are the areas I actively want to write about and my private love stays in the folder named "Little Prince", only myself can unlock it by entering the password.

For me, love is bottom and background of a story in literature, and it conveys more than just beauty and romance. What really excites me is my passion for historical awareness and my deep, simple love for the culture of the indigenous people. This love looks like it is imaginary, like the layers of clouds and fog that pervade the sky above Jiaming Lake, but it is real and simple, and it is also the soul in my words.

〈千山外，水長流〉之主題意涵與傳播現象

—— 以發表於《明報月刊》者為考察對象 *

王鈺婷

清華大學臺灣文學研究所教授

摘要

1970至80年代，聶華苓在香港出版四部作品，包括兩部長篇小說《桑青與桃紅》（香港：友聯，1976）、《千山外，水長流》（香港：三聯，1985）；短篇小說集《王大年的幾件喜事》（香港：海洋文藝，1980）；散文集《黑色，黑色，最美麗的顏色》（香港：三聯，1983）。聶華苓於香港報章雜誌發表為數可觀的作品，發表媒介包括《南北極》、《明報月刊》、《海洋文藝》與《七十年代》（後改名為《九十

---

* 本文為108年科技部計畫「女性離散文學與香港發表場域——以1970至80年代聶華苓作品在香港傳播路徑與文學流轉為考察對象（MOST 108-2410-H-007-072-）」之部分研究成果。

年代》），其中〈千山外，水長流〉於1984年七月連載於香
港《明報月刊》第223至230期，至1985年二月刊畢，本文透過
重返1980年代香港文學場域，詮釋聶華苓作品〈千山外，水長
流〉在香港《明報月刊》傳播過程，以梳理複雜的歷史源流中
聶華苓具備離散文學與女性文學特質之作品，在香港發表時期
如何與文化思潮與歷史地理進行互動，並開啟1970至80年代臺
灣文學於香港進行傳播與流轉之路徑，尤其關注於香港作為一
個中介位置所開啟各種文學形式與傳播接受等議題，以探究臺
灣文學與香港文學交流的寬廣空間。

關鍵詞：聶華苓、〈千山外，水長流〉、《明報月刊》、跨地
　　　　域傳播

一、前言

　　目前臺灣學界關於臺灣與香港文壇交流現象的研究，已
呈現出具體的成果，並開展出多元的研究視野，其中包括：現
代主義與意識流等文藝思潮的跨區域傳播現象、冷戰時期文學
翻譯與文化脈絡之研究、香港南來文人之現象、香港文化與中
華文化之交織研究、美援文藝體制與文學作品生產、偵探推
理的跨國議題、保釣與臺港跨區域文化形構、港台環境意識

的對話……等議題[1]。筆者近年來從五〇年代臺灣女性文學研究出發，將研究視角擴展至臺灣學界逐步展開的臺港研究面向，以探求臺灣與香港交流的諸多面貌。筆者的研究方向為探究臺灣作家與香港文學場域互動，以探求臺港文壇的交流現象，並考察不同歷史階段臺灣與香港的連動關係，以重新檢視「臺灣」放置在香港文學場域之座標及其意涵。筆者主要的研究路徑，是透過一九五〇至八〇年代香港文學場域，來追尋臺灣女作家之作品在臺港文化交流中生產與傳播的過程，並探求其與香港文壇所產生之互動，以描繪出臺港文壇交流的歷史縱軸。

　本文關注的核心議題為聶華苓作品在香港傳播與流轉之意義，聶華苓的《桑青與桃紅》1971年於連載期間因為「政治敏感」而遭到腰斬，至1987年臺灣解嚴前後，這十多年間聶華苓與臺灣文壇絕緣，聶華苓作品除了中國大陸出版，其主要發表的場域是香港，此一時期香港成為傳播聶華苓作品的重要平台。1970至80年代，聶華苓在香港出版四部作品，包括兩部長篇小說《桑青與桃紅》（香港：友聯，1976）、《千山外，水長流》（香港：三聯，1985）；短篇小說集《王大年的幾件

---

[1] 2010年前後至今臺灣學界陸續開展臺港文學交流的研究，其中包括須文蔚、單德興、蘇偉貞、黃美娥、陳建忠、游勝冠、應鳳凰、黃宗潔、王梅香、簡義明、陳國偉等學者的研究，開展出臺灣學界觀看香港的多元面向。

喜事》（香港：海洋文藝，1980）；散文集《黑色，黑色，最
美麗的顏色》（香港：三聯，1983）。聶華苓於香港報章雜
誌發表為數可觀的作品，發表媒介包括《南北極》、《明報
月刊》、《海洋文藝》與《七十年代》（後改名為《九十年
代》）。

聶華苓此一時期於《明報月刊》發表兩部重要長篇小說
〈桑青與桃紅〉（59至76期，1970.12至1972.4）、〈千山外，
水長流〉（223至230期，1984.7至1985.2）、此外還包括〈一個
脊骨挺直的中國人——陳映真〉（167期，1979.11）等。《海
洋文藝》上，聶華苓發表〈愛荷華寄簡〉（第3卷5期至第5卷
2期，1976.5－1978.2）、〈三十年後——歸人札記〉（第5卷8
期至第7卷7期，1978.8至1980.7）等。《七十年代》是此一聶
華苓發表的重要媒介，包括〈憶雷震〉（110期，1979.3）、
〈一段漫—長、漫—長的歲月——曹禺和楊沫〉（117期，
1979.10）、〈黑色，黑色，最美麗的顏色〉（149期，
1982.6）、〈殷海光——一些舊事〉（152期，1982.9）等。

其中〈千山外，水長流〉於1984年7月連載於香港《明報
月刊》第223至230期，至1985年2月刊畢。本文企圖為聶華苓
研究尋找全新的研究視角，透過重返1980年代香港文學場域，
詮釋聶華苓作品〈千山外，水長流〉在香港《明報月刊》傳
播的過程，以梳理複雜的歷史源流中聶華苓具備離散文學與

女性文學特質之作品，在香港發表時期如何與文化思潮與歷史地理進行互動。探究聶華苓在香港之發表現象，筆者得以延續之前對於五、六〇年代臺灣女作家在香港發表現象之研究，並開啟1970至80年代臺灣文學於香港進行傳播與流轉之思索路徑，尤其關注於香港作為一個中介位置所開啟各種文學形式與傳播接受等議題，以探究臺灣文學與香港文學交流的寬廣空間。

二、聶華苓作品曲折發表歷程
##　　與《千山外，水長流》之研究面向

　　南京中央大學外文系畢業的聶華苓，1949年由中國大陸來到臺灣，偶然機會加入《自由中國》編輯委員會，《自由中國》集結一群具有異質思想的知識分子，也被視為批判1950年代戒嚴體制，具有自由主義傳統的刊物。[2]聶華苓在編輯《自由中國》文藝欄不應和當時反共八股文學，展現出女性編輯者的主體位置，陳芳明指出聶華苓接掌《自由中國》文藝欄後具有幾項特色，包括散文文體的開發、自由主義文學觀、現代主

---

[2]　朱雙一，〈《自由中國》與臺灣自由人文主義文學派流〉，收入何寄澎主編《文化、認同、社會變遷，台北：行政院文化建設委員會出版，2000年6月。

義技巧之嘗試[3]，提出：

> 自由主義運動自始至終都停留在爭取發言權的政治層
> 面，而聶華苓把這種爭取發言權的努力和文學創作結
> 合起來，從而在人文方面拓展了遼闊的版圖。[4]

以「三輩子」或是「三生三世」來作為自身自傳之象徵
的聶華苓，其在臺灣時期發表歷程也歷經曲折流轉。其「第二
輩子」（1949至1964年）也是聶華苓小說的盛產期，然而1960
年台北學生書局出版長篇小說《失去金鈴子》時，《自由中
國》遭到查禁，雷震、傅正、馬之驌、劉子英四人被捕，正
是聶華苓與外界隔離的一年，1964年文星書局再版《失去金鈴
子》，正是聶華苓前往美國愛荷華大學擔任「寫作工作坊」顧
問與教授現代中國文學課程，也正是她離開臺灣赴美的關鍵一
年，如同應鳳凰所言「《失去金鈴子》為第一部長篇，也是
『臺灣時期』最後一部作品。」[5]；寫於聶華苓愛荷華時期的

---

[3] 陳芳明，〈橫的移植與現代主義之濫觴—聶華苓與《自由中國》文藝
欄〉，《臺灣現當代作家研究資料彙編23聶華苓》，2012年3月，台
南：國立臺灣文學館，頁203-208。

[4] 陳芳明，〈橫的移植與現代主義之濫觴—聶華苓與《自由中國》文藝
欄〉，《臺灣現當代作家研究資料彙編23聶華苓》，2012年3月，台
南：國立臺灣文學館，頁206。

[5] 應鳳凰，〈聶華苓研究綜述〉，《臺灣現當代作家研究資料彙編23

〈桑青與桃紅〉於七十年代初次問世，連載於《聯合報‧副刊》而後遭到腰斬，〈桑青與桃紅〉由1970年12月1日進行刊登，至隔年2月6日禁止刊行，計刊載56期，平鑫濤主編《聯合報‧副刊》時，〈桑青與桃紅〉因故被迫腰斬，也是另一個值得研究之課題。

〈桑青與桃紅〉連載之滄桑史，聶華苓曾用「二十幾年了，這小說竟陰魂不散、到處流浪」[6]以及「這小說東兜西轉、歷經滄桑」[7]來說明小說歷經流放經驗、頗為艱辛的出版歷程。1972年九月聶華苓和夫婿美國愛荷華國際寫作班主任保羅‧安格爾（Paul Engal）合譯毛澤東詩選，結集成Poems of Mao Tse-Tung於1972年在美結集出版，而後聶華苓也被國民黨政府長期列入黑名單，禁止入境，1988年隨著聶華苓獲准返臺，《桑青與桃紅》由漢藝色研正式出版，其中歷經輾長的過程終於在台出版。

聶華苓的另一部長篇小說《千山外，水長流》更是未在臺灣出版，〈千山外，水長流〉於1984年七月連載於香港《明報月刊》第223至230期，至1985年二月連載刊畢，十二

聶華苓》，2012年3月，台南：國立臺灣文學館，頁84。
[6] 聶華苓，〈桑青與桃紅流放小記〉，《桑青與桃紅》，台北：時報，1997年，頁272。
[7] 聶華苓，〈桑青與桃紅流放小記〉，《桑青與桃紅》，台北：時報，1997年，頁272。

月長篇小說《千山外，水長流》由四川人民出版社出版，
1985年由香港三聯書店出版。《千山外，水長流》也歷經曲
折的出版歷程，也足以應證聶華苓與臺灣文壇絕緣的過程，
並引領出聶華苓本身傳奇的經歷及其作品傳播過程，也正是
本文探討之因。

在此先回顧聶華苓《千山外，水長流》此部作品在臺灣
學界與中國大陸學界先行研究情形，學者蔡雅薰與王智明主要
從隱喻美學與華文文學脈絡角度來進行詮釋，在此並梳理中國
大陸學界對於《千山外，水長流》之眾多研究面向。

蔡雅薰的〈聶華苓《千山外，水長流》的隱喻美學〉[8]主
要從華文文學的脈絡中，探討《千山外，水長流》此一移民小
說的隱喻美學。蔡雅薰認為聶華苓藉由多種樣貌的小說結構和
獨特語言展現出流變而純熟的藝術風格，具有移民者移植過程
想像經歷的隱喻理解，其中包括詞畫水石的隱喻功能、文化的
隱喻功能、尋父尋母的隱喻功能等，具有民族、家國、文化觀
念與歷史文化背景。蔡雅薰指出和其他海外華人作家作品中尋
根失落的面向相較，《千山外，水長流》雖然對於千山外家鄉
仍有眷戀，但也呈現出移民文學新思維走向，特別是敞開胸懷
追求新生命的一面，呈現出異鄉認同，並接受與欣賞新文化之

8　蔡雅薰，〈聶華苓《千山外，水長流》的隱喻美學〉，《中國現代文
學》第1期，2004年3月，頁29-48。

面向。

　　王智明的〈「美」「華」之間：《千山外水長流》裏
的文化跨越與間際想像〉[9]，本文主要從美國華文文學此一
領域進行概念釐清，透過「（誰在）千山外，（何處）水長
流？」此一提問，來探究「美」「華」之間組構的臨界感之間
際想像，以期對於民族主義與美國夢封鎖的突圍。王智明分析
《千山外水長流》此一作品所具有文化跨越之批判性想像，王
智明指出：「這本小說有趣的地方不在於對於中國認同的確
認，而在於文化錯位後產生的文化跨越的批判性想像，讓另一
個世界（美國）不致於被民族主義完全地排除在外，只留下空
洞而單調的中國執戀，而中國也不僅僅被當作東方主義式的他
者，而是具有歷史能動的世界主體。」[10]

　　由於聶華苓《千山外，水長流》一書在中國大陸最早是
由四川人民出版社在1984年出版。同年《當代文壇》在作品正
式出版前刊載了同篇名書評，是該書最早的評論資料。這篇簡
短的書評大體概括了小說情節，並稱讚小說的文字描寫和藝術
創新。[11]自1990年之後，關於該書的學術評論漸漸出現，大體

---

[9]　王智明，〈「美」「華」之間：《千山外水長流》裏的文化跨越與間
　　際想像〉，《中外文學》第34卷4期，2005年9月，頁111-141。
[10]　王智明，〈「美」「華」之間：《千山外水長流》裏的文化跨越與間
　　際想像〉，《中外文學》第34卷4期，2005年9月，頁135。
[11]　金平，〈千山外，水長流〉，《當代文壇》，11期，1984年，頁33-34。

可歸納為以下幾個研究主題：

從文體角度進行評述，其中翁光宇從文體創新的角度，將《千山外，水長流》與《桑青與桃紅》作比較，從敘事結構、敘事觀點和敘述語言三個層次來展開。[12]從敘事文體角度切入的，還有新近的碩士論文探討聶華苓小說中的「邊緣人」敘事。[13]作者認為，以往學界聚焦聶華苓筆下的「女性」和「浪子」形象，而「邊緣人」可以更準確地對二者進行概括。以蓮兒為代表的「混血兒」屬於作者劃定的第一種，即異域文化衝突中的「邊緣人」，這些「邊緣人」即積極構建了「邊緣」與「中心」之間的新關係。

從形象研究進行分析，此一主題在全部評論中占相當的比重。較早的形象研究是人物形象的分析，為王韜提出《千山外，水長流》的女主人公是「一名有代表性的海外遊子形象」，蓮兒的混血兒身分帶來了無根的身世感，而母親柳風蓮的來信又補充了「家」史與「國」史。較特別的是，作者認為風蓮與彼爾的結合寓意不同的精神家園，可以在情感催化下完全地世界化。[14]晚近的人物形象研究加入了對女性角色的性別

---

12 翁光宇，〈《千山外,水長流》與《桑青與桃紅》文體比較〉，《暨南學報(哲學社會科學)》，1期，1992年，頁79-87。

13 楊瑤，《論聶華苓小說中的「邊緣人」敘事》，四川師範大學碩士學位論文，2019年。

14 王韜，〈一個漂泊的靈魂——評析《千山外,水長流》的主人公形象〉，《世界華文文學論壇》，4期，2001年，頁38-40。

關注，如關注小說中對女性困境的展現，認為蓮兒的形象高度
張揚了獨立自主的女性意識。[15]亦有從比較文學形象學的角度
更細緻地展開關於「異國」形象的討論，認為聶華苓筆下的美
國形象從《桑青與桃紅》中的強橫冷漠，到《千山外，水長
流》中變得包容溫情，這「反映出注視者沉鬱的中國情結和智
性的自我思辨意識」。[16]

此外，還包括從主題與文化內涵，並兼華文小說脈絡之
面向。旅居北美的學者張鳳歷數北美華文女作家，尤其關注
她們的「漂泊心靈」，認為聶華苓在「國族屬性的認同上總
有矛盾，是多重身分複合體」，而《千山外，水長流》中描
寫的異國婚姻既塑造能夠積極融合文化的女性，也反映歷史
在人們心中留下的烙印。[17]在中國大陸的文學史書寫中，王慶
生總結《千山外，水長流》主要敘寫中美兩國兩個家庭的愛
情婚姻關係，特別闡述了小說的主題的多重意義，對於中國
知識份子，海外華人知識份子，和近代歷史重大事件和中美

---

[15] 聶新星，王向陽，〈家國背景下女性的生存困境——《千山外，水
長流》中蓮兒形象簡析〉，《湖南人文科技學院學報》，5期，2018
年，頁88-93。

[16] 曾麗華，馬財財，〈比較文學形象學視角下的美國形象——以《桑
青與桃紅》和《千山外，水長流》為例〉，《集美大學學報（哲社
版）》，3期，2017年，頁65-70。

[17] 張鳳，〈二十世紀中葉北美華文女作家創作的漂泊特性——漂泊心
靈〉，周芬娜主編，《旅緣　海外華文女作家協會女性文學選集・2006
年卷》，上海：上海三聯書店，2006年，頁34-44。

社會現實生活都有細膩的刻畫，同時也肯定了小說的倒敘結構和心理描寫等文體特徵。[18]

對小說進行主題分析的文章中，大多圍繞其中的「邊緣」[19]、「尋根」[20]、「融合」[21]、「女性成長」[22]展開。概括而言，《千山外，水長流》在華文小說論述脈絡中，「尋根」是被發掘最多的面向，而文化融合是主題分析最終的昇華取向。回顧臺灣學界與中國大陸學界對於《千山外，水長流》之研究面向，以下將另闢蹊徑詮釋聶華苓作品〈千山外，水長流〉在香港《明報月刊》的主題意涵和發表情形。

---

[18] 王慶生，〈聶華苓、於梨華的小說〉，《中國當代文學史》，北京：高等教育出版社，2003年，頁620。

[19] 孫辰，《國族流離的邊緣發聲——論聶華苓小說的邊緣書寫》，廣西師範大學碩士學位論文，2015年。

[20] 李蓉，〈漫漫尋親路 悠悠尋根情——評析《千山外 水長流》主人公的美國之旅特殊內涵〉，《安徽工業大學學報(社會科學版)》，2期，2002年，頁86-87。還有鄒黎，〈淺論《千山外，水長流》中的逃亡主題與尋根主題〉，《讀與寫(教育教學刊)》，5期，2013年，頁50。學位論文有仲昭陽：《流散語境中的母國記憶——美國華文女作家聶華苓的「回望文學」研究》，江南大學碩士學位論文，2011年。

[21] 張國玲，〈「和而不同」的雙音合奏——《千山外，水長流》的文化構想〉，《世界華文文學論壇》，1期，2006年，頁42-44。類似的探討也見於李亞萍，〈論聶華苓長篇小說中的文化意蘊——從《桑青與桃紅》到《千山外，水長流》〉，《暨南學報(哲學社會科學版)》，1期，2014年，頁15-20，161。

[22] 張洪磊，〈「尋父」與「尋母」：女性的追尋與成長——論小說《千山外，水長流》的主題意蘊〉，《名作欣賞》，15期，2016年，頁89-90。

三、〈千山外，水長流〉於香港 《明報月刊》之發表情形及其主題分析

　　〈千山外，水長流〉於1984年七月至1985年二月連載於香港《明報月刊》第223至230期，涵蓋1985年由香港三聯書店出版之《千山外，水長流》第一部內容。《千山外，水長流》具有聶華苓自身離散經歷與獨特感受，部分情節有其自傳成分，和其回憶錄《三生三世》的若干個人經驗相符。小說透過中美混血兒蓮兒於1980年代初期前往父親的故鄉愛荷華，去尋找未曾謀面的美國祖父母來開啟敘事，此作品一則書寫移民者蓮兒去國離鄉的感受，在漂泊過程思索自身的民族情感，具有國族寓言的指涉；一則透過蓮兒與母親的通信和石頭城佈郎家父親所留下的遺物，來揭示出雙親頗為隱密的跨國戀情，並重新思索此一異國戀情背後所牽涉的家國史與中美文化糾葛。小說時代橫跨中美兩地的歷史脈絡，中國政治背景涵蓋抗戰勝利後的動亂，以迄其後的學生運動，並延續到文革暴動，其中也隱含蓮兒所經歷的文革創傷；在美國政治背景則是透過八〇年代的美國重啟六〇年代的敘事，呈現對於六〇年代反戰文化之看法，其中也有王智明提到的「追溯與跨越」，他指出：「藉由跨過六十年代，四十年代的跨國戀情，一步步走進八十

年代勞者恆獲、文化多元的美國夢裡」。[23]

　　聶華苓於《明報月刊》第223期所發表的〈附帶的話〉，說明聶華苓對於此部約三十萬字小說的內涵陳述，聶華苓認為第一部是「中美混血兒蓮兒揹著歷史的、個人的情感包袱，從中國到美國來尋父、尋根」[24]，第二部是「柳風蓮寫給女兒蓮兒的一束信，在一九八二年回想一九四四──一九四九內戰中年輕智識份子的心路歷程，而以她和美國記者彼爾的愛情故事為主線」[25]，第三部回到現在，「寫的是蓮兒轉化為自我肯定的故事；還有其他人物心理變化的故事」[26]，聶華苓對於此部小說的時間軸線進行說明，從1982年蓮兒尋父之旅開始回溯，透過與母親之通信也重新尋回與母親的情感，並進行東西文化間自我信念之重整，聶華苓提及本書重要的情節圍繞在蓮兒的心理變化。聶華苓在〈附帶的話〉一文中提及此一小說重要的核心是「愛」字：「在血腥的二十世紀，歷經戰亂和人世滄桑，我絕望過，虛無過，但我始終不可救藥地信仰『愛』。」[27]書中涉及上個世代幾段的愛情，包括柳風蓮與彼爾的異國之愛、彼爾與露西的青梅竹馬之愛、柳風蓮與金

---

[23]　王智明，〈「美」「華」之間：《千山外水長流》裏的文化跨越與間際想像〉，《中外文學》第34卷4期，2005年9月，頁128。

[24]　聶華苓，〈附帶的話〉，《明報月刊》第223期，1984年7月，頁41。

[25]　聶華苓，〈附帶的話〉，《明報月刊》第223期，1984年7月，頁41。

[26]　聶華苓，〈附帶的話〉，《明報月刊》第223期，1984年7月，頁41。

[27]　聶華苓，〈附帶的話〉，《明報月刊》第223期，1984年7月，頁41。

炎難以相守的愛，這些多重的愛情觀都激發蓮兒思考愛的意義，透過她的口吻說出：「愛情包含手足之『情』、朋友之『情』、情欲之『情』──那樣的情欲是美麗的。」[28]這也回應了聶華苓對於小說實踐愛之信念的自剖。

《明報月刊》第223至230期刊載《千山外，水長流》此部長篇小說的第一部，第一部場景建構在1982年五月至六月的美國石頭城，分別包括：「蓮兒到達白雲山莊」、「年輕的爸爸，你在哪兒？」、「多少事欲說還休」、「娥普西河上」四個段落。小說一開始對於石頭城的起源予以披露，布朗家族是來自英國愛爾蘭的移民，由於石頭城豐富的石礦資源之吸引因而來到石頭城，書中諸如佈郎家三代人引以為榮的名畫《美國的哥特風格》都提示著美國墾荒時代的精神──虔誠、堅忍、正直、不屈不撓、信仰上帝等特質[29]，也刻畫石頭城的興建、娥普西河的神話傳說與布朗家族三代以來的興衰歷史。

小說中祖父母佈郎與瑪麗代表美國老一輩對於所謂美國精神的推崇，小說藉由二次大戰由中國回到美國的彼爾望向名畫《美國的哥特風格》所吐出的話語：「這簡直就是美國嘛！是最好的反法西斯廣告！苦幹的人民，心地善良，有稜有

---

[28] 聶華苓，《千山外，水長流》，香港：三聯，1985年，頁290。
[29] 聶華苓，〈第一部（一九八二年五月─六月，美國石頭城）（一）蓮兒到達白雲石山莊〉，《明報月刊》第223期，1984年7月，頁42。

角，帶著點兒幽默，還有點兒『別惹我』的神情」[30]可見彼爾對於早期美國純樸文化和移民精神的推崇。相較於上一代對於傳統美國價值的讚揚，而身為六〇年代反戰一代的彼利，對於這幅名畫的評語則是代表對於「美國社會的諷刺」，認為是「保守、頑固，自大到狂熱的地步。」[31]對於具有從軍經驗與認同國族主義的老佈郎來說，彼利代表「美國這個國家走下坡」「我」的一代。過著波希米亞生活型態的彼利，欲恢復逐漸蕭條的石頭城之榮光，他修復「鬼城」佈郎山莊的遺址和研究山莊的歷史，不是為了祖先遺產，而是生活方式之實踐：「我要生活在泥土上，生活在流水上。研究佈郎山莊，就是為了要過那樣的生活。那工作本身就是一種生活方式，不是為了祖宗。」[32]相較於彼利，曾經對於中國心冷的蓮兒千里迢迢來到父親愛荷華的故鄉，由於父親彼爾死因不明，父母親之婚事也不被美國祖父母承認，中美兩方的文化差異與種種衝突在小說第一部具體體現，也使得蓮兒興起為中國人爭口氣，到石頭城忽然轉向，心向中國之演變契機[33]。

[30] 聶華苓，〈第一部（一九八二年五月—六月，美國石頭城）（一）蓮兒到達白雲石山莊〉，《明報月刊》第223期，1984年7月，頁42。

[31] 聶華苓，〈第一部（一九八二年五月—六月，美國石頭城）（一）蓮兒到達白雲石山莊〉，《明報月刊》第223期，1984年7月，頁42。

[32] 聶華苓，〈第一部（一九八二年五月—六月，美國石頭城）（一）蓮兒到達白雲石山莊〉，《明報月刊》第223期，1984年7月，頁48。

[33] 聶華苓，〈第一部（二）年輕的爸爸，你在哪兒？〉，《明報月刊》

　　蓮兒來到美國之事原不被祖母所接受，蓮兒和祖母雙方也分別懷抱著種種心結，祖母的心結包括對於兒子死於中國的不諒解，認為中國人殺死兒子，其中也具有中美從二戰以來既糾結又矛盾的情結，瑪麗說出「中國人恨美國人！你們叫我們紙老虎，帝國主義，資本主義……」[34]等話語，足證由於兒子死亡之創傷而造成此一對立評價，和中美之間難以跨越的種族藩籬。蓮兒的心結來自未知尋根之旅的內在糾結，也由於中美混血背景而在文革期間遭受批鬥，此一創傷情節所主導的情緒成為其和祖母不和諧關係之引爆點，包括祖母瑪麗認為蓮兒父母親沒有舉行正式儀式，而不承認其婚姻，勾連出蓮兒喚起文革時紅衛兵也不承認父母親婚姻之創傷，使其恨不得和當年紅衛兵一樣對祖母罵出「美國帝國主義」，小說中蓮兒文革的創傷跨海糾纏，使她陷入回憶之中：「紙老虎，帝國主義，資本主義……這些名詞，蓮兒太熟悉！她自己在文革初期就曾經大叫大嚷過。但她如何把中國歷史的演變向這個石頭城的老奶奶解釋呢？」[35]這些文革經驗在與佈郎家祖母的相處過程中一再重溯與追憶。

第225期，1984年9月，頁96。

[34] 聶華苓，〈第一部（三）多少事欲說還休〉，《明報月刊》第227期，1984年11月，頁85。

[35] 聶華苓，〈第一部（三）多少事欲說還休〉，《明報月刊》第227期，1984年11月，頁83-84。

被彼利視為「理想主義者」的蓮兒，她來到石頭城是為了追尋未曾蒙面的父親之生活痕跡，帶著母親所託付的禮物——聖經，以作為身世之見證。聖經具有見證兩代情感關係之象徵，它為1927年祖父母於聖誕節致贈給蓮兒父親之禮物，亦記載父親與母親柳風蓮1949年4月2日於南京鼓樓醫院結婚之紀錄。來到石頭城的蓮兒一圓來到父親墓前上香之心願，蓮兒來到父親墓前，撫摸覆蓋父親的黃土，體認到父親真實的形象：

> 她怨恨媽媽，怨恨『美帝』。她的出生就是個錯誤。她沒資格在文化大革命當紅衛兵；就是驚天動地的四・五運動，她也是『靠邊站』，不敢參加。造反沒資格，革命沒資格，愛國也沒資格了！只因為她有個『美帝』爸爸——從沒見過面的爸爸——現在，跪在爸爸墓邊，摸著爸爸的墓土，爸爸突然真實起來了，突然了解媽媽的苦難……[36]

小說中來到父親墳前的蓮兒真實體認到維廉・佈郎血緣的傳承，也在走進父親的房間，發現其衣棚架上堆滿的書籍、畫軸、筆記本、相冊、簡報等，並有「重慶（1943-1945）」與

---

[36] 聶華苓，〈第一部（二）年輕的爸爸，你在哪兒？〉，《明報月刊》第225期，1984年9月，頁103。

「南京（1947-1949）」兩個紙箱，父親的房間埋藏著塵封多時
的中國記憶，蓮兒翻閱其中以斷想和札記所組成的重慶隨筆，
不僅追索出父親在中國生活的印記，也呈現出這部小說所架設
的時代背景——中國抗戰與內戰以來多變的政治局勢。因爲盟
軍對於日本作戰的任務而前進中國的彼爾，特別著眼於對於中
國抗戰與內戰之觀察，彼爾提及他走入中國抗戰之歷史轉捩
點，陳述中國抗戰之歷史意義與價值：「中國人抗戰不僅是抗
日；也是中國人自覺時期，是民族思想最旺時期，是中國歷史
轉捩點。」[37]彼爾的筆記可以看到他對於自己「他者」美國人
身分之自覺，他對於古中國並沒有太多嚮往，而是從現實中體
認到中國人的生存毅力：「在重慶的美國人（啊！我親愛的
同胞！在國外才知道你們對我多重要！）分兩種：一種人失
望，因爲要找『古』中國；另一種人佩服中國人求生存的毅力
和韌力。我屬於第二種人。」[38]屬於「第二種人」的彼爾透過
他者之眼觀察此一時期中國的變化，特別是年輕人在民族情緒
的影響，彼爾寫下他在重慶教譯員訓練班英文的體驗：「到重
慶來，是個大挑戰。中國在地球另一極端，一點也不錯。歐洲
離美洲到底近一些。剛來很不開心。漸漸習慣了。大概因爲我

---

[37] 聶華苓，〈第一部（三）多少事欲說還休〉，《明報月刊》第227
期，1984年11月，頁88。
[38] 聶華苓，〈第一部（三）多少事欲說還休〉，《明報月刊》第227
期，1984年11月，頁88。

認識了許多年輕人的緣故吧。我教譯員訓練班英文，沒想到還有中國大學教授在訓練班兼差。教授生活非常清苦，有的教授刻圖章，賣衣服，擺地攤，只為賺幾文錢養家。年輕人很苦悶，不知道中國將往哪兒去：左？右？年輕人是中國人的良心。中國人都怕內戰。」[39]這部筆記亦有彼爾對於中國民族性和文化的觀察，由於異文化的差異，彼爾之觀察也有跨文化交流之意味，包括其對於中國人慶祝死亡祭典之風俗、中國人表達情緒之語言聲調、中國女性之風情、中國日常生活之音樂之觀察視角。

這份筆記也涉及國共統一戰線之時，彼爾調到西安美軍後勤部，和中國游擊隊合作，以建立情報網並打擊日軍，這段經驗也是文革時彼爾被紅衛兵指控為特務之原因。彼爾的筆記也與蓮兒的回憶牽繫，和蓮兒文革時的創傷經驗交纏著，蓮兒回憶1967年由北京押到重慶來鬥母親，其目睹紅衛兵指控母親為投靠美帝國主義奴才，並指控父親收集中國內戰情報，蓮兒第一次知道母親和美帝有夫妻關係，蓮兒在揪鬥的瘋狂氛圍下不承認自己為風蓮的女兒，並親手摧毀母親的所有物，小說書寫政治鬥爭對於親情之殘害，以風蓮無望的表情作結，這個畫面也被封存在蓮兒的創傷經驗之中：「風蓮倒在地上，離火

---

[39] 聶華苓，〈第一部（三）多少事欲說還休〉，《明報月刊》第227
期，1984年11月，頁88。

很近，火苗就要舔著她了。她也不動一下，沒有眼淚，沒有表情，痴痴望著熊熊的火焰。」[40]以致於在穿越國界的蓮兒體悟到對於千山外母親的歉疚，而開啟第二部透過與母親的通信，反思父母親異國之戀所具有的獨特意義。

四、臺港文學交流與《明報月刊》之定位

〈千山外，水長流〉是聶華苓愛荷華時期的作品，此時她已移居美國近二十年之久，和《桑青與桃紅》相較，此部作品更著重於思考離散者在異國的成長與適應歷程，小說透過蓮兒的尋根之旅，來開啟她移植異鄉所經歷的考驗與挑戰，並由此發掘出其獨特遷移經驗所感受到的認同糾葛與民族情感。以下將回到1970年代至80年代香港文學場域，探究聶華苓〈千山外，水長流〉在香港之發表策略，其中透露敏銳的空間政治意涵，也具有複雜意義。

臺灣和香港在整體的歷史、文化脈絡中雖有許多差異，但卻因為地緣性，使得兩地從1950年代開始便有許多交流，在文學發展和表現上，亦有不少相似處。1950年代臺港兩地在文人流動和文學傳播上逐漸開展，此一時期由於美援文化的介入

---

[40] 聶華苓，〈第一部（三）多少事欲說還休〉，《明報月刊》第227期，1984年11月，頁91。

與冷戰局勢之波及，開始臺港間第一波刊物的流通現象，其中除了兩地在文化生產機制上對於反共懷鄉文藝的挹注外，此一時期臺灣和香港文壇同樣熱切於發掘西方現代主義美學，形成兩地文藝刊物相互流通與合作[41]；而六〇年代臺港文壇交流更為緊密，特別是六〇年代香港文學雜誌上臺灣作家的作品受到不少注目，包括臺灣女作家，如張漱菡、林海音、侯榕生等，以及與黨政軍為主的男作家陣營，包括郭衣洞、陳紀瀅、段彩華、司馬中原等人。

　　1970年代臺港兩地在保釣運動的浪潮下皆生產相關之論述，戒嚴時期臺灣將香港視為面對中國的前哨站，借助香港視角以獲取中國文化的第一手資料，1980年代中國逐漸開放和邁向後冷戰的現實環境，臺灣更需要借助香港之輔助得以遠眺中國，同時臺灣和香港也產生更多文學上的交流。根據鄭樹森的觀察，特別指出香港此一時期對於臺灣「政治思想」有疑慮的作品所發揮「中介」功能。鄭樹森指出，1968年陳映真因為「思想問題入獄」，其作品不能在臺灣出版，尉天驄將其作品交給在國外、具有僑生身分的劉紹銘，在劉紹銘的引薦下，陳映真作品由香港小草出版社刊行，使陳映真受到香港文壇之注目，並引起香港實驗劇團將陳映真〈將軍族〉等作品改編為舞

---

[41] 須文蔚，〈葉維廉與臺港現代主義詩論之跨區域傳播〉，《東華漢學》第15期，2012年6月，頁249-273。

台劇。美麗島事件及林宅滅門血案後，楊牧所作的〈悲歌為林
義雄作〉於1980年九月在香港《八方》第三輯中刊出，鄭樹森
提出《八方》由於曾刊載陳映真的作品，又為首份同時呈現大
陸、臺灣、香港、海外地區作品之文學刊物，當時被誣指為
「統戰」雜誌[42]，《八方》同時呈現海峽兩岸三地及海外華人
的作品，顯現《八方》此一雜誌在香港文學的發展和與臺灣文
壇的交流互動中別具意義。

　　上述六〇年代末至八〇年代由於臺灣白色恐怖的政治禁
忌，不少作品因而移動至香港發表，此一移動路徑，可以看到
香港位置的重要性，特別是香港於1949後在亞洲扮演言論自由
基地之定位，以及香港在亞洲華文文學傳播平台中所扮演的關
鍵角色，當時身為臺灣海外黑名單的聶華苓其〈千山外，水長
流〉即是透過香港向海外傳播。鄭樹森特別提到香港作為一個
中介位置所開啟各種文學傳播的路徑，其中包括香港所具有邊
陲性：「從地理上看，香港相對於大陸和臺灣，應都是邊陲
的。但在冷戰年代，兩大霸權在全世界的抗爭、國共兩黨隔著
臺灣海峽的對峙，使到邊緣的香港成為『文鬥』（意識形態
的戰爭）的交鋒地點，而香港的特殊自由，令到連『第三勢
力』及『托派』等本來就很邊緣性的聲音，都能在香港這邊陲

---

[42] 鄭樹森，〈1997前香港在海峽兩岸間的文化中介〉，《從諾貝爾到張
　　愛玲》，台北：印刻，2007年，頁180。

空間的邊緣發言。」[43]相較於臺灣戒嚴體制，香港所具有自由
之特性，鄭樹森特別提到香港在不同時期如何扮演一個重要
「包容開放之第三空間」。

　　梁秉鈞曾指出六〇年代後期港台文化場域，有不少港
台文化交流的情形，其中《明報月刊》、《純文學》和《劇
場》，體現出臺灣文壇與香港文壇接觸的成果[44]。《明報月
刊》呈現出香港文學生存之特色，如鄭樹森所言香港文學
「長期在一些基本上與文學無關的雜誌上依賴掛單」[45]，《明
報月刊》除了發表聶華苓的作品〈桑青與桃紅〉外，陳若曦
在1973年歷經回歸七年後獲准赴港，於1974年十一月於《明報
月刊》發表小說〈尹縣長〉，〈尹縣長〉也一時未能在臺灣
刊出，〈尹縣長〉透過香港作為中介，獲得海內外的聲譽。
《明報月刊》在七〇年代的特色在於刊登與文革有關之文
章，「在七〇年代曾發表當時自大陸來港的陳若曦的短篇小
說、逃港紅衛兵的創作、香港旅居海外作家的一些作品，雖有

―――――――――――
43　鄭樹森，〈1997前香港在海峽兩岸間的文化中介〉，《從諾貝爾到張
　　愛玲》，台北：印刻，2007年，頁179。
44　梁秉鈞提出：「這篇《中國時報》上的紀錄（指唐文標，〈平原極
　　目──從《龍門客棧》影片談起〉）也同時在香港《明報月刊》刊
　　出」，見梁秉鈞，〈胡金銓電影：中國文化資源與六〇年代港臺的文
　　化場域〉，《現代中文文學學報》8卷1期，2007年1月。
45　鄭樹森，〈談四十年來香港文學的生存狀況〉，《從諾貝爾到張愛
　　玲》，台北：印刻，2007年，頁218至219。

配合刊物政治評析為主的傾向，但這些作品的文學成就絕無可疑。」[46]可見《明報月刊》上所刊登文學作品的藝術性與價值不容小覷。

根據胡菊人的口述訪談，可以瞥見《明報月刊》的特殊定位。胡菊人曾歷任《大學生活》、《中國學生周報》社長和督印人，1962年應美國國務院邀請到當地考察半年，回港後於大學中心（University Center）短暫工作，後轉入美國新聞處擔任《今日世界》叢書編輯，胡菊人於1966年應查良鏞之邀出任《明報月刊》總編輯，直至1980年代，胡菊人指出《明報月刊》的貢獻在於對中國文化的建樹與開拓：「那時候正值『文革』發生期間，《明報月刊》刊登有關『文革』的文章較多，基本來說，《明報月刊》是對中國文化有所建樹、有所開拓的雜誌。查先生當時請我負責《明報月刊》，他則負責報紙。那時候《明報月刊》幹得不錯……」[47]根據上述的資料，顯現《明報月刊》有幾項特色，其一為呈現出七、八〇年代中國因素在香港之存在和影響，香港文學場域以各種方式介入香港和中國之間的地緣政治，並在現實中重新認識中國，在夾縫中思索香港之位置；其二為純文學在香港發展的空間，往往

---

[46] 鄭樹森，〈談四十年來香港文學的生存狀況〉，《從諾貝爾到張愛玲》，台北：印刻，2007年，頁219。

[47] 盧瑋鑾　熊志琴編著，〈訪問紀錄　胡菊人〉，《香港文化眾聲道1》，香港：三聯，2014年，頁218。

寄生於香港重商環境與市場取向的通俗文學空間，《明報月刊》純文學作品必須在雅俗混雜的環境中生存，在大眾文化空間遊走，卻不減損其藝術性與價值，此為香港文化的特殊現象；其三為從此一時期《明報月刊》可以看到臺港兩地頻繁的文藝交流現象，包括聶華苓、陳若曦、施叔青等作家的作品都在《明報月刊》上刊載，也有不少作品同時在臺灣報章雜誌與《明報月刊》上同時刊登，《明報月刊》之研究可以較全面與系統性探討臺港文學活動之交流。

五、結語

本文詮釋出聶華苓作品〈千山外，水長流〉於香港之發表現象，梳理其主題意涵並詮釋出歷史脈絡，以此釐清《明報月刊》在港台文化交流之定位，並探討臺灣與香港兩地文學交流之空間。《明報月刊》上，聶華苓發表此一時期兩部重要長篇小說〈桑青與桃紅〉（60至76期，1971.1至1972.4）、〈千山外，水長流〉（223至230期，1984.1至1985.2）、此外還包括〈一個脊骨挺直的中國人——陳映真〉（167期，1979.11）等。《明報月刊》此一綜合性刊物中，有兩個值得關注的面向，其一為《明報月刊》所標榜的立場與臺灣文壇的互動；其二為《明報月刊》對於中國社會現狀的關懷。

　　《明報月刊》所刊載之〈千山外，水長流〉發表現象，
其意義歸結為兩大面向，其一為臺港文化交流的面向；其二為
作品主題對於中國社會現象與歷史之披露。前者，值得注意的
是《千山外，水長流》在臺灣並未出版，其出版歷經中國大陸
與香港兩地，也由於聶華苓本身受到政治迫害的傳奇經歷，其
與臺灣文壇絕緣過程中，香港扮演著特殊位置，〈千山外，水
長流〉在《明報月刊》之連載，也引證出香港此一中介位置
所開啟各種文學傳播的路徑。其二為《明報月刊》所刊載的
〈千山外，水長流〉，透過蓮兒回溯彼爾與柳風蓮的異國姻
緣，帶領讀者回到抗戰前後的中國政治情勢之中，包括戰後勝
利後中國的動亂與當時學生運動，並延續到蓮兒所具有的文革
創傷，革命與運動是小說的潛文本，使小說帶著濃厚的歷史印
記，並直指中國近代的變動，〈千山外，水長流〉之主題也與
《明報月刊》對於中國現實議題關懷的立場一致，並介入香
港與中國的地緣政治之中。〈千山外，水長流〉於《明報月
刊》刊載，提供了一個極富意義的個案，讓我們追隨故事思索
聶華苓生命的離散放逐，小說深刻訴說民族歷史夾縫中的文化
衝突，也看到1970至80年代臺灣女性文學於香港進行傳播之案
例，並開啟臺港之間文化交流與文學流轉的相關議題。

參考文獻

報刊雜誌

聶華苓，〈附帶的話〉，《明報月刊》第223期，1984年7月，頁41。

聶華苓，〈第一部（一）蓮兒到達白雲石山莊〉，《明報月刊》第223期，1984年7月，頁42-48。

聶華苓，〈第一部（一）蓮兒到達白雲石山莊（續）〉，《明報月刊》第224期，1984年8月，頁85-92。

聶華苓，〈第一部（二）年輕的爸爸，你在哪兒？〉，《明報月刊》第225期，1984年9月，頁93-100。

聶華苓，〈第一部（二）年輕的爸爸，你在哪兒？（續）〉，《明報月刊》第226期，1984年10月，頁99-105。

聶華苓，〈第一部（三）多少事欲說還休〉，《明報月刊》第227期，1984年11月，頁85-92。

聶華苓，〈第一部（四）娥普西河上〉，《明報月刊》第228期，1984年12月，頁100-107。

聶華苓，〈第一部（四）娥普西河上（續）〉，《明報月刊》第229期，1985年1月，頁98-105。

期刊論文

王智明，〈「美」「華」之間：《千山外水長流》裏的文化跨越與間際想像〉，《中外文學》第34卷4期，2005年9月，頁111-141。

李蓉，〈漫漫尋親路　悠悠尋根情——評析《千山外　水長流》主人公的美國之旅特殊內涵〉，《安徽工業大學學報（社會科學版）》2期，2002年4月，頁86-87。

李亞萍，〈論聶華苓長篇小說中的文化意蘊——從《桑青與桃紅》到《千山外，水長流》〉，《暨南學報（哲學社會科學版）》1期，2014年1月，頁15-20。

張國玲，〈「和而不同」的雙音合奏——《千山外，水長流》的文化構想〉，《世界華文文學論壇》1期，2006年3月，頁42-44。

張洪磊，〈「尋父」與「尋母」：女性的追尋與成長——論小說《千山外，水長流》的主題意蘊〉，《名作欣賞》15期，2016年5月，頁89-90。

鄒黎，〈淺論《千山外，水長流》中的逃亡主題與尋根主題〉，《讀與寫（教育教學刊）》5期，2013年3月，頁50。

曾麗華，馬財財，〈比較文學形象學視角下的美國形象——以《桑青與桃紅》和《千山外，水長流》為例〉，《集美大學學報（哲社版）》3期，2017年7月，頁65-70。

梁秉鈞，〈胡金銓電影：中國文化資源與六〇年代港臺的文化場域〉，《現代中文文學學報》8卷1期，2007年1月，頁101-113。

應鳳凰，〈聶華苓小說《桑青與桃紅》〉，《印刻文學生活誌》
　　7卷9期，2011年5月，頁190-192。

蔡雅薰，〈聶華苓《千山外，水長流》的隱喻美學〉，《中國現
　　代文學》第1期，2004年3月，頁29-48。

專書

王慶生，《中國當代文學史》，北京：高等教育出版社，2003年。

鄭樹森，《從諾貝爾到張愛玲》，台北：印刻，2007年。

聶華苓，《千山外，水長流》，香港：三聯，1985年。

聶華苓，《桑青與桃紅》，台北：時報，1997年。

周芬娜主編，《旅緣 海外華文女作家協會女性文學選集‧2006
　　年卷》，上海：上海三聯書店，2006年。

盧瑋鑾 熊志琴編著，《香港文化眾聲道1》，香港：三聯，
　　2014年。

學位論文

仲昭陽：《流散語境中的母國記憶——美國華文女主家聶華苓的
　　「回望文學」研究》，江南大學碩士學位論文，2011年。

孫辰，《國族流離的邊緣發聲——論聶華苓小說的邊緣書寫》，
　　廣西師範大學碩士學位論文，2015年。

女性鄉土的美學
——陳淑瑤《流水帳》與蕭紅《呼蘭河傳》比較研究

張斡忻

國立政治大學臺灣文學研究所博士生

摘要

本研究分為「女性鄉土及其顛覆」和「敘事與美學效果」兩大部分比較陳淑瑤《流水帳》和蕭紅《呼蘭河傳》。儘管兩部小說出版時空相去甚遠，卻都關注邊陲地區的民情風土。在文學史中女作家較少書寫鄉土題材，但陳淑瑤和蕭紅是特例。兩位女作家皆出身鄉村，都擅長且經常書寫自家鄉土。《呼蘭河傳》不同於四〇年代中國鄉土文學，並無強烈的批評控訴與國族勾連，《流水帳》與臺灣後鄉土文學的後現代美學背道而馳，兩部小說都有濃厚的抒情色彩。本文第一部分先以巴赫金「農業社會的時空特徵」和「田園詩時空體」分析兩部小說時空形態，再以克莉絲蒂娃「女人的時間」理論考察

兩部小說的顛覆位置。第二部分比較兩本小說的敘事形式與造成的美學效果，分別從「空間敘事：開放與封閉」、「重複與對比：日常性與陌生化」談起。論證兩部小說不只在內容形式、美學效果和抒情性上具有可比性，在文學史上同樣具有抗拒主流論述召喚的顛覆意義。

關鍵詞：女性文學、（後）鄉土文學、敘事、美學

　　儘管陳淑瑤《流水帳》與蕭紅《呼蘭河傳》出版時空相去甚遠，卻都關注邊陲地區的民情風土。在主流社會和文化影響力鞭長莫及的情形下，邊緣地方相對自成一格的日常生活和人情風俗，是兩本小說著力描繪的共同主題。《流水帳》寫臺灣「離島中的離島」——澎湖群島上的一個蕞爾小島中屯嶼的故事。小說時間是一九八〇年代，這時的臺灣早已邁入高度現代化，但中屯仍是一片傳統漁村景像。故事圍繞著中屯嶼上郭家三代人展開，擴展至他們的鄰居、親族、朋友，乃至一群萍水相逢的阿兵哥。小說就是書寫這一群人的尋常起居，包含成人的農稼與漁事、兒童的學校生活與鄰里遊戲、阿兵哥與少女的友情和愛情等等。[1]《呼蘭河傳》故事的舞台呼蘭河城，本

---

[1]　陳淑瑤，《流水帳》（台北：印刻文學出版社，2009）。

屬中國東北關外的一個小縣城，後來成為滿州國領土。小說時間是一九一〇年代，這時的中國飽受帝國主義和現代性衝擊，然而呼蘭河城仍保留傳統生活慣習，外在劇變彷彿對小城掀不起丁點波瀾。小說先描繪呼蘭河城的全景，包含當地的空間與風俗；再描述女童「我」的家人和鄰居的故事，包含「我」與祖父在花園閒逛的快樂回憶、隔壁婆媳的慘案、鄉里謠言造成的悲劇等等。[2]

　　陳淑瑤與蕭紅兩位女作家皆出身鄉村，都擅長且經常書寫自家鄉土。[3]陳淑瑤初試啼聲的短篇小說〈女兒井〉，描寫乾旱時期澎湖鄉間一位少女打水落井，少女的父親因為傷心而從此封井不用，但隔年更大的旱災使鄉間所有水井乾涸，鄉人別無他法，只能徵得神明同意後再度開啟少女失足的井，該井泉湧不絕如女兒眼淚。[4]她隨後出版的短篇小說集《海事》、《地老》也都是勾勒澎湖鄉間各種故事，雖然稍後的短篇小說集《塗雲記》和最新長篇小說《雲山》開始嘗試都會題材，但

---

[2]　蕭紅的《呼蘭河傳》最早在1943年由桂林的河山出版社發行。本文使用的版本是：蕭紅，《呼蘭河傳》（台北：金楓出版有限公司，1988）。

[3]　陳淑瑤（1967-），臺灣澎湖縣中屯人。蕭紅（1911-1942），原名張迺瑩，中華民國黑龍江省呼蘭縣人（今中華人民共和國哈爾濱市呼蘭區）。

[4]　陳淑瑤，〈女兒井〉，《海事》（聯合文學出版社，1999），頁9-25。1997年陳淑瑤以〈女兒井〉獲時報文學獎小說首獎，從此進軍文壇。

目前為止學界多將她歸諸（後）鄉土作家。⁵舉例來說，范銘如先將陳淑瑤作品歸入離島書寫，後來又將之劃入「後鄉土文學（post-regional literature）」行列；朱惠足以離島鄉土誌探討《流水帳》的生態與性別意涵；石曉楓以鄉土成長小說研究《流水帳》等。⁶另外，活躍於一九三〇年代的蕭紅同樣被視為鄉土文學作家，她大部分小說都在刻畫東北底層人民的慘況。⁷1936年魯迅和胡風以《生死場》將她引介入上海文壇，兩位男作家將此書視為東北鄉土的真實故事，並把小說裡東北慘狀延伸解釋為戰爭下中國的縮影，從此蕭紅成為東北流亡女作家代表。⁸1949年中華民國政府遷往臺灣後，國民黨反省統

5　陳淑瑤，《海事》（台北：聯合文學出版社，1999）。陳淑瑤，《地老》（台北：聯合文學出版社，2004）。陳淑瑤，《塗雲記》（台北：印刻文學出版社，2013）。陳淑瑤，《雲山》（台北：印刻文學出版社，2019）。

6　范銘如，〈後山與前哨：東部和離島書寫〉，《空間／文本／政治》（台北：聯經出版社，2015），頁201-225。范銘如，〈後鄉土小說初探〉，《文學地理》（台北：麥田出版社，2008），頁251-290。朱惠足，〈離島鄉土誌書寫中的生態與性別意涵：陳淑瑤《流水帳》（臺灣澎湖）與池上永一《風車記》（沖繩八重山）〉，《臺灣文學學報》第24期（2014年6月），頁63-90。石曉楓，〈陳淑瑤《流水帳》中的離島／鄉土成長記憶〉，《師大學報》61卷1期（2016年3月），頁93-115。

7　蕭紅短篇小說散見於：三郎（蕭軍）、悄吟（蕭紅）合著，《跋涉》（哈爾濱：五畫印刷社，1933）。蕭紅，《橋》（上海：文化生活出版社，1936）。蕭紅，《牛車上》（上海：文化生活出版社，1937）。蕭紅，《曠野的呼喊》（上海：創作書社，1946）。長篇小說有：蕭紅，《生死場》（上海：奴隸社，1936）。

8　魯迅，〈生死場序〉，收入蕭紅，《蕭紅全集》上卷（哈爾濱：哈爾

治中國期間文藝政策的缺失，將一九三〇年代諸多描寫鄉土
題材與帶有左翼色彩的文學列入查禁書目，蕭紅也在其中。[9]
與此同時，由於蕭紅作品不符合早期共產黨文藝政策典型，
中華人民共和國也逐漸淡忘這位女作家。[10]直到1976年美國漢
學家葛浩文（Howard Goldblatt）出版其博士論文《蕭紅評傳》
（Hsiao Hung），蕭紅才逐漸浮出臺、中兩地文學市場上。[11]

　　翻開文學史，相比男作家，女作家較少書寫鄉土題材，但
陳淑瑤和蕭紅兩位是特例。若從女作家批評（Gynocriticism）
與女性文學批評（Gynesis）的角度檢視《流水帳》與《呼蘭河
傳》，可以得到更豐富的意義。女作家批評指在歷史脈絡中尋
找女性作家身影並建立一套女性文學史與女性文學傳統，女性
文學批評指建立女性標準以打破傳統男性主流權威敘事。[12]范
銘如檢視中文寫作圈的創作情況，發現女作家較偏好描寫都會

演出版社，1988），頁2-4。胡風，〈生死場讀後記〉，收入蕭紅著，
　　《蕭紅全集》上卷，頁94-97。
[9]　關於臺灣查禁中國一九三〇年代文藝作品的研究，可參考：張琍璇，
　　〈從問題到研究：中國「三十年代文藝」在臺灣（1966-1987）〉，
　　《成大中文學報》第63期（2018年12月），頁159-190。
[10]　舉例來說，早期共產黨文藝偏好的小說，多是將「地主」描寫成絕對
　　惡人的作品。就這一點而言蕭紅的作品未達其標準，如《呼蘭河傳》
　　裡的地主基本上是善待下層民眾的。
[11]　Goldblatt, Howard. *Hsiao Hung* (Boston: Twayne Publishers, 1976).
[12]　Friedman, Susan Stanford. "'Beyond' Gynocriticism and Gynesis: The
　　Geographics of Identity and the Future of Feminist Criticism," in *Tulsa Studies in
　　Women's Literature*, Vol. 15, No. 1 (Spring, 1996), pp. 13-40.

題材並且較不青睞鄉土議題。首先，城鄉分工造成的性別經驗
差異會直接影響女性書寫題材。現實生活中鄉村的傳統父權
結構較強，女性較不自主；城市則較重個人而輕家庭，可提供
女性更多自由。因此自然有較多生活在城市的女性，創作關於
都會的題材。第二，市場力與政治力的交互作用影響女性書寫
鄉土的意願。當國族主義抬頭並與市場機制合流時，女性才會
積極加入鄉土書寫，例如中國一九三〇至四〇年代隨著戰爭波
及而襲捲不同地區的鄉土書寫、臺灣一九七〇年代和一九九〇
年代後半以降的鄉土書寫潮，但鄉土文學盛行的時期通常也是
女性創作較沉寂的年代。當國家與市場機制分流時，女作家較
趨向文化媒體偏愛的都會路線，如中國一九三〇至四〇年代的
海派文學，臺灣一九五〇年代和一九八〇年代的女性創作盛
世。第三，文學內部的城鄉敘事也會影響女作家的創作。在文
學敘事傳統中，城鄉對比是現代與傳統對照的隱喻，而城市女
性通常是現代性與進步或危險的象徵，鄉村女性則代表傳統、
被動與等待救援。是故現代女作家偏好書寫都會女性形象，自
有其象徵體系脈絡可循。[13]「民國娜拉」蕭紅自身生命就是一
部叛逃「國」「家」父權結構的女性史，這也多反映在她筆下

---

[13] 范銘如，〈女性為什麼不寫鄉土〉，《空間／文本／政治》（台北：
聯經出版社，2015），頁33-68。

的鄉土女人。[14]臺灣女作家多數成長於都會並擅長描寫城市百態，因此在澎湖長大的陳淑瑤和她描繪的澎湖風情畫不但顯得清新，也代表女性聲音介入男性較擅長的鄉土想像。《呼蘭河傳》寫作發表於中國國族論述大行其道的一九三、四〇年代之交，但小說並不將鄉土女性命運與國家存亡劃上等號。《流水帳》出版於臺灣地方意識、臺灣民族主義高漲和多族群文化混雜的二〇〇〇年代，但小說營造的鄉土卻是遺世獨立，自外於紛擾的後現代社會。兩本小說不約而同逸離主流（後）鄉土文學典範。如果對照前述三項灼見，陳淑瑤與蕭紅富饒的鄉土經驗和鄉土書寫不只珍稀，更增添女性創作與想像的多元空間。

《呼蘭河傳》不同於四〇年代的中國鄉土文學，並無強烈的批評控訴與國族勾連；《流水帳》與臺灣後鄉土文學的後現代美學背道而馳。傳統鄉土文學肩負批評社會現實與揭露人性醜惡的使命，並經常與國族大敘事掛勾。臺灣一九三〇、一九七〇年代以及中國一九三〇至四〇年代的鄉土文學基本上不脫這種寫法，分別可以賴和、黃春明、魯迅為代表。儘管早期

14　這裡的「娜拉（Nora）」是指亨利克・易卜生（Henrik Ibsen）作品《玩偶之家》（*A Doll's House*）的女主人翁。娜拉在中國一九一〇年代被援引為「離開父親或丈夫的家庭」。到了一九三〇年代中國國族主義勃興，社會開始呼喚「娜拉回家」，故三〇年代中國的女性主義者還必須對抗這種國家論述。詳細研究請參考：許慧綺，《「娜拉」在中國：新女性形象的塑造及其演變（1900s～1930s）》（台北：國立政治大學歷史系，2003）。

魯迅刻意將蕭紅作品與國族主義掛勾，但劉禾（Lydia H. Liu）指出魯迅忽視了蕭紅筆尖呈現的情形是——男性剝削女性的嚴重程度是遠高於帝國主義所剝削女性的，不論戰爭或承平時期，鄉土女性的日常生活同樣悲慘。[15]之後茅盾等批評家以同樣標準檢視《呼蘭河傳》，並視「缺乏國族意識」為小說敗筆。[16]但事實是國族意識從來不是《呼蘭河傳》的關懷重點。而受臺灣本土意識和全球化思潮影響下，誕生於臺灣一九九〇年代下半的後鄉土文學，則是傳統鄉土文學的變形。後鄉土文學最大的特色，是對鄉土故有概念或形式進行嘲擬、解構和後設性反思，既對傳統鄉土文學有所繼承，但更有超越。[17]臺灣自一九八〇年代以降歷經各種「後（post-）學」洗禮，真實與虛構、歷史與記憶、中心和邊緣、建構與解構等，各式社會文化議題取向與形式技巧實驗取向的作品長期占據文壇主流。若將《流水帳》放在後鄉土文學或地誌書寫的脈絡來談，該小說是符合當下臺灣主導文化的產品。但劉乃慈點出唯有從美學層面探討，才能發現《流水帳》的抵抗性在於「以主觀抒情反現

---

[15] 劉禾（Lydia H. Liu）著，宋偉杰譯，〈作為合法性化與的文學批評〉，《跨語際實踐：文學、民族文化與被譯介的現代性》（北京：三聯書店，2014），頁227-243。

[16] 茅盾〈呼蘭河傳序〉，收入蕭紅，《蕭紅全集》上卷（哈爾濱：哈爾濱出版社，1988），頁108-109。

[17] 范銘如，〈後鄉土小說初探〉，《文學地理》（台北：麥田出版社，2008），頁24。

實批判的刻板化,以瑣碎日常反寫實美學的典型化。」[18]

　　因此除了女性與鄉土的關係,敘事的美學效果及其造成的抒情感覺,是本文比較《流水帳》與《呼蘭河傳》的第二組關鍵。在強調批判性的鄉土文學中,另有一支抒情性較強的分流。前者意在坦露現實的不堪;後者著重展現原鄉的美好,抑或緬懷失落的原鄉,帶有抒情牧歌(pastoral)的詩意。例如沈從文《邊城》就是中國抒情鄉土文學的代表,臺灣文學裡鄭清文不少短篇小說可為代表。[19]《呼蘭河傳》是蕭紅在生命最後完成的作品,雖然也有濃烈的回憶與抒情成分,但我認為小說營造的鄉土並不「美好」,例如小說中不斷出現「我家是荒涼的」類似句子,對小說女性而言鄉土生活幾乎是一連串苦難。[20]《流水帳》中澎湖陸上資源匱乏又作為前線軍事離島,土生土長的男性大多赴外謀求發展,外地年輕役男則如候鳥來去,因而註定澎湖成年女性孤身留守家園、少女愛情總似浮雲的命運,小說以沖淡筆觸描摹這樣「道是無晴(情)卻有晴

---

[18] 劉乃慈,〈日常的非常——《流水帳》的抒情鄉土與敘事〉,《臺灣文學學報》第20期(2012年6月),頁105。

[19] 沈從文,《邊城》(上海:生活書店,1934)。鄭清文,《鄭清文短篇小說全集》(台北:麥田出版社,1998)。

[20] 如:「我家是荒涼的。」(《呼蘭河傳》,頁125,頁141)、「我家的院子是很荒涼的。」(《呼蘭河傳》,頁135,頁136)、「這院子是很荒涼的了。」(《呼蘭河傳》,頁122)

（情）」的鄉土世界。[21]

　　基於上述女作家批評與女性文學批評、女性與鄉土的關係、抒情鄉土等研究的啟發，本文將分為「女性鄉土及其顛覆」和「敘事與美學效果」兩大部分討論《流水帳》和《呼蘭河傳》，進行屬於女性文學史觀的跨時空文本比較。第一部分先以巴赫金（Mikhail Bakhtin）「農業社會的時空特徵」和「田園詩時空體（pastoral chronotopes）」分析兩部小說時空形態，再以克莉絲蒂娃（Julia Kristeva）理論考察兩部小說的顛覆位置。第二部分比較兩本小說的敘事形式與美學效果的異同，分別從「空間敘事：開放與封閉」、「重複與對比：日常性與陌生化」談起。論證兩部小說不只在內容形式、美學效果和抒情性上具有可比性，在文學史上同樣具有抗拒主流論述召喚的顛覆意義。

一、女性鄉土及其顛覆

　　《流水帳》和《呼蘭河傳》皆按農曆（rural calendar／lunar calendar）節氣時序書寫鄉土日常生活，小說出場人物繁雜，尤其女性人物居多，屬於女性群像式小說。不同的是

---

[21] 典出劉禹錫〈竹枝詞〉：「楊柳青青江水平，聞郎江上唱歌聲。東邊日出西邊雨，道是無晴卻有晴。」

《流水帳》採第三人稱敘述，《呼蘭河傳》大部分以第一人稱「我」敘事（偶爾兼雜第三人稱），但兩者都是以成人視角書寫兒時往事。不管使用第一或第三人稱，由於兩部作品都在描述日常生活中各種普通人物的故事和各類普通事件的發生，缺乏統一主線情節推移，使兩本小說乍看之下顯得結構散漫。《流水帳》全書七十三節，開場於象徵傳統農曆年節結束的正月十五，依著春耕夏耘秋收冬藏的節奏書寫，如：〈元宵〉、〈春水〉、〈清明〉、〈秋來〉、〈大寒〉、〈年〉等，依照農業文化展開鄉土日常敘事。小說時間約一年半到兩年之間，元宵伊始而終於感傷的秋季，呼應小說人物的際遇和心境。小說故事大致可分為「祖母組」、「母親組」、「少女組」，三組都展示了澎湖特有的女性文化，以及不同年齡層的婚姻戀愛處境。「祖母組」和「母親組」主要展現了澎湖成年男子若不是長期在遠洋就是到臺灣打拼，澎湖成年女性須獨自兼顧照料家庭與耕田捕魚的責任，因而也有互相扶持的姊妹情誼。「少女組」則展現了與外來阿兵哥總是苦果的愛情。《呼蘭河傳》全書七章，小說第一章先全面擘劃呼蘭河空間，第二章依農曆時序描寫呼蘭河風情。時間始於春季四月十八日的「娘娘廟大會跳大神」，接著是婦女在七月十五盂蘭會前往呼蘭河放河燈，結束於秋收後為酬神而連做三天的「野台子戲」。小說後五章以不同人物為中心書寫，大部分是女性人

物，僅有一章是男性。這五章時序並不明顯，但都與小說前兩章脫離不了關係。小說前兩章是呼蘭河城人物群像描繪，後五章是聚焦特定人物的特寫素描。《流水帳》以農曆中的農事勞動為經，《呼蘭河傳》則以農曆中祭祀鬼神的日子為緯。前者代表中屯嶼遠離現代化而兀自保留傳統農漁業生活型態，後者則象徵呼蘭河女性非人的命運。

　　農業社會時間的特徵是完整統一的，不區分線性時間與循環時間，也不拆開個體生命短暫的時間以及天地萬物亙古的時間，這或可說明為何兩部小說使用農曆敘事來再現相對固著的、不變的鄉土日常。巴赫金在討論民間創作基礎時，曾分析農業社會的時間與空間。農業社會的時間是一種「集體時間」：指個人的日常生活是存在於自然界集體勞動之中，並與集體公共事件相關。個人的出生、飲食起居、性行為、死亡，體現了生長、繁殖、更新的原理，和季節交替有同等意義。因此農業社會的時間也是一種「循環時間」：以四季、植物生長週期、動物妊娠、宗教儀式的時程為基礎，死亡與新生交替循環。於是農業社會的空間是無法與大自然空間割捨的，人類的農事勞作與自然密切相關，自然界是人類事件的參與者而非背景。[22]他還認為農業社會無發分割線性與循環時空

────────────────

[22] 巴赫金（Mikhail Bakhtin）著，白春仁、曉河譯，〈小說的時間形式和時空體形式〉（"Forms of Time and of the Chronotope in the Novel"），

的特質，和田園詩中結合家庭與農事勞動的時空十分類似。田
園詩的特點是世代黏著於同一地點，與外界沒什麼聯繫，因此
相較於歷史大事件，個人的誕生、飲食、愛情、死亡才是重要
事件。[23]此理論正呼應《流水帳》與《呼蘭河傳》世界裡的普
通日常敘事：

> 瓊雲說：「什麼都好，不要寫日記，最不會寫日
> 記。」秋暖說：「隨便寫一寫。」「那你寫，以前都
> 被老師笑的，寫那什麼流水帳，每天都是起床上學吃
> 飯睡覺玩，都沒有別的事，就真的沒有別的事嘛！」
> （《流水帳》，頁137）

> 呼蘭河的人們就是這樣，冬天來了就穿棉衣裳，夏天
> 來了就穿單衣裳。就好像太陽出來了就起來，太陽落
> 了就睡覺似的。…春夏秋冬，一年四季來回循環的
> 走，那是自古也就這樣的了。風霜雪雨，受得住的就
> 過去了，受不住的，就尋求著自然的結果。（《呼蘭
> 河傳》，頁46-47）

《巴赫金全集》第三卷（石家莊：河北教育出版社），頁405-410。
[23] 巴赫金著，白春仁、曉河譯，〈小說的時間形式和時空體形式〉，
《巴赫金全集》第三卷，頁425。

兩部長篇小說僅以非常微小的三言兩語，暗示讀者文本處於什麼大歷史背景下。《流水帳》學生詢問老師「南海血書」是怎樣飄過來的？用中文英文還是越南文寫的？（《流水帳》，頁38）《呼蘭河傳》提到有二伯年輕時經歷日俄戰爭，導致他身心受創。（《呼蘭河傳》，頁219）除此之外在文本中，不管外在世界的歷史如何往前邁進，都與中屯和呼蘭河沒太大關係。

巴赫金進一步提出鄉土小說中的田園詩時空體，我認為這正是《流水帳》與《呼蘭河傳》的時空敘事形態。時空體（chronotope）指「文學所藝術地表現時間與空間的內在性聯繫」，可用以分析小說敘事的時間與空間框架，同時也適用於分析現實世界中各種文化蘊涵的時空觀。[24]巴赫金詳細解釋何謂田園詩時空體：

> 在鄉土小說中，我們徑直看到家庭勞動田園詩、農事或手工業田園詩發展成長篇小說的形式。文學鄉土性的最根本原則，就是世代生活過程與有限的局部地區保持世世代代不可分割的聯繫；這一原則要求複現純粹田園詩式的時空關係，複現整個生活過程發生地的

---

[24] 劉康，《對話的喧聲：巴赫汀文化理論評述》（台北：麥田出版社，1999），頁236。

田園詩式統一。在鄉土小說中，生活過程本身擴展化
了，細節化了（這在長篇小說的條件下是必然的）；
小說中突出了思想觀念的方面（語言、信仰、道德、
民俗），但這一方面同樣也是在與有限的局部地區密
切相關中表達出來的。同在田園詩中一樣，鄉土小說
裡一切時間界限都沖淡了，人類生活的節奏同自然的
節奏協調一致。在以田園詩方式解決小說時間問題的
基礎上（說到底是民間文學的基礎上），鄉土小說裡
的日常生活得到了改造：日常生活諸因素變成舉足輕
重的事件，並且獲得了情節的意義。[25]

在《流水帳》，不論是逢年過節才返回中屯探親的臺灣親
戚、長期獨守家園如同守活寡的澎湖成年女性、澎湖少女與外
來阿兵哥無法開花結果的戀情，即使換過一批批、一代代的
人，澎湖的人情、故事總是差不多的。例如〈深秋〉一節，
作者描繪一群阿兵哥放假時幫忙澎湖少女收成土豆的景象是
「田野上的女孩都穿花衣，阿兵哥起身，像沒葉也沒根的樹
幹。」（《流水帳》，頁194）暗示阿兵哥只是短暫停留澎
湖。正氣歌與玉杯在此節微妙的肢體互動預示他們往後的進展

---

[25] 巴赫金著，白春仁、曉河譯，〈小說的時間形式和時空體形式〉，
《巴赫金全集》第三卷，頁429。

與悲劇（《流水帳》，頁193、195）。阿東與玉環的交往被旁人視為「流水無情，落花也無意。」（《流水帳》，頁193）阿東隨口哼的歌是「好花不常開，好景不常在，…今宵離別後，何日君再來。」（《流水帳》，頁194）澎湖少女們的愛情總是隨著阿兵哥役期結束而告吹。[26]在《呼蘭河傳》，呼蘭河年年發生的故事也總是類似的，大泥坑每年依季節或冰凍或泛濫而淹死動物，總有女人被虐待或因生產而亡。小說開頭花大量篇幅敘述為亡魂而做的紮紙世界以及小說最後那不死不生也不長的嬰兒，正象徵呼蘭河彷彿靜止的過去現在未來：「看了馮歪嘴子的兒子，絕不會給人以時間上的觀感。大人總喜歡在孩子身上去觸到時間。但馮歪嘴子的兒子是不能給人這個滿足的。因為兩個月前看見過他那麼大，兩個月後看見他還是那麼大，還不如去看後花園的黃瓜，那黃瓜三月裡下種，四月裡爬蔓，五月裡開花，五月末就吃大黃瓜。」（《呼蘭河傳》，頁285-286）兩部小說裡個人生命的線性時間與地方鄉土的循環時間緊密交纏，世世代代變也不變。這種鄉土小說定點循環的時空形態，是與歷史的進步相互對立。[27]

考察《流水帳》與《呼蘭河傳》文本內外緣，我認為這

---

[26] 石曉楓，〈陳淑瑤《流水帳》中的離島／鄉土成長記憶〉，《師大學報》61卷1期（2016年3月），頁107。

[27] 巴赫金著，白春仁、曉河譯，〈小說的時間形式和時空體形式〉，《巴赫金全集》第三卷，頁430。

兩部描述鄉土的作品採取田園詩時空體，是一種抗拒國族與
（後）現代性召喚的姿態，也是兩部小說顛覆力量的所在。另
一位區分歷史時間與循環時間並賦予性別意義的是克莉絲蒂
娃，在她著名的文章〈女人的時間〉，將循環時間和永恆時間
視為符號界（the semiotic）和陰性的時間，歷史時間則為象徵
界（the symbolic）和陽性的時間。[28]這並不是說生理女人（或
男人）只擁有一種時間，而是指象徵界語言會壓抑符號界語
言。[29]克莉絲蒂娃這篇文章最大的貢獻是認為主體有選擇權，
可選擇直接進入象徵界的主流論述，或站在符號界的邊緣位
置去挑戰象徵界的權威，於是提供了女性文學批評理論「邊緣
顛覆書寫」的審美依據。須注意邊緣位置不是一成不變的，而
是相對於主流位置，因而依社會情境與主體身分的不同，顛覆

---

[28] Kristeva, Julia, Alice Jardine and Harry Blake. "Women's Time," in *Signs,* Vol. 7, No. 1 (Autumn, 1981), pp. 13-35.

[29] 克莉絲蒂娃在拉岡（Jacques-Marie-Émile Lacan）三界的基礎上提出符號界。拉岡將佛洛伊德（Sigmund Freud）的精神分析導入語言學結構，在象徵界階段，主體（嬰兒）經由掌握語言結構而形成兩性各自的性別認同。但克莉絲蒂娃認為早在三界階段前的符號界階段，也就是母嬰在子宮（chroa）共存的階段，主體並非先驗的存在，而是「過程中的主體」（subject in process），在這個階段符號語言是超越理性的象徵語言的，如果主體要進入象徵語言就必須抑制符號語言。擴大來說，也就是每個時期都有不同社會秩序主宰的特定論述控管著主體，並邊緣化與壓抑其他論述。詳細可參考：克莉絲・維登（Chris Weedon）著，白曉紅譯，《女性主義實踐與後結構主義理論》（台北：桂冠文學出版社，1994），頁102-107。

策略也不一而同。因此有無顛覆性的標準不是寫或不寫宏大敘事，也不是區分歷史時間屬於男人或循環時間屬於女人，而是回到時空脈絡下來談。據此審視《呼蘭河傳》與《流水帳》文本生產的背景：一九三、四〇年代中國鄉土文學的意識型態基本上和現實的國族危機感綁在一起，二〇〇〇年代前後臺灣後鄉土文學的主流大多不離高昂的臺灣意識與後現代文化。[30]檢視兩部小說文本內緣：《呼蘭河傳》裡的受苦的女性不代表受苦的中國，她們只代表自己；《流水帳》裡留守的女性並不代表落後時代或堅守某種傳統美德，她們只代表自己不卑不亢的人生哲學。只有回到各自時空下，這兩部鄉土小說歷史時間與循環時間的脫鉤，才顯得格外有意義。

二、敘事美學與抒情效果

（一）空間敘事：開放與封閉

語言學家林德（Charlotte Linde）與拉波夫（William Labov）曾收集分析人類介紹空間（在論文裡使用的例子是公

---

[30] 後現代與後殖民理論在臺灣都被用以質疑或瓦解國民黨「代表中國」合法統治地位的權威，甚至後現代理論的引進時間比後殖民理論要早。因此，後現代理論／文化的流行與臺灣主體意識的興起相關聯。

寓）的多種描述，歸納出僅有兩種敘事模式：遊覽式（the tour type）空間敘事、地圖式（the map type）空間敘事。在人類語言中，遊覽式空間敘事是較常見的敘事模式，意即人們邊走動邊介紹空間，較自由且有多種可能。如：「這是進入廚房的入口，穿過拱門是客廳，然後穿過走廊就是臥室，我想說臥室大概比客廳小一點…。」地圖式空間敘事則是全景俯瞰式介紹空間，這種介紹法須對空間有一定的掌握能力。如：「這是一個方正的格局，有四個單位，面向街道的兩間左邊是客廳、右邊是廚房，後面兩間大的是臥房、小的是浴室。」[31]

《流水帳》屬於遊覽式敘事。小說發生的場景是星羅棋布的大小島嶼所組成的澎湖群島，而主場所更是澎湖兩大島中間一個不起眼的小島嶼中屯。小說並沒有直接點出這個小島嶼的名字，讀者只能從故事人物經過的路線或實際地名，慢慢辨識出故事地點。例如錦程與父親金榜第一次回中屯老家：

> 遠遠看到了橋，父親提前中止與司機有一搭沒一搭的閒聊，等著跟他說：「阿程，過這條橋，左彎就到了。」…「噢。」他漫應著。再轉臉向窗外，一座小島，很近，約百公尺光景，黑鴉鴉的岩山，好迷幻。

---

[31] Linde, Charlotte and William Labov. "Spatial Networks as a Site for the Study of Language and Thought," in *Language*, Vol. 51, No. 4 (Dec., 1975), pp. 924-939.

說是一座，彷彿有兩座，小的在前大的座後。隨著車行，從另一個角度看，確實是一座，又像是未分開來的兩座島，大小也差不多。…打著左轉燈，司機輕踩煞車。橋頭左側是學校，右側是兵營…。父親說：「…你看，阿程，國民學校附近就有咱的田，現此時，種土豆，種瓜仔，有的沒的一大拖，莊腳所在就是這款形。」…父親命令司機對準圍牆的開口停車，又說：「咱厝到了！」錦程下車，幫父親把行李一一卸下車，站在原地注視著路邊這座狹長的宅院。…院子裡一股酸臭，標準鄉下味。「還在飼豬！」父親邊說邊向內走，又指著浴廁向他簡介。…踏上台階，天井上去就是過水庭，庭上鋪手帕大小的方塊紅磚，紅磚微微浮凸，微潮。左側開扇灰灰薄薄的木門，門外透著綠意，幾隻雞在探頭嘀咕…「還在飼雞！」父親說。…跨過門檻入了大廳，同樣的紅磚暗沉了許多。

（《流水帳》，頁48-51）

透過金榜介紹以及錦程的眼睛，文本內的地理方位和空間配置才逐漸清晰。這種遊覽式空間敘事法，貼合《流水帳》毫無中心的分散敘事結構，也符合澎湖先天零碎而缺乏鮮明易辨認的地景／地標的地理特色。

　　《呼蘭河傳》屬於地圖式敘事。小說開篇全景式描繪呼
蘭河小城僅有的兩條十字街，以及十字街的小巷弄東二街道和
西二街道，其上僅有傳統中藥行、沒人願意光顧只好兼做接
生生意的牙醫診所、街道上的大泥坑、專供亡者使用的紮彩
舖等等：

　　　　呼蘭河就是這樣的小城，這小城並不怎麼繁華，只有
　　　　兩條大街，一條從南到北，一條從東到西，而最有名
　　　　的算是十字街了。十字街口集中了全城精華。十字街
　　　　上有金銀首飾店、布莊、油鹽店、茶莊、藥店，也有
　　　　拔牙的洋醫生。…城裡除了十字街之外，還有兩條
　　　　街，一條叫做東二道街，一條叫做西二道街。這兩條
　　　　街是從南到北的，大概五六里長。…東二道街上有一
　　　　家火磨…。東二道街上還有兩家學堂，一個在南頭，
　　　　一個在北頭。…西二道街上不但沒有火磨，學堂也只
　　　　有一個。…而且東二道街上有大泥坑一個，五六尺
　　　　深。…東二道街上除了有大泥坑子這番盛舉之外，再
　　　　就沒有什麼了。也不過是幾家碾磨房，幾家豆腐店，
　　　　也有一兩家機房，也許有一兩家染布匹的染缸房…。
　　　　其餘的東二道街上，還有幾家紮彩舖…。呼蘭河城
　　　　裡，除了東二道街、西二道街、十字街之外，再就都

是個些小胡同了。（《呼蘭河傳》頁2-33。）

小說第一章幾乎鉅細靡遺地向讀者展示呼蘭河城的每一條街道、每一間店鋪或人家。在此章的最後還說明呼蘭河城的南邊是呼蘭河，河的南岸是一片大樹林，對於這片大樹林後面「孩子們是不大曉得的，大人們也不大講給他們聽。」（《呼蘭河傳》，頁44）這是劃出呼蘭河城的邊界，將故事發生的空間圍限於呼蘭河城。

這兩種不同的空間敘事營造出不同的空間美學。相比之下，處在開放海域的星散小島就顯得較來去自如，《流水帳》裡多的是搬去臺灣本島求學、工作、生活的角色，主角秋暖和瓊雲也曾計畫暑假到臺灣打工。而北方內陸的嚴寒小城就顯得十分封閉，《呼蘭河傳》裡則完全讀不到呼蘭河城以外的人事。

（二）重複與對比：日常性與陌生化

《流水帳》使用大量「重複」（repetition）的敘事手法，《呼蘭河傳》則使用許多「對比」（contrast）的敘事技巧；我認為前者重複的形式充分演繹每天例行公事、反覆循環的日常生活，後者對比的形式則刺激麻木不仁的神

經提醒日常生活裡的恐怖。日常性（everydayness）與陌生
化（defamiliarization）實乃一體兩面。什克洛夫斯基（Viktor
Borisovich Shklovsky）等俄國形式主義者認為，若能從奇異的
角度去重新體會習而不察的日常經驗，進而喚起審美主體的
全新感受，這樣的文學技巧就是「陌生化」。[32]另一方面，在
齊美爾（Georg Simmel）眼中正好相反：「獨特的事物凸顯了
典型的事物；偶發的事件看起來十分平凡；而浮面與短暫的
事件，才真正代表了本質與基本的所在。」[33]反而是「非常
的」經驗彰顯了「日常的」經驗的特殊與恆常。海默爾（Ben
Highmore）甚至認為日常生活是一連串「將陌生化為熟悉、將
新奇變為陳舊」的動態過程。[34]劉乃慈十分精闢地以日常生活
美學分析《流水帳》裡大量重複的飲食事件、農漁事情節：

> 要構成日常生活的美感，文本裡重複迴旋的韻律事絕
> 對不可或缺的元素。這種類似的、頻繁的重複性，甚
> 至是儀式性的生活經驗及其記憶，原始而且恆常，更
> 能突顯澎湖區域文化的特殊性。因此薄田裡輪流翻耕

---

[32] 楊向榮，〈陌生化〉，《外國文學》2005年1期（2005年1月），頁
61-66。

[33] 海默爾（Ben Highmore）著，周群英譯，《日常生活語文化理論》
（台北：韋伯文化出版，2005），頁58。

[34] 海默爾（Ben Highmore）著，周群英譯，《日常生活語文化理論》，
頁2。

> 著香瓜、嘉寶瓜、絲瓜、土豆、菜豆，潮汐漲退間抓
> 章魚、捕蝦蟹、絡海菜，灶上新烘的花生糖與番薯
> 芽，院裡竹竿上吊著的香腸和章魚乾，厝頂上羅列的
> 粿乾…。是這些反覆迴旋的「贅述語」使得平凡尋常
> 的生活感瞬間立體化，好像這個地方、這樣的生活對
> 讀者來說已是十分熟悉。[35]

重複敘述捕漁、種田、煮飯等勞動飲食，營造出澎湖鄉土獨特的日常生活美感。使讀者得以體會澎湖生活的風格、澎湖事物的風格及其再現的田園詩詩學。

《呼蘭河傳》的對比敘事是幾組圍繞在「人／鬼」的意象，以怪誕的角度敘述日常發生的事件，對照出呼蘭河城女性日常生活的恐怖。舉凡第一章描述的呼蘭河城全貌與替亡者而準備的紮紙世界，第二章描述只有在七月十五才能藉河燈超生的鬼魂與在這天都出門去看河燈的婦女：

> 丫鬟、使女，照著陽間一樣，雞犬豬馬，也都和陽間
> 一樣，陽間有什麼，到了陰間也有，陽間叫麵條，到
> 了陰間也吃麵條，陽間有車子坐，到了陰間也一樣有

---

[35] 劉乃慈，〈日常的非常——《流水帳》的抒情鄉土與敘事〉，《臺灣文學學報》第20期（2012年6月），頁117。

車子坐，陰間是完全和陽間一樣的，一模一樣的。只
不過沒有東二道街上那個大泥坑就是了。是凡好的一
律都有，壞的不必有。（《呼蘭河傳》，頁28-29）

姑娘、媳婦，三個一群，兩個一夥，一出了大門，不用
問，到那裡去。就都是看河燈去……。七月十五日是個鬼
節，死了的冤魂怨鬼，不得脫生，纏綿在地獄裡邊是非
常苦的，想脫生，又找不著路。這一天若是每個鬼托著
一個河燈，就可得以脫生。（《呼蘭河傳》，頁53）

以及第三章全書唯一描寫敘事者「我」快樂回憶的地方是
「我」最喜愛玩耍的後花園：「花園裡明晃晃的，紅的紅，綠
的綠，新鮮漂亮。」（《呼蘭河傳》，頁81）但到了第四章，
原本生機蓬勃轉眼成了荒涼的、長滿蒿草的後花園：

滿院子蒿草，草裡面叫著蟲子。破東西東一件西一樣
的扔著。……每到秋天，在蒿草的當中，也往往開了蓼
花，所以引來了不少的蜻蜓和蝴蝶在那荒涼的一片蒿
草上鬧著。這樣一來不但不覺得繁華，反而更顯得荒
涼寂寞。（《呼蘭河傳》，頁145）

「蒿」在中國古典詩文裡有死亡的意象，如「蒿里」可以是樂
府詩的輓歌名稱，也可是墓地的象徵。[36]緊接著第五章開頭也
有「我家滿院子是蒿草」（《呼蘭河傳》，頁146）的句子出
現，隨後小團圓媳婦就登場。包含小團圓媳婦，之後小說中出
場的每位女性角色幾乎都死於非命，但男性角色至少都可以歹
活。[37]文本裡男男女女都未感覺自己的日常生活有什麼特別，
例如祭拜「娘娘廟」與「老爺廟」時，人們對前者隨便對後
者恭敬。男人認為連男神都會打女神了，男人打老婆也是天
理應該。（《呼蘭河傳》，頁77）而女人自己被打也認為哪個
男人不打女人呢？並不覺得有什麼不對。（《呼蘭河傳》，頁
140）小說中大量對比敘事造成了陌生化的美學效果，使讀者
感知呼蘭河女性日常生活的可怖。

結論

　　儘管《流水帳》和《呼蘭河傳》以相同的時空體以及類
似的敘事方法描寫鄉土，但所造成的美學效果卻大不相同，

---

[36] 例如，《樂府詩集·蒿里》：「蒿里誰家地，聚斂魂魄無賢愚。」唐
　　朝王昌齡〈塞下曲〉四首之二：「黃塵足今古，白骨亂蓬蒿。」
[37] 關於蕭紅小說女性形象的研究非常多，在此不贅述，僅舉一篇為例
　　子，請參考：何寄澎，〈鄉土與女性：蕭紅筆下永遠的關懷〉，《中
　　外文學》21期3卷（1992年8月），頁4-27。

前者是開放日常，後者是封閉陌生。《流水帳》和《呼蘭河傳》都以農曆時序為敘事時間，都以「田園詩時空體」來營造相對固著與不變的鄉土。但細究兩者的敘事形式，《流水帳》採用遊覽式空間敘事，構築出開放且來去自如的鄉土，而大量關於飲食勞動的重複敘事，創造出澎湖特有的日常生活美感。《呼蘭河傳》使用地圖式空間敘事，打造出封閉並與世隔絕的鄉土，多種縈繞「人／鬼」意象的對比敘事，搭建了呼蘭河日常生活的恐怖感，亦是一種陌生化的美學效果。

兩部小說的抒情感覺，即來自這種「開放、日常的鄉土」與「封閉、陌生的鄉土」之美學，這是由於小說不以志人為中心，而是將重點擺在敘述發生於鄉土的事件上，令人可喜的事件、可嘆的事件，並且不直接對人物下道德或價值評判。例如《流水帳》裡秋暖的阿公金榜外遇另組家庭，是造成阿媽面仔一輩子生活辛苦的元凶。文本沒有透過其他人物之口大力批評過金榜，面仔內心雖怨懟卻還是欣然接受細姨之子錦程。《呼蘭河傳》裡女性遭受著非人待遇，卻也未見敘事者或小說人物直接批評。兩部小說裡的女性也不單純只是受害者，有時也互相為難，或者互相幫助。兩部小說裡也有愉悅的姊妹情誼或正向的女性文化。因此鄉土生活是有喜有悲，有值得留戀的亦有惆悵、痛苦的，所以令人感覺抒情。

《流水帳》和《呼蘭河傳》這種沒有強烈批評訴求的風

格，需要回到小說生產的時空脈絡下並考察文本內外緣，才能發現兩者對主流論述的顛覆性，在於抗拒（或是說不理會）自己時代國族與（後）現代性的召喚。一九三、四〇年代中國鄉土文學的意識型態和現實的國族危機感綁在一起，二〇〇〇年代前後臺灣後鄉土文學的主流不離高昂的臺灣意識與後現代文化。但《呼蘭河傳》裡的受苦的女性不代表受苦的中國，她們只代表自己；《流水帳》裡留守的女性並不代表落後時代或堅守某種傳統美德，她們只代表自己不卑不亢的人生哲學。這就是兩部女性鄉土小說的邊緣顛覆書寫力量的所在之處。

參考文獻

專書

三郎（蕭軍）、悄吟（蕭紅）合著，《跋涉》（哈爾濱：五畫印刷社，1933）。

巴赫金（Mikhail Bakhtin）著，白春仁、曉河譯，《巴赫金全集》（石家莊：河北教育出版社）。

克莉絲・維登（Chris Weedon）著，白曉紅譯，《女性主義實踐與後結構主義理論》（台北：桂冠文學出版社，1994）。

沈從文，《邊城》（上海：生活書店，1934）。

范銘如，《文學地理》（台北：麥田出版社，2008）。

范銘如，《空間／文本／政治》（台北：聯經出版社，2015）。

海默爾（Ben Highmore）著，周群英譯，《日常生活語文化理論》（台北：韋伯文化出版，2005）。

許慧綺，《「娜拉」在中國：新女性形象的塑造及其演變（1900s～1930s）》（台北：國立政治大學歷史系，2003）。

陳淑瑤，《地老》（台北：聯合文學出版社，2004）。

陳淑瑤，《流水帳》（台北：印刻文學出版社，2009）。

陳淑瑤，《海事》（台北：聯合文學出版社，1999）。

陳淑瑤，《雲山》（台北：印刻文學出版社，2019）。

陳淑瑤，《塗雲記》（台北：印刻文學出版社，2013）。

劉禾（Lydia H. Liu）著，宋偉杰譯，《跨語際實踐：文學、民族文化與被譯介的現代性》（北京：三聯書店，2014）。

劉康，《對話的喧聲：巴赫汀文化理論評述》（台北：麥田出版社，1999）。

鄭清文，《鄭清文短篇小說全集》（台北：麥田出版社，1998）。

蕭紅，《牛車上》（上海：文化生活出版社，1937）。

蕭紅，《生死場》（上海：奴隸社，1936）。

蕭紅，《呼蘭河傳》（台北：金楓出版有限公司，1988）。

蕭紅，《呼蘭河傳》（桂林：河山出版社，1943）。

蕭紅，《橋》（上海：文化生活出版社，1936）。

蕭紅，《蕭紅全集》（哈爾濱：哈爾濱出版社，1988）。

蕭紅，《曠野的呼喊》（上海：創作書社，1946）。

Goldblatt, Howard.（葛浩文）*Hsiao Hung*（Boston: Twayne Publishers, 1976）.

論文

石曉楓，〈陳淑瑤《流水帳》中的離島／鄉土成長記憶〉，《師
　　大學報》61卷1期（2016年3月），頁93-115。

朱惠足，〈離島鄉土誌書寫中的生態與性別意涵：陳淑瑤《流
　　水帳》（臺灣澎湖）與池上永一《風車記》（沖繩八重
　　山）〉，《臺灣文學學報》第24期（2014年6月），頁63-90。

何寄澎，〈鄉土與女性：蕭紅筆下永遠的關懷〉，《中外文學》
　　21期3卷（1992年8月），頁4-27。

張琍璇，〈從問題到研究：中國「三十年代文藝」在臺灣（1966-
　　1987）〉，《成大中文學報》第63期（2018年12月），頁
　　159-190。

楊向榮，〈陌生化〉，《外國文學》2005年1期（2005年1月），
　　頁61-66。

劉乃慈，〈日常的非常——《流水帳》的抒情鄉土與敘事〉，
　　《臺灣文學學報》第20期（2012年6月），頁99-126。

Friedman, Susan Stanford. "'Beyond' Gynocriticism and Gynesis: The
　　Geographics of Identity and the Future of Feminist Criticism," in *Tulsa
　　Studies in Women's Literature*, Vol. 15, No. 1 （Spring, 1996），pp. 13-40.

Kristeva, Julia, Alice Jardine and Harry Blake. "Women's Time," in *Signs*, Vol.
　　7, No. 1 （Autumn, 1981），pp. 13-35.

Linde, Charlotte and William Labov. "Spatial Networks as a Site for the
　　Study of Language and Thought," in *Language*, Vol. 51, No. 4 （Dec.,
　　1975），pp. 924-939.

三「文」主義
——「冷戰末期」台灣的「文學史」建構(1979-1991)[1]

張俐璇

國立臺灣大學臺灣文學研究所副教授

摘要

綜觀冷戰時期台灣文學研究的豐富成果,大抵側重在一

[1] 本文為科技部補助專題研究計畫「台灣文學場域中「民國文學」視野的
變遷(1966-1987)III-II & III-III」(MOST 107-2410-H-002-195-MY2)之階
段性成果。本文前身的論著有〈「新文學史」之聲:《文學界》與《文
訊》的「台灣」與「民國」(1982-1987)〉與〈冷戰時期中美建交後的
台灣文學場域:以《文季》文學雙月刊(1983-1985)為觀察對象〉等初
稿,先後發表於德國特里爾大學漢學系主辦之「異口同『聲』:探索台
灣現代文學創作的多元發展」學術研討會(2019.09.21)、台大台文所與
韓國東國大學國語國文系主辦之「冷戰時期東亞文學與文化」國際學術
研討會(2019.10.25),以及美國夏威夷大學中國研究中心主辦之「第一
屆華人世界研究國際研討會」(2020.01.06)。會議期間,獲益良多,特
別感謝蘇費翔(Christian Soffel)、黃美娥、彤雅立、朱雙一、王琳、金
尚浩、韓仁慧(Inhye Han)、彭耘(Yun Peng)、郭珠美、黃儀冠、簡若
玶等師長朋友提供的建議與協助。本文經大幅修訂,已發表於國立台灣
文學館《台灣文學研究學報》第32期(2021.04)。

九五、六〇年代美援文藝體制與文學生產的關係；本文嘗試提出「冷戰末期」（1979-1991）作為方法，觀察1979年中美建交後，以迄1991年「動員戡亂體制」終止前，「中華人民共和國」作為一個變數，對於台灣文學場域的影響。

本文認為，新時期中國的「中國現代文學」研究以及對台、港文學的關注，牽動台灣的「新文學史」論述，創刊於1982-1983年間的《文學界》、《文季》與《文訊》三份文學雜誌，緣此分別體現三種「文學史」的建構：《文學界》重刊省籍作家的《文友通訊》，並中譯戰後初期日文文學史料；《文季》則致力於中國傷痕文學的引介，以及日治時期左翼文學系譜的鏈結；稍晚由國民黨文工會創辦的《文訊》，同步囊括中國五四時期、台灣日治時期以及海外華文文學經驗，重構「中華民國新文學史」。易言之，冷戰末期，固然「台灣民族主義」和「統一左派」有了「重構」的機會，但「國家文藝體制」也隨之調整，進行「中國性」的重組。本文由此更新既有的冷戰時期研究，同時揭示當代「左統」現象與「華文文學」議題的歷史脈絡。

關鍵詞：冷戰末期、文學場域、文學界、文季、文訊

The Three Principles of "Literature":

The Construction of "Literary Histories" in "Late Cold War Period" Taiwan (1979-1991)

Abstract

A general overview of the research on Taiwanese literature from the Cold War period demonstrates that particular emphasis is placed on the relationship between the 1950s and 60s US aid system of art and literature and literary production. This article proposes the late Cold War period" (1979-1991) as a method by which to examine the influence of the People's Republic of China as a variable in the field of Taiwanese literature during the period following the establishment of US-China relations in 1979 up until the termination of the "system of national mobilization for the suppression of communist rebellion" in 1991.

This article considers China's research on modern Chinese literature and its concern for Taiwan and Hong Kong literature in the new era as having affected Taiwanese discourse on "new literary histories." Owing to this, three literary periodicals established between 1982-1983 - Literary Taiwan, Wen-Ji Bimonthly, and Literary Information - embody three constructions of "literary history" : Literary Taiwan republished the Newsletter of Literary Friends by native Taiwanese authors and also translated early postwar historical materials of Japanese-language literature into Chinese; Wen-Ji Bimonthly devoted itself to introducing scar literature from China and to linking the genealogy of leftist literature from the period of Japanese rule; and Literary Information, established slightly later by the KMT's cultural affairs department, embraced the literary experiences of the May Fourth period, the period of Japanese rule, and of overseas Chinese, to reconstruct "a new Republic of China literary history." In other words, during the late Cold War period, Taiwanese nationalists and pro-unification leftists undoubtedly had opportunities to pursue "reconstruction," but the national system of art and literature also made subsequent adjustments, carrying out a restructuring of "Chineseness." This article updates the existing research on the Cold War period while also delineating the historical context of the phenomenon of the contemporary pro-unification left and other topics in Chinese literature.

Keywords: late Cold War period, literary field, *Literary Taiwan*, *Wen-Ji Bimonthly*, *Literary Information*

一、關於「統一左派」與「華文文學」
在台灣

> 台灣的左翼人士，雖然很有正義感，但他們的論述中
> 似乎總是缺少台灣本土的脈絡，也忽略了人的情感，
> 忽略了人的認同需求，結果在實踐上就缺乏力量。結
> 果，台灣知識界出現了奇特的結盟，獨派在知識上讓
> 出左翼，放左翼給統派或「不統不獨」派。[2]

> 本文在出版之際有審查意見認為全文並未提及華文／
> 華語語系文學與冷戰的關係……本文在投稿之初確實
> 只隱約感覺兩者「有關係」，卻未細想其究竟為何。[3]

前揭兩段引文，來自2016年出版的兩本專書，其一為《受
困的思想：台灣重返世界》，是吳叡人自2006年以降的論文與
講稿合集；其二是成功大學「現代化意識形態與現代主義思

---

[2] 吳叡人，〈附錄一　關於「進步本土主義」的談話〉，《受困的思
想：台灣重返世界》（新北：衛城出版，2016.07），頁381。原文整
理自2008年在中研院「比較史讀書會」之演講稿。

[3] 林肇豐，〈「本土」作為一種策略：華文／華語語系文學、台灣文學
與香港文學諸問題〉，游勝冠主編，《媒介現代：冷戰中的台港文
藝》（台北：里仁書局，2016.11），頁350。

潮」計畫團隊出版《媒介現代：冷戰中的台港文藝》，收錄
2013年的同名研討會論文。第一段引文來自吳叡人關於「進
步本土主義」的談話，吳叡人的「進步本土」所指，其實就
是「台灣左翼」，或曰「左獨」，作為邁向台灣民族國家道
路。相較於吳叡人從當代現象思考邁向未來的進程，本文好奇
的則是，如此「奇特的結盟」是在怎樣的歷史脈絡中形構？

　　第二段引文則來自林肇豐對於「華文文學」（Literature in
Chinese）、「華語語系文學」（Sinophone Literature）、「台
灣文學」以及「香港文學」等概念的思考。「華文／華語語系
文學」和冷戰之間，究竟是什麼樣的關係？林肇豐在後記中指
出，史書美為抵抗中國霸權提出（不包含中國文學的）「華語
語系文學」概念時，「一定程度上其實重製了冷戰時期的圍堵
格局，或繼承了冷戰的意識形態遺緒」[4]。本文意欲進一步探
問的是，那麼比「華語語系文學」更早出現的「華文文學」概
念，又是如何在冷戰結構中生成的？

　　目前台灣文學研究關於冷戰的討論，已有相當的研究成
果。諸如，在趙綺娜對於「美國政府在台活動」[5]的研究基礎
之上，陳建忠提出「國家文藝體制」與「美援文藝體制」的

---

[4]　同前註。
[5]　趙綺娜，〈美國政府在台的教育與文化交流活動（一九五一至一九
　　七〇）〉，《歐美研究》31卷1期（2001.03），頁79-127。

共構關係，指出一九五、六〇年代的台灣，在此一剛一柔的
「雙體制」之下，追求「中國性」與「現代性」文學生產的
歷史脈絡[6]；又或，王梅香聚焦於「美援文藝體制」的影響，
揭示「文學作品」作為隱蔽意識形態權力的運作過程，如何
朝向有利於美國的反共目標，並影響台港的現代主義文學生
產[7]；再如王鈺婷，長期關注台灣「知識女性」在香港的發表
現象，不僅點出台港共享的冷戰語境，更指出女性作家在多
重論述位置中，形塑自我定位。[8]相較前三位論者集中在一九
五、六〇年代，或「現代主義」議題的關注，簡義明的冷戰
研究，則進入七〇年代，以郭松棻的「現實主義」論述為核
心，指出當時「滯美未歸的釣運分子」，如何經由香港，將思
想傳遞到台灣，並由此冷戰時期的跨地域知識流動，重新想像
文學史疆界。[9]

6　陳建忠，〈「美新處」（USIS）與台灣文學史重寫：以美援文藝體制
　　下的台、港雜誌出版為考察中心〉，吳桂枝、楊傑銘主編，《島嶼風
　　聲：冷戰氛圍下的台灣文學及其外》（新北：南十字星文化工作室，
　　2018.08），頁36。

7　王梅香，《隱蔽權力：美援文藝體制下的台港文學（1950-1962）》
　　（新竹：清華大學社會學研究所博士論文，2015）。

8　王鈺婷，〈美援文化下文學流通與文化生產：以五〇、六〇年代
　　童真於香港創作發表為討論核心〉，《台灣文學研究學報》21期
　　（2015.10），頁107-129。王鈺婷，〈冷戰時期台港文化生態下台灣女
　　作家的論述位置：以《大學生活》中蘇雪林與謝冰瑩為探討對象〉，
　　《台灣文學學報》35期（2019.12），頁99-126。

9　簡義明，〈冷戰時期台港文藝思潮的形構與傳播──以郭松棻〈談談

　　長達近乎半個世紀的冷戰時期（1947-1991），來到七〇年代，隨著中美關係正常化與中美建交，全球冷戰結構業已重組。蕭阿勤曾以1979年的中美建交，作為兩岸關係從「軍事衝突時期」（1949-1978）到「和平對峙時期」（1979-1987）的分水嶺，指出「中華人民共和國」是「台灣民族主義」文化論述的「一個變數」，1980年廈門大學台灣研究所成立，是中國第一個官方的台灣研究學術機構，也是台灣文學研究在中國的最初據點。笠詩社與《台灣文藝》成員擔心台灣文學史的「解釋權」將被中國學者獨占，因此從八〇年代初以來，經常呼籲要撰寫「台灣人的台灣文學史」[10]。如是的研究取徑，亮點在於：將戰後台灣文學場域的「中國」影響，再區分為「民國」與「共和國」的差異。在此基礎之上，本文意圖探問：「中華人民共和國」會否同時也是台灣「統一左派」與「華文文學」論述的「一個變數」？

　　職是之故，本文嘗試提出「冷戰末期」（1979-1991）作為觀察的時間範疇，同樣以中美建交為始，但以1991年為終，這一年，在蘇聯，是總統戈巴契夫（Mikhail Gorbachev）主動辭職，蘇聯政府解散，所謂的「蘇聯解體」，全球冷戰結束；在

　　台灣的文學〉為線索〉，《台灣文學研究學報》18期（2014.04），頁207-240。

[10]　蕭阿勤，〈第四章　確立民族文學〉，《重構台灣：當代民族主義的文化政治》（台北：聯經出版，2012.12），頁217、216、220。

台灣，是李登輝總統明令「動員戡亂時期」於5月1日終止，於法制上正式終止與中華人民共和國的軍事對抗關係，解除台灣一直處於戰爭狀態的法律定位。本文擬在「冷戰末期」框架之下，強調在台灣與中國的「對峙」之外，台灣內部各種意識形態、文化論述的角力。

二、中美建交後的「文學史」書寫現象

冷戰末期，「中華人民共和國」作為海峽此岸文化論述的「一個變數」，主要體現在「中國現代文學」詮釋的重新框定。

1979年初，中華人民共和國教育部在北京召開「現代文學教材審稿」會議上，決定在高等院校成立「中國現代文學研究會」，首任會長為王瑤（1914-1989）。王瑤的代表論著《中國新文學史稿》（1953），是1949年在北京清華大學「中國新文學史」課程的講稿結集。「中國現代文學研究會」創辦有會刊《中國現代文學研究叢刊》[11]，創刊號上刊有吳泰昌〈中

---

[11] 《中國現代文學研究叢刊》創刊之初，由中國現代文學研究會和北京出版社合編，北京出版社出版；1985年中國現代文學館成立後，與研究會合編，作家出版社出版。《叢刊》首任主編王瑤；第二任樊駿；第三任為吳福輝、錢理群共同擔任；第四任為吳福輝、溫儒敏；第五任為吳義勤、溫儒敏。2005年起為雙月刊，2011年起改為月刊。

國新文學史漫筆〉一文。這裡可以留意到的是：「中國現代文
學」與「中國新文學史」的交混使用。其實，中華人民共和國
早在1957年的《中國文學史教學大綱》頒布之後，但凡「中國
新文學史」皆已定名「中國現代文學史」[12]。

　　而之所以特別定調於「現代」，係依據毛澤東的《新
民主主義論》和《在延安文藝座談會上的講話》，以五四文
學革命，作為「現代」的起點，「現代文學」是「新民主主
義」性質的文學；1949年中華人民共和國建國以後的「當代文
學」，則是「社會主義」性質的文學。而這其中，「中國現代
文學」（1919-1949）的重要性，就在於它被視為「共產黨文
化勝利史」。也因此，當1982年，中國上海文藝出版社重新出
版王瑤《中國新文學史稿》，亦強調其是「我國新民主主義文
學和社會主義文學成長的歷史，也是馬克思主義文藝理論、毛
澤東文藝思想在鬥爭中發展的歷史」[13]。1983年，台灣「中華
文化復興運動推行委員會」（文復會）的「中華文化叢書」
隨即出版尹雪曼的《中國新文學史論》，仍延續民國初期朱
自清（1898-1948）、趙家璧（1908-1997）以降的「新文學」

---

[12] 胡希東，〈第三章　主流意識形態與新文學史敘述的「現代」轉
　　型〉，《文學觀念的歷史轉型與現代文學史書寫模式的變遷》（北
　　京：中國社會科學出版社，2016.06），頁73。
[13] 上海文藝出版社，〈編輯例言〉，王瑤，《中國新文學史稿》（上
　　海：上海文藝出版社，1982.11），頁1。

一詞。[14]換句話說，面對「共產中國」的「中國現代文學」研究，「自由中國」以「新文學」史論作為回應。

「新時期」中國為了「實現祖國統一大業」[15]，文化政策開始有了方向上的調整。不同於「從前台灣作品絕對不能在大陸出版」[16]，1979年元月，北京《當代》雜誌率先刊登白先勇小說〈永遠的尹雪艷〉；同年底中國人民文學出版社推出《台灣小說選》。首批「登陸」的台灣作家大抵有兩類，一為白先勇、聶華苓等具有「外省+旅美」身分的作家；二為陳映真、黃春明、楊青矗、鍾肇政等「鄉土派」作家。[17]前者在旅美經驗之外，多為1949年後的「民國」移民／遺民；後者在「鄉土派」身分之外，更重要的是站在國民黨的對立面。1982年，廣州暨南大學舉辦中國第一次的台灣文學研討會；1983年福建人民出版社陸續出版《台灣與海外華人作家小傳》、《台灣香港文學論文選》、《陳映真小說選》等專書。「中國

---

[14] 朱自清曾在清華大學講授「中國新文學研究綱要」、趙家璧編有《中國新文學大系》。

[15] 杜國清，〈台灣文學研究的國際視野〉，《台灣文學與世華文學》（台北：台大出版中心，2015.10），頁7。

[16] 白先勇，〈為逝去的美造像——《遊園驚夢》的小說與演出〉，《白先勇作品集VII遊園驚夢》（台北：天下文化，2008.09），頁350。該文為1982年在台灣清華大學的演講稿，原刊於《聯合報》。

[17] 朱雙一，〈後30年：從「解凍」到閱讀對方的熱潮〉，《台灣文學創作思潮簡史》（台北：人間出版社，2011.05），頁441。有意思的是，在此策略之下，中國出版的《台灣小說選》因此會出現〈永遠的尹雪艷〉「與鄉土文學作品合編」的現象。

現代文學」研究中的「中國」意涵，因此產生了變化：從過去單指中國大陸，延伸到了台港。[18]

新時期「中國」文學研究範疇的「擴大」，因此大幅壓境在台灣的「自由中國」，面對「中華人民共和國」的文學變動，台灣的文學場域，如何調整自身的文學行動？或可以《文學界》、《文季》與《文訊》三份刊物觀之。之所以選擇這三份刊物為觀察對象[19]，主要有二，一是三份雜誌的創刊時間相近，皆在1982-1983年間；其二是三份刊物各有自己的位置與「前身」，藉由箇中斷裂或延續的編輯呈現，將能觀察不同社群關懷的變遷。

《文學界》創刊於1982年1月，是「南部作家因擔心《台灣文藝》被停刊而創刊的文學雜誌」[20]。《台灣文藝》是吳

---

[18] 陳平原語。濱田麻矢、小笠原淳記錄整理，〈中國現代文學研究的方向〉，陳平原編，《文學史的書寫與教學》（北京：北京大學出版社，2018.09），頁279。

[19] 關於研究對象的選樣，感謝審查委員的提醒，兩大報《中國時報》與《聯合報》在一九八○年代發行量皆逾百萬，影響力確實不容忽視。選樣之所以未觸及兩大報，在於既有研究豐碩，已有焦桐、楊照、林淇瀁、林麗雲、江寶釵、江詩菁、莊宜文、張俐璇等研究者，從報業結構、副刊運作等方面進行討論。此外，由於兩大報的主流位置，及其與黨國體制的親近性，在光譜位置上，是和《文訊》類似的；因此，並置三「文」刊物，更能觀察冷戰末期台灣文學場域的角力。

[20] 鄭炯明整理，〈《文學界》年表〉，鄭炯明主編《文學的光影——從《文學界》到《文學台灣》》（高雄：春暉出版社，2017.04），頁29。

濁流（1900-1976）在1964年獨力創辦的刊物，彙集當時不見
容於主流報刊的本省籍作家，乃至政治犯的寫作[21]；1977年由
鍾肇政接編，歷經同年鄉土文學論戰，及其後的美麗島事件
（1979）、林義雄家宅血案（1980）、陳文成事件（1981），
加上自身的財務危機，《台灣文藝》一再傳出可能停辦的消
息。南部作家因此「有意避開敏感的政治氛圍」，另創「一個
沒有特別意識標示」[22]的《文學界》季刊。

　　1983年4月創刊的《文季》文學雙月刊，是尉天驄主編
的「系列刊物」之一，它有四度「前身」，依序是《筆匯》
（1959-1961）、《文學》季刊（1966-1970）、《文學》雙月
刊（1971）以及《文季》季刊（1973-1974）。[23]這系列當中，
又以《文學》季刊和《文季》季刊最為「出名」。前者與1968
年的「民主台灣聯盟案」有關，被捕入獄的陳映真、吳耀忠等
人，當時皆參與《文學》季刊，因此波及黃春明、尉天驄等同
仁，故又稱「文季事件」。後者則是在創刊號推出「當代作家

---

[21] 例如施明正（1935-1988），1962年因牽連胞弟施明德「亞細亞同盟
案」入獄，1967年出獄同年，開始在《台灣文藝》發表小說〈大衣與
淚〉。

[22] 彭瑞金，〈從《台灣文藝》、《文學界》、《文學台灣》看戰後台灣
文學理論的再建構〉，文訊雜誌社編印，《台灣文學發展現象——五
十年來台灣文學研討會論文集（二）》（台北：行政院文化建設委員
會，1996.06），頁199、190。

[23] 呂正惠，〈從《筆匯》到《文季》〉，《文訊》214期「台灣文學雜
誌」專號（2003.07），頁43-46。

的考察──歐陽子」專論，立基於民族主義與現實主義的立場，批評歐陽子著墨於人類「變態」心理的小說集《秋葉》。帶著白色恐怖的經驗，以及對現代主義的批判，《文季》文學雙月刊（1983-1985），是「文季」系列刊物的最後一次出擊。

關於《台灣文藝》、《文學界》與《文季》等前揭刊物，小說家李喬在1983年文壇觀察報告中曾經留意到這樣的現象：

> 刊行二十多年的「台灣文藝」改組，由純文藝轉為兼容本土文化民俗民藝之探討；並與兄弟刊「文學界」相呼應，實踐文學自主性本土化的主張。其次，深受知青喜愛，曾經影響力頗大的「文季」復刊；相對地認為「台灣文學」是「在台灣的中國文學」，倡導「第三世界文學論」。兩者形成隱約相異的派別。[24]

李喬留意到《台灣文藝》的轉型，和《文學界》在台灣主體性的主張，與同時期《文季》的「左統」關懷，是當時文學場域上的兩股力量。

稍晚於《文季》創刊的《文訊》，是另一值得注意的文學集團力量。《文訊》月刊由「國民黨中央文化工作會」支

---

[24] 李喬，〈編輯報告〉，李喬編，《七十二年短篇小說選》（台北：爾雅出版社，1984.03），頁1-2。

持創辦。「國民黨文工會」的前身，是掌管文化意識形態控制的「國民黨中央委員會第四組」，在一九五〇年代編有國民黨內部刊物《宣傳週報》[25]，這份週報在警備總部出版《查禁圖書目錄》之前，指導查禁圖書的方向。《文訊》在1983年7月的創刊，可以視為是兩方面的回應：對外是和改革開放後的「中共」爭奪「文學詮釋的主導權」[26]，也就是「競爭正統性」（competitive authenticity）[27]；對內則是在鄉土文學論戰之後，抗衡南葉（葉石濤／《文學界》）北陳（陳映真／《文季》）的論述。

　　陳芳明曾經指出「如果1977年可以視為台灣本土文學再出發的里程碑，則1979年高雄事件可視為本土文學發展的分水嶺。[28]」所謂的里程碑，指稱的是鄉土文學論戰期間，葉石濤〈台灣鄉土文學史導論〉一文的發表；而「高雄事件」之所以

---

[25] 《宣傳週報》為國民黨內部機密刊物，不對外發售公開，發行對象為黨政軍宣傳單位，自1952年8月1日創刊，1960年9月停刊，8年共16卷438期。

[26] 陳明成，〈誰的一九八三？再現「〈山路〉獲獎現象」所隱喻的時代課題——閱讀鍾肇政與呂昱的通信有感〉，溫彩棠總編輯，《第十二屆府城文學獎得獎作品專集》（台南：台南市立圖書館，2006.12），頁417。

[27] 史書美，〈第二章　有關華語語系研究的四個問題〉，《反離散：華語語系研究論》（台北：聯經出版，2017.06），頁76。

[28] 陳芳明，〈擁抱台灣的心靈——《文學界》和《台灣文藝》出版的意義〉，《鞭傷之島》（台北：自立報系文化出版部，1989.07），頁6。原載《美麗島》周刊（1983.04）。

為「分水嶺」，在於事件之後，有「本土草根文學」與「第三世界文學」討論的分化：強調本土化的作家，在1982年創辦了《文學界》，又在1983年重新整頓《台灣文藝》；認同第三世界文學的作家，則在1983年初，創辦《夏潮論壇》與《文季》[29]。一九八〇年代前期，台灣文學場域上因此至少有三種意識形態立場，競逐文學詮釋權：《文訊》與「三民主義統一中國」的官方意識、《台灣文藝》與《文學界》的台灣本土意識，以及《文季》「社會主義統一中國」的左統立場。[30]而這三場立場，如何表現在刊物的編輯呈現上？刊物彼此之間，是否又如此壁壘分明？以高雄事件中被捕的王拓、楊青矗為例，立場應當是接近《文學界》的，但出獄後的小說皆在《文季》發表。如果在「冷戰末期」的詮釋框架裡，並置三種立場的「新刊」，又將能觀察到怎樣的「文學史」書寫競逐現象？

---

[29] 同前註，頁10。

[30] 張俐璇，〈雙面一九八三：試論陳映真與郭松棻小說的文學史意義〉，《台灣文學研究學報》25期（2017.10），頁226。關於《文季》的「社會主義統一中國」定位，審查委員指出應留意《文季》內部的異質性，以主編尉天驄本人而言，其政治立場應更接近「三民主義統一中國」。本文認為，箇中問題在於對「三民主義」的定義。三民主義包含民族、民權、民生，孫中山在1924年的演講中曾指出「民生主義就是社會主義」，因此諸如戰後初期的雜誌，會有三民主義與魯迅文學同步引介的現象（例如「台灣留學國內學友會」印行之《前鋒》光復紀念號）。1949年後，隨著中華民國到台灣，蔣中正版的「三民主義」愈趨右翼，值得另文分析，感謝審查委員提供的反思。

三、催生台灣文學史：《文學界》
　　（1982-1988）[31]

　　文學史的論述，與文學史料息息相關。台灣文學史料
的整理，嚴格來說，是在1977年之後，在此之前，大抵只有
張良澤整理的《鍾理和全集》（1976）和《吳濁流作品集》
（1977）[32]；鄉土文學論戰之後，才有葉石濤、鍾肇政主編
《光復前台灣作家全集》（1979）的出版。

　　《文學界》沒有明確的創刊詞，[33]創刊之初，主力也不在
史料重建或是文學史建構，主要延續的是葉石濤撰寫《台灣鄉
土作家論集》精神，聚焦在作家作品的介紹與評論。初版於
1979年的《台灣鄉土作家論集》收錄的28篇評論，始於1965年
11月發表於《文星》雜誌的〈台灣的鄉土文學〉；終於1978年

---

[31] 《文學界》發行至1989年，出於本文論題的設定，討論截至1987年。
[32] 陳芳明。〈陳芳明、彭瑞金對談：釐清台灣文學的一些烏雲暗日〉，
　　《文學界》第24集（1987.11），頁33。
[33] 《文學界》創刊號首篇是葉石濤〈台灣小說的遠景〉，拋問「台灣
　　的小說今後應該走上怎樣的一條途徑？」，葉石濤認為應是「整
　　合傳統的、本土的、外來的各種文化價值系統，發展富於自主性
　　（Originality）的小說。」創刊號〈編後記〉再次強調「台灣文學的自
　　主化」；《文學界》第二期首篇為彭瑞金〈台灣文學應以本土化為首
　　要課題〉。緣此，「自主性」與「本土化」可以視為《文學界》的重
　　要主張。

12月刊登在高雄《民眾日報》副刊的〈論張文環的《在地上爬的人》〉。其中包含吳濁流、鍾肇政、黃靈芝、李喬、七等生、林懷民、季季等省籍作家論。賴香吟曾指出,在1965年重新復出文壇的葉石濤,大量的作家評論是「為他失語的文學前輩,為無人聞問的同代作者,他開篇便提了說法:〈台灣的鄉土文學〉。[34]」與此精神類似的,《文學界》每期設有一位同時代的「作家專輯」,規劃有作家年表、作家作品、作品討論會、論文等四個部分,這樣的編輯策略,既是面向讀者的詳細介紹,同時也是將作家作品置放在文學史脈絡中的深度回饋。

在「作家專輯」之外,《文學界》另設有「特輯」。以1982年秋季號的「藍斯頓‧休斯」特輯為例,是對同年稍早一場座談會的回應。1982年3月,陳若曦返台主持「台灣文學往哪裡走?」南北作家座談會[35]。會中討論「台灣文學是否應當吸取第三世界經驗」[36],《文學界》對此表示肯定,為此,第三集開卷的評論,是尉天驄〈台灣鄉土文學的新課題〉指出當前面臨的最主要困頓是「開發中地區走向開發地區的矛

---

[34] 賴香吟,〈紅顏少年〉,《天亮之前的戀愛:日治台灣小說風景》(新北:印刻文學,2019.02),頁212。

[35] 〈台灣文學往哪裡走?——南北作家座談會紀錄〉,《台灣時報》時報副刊,1982.03.28,12版。

[36] 編委會,〈編後語〉,《文學界》第三集(1982.07),頁291。

盾」。同期另開始有詩作的譯介[37]，首先登場的是耿白選譯
美國黑人作家藍斯頓・休斯（Langston Hughes，1902-1967）
的詩作，王津平的評介特別以另一黑人作家詹姆士・鮑爾溫
（James Baldwin）作為對照：鮑爾溫覺得當「美國黑人」太痛
苦了，希望能成為「世界公民」，以為就此「遠離了黑族的問
題，黑族的現實」；相反地，休斯首先肯定自己是「美國黑
人」，「完完整整地把自己浸泡在現實的問題之中」，反而因
此進入「世界性」的討論[38]。

　　類似的還有1986年的夏季號，《文學界》製作「非洲安
哥拉詩」特輯，選譯自《今日世界文學》（World Litoratave
Today）1979年春季號。安哥拉（Angola）是非洲少數以葡萄牙
文寫作的國家，葡屬非洲的幾個地區文人，「幾乎無一不是
獨立運動中的積極分子。他們有的人遭放逐，有的人經年為
囚，有的人則死於非命而不悔。[39]」《文學界》選譯這些詩作
「供台灣文學借鏡」[40]。從這些選譯的借鏡來看，「台灣本土
文學論的提出，是可以包容第三世界文學論的」[41]，兩者並非

---

[37] 第四、五集有鄭仁選譯非洲現代詩，合稱「阿非利加之聲」。

[38] 王津平，〈藍斯頓・休斯：他不只是一個詩人〉，《文學界》第三集
（1982.07），頁281。

[39] 譚石譯，〈編譯前言〉，《文學界》第19集（1986.08），頁121。

[40] 編委會，〈編後語〉，《文學界》第19集（1986.08），頁239。

[41] 宋冬陽，〈現階段台灣文學本土化的問題〉，施敏輝編著，《台灣意
識論戰選集》（加州：台灣出版社，1985.03），頁244。原刊於《台

相互對峙、排斥的關係。

　　此外，《文學界》第二集也出現了對於中國「傷痕文學」的討論。關於「中國傷痕文學」在台灣，最早可以追溯自國防部「新中國出版社」創辦的《新文藝》（1962-1983）月刊[42]。《新文藝》月刊自1980年4月第289期開始刊載「大陸小說選」，預期讀者能「認識到共產主義、共產制度是禍害國家同胞的根本原因」[43]。這些中國「傷痕文學」並非「原文照登」，而是經由選錄者趙文襄刪去讚揚共產黨的文句的改寫「轉載」。[44]

　　緊接在軍方的《新文藝》月刊之後，1981年黨報《中央日報》「晨鐘副刊」也大幅報導「大陸傷痕文學」，首先連載的是白樺（1930-2019）的電影文學劇本《苦戀》。《苦戀》最初發表於1979年中國的文藝刊物《十月》，其中寫道「爸爸！您愛我們這個國家，苦苦地留戀這個國家！！可這個國家愛您是嗎？」[45]是最為經典的一句探問。《中央日報》晨鐘副刊另

灣文藝》86期（1984.01）。

[42] 《新文藝》月刊前身為《革命文藝》（1956-1962），於1983年6月結束，7月併入《國魂》，同屬國防部刊物，但並非文藝雜誌。

[43] 編者，〈大陸小說選〉，《新文藝》289期（1980.04），頁68。

[44] 楊淳卉，〈第五章　《新文藝》刊載之小說作品析論〉，《《新文藝》研究（1962-1983）》（台北：政治大學台灣文學研究所碩士論文，2017），頁126-130。

[45] 白樺，〈苦戀27〉，《中央日報》晨鐘副刊，1981.11.22，10版。

摘錄「生活在解放之後的祖國還要逃亡？生活在社會主義祖國還在逃亡？」等問句，藉此論道「如此環境中成長起來的文藝作者，罵起共產黨來，竟然比一般所謂『三十年代作家』還要厲害，足見共產理論及體制確已到了全面破產的地步」[46]。作為黨報，「晨鐘副刊」借力使力的方式，極其類似1966年「中央副刊」對於中國「三十年代文藝」的討論。中國「三十年代作家」在1949年後，因為「陷匪」或「附匪」的緣故，一直是戒嚴時期台灣的查禁對象；1966年，文化大革命發生，諸多「三十年代作家」在「共產中國」受到整風清算，「中央副刊」大幅報導受難的「三十年代作家」，並指出這些作家之所以能在三十年代成名，乃係因國民政府對文藝予以充分的創作自由，藉此再次強化在台灣的「自由中國」形象[47]。

　　相較於黨報與軍方藉「傷痕文學」抒發對於「共產」制度的痛惡，《文學界》並沒有直接刊載中國「傷痕文學」，代之是對於「傷痕文學」的評論：

> 形形自從遭到強暴，到她憤世嫉俗而變成女流氓…這
> 個悲劇不祇是她個人的，也是大陸上婦女同胞難以逃

---

[46] 黃天才，〈「苦戀」及其作者白樺〉，《中央日報》晨鐘副刊，1981.10.27，10版。

[47] 張俐璇，〈從問題到研究：中國「三十年代文藝」在台灣（1966-1987）〉，《成大中文學報》63期（2018.12），頁159-190。

避的劫難，祇要中共專制政權存在一天，這種災難將
永無盡期。[48]

評論的小說是楊明顯（1938-）〈彤彤〉，刊載於《中國
時報》人間副刊[49]。論者鄒成禧在這裡點出的是中共「專制」
政權的問題，《文學界》編委會並未有更進一步的闡述。

《文學界》開始積極重建台灣文學史料，大抵始於1983年
春季號。該期以將近80頁的篇幅，重刊《文友通訊》。《文友
通訊》是鍾肇政在1957至1958年間發起的「私函形式」油印刊
物，以「切磋砥礪，互通聲氣」為目標，將一九五〇年代台灣
文壇少數的省籍作家聯繫起來。這些文友依照年紀排序分別是
陳火泉、鍾理和、李榮春、施翠峰、鍾肇政、廖清秀、文心
（許炳成），以及後期加入的許山木、楊紫江。同時代的其
他作家如吳濁流、葉石濤、張彥勳諸人，則都是在《文友通
訊》結束之後才「回到」文學圈的[50]。各期的《文友通訊》概
分作品討論、文友近況、其他報告事項等三個部分[51]；討論作

---

[48] 鄒成禧，〈無言的悲哀：評介「彤彤」的悲劇精神〉，《文學界》第
二集（1982.04），頁150。

[49] 楊明顯，〈彤彤〉，《中國時報》人間副刊，1981.12.30-31，8版。楊
明顯，滿族人，1975年移居香港，1990年代再移居澳洲。

[50] 鍾肇政，〈也算足跡：《文友通訊》正式發表贅言〉，《文學界》第
5集（1983.01），頁121、123。

[51] 一稱《文友通訊》為16期，然第16期僅為鍾肇政宣布停刊，不同於前

品包括陳火泉〈溫柔的反抗〉、廖清秀《恩仇血淚記》、鍾理
和〈竹頭庄〉、文心〈千歲檜〉、施翠峰《愛恨交響曲》等
小說。這裡的一個特色在於，戰後處於弱勢的本省籍作家，
「選擇以創作代替理論的倡導」[52]，由此揭示「台灣文學有台
灣文學的特色」[53]。

　　此外，「由於光復初期的日文作品較容易埋沒」[54]，《文
學界》在8、9、10、13集，以四期的篇幅，整理「光復初期」
台灣文學史料。今天研究稱之為「戰後初期」（1945-1949）
的台灣文學史料，在《文學界》的「重新出土」，主要集中在
兩個部分：一是龍瑛宗主編的《中華日報》日文版文藝欄[55]，
由葉石濤（1925-2008）編述作品資料表，並從中選譯14篇；
二是歌雷（史習枚）主編的《台灣新生報》「橋」副刊，由
彭瑞金（1947-）梳理1948年前後的台灣文學論戰，並由林梵
（1950-2018）選介「橋」副刊小說7篇[56]。戰後初期短短四

15期的結構。

[52] 游勝冠，〈第三章　台灣文學本土論的式微〉，《台灣文學本土論的
興起與發展》（台北：群學出版社，2009.04），頁152。

[53] 鍾肇政語。第四次《文友通訊》結論，《文學界》第5集
（1983.01），頁136。

[54] 編委會，〈編後語〉，《文學界》第9集（1984.02），頁331。

[55] 《中華日報》日文版文藝欄開始於1946.03.15，終於1946.10.24；翌日
起，台灣報刊禁用日文（唯一例外是1950年《軍民導報》，因為對原
住民的政令宣導之故，再度短暫出現過日文）。

[56] 選介小說包含：黃昆彬〈美子與豬〉（潛生翻譯）、邱媽寅〈叛徒〉
（潛生翻譯）、葉瑞榕中文創作〈高銘戡〉、王溪清〈女扒手〉（潛

年，是台灣文學史上特殊的一個歷史階段，日本殖民政權離開，台灣進入民國時期，中華民國政府尚未遷台、開啟白色恐怖的年代。1946年，龍瑛宗到台南，主編《中華日報》日文版文藝欄期間，葉石濤一起「以日語搭橋」，「活潑引介外國思潮」[57]。1947年二二八事件後，《台灣新生報》「橋副刊」創刊，試圖作為兩岸文學交流的橋樑。「橋副刊」打出「新舊交替、從陌生到友情」的口號，「顯示要和台灣作家攜手並肩的誠意」，在發刊的二十個月裡，輪流在各地舉辦十次以上的茶會。首次茶會特別邀請楊逵，就〈如何建立台灣新文學〉一文的具體步驟申論。然而，省外作家的這些努力，實際上是為「祖國化大纛舖路」[58]，換句話說，旨在「如何建立台灣的文學使其成為中國文學」[59]，於是在後續一年的橋副刊論爭裡，台灣文學的特殊性，與中國文學的整體性之間，成為省籍內外作家角力的難題。如果說，彼時的台灣作家「壓抑本土性、遷就中國性」[60]，1984年的《文學界》重刊1948年橋副刊的小說

生翻譯）、謝哲智〈拾煤屑的小孩〉（潛生翻譯）、葉石濤〈三月的媽祖〉（陳顯庭翻譯）。

[57] 賴香吟，〈紅顏少年〉，《天亮之前的戀愛：日治台灣小說風景》（新北：印刻文學，2019.02），頁212。

[58] 彭瑞金，〈記一九四八年前後的一場台灣文學論戰〉，《文學界》第10集（1984.04），頁5、6、11。

[59] 林曙光，〈台灣文學的過去現在與將來〉，《文學界》第10集（1984.04），頁287。

[60] 游勝冠，〈第三章 台灣文學本土論的式微〉，《台灣文學本土論的

與論述，則凸顯了「台灣文學本土論」與「中國民族主義」協
商的歷程。

　　從戰後初期的《中華日報》與《台灣新生報》副刊資
料，到《文友通訊》的重刊，《文學界》對於台灣文學史料的
重建，成為後續葉石濤撰寫《台灣文學史綱》的重要資源。不
過，不同於葉石濤認為「光復初期」是台灣文學最為暗淡的階
段，同樣身為「跨越語言的一代」的張彥勳（1925-1995），
在《文學界》16、17集，編譯銀鈴會《潮流》作品，藉由新
詩、散文、評論等選譯，指出這個階段正是銀鈴會最為活躍的
時期[61]。

　　以葉石濤《台灣文學史綱》為基礎的增修，除開張彥勳
之外，在解嚴之初，更有陳芳明、彭瑞金構思「一部沒有政治
陰影的台灣文學史」[62]。解嚴之後，無形的禁忌已告解除[63]，
但隨著大陸探親、大陸出版品的開放，掀起統獨之爭與新的挑
戰：有執政當局「和『共匪』隔海對唱」，而「『台灣內部的
中國』也在一些『中國作家』身上發作起來，和國共兩黨三部

　　興起與發展》（台北：群學出版社，2009.04），頁111。
[61] 張彥勳，〈銀鈴會「潮流」作品簡介（下）——一九四九年春季號作品〉，《文學界》第17集（1986.02），頁104。
[62] 〈陳芳明、彭瑞金對談：釐清台灣文學的一些烏雲暗日〉，《文學界》第24集（1987.11），頁36。
[63] 陳少廷，〈對日據時期台灣新文學史的幾點看法〉，《文學界》第24集（1987.11），頁50。

合唱起『中華民族武士道主義』，斥責台灣人民的自主要求為痴愚短視。[64]」不過，台灣本土論述「三面楚歌」的困境，實則在冷戰末期的《文季》與《文訊》已見伏流。

四、編列「左統」文學系譜：《文季》 （1983-1985）

八〇年代初期《文學界》與《文季》兩個「隱約」派別的主要成員，分別是葉石濤與陳映真，兩者在鄉土文學論戰期間，同屬鄉土派陣營，但又分屬「台灣意識鄉土派」以及「中華民族主義鄉土派」。兩個隱約派別初期的「主張並未決裂」[65]，因此可以看見陳映真曾經出席《文學界》1982年初在高雄的創刊紀念會[66]，也可以看見《文季》同仁在1984年熱烈歡迎「王拓歸來」[67]，並且時常附帶有《台灣文藝》雜誌廣告頁。

---

[64] 編委會，〈編後語──巨變中沈穩的腳步〉，《文學界》第24集（1987.11），頁210-211。

[65] 張金墻，〈陳永興與台灣筆會時期（1983-1990）〉，《斷裂與再生：《台灣文藝》研究》（台南：台南市立文化中心，1999.06），頁248、256。

[66] 鄭炯明主編，〈《文學界》光影〉，《文學的光影──從《文學界》到《文學台灣》》（高雄：春暉出版社，2017.04），頁10。

[67] 李南衡發行，《文季》文學雙月刊第9期（1984.09）。王拓因1979年高雄美麗島事件入獄，1984年假釋出獄。

　　除了在刊物的行銷營運上相互扶持，也有同仁的稿件
支援與相近的論點，以非馬（馬為義）為例，從席慕容詩集
《七里香》（1981）以及《無怨的青春》（1982）風行台灣文
壇的現象，指出「讀者在現代詩裏找到的，只是另一個瓊瑤而
已！」非馬援用渡也（陳啟佑）稍早在〈有糖衣的毒藥〉一文
的批判，反思「是怎樣的現實產生這樣的『糖衣』？是怎樣的
現實使人甘心去吸取這樣的『糖衣』？[68]」非馬在《文季》發
表「文學札記」的隔年，《文學界》推出非馬作家特輯，討論
非馬詩集《白馬集》（1984），強調非馬詩作的簡潔與知性，
藉以對勘「長期罹患『形容詞過多症』的台灣詩壇」[69]。

　　《文季》和《文學界》的最大差異，大抵在史觀及其所
篩選的史料的鏈結。當《文學界》在1983年1月重刊《文友通
訊》之後不久；4月，《文季》文學雙月刊創刊，創刊號同時
刊有胡秋原〈中國文學之傳統的精神〉和楊逵〈台灣新文學的
精神所在〉兩篇論文，暗示著台灣意識是屬於中華民族的一部
分，台灣新文學的精神與中國文學傳統，是可以連繫起來的。
就這方面來說，《文季》和同年稍晚創刊的《文訊》是極其類
似的：並重中國與台灣的新文學。《文訊》創刊號的封面人

<hr/>

[68] 非馬，〈文學糖衣是怎樣產生的？——也談席慕蓉的詩〉《文季》第
9期（1984.09），頁54、55。
[69] 編委會，〈編後語〉，《文學界》第15集（1985.08），頁286。

物，便是同時中國五四作家蘇雪林，和台灣日治作家王詩琅並列。不同的是，當《文季》採訪王詩琅，則更加突出其「黑色青年」的「安那其」（anarchy）面向，並強調王詩琅的思想與行動，是受到中國「三十年代作家」的影響。[70]蕭阿勤曾指出「日本殖民統治」作為本省歷史經驗與集體記憶，是台灣民族主義文化論述的重要資產[71]；不過綜觀《文季》11期，亦不乏對於日治時期台灣文學經驗的關注，特別是左翼經驗的強調。以陳映真的小說創作為例，八○年代初期，陳映真結束在《台灣文藝》的「華盛頓大樓」系列小說[72]，在《文季》發表的小說〈鈴璫花〉與〈山路〉，轉向五○年代白色恐怖的關懷。為何關注白色恐怖？除開陳映真自身也是政治受難者之一，更主要的是藉由白色恐怖小說的書寫「連結左翼系譜」[73]，將戰後由中國共產黨領導的「省工委」組織，與日治時期的台灣共產黨聯繫起來，藉以「彌補歷史臍帶被切斷的缺憾」。

---

[70] 芳漢（王曉波），〈黑色青年與台灣文學：王詩琅先生訪談記〉，《文季》第4期（1983.11），頁42。

[71] 蕭阿勤，〈第四章 確立民族文學〉，《重構台灣：當代民族主義的文化政治》（台北：聯經出版，2012.12），頁201、202。

[72] 陳映真「華盛頓大樓」系列中的〈夜行貨車〉、〈雲〉兩篇發表於《台灣文藝》。

[73] 劉亦佳，〈第四章 陳映真「白色恐怖三部曲」的「階級」謎音〉，《聽「音」辨「位」：一九八○年代台灣小說的階級書寫》（台北：台大台文所碩士論文，2019），頁87；該文植基於林邑軒的前行研究《來自彼岸的紅色浪潮：從意義中介視角重構戰後初期「省工委」的地下革命行動》（台北：台大社會系碩士論文，2012）。

　　一九五○年代白色恐怖為何需要與一九二、三○年代的日本殖民經驗聯繫起來？在於箇中分屬「統一左派」和「台灣左派」的脈絡。「台灣左派」承繼日治時期「正統的」左翼運動，在冷戰末期主張「二階段論」：先打倒國民黨，而後成立一個主權國家，與中共作「社會主義兄弟」。而「統一左派」以大陸為中心，受其影響，「釣運」到「統運」期間，是「統一左派」的最高峰；中國「四人幫」垮台之後，在台灣的「統一左派」，呼應鄧小平所提出的「實現中國大陸與台灣和平統一的一些設想」（1983年鄧六點）[74]，改提和平方法，漸進統一。《文季》在第3期開始到第11期，每期都有一篇來自當代中國的小說[75]，這「在那年代的台灣，那是很大的忌諱」[76]，因此幾乎每篇小說都附有「編者案」，這些案語的運用，是相當策略性的，在揭示「中共統治所造成的扭曲、變形或苦難」[77]之餘，提點的是「中國農民之堅忍、厚重與善良」[78]，並藉此強調

<hr>

[74] 高素蘭，〈中共對台政策的歷史演變（1949-2000）〉，《國史館學術集刊》第四期（2004.09），頁207。
[75] 計有汪曾祺〈黃油烙餅〉、張賢亮〈邢老漢和狗的故事〉、李淮〈王結實〉、劉青〈白色的路〉、張賢亮〈靈與肉〉、牛正寰〈風雪茫茫〉、王安憶〈本次列車終點〉、竹林〈網〉、陸文夫〈萬元戶〉，詳見附錄二。
[76] 聶華苓，〈踽踽獨行——陳映真，一九八三〉，《三輩子》（台北：聯經出版，2017.09），頁442。
[77] 李瑞騰，〈後期文季研究——文學媒體編輯觀點之考察〉，《台灣文學觀察雜誌》6期（1992.09），頁50。
[78] 編者案，牛正寰，〈風雪茫茫〉，《文季》第8期（1984.07），頁

「中國人雖有海峽兩岸或海內外之分，但在情感上卻是誰也分不開的」[79]。王安憶的小說〈本次列車終點〉刊出之時，是唯一沒有編者案的，因為直接由在愛荷華結識的陳映真撰寫專文，解說王安憶這個世代的年輕人，如何因為「無產階級文化大革命」體驗生活與獨立思考，超越「個人的傷痕和悲哀」，更辛勞、「更解放地」為「當今和未來的中國」寫作[80]。

這裡其實又回到如何面對「大陸的革命墮落了」[81]、怎樣看待文化大革命、四人幫垮台的問題。《文季》編輯室的立場，可以從對施淑論文的增刪觀察。施淑的論文原題「二〇年代左翼文藝理論之研究」，《文季》編委們將標題更動為「二〇年代文藝理論的發展與反省」，並在文末新增「蘇俄文藝理論對中國的摧殘」一節。施淑的原文聚焦在一九二〇年代中國與蘇聯的文藝理論，新增的一節，則進一步指出蘇俄的「無產階級專政」在中國導致「中共官僚專制」[82]。換句話

132。該文由白先勇推薦。類似對中國農民精神的肯定，亦出現於張賢亮〈邢老漢和狗的故事〉、李准〈王結實〉等小說案語。

[79] 〈編輯室報告〉，《文季》第5期（1984.01），頁0。

[80] 陳映真，〈想起王安憶〉，《文季》第9期（1984.09），頁101-103。

[81] 「如果大陸的革命墮落了，國坤大哥的赴死，和您的長久的囚錮，會不會終於成為比死、比半生囚禁更為殘酷的徒然……」。陳映真，〈山路〉，《鈴璫花》（台北：洪範書店，2001.10），頁88。原刊《文季》第3期（1983.08）；同月底，陳映真赴美國愛荷華大學國際作家工作坊。

[82] 施淑，〈二零年代文藝理論的發展與反省〉，《文季》第2期（1983.06），頁13。

說，今天中國之所以「遭受到這麼多的苦難」，究其實係因為
史大林時代建立了「階級鬥爭論」，使得「原來的馬克思主
義」變成「恐怖主義」和「教條主義」[83]。言下之意，是蘇聯
版左翼理論在中國的水土不服所致，重新梳理左翼理論，也在
為中國尋求更好的未來。

　　《文季》編委會的介入性，也表現在對宋冬陽〈盛放的菊
花：聞一多的詩與詩論〉一文的「導讀」，對於台灣的文學場
域出現以中國五四作家聞一多（1899-1946）為研究對象的評
論，《文季》編委會以「彌補歷史臍帶被切斷的缺憾」稱之。
宋冬陽因為這項錯置的定位，去函表示，之所以從事聞一多的
詩論研究，係「為了表示一位主張台灣意識文學的人，並非如
部分人士所指控的是狹隘的地域主義者；相反的，在討論與瞭
解中國新文學的工作上，台灣意識論者從不後人。[84]」出於如
是考量，宋冬陽（陳芳明）同步在《台灣文藝》、《文學界》
與《文季》等刊物撰文。然而，《文季》編輯室在回覆上，則
再次堅持「彌補歷史臍帶被切斷的缺憾」是刊稿的理由。

　　經由創作與論述，《文季》鏈結日治時期左翼台灣經驗，
與中國現、當代文學系譜。因此在《文季》發刊將近週年之

---

[83] 編者，〈讀者投書：關於施淑之文的說明〉，《文季》第3期（1983.
08），頁188-189。

[84] 潘秀媚（伊犁）等，〈讀者・作者・編者〉，《文季》第7期（1984.
05），頁158。

際，就有顏尹謨（1940-2019）點名陳映真、戴國煇、王曉波、蘇慶黎、胡秋原、黃順興和尉天驄是「統一左派」的成員，擁有《中外文學》、《夏潮》、《文季》、《中華》雜誌等刊物[85]。顏尹謨同樣點名史明、許信良是「台灣左派」，但彼時兩人尚在海外「安全無虞」；相較之下，《文季》諸子則嚴正回應「統一左派」的指稱「有陷我們於觸犯『叛亂條例』罪行之嫌」[86]，並重申《文季》是「民間的純文學刊物」，因此不介入政治與爭論[87]。

「統一左派」事件後，《文季》持續出刊，並新增日本學界的台灣文學研究。「受到中國大陸研究台灣文學的影響」，「日本人的中國文學研究者」也開始從事台灣現代文學研究[88]。1982年，天理大學的塚本照和創立「台灣文學研究會」是為一例。影響所及是，當張良澤與王曉波褒貶戰前西川滿文學活動之際，有日本學者加入史料研究[89]，作為奧援。不過，

---

[85] 顏尹謨，〈「統一左派」對上「台灣左派」——從「夏潮」批鬥黨外和台灣意識說起〉，《政治家》週刊7期（1984.03），頁44。這裡的《夏潮》指稱的應當是稍早於《文季》，在1983年2月創刊的《夏潮論壇》。

[86] 發行人李南衡等，〈致「政治家」發行人函〉，《文季》第7期（1984.05），頁157。

[87] 本社，〈「文季」不宜回敬〉，《文季》第7期（1984.05），頁34-35。

[88] 洪鯤譯，山田敬三，〈日本的台灣文學研究現狀：在台灣政治大學中文系一個座談會上的講話〉，《文季》第8期（1984.07），頁52、51。

[89] 王曉波〈殖民地傷痕與台灣文學：敬答張良澤先生〉、張良澤〈站前在台灣的日本文學：以西川滿為例——兼致王曉波先生〉、近藤正己

相較如何定位西川滿在台灣文學中的位置，「紅帽子」更是令
《文季》諸子緊張的惘惘威脅。出於「君子協定」，《文季》
並未如前揭施淑案例，更動張良澤的文章，然而，當時人在日
本的張良澤，在論文裡指稱陳映真作為「一個忠誠的馬列信
徒」，令尉天驄出言指正，強調陳映真過去對中共的同情，僅
是「一種理想主義和愛國主義的表現」[90]。

易言之，來到中美建交的「冷戰末期」，固然《文學
界》的台灣文化論述，與《文季》的左統文學論述，都有所異
動，但國民黨的「反共」意識形態，仍是動員戡亂與白色恐怖
時期論述的緊箍咒。

五、再續「中華民國」文學史：《文訊》 （1983-1991）[91]

《文季》創刊後兩個月，1983年6月，國防部停刊向來
軍中色彩濃厚的《新文藝》[92]；同年7月，國民黨文工會創刊
《文訊》，作為國民黨文化論述的調整。由於是官方出資的

〈西川滿札記〉，《文季》第9期（1984.09），頁1-52。
[90] 尉天驄，〈致張良澤先生〉，《文季》第9期（1984.09），頁181。
[91] 《文訊》發行迄今，出於本文論題的設定，討論截至1987年底。
[92] 《新文藝》（1962-1983）前身為《革命文藝》（1956-1962）、《軍中文藝》（1954-1956）、《軍中文摘》（1950-1953）。

刊物，因此不同於《文學界》的季刊，以及《文季》的雙月刊形式；《文訊》在創刊之初，是為月刊，1985年改為雙月刊，1989年再改回月刊。《文訊》在冷戰末期的編輯呈現，大抵可以再分為三階段來看，其一是1983-1985年，三「文」刊物並存的階段；其二是1986-1988年，跨越台灣解嚴，與《文學界》並存的時期；其三是1989-1991年，歷經中國天安門事件、台灣民進黨首次面對縣市長選舉，以迄全球冷戰與中國民國動員戡亂體制的終結。

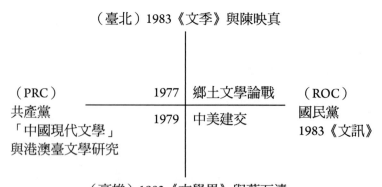

（臺北）1983《文季》與陳映真

（PRC）	1977	鄉土文學論戰	（ROC）
共產黨	1979	中美建交	國民黨
「中國現代文學」			1983《文訊》
與港澳臺文學研究			

（高雄）1982《文學界》與葉石濤

圖1：三「文」刊物與台灣文學場域（1983-1985）

　　《文訊》在1983年創刊時的文學場域狀況，可以上圖為例。橫軸代表的是「國民黨／共產黨」或曰「民國／共和國」在中美建交後的對峙；縱軸則是鄉土文學論戰期間，同屬

「鄉土派」的陣營在八〇年代初期的南北分立。《文訊》的創刊，不無「安內攘外」的作用。一方面與島外的中國共產黨，爭奪「新文學史」的詮釋，另一方面也回應日漸歧出滋長的台灣文學史料，以及統一左派論述。《文訊》創刊之初的總編輯孫起明，也是文工會編審，過去「專管文藝作家」，曾經審問過張俊宏、蘇慶黎、陳映真等人，有「陳映真博士」之稱[93]。《文訊》創刊以後，國民黨一改過去對文藝作家的態度：從高壓到懷柔，從迫害到分化，懷柔與分化並用[94]，將鄉土文學論戰以後的「鄉土／本土」、「《文季》／《文學界》」論述，重新整合納入「中華民國文學史」。

最鮮明的例子，當屬《文訊》前39期的「封面人物」設計，及其所搭配的「文宿專訪」。相較於《文學界》對於「青壯世代」作家的推介，《文訊》的封面人物一樣以在世作家為主[95]，但更側重資深作家，並且兼顧省籍內外的身分。以創刊號來說，封面人物蘇雪林、王詩琅，各自擁有中國五四與台灣日治經驗。不過，《文訊》創刊號中的王詩琅，還是側重其與「中（華民）國」的連結，諸如1938-1945年在「廣東

<hr>

[93] 林尚賢，〈反對的力量是進步的泉源——訪文工會大將孫起明〉，《前進廣場》25期（1985.01），頁37、36。

[94] 作者不詳，〈孫起明依依不捨文工會〉，《第一線》13期（1986.04），頁19。

[95] 《文訊》第二期（1983.08）封面人物孫陵是唯一例外，孫陵於1983年6月逝世。

淪陷區」擔任《廣東迅報》編輯、戰後纂修《台北市志》與
《台灣省通志》等經驗。[96]稍後報導王詩琅的《文季》，則更
加凸顯其在日治時期的「黑色青年」身分。而當《文學界》
重刊《文友通訊》之後，《文訊》專訪陳火泉，談其處女作
〈道〉，作為「問題小說」，乃至類「皇民文學」的無奈，並
凸顯《文友通訊》諸子「以祖國文字來練習寫作的狂熱」[97]，
略過《文友通訊》曾為尋找台灣文學特色，而有過方言文學的
討論[98]。這部分的論述策略，極其類似此前的《中華民國文藝
史》：「藉由文學史論述的突顯與忽略，讓適合於『官方民族
主義』的部分形成論述，並且讓人遺忘這部分與政權轄下其他
語言文化之間的差異，成為民族與國體合一的共同記憶」[99]。

　　《中華民國文藝史》是1975年出版的集體創作，緣起於
1971年中華民國建國60年的回顧，也是中國文化大革命期間，
「中華文化復興運動推行委員會」在台灣的回應。全書概分
12章，依序是導論、文藝思潮與文藝批評、詩歌、散文、小

---

[96] 原文以民國紀年。鍾麗慧，〈王詩琅印象記〉，《文訊》創刊號
　　（1983.07），頁55。
[97] 黃章明，〈悠悠人生路上的健行者：陳火泉〉，《文訊》3期
　　（1983.09），頁61、63。
[98] 第四次《文友通訊》以「台灣方言文學問題」為討論題目。《文學
　　界》第5集（1983.01），頁135-136。
[99] 李知灝，〈「被嫁接」的台灣古典詩壇——《中華民國文藝史》中官
　　方古典詩史觀的建構〉，《台灣文學研究學報》5期（2007.10），頁
　　198。

說、音樂、舞蹈、美術、戲劇、電影、海外華僑文藝與國際文
藝交流；另有「台省光復前的文藝概況」與「大陸淪陷後的文
藝概況」兩個附錄。總編纂尹雪曼表示，之所以將「台省光復
前」與「大陸淪陷後」合為附錄，「乃在於說明無論何時何
地，只有我中華民國是中國的正統」[100]。因此在官方的文學史
觀裡，「日治時期的台灣文學」甚至不比「海外華僑文藝」可
以作為「正章」的存在。不過時至1983年，《文訊》則通過擁
有殖民地經驗的省籍作家「連結鄉土文學意符」，在「擴大
當時國民黨文化論述的內涵」的同時，也能「抵銷黨外台灣
論述的力量」[101]。除開在封面人物的雙軌設計之外，《文訊》
創刊號的主題為「如何樹立嚴正的文藝批評」，論者也兼顧
場域內各種力量的平衡：有學院派代表胡耀恆、軍方的尼洛
（李明）和朱西甯、《文學界》的葉石濤與彭瑞金，以及參與
《夏潮》、《文季》的蔣勳。

　　當《文學界》投入「戰後初期」台灣文學史料編譯整
理、重刊《文友通訊》，而《文季》重探日治時期台灣作為
殖民地諸問題之際，《文訊》也從不同的方向投入「文學史

---

[100] 尹雪曼，〈「中華民國文藝史」之編纂〉，《中央日報》，
1976.01.19，10版。關於《文訊》與《中華民國文藝史》的參照，感
謝審查委員的提點，特別是在「日治時期台灣文學」與「海外華僑文
藝」兩處，更可見承繼與演繹之關係。
[101] 向陽，〈一個文學公共論域的形成：小論《文訊》在台灣文學傳播史
上的意義〉，《文訊》273期（2008.07），頁2、3。

料」整理，策劃以「文學的再出發」為名的「五十年代自由中國新文學」討論，以及「六十年代文學」等專號。兩次專號各有鍾肇政簡述（民國）四十年代本省鄉土文學，以及葉石濤執筆六十年代的台灣鄉土文學。

對於「鄉土派」的「安內」之餘，《文訊》不忘「攘外」。基於三十年前，中共以文化佔了大陸，「三十年後，他們仍以文化做為進軍世界，進軍國際的假象前鋒」[102]，因此由公家出資推動像《文訊》這樣的雜誌，有「現代文學史料整理」之必要，藉此避免中共「篡奪新文學運動的全部成果」。具體的做法是，除了關注1949年後「再出發」的文學，同時也回頭梳理1949年前的中國新文學史。國共兩黨競逐「新文學史」的建構，除開攸關「中國現代文學」的詮釋權之外，主要還在於史觀差異導致的分期的分歧。國民黨觀點認為，新文學運動的發生，始於「民國六年」胡適在《新青年》發表〈文學改良芻議〉一文[103]；共產黨史觀則認為，新文學始於「1919年」的「五四」運動，是「受了俄國十月社會主義革命的影響，在共產主義思想的啟示和領導之下產生和發展

---

[102] 林海音，〈「週年特稿」不要夭折我們的「文訊」〉，《文訊》月刊13期「六十年代文學專號」（1984.08），頁20。雖然仍名為「月刊」，但自本期起，實改為「雙月刊」。

[103] 尹雪曼，〈新文學的誕生〉，中華文化復興運動推行委員會主編，《中國新文學史論》（台北：中央文物供應社，1983.09），頁13。

起來」[104]。前者聚焦在文學內部的語言和方法，後者側重外部的政治和理論。不同的新文學繫年，標誌著不同的定位、想像與意義，故而引起國民黨觀點的焦慮：「再不奮起直追，中國新文學恐怕要跟中華民國絕緣了！[105]」

　　撰寫「文學史」攸關史料的蒐集，而1949年後的香港是「中國新文學作品及史料的最大供應中心」[106]，因此1985年《文訊》推出「香港文學特輯」，可以置放在撰寫「中國新文學史」的脈絡下觀之。「香港文學」作為「香港地區華文文學」或「在香港的中國文學」[107]，在「冷戰末期」實為國共競逐「新文學史」書寫的「戰場」。為了與各自史觀連結，「香港文學」出現了左右兩種面貌：中共史觀從魯迅到香港演講、撰文〈略談香港〉，以及許地山到香港大學任教談起，連結中國新文學發展，並以阮朗（1919-1981）小說為例，指出進入五十年代後期，「反共的美元文化」已經潰退，香港的「現實主義」文學進展神速[108]；《文訊》則再凸顯香港作為

---

[104] 劉綬松，《中國新文學史初稿》（北京：人民文學社，1982.04），頁3。

[105] 尹雪曼，〈新文學史編寫諸問題〉，《文訊》月刊11期「現代文學史料整理之探討」（1984.05），頁91。

[106] 秦賢次，〈文學史料的出發與遠見〉，《文訊》月刊11期「現代文學史料整理之探討」（1984.05），頁145。

[107] 李瑞騰，〈寫在「香港文學特輯」之前〉，《文訊》20期「香港文學特輯」（1985.10），頁19。

[108] 茶陵，〈中共眼中的香港文學〉，《文訊》20期「香港文學特輯」

「反共文學的最前哨」[109]以及與台灣兩地「自由」交流的位置。換句話說,當共產黨／共和國,著眼於香港的左翼現實主義文學,國民黨／民國,則標舉其反共自由主義文藝。

「香港文學特輯」是《文訊》「關心海外華文文學的開始」[110],隨著《文季》無預警停刊,冷戰末期第二階段的《文訊》,在戒嚴期間陸續有新加坡華文文學的報導[111]、「菲律賓華文文學」特輯的策劃,以及解嚴後「東南亞華文文學」的特別企劃。[112]這其實,仍與「中華人民共和國」作為一個變數「有關係」:中國舉辦兩屆的「台灣香港文學學術討論會」(1982、1984年)之後,1986年的第三屆會議,改稱「全國台港及海外華文文學研討會」[113]。「海外華文」於是成為「香

(1985.10),頁52。

[109] 南郭,〈香港的難民文學〉,《文訊》20期「香港文學特輯」(1985.10),頁34。

[110] 李瑞騰,〈編輯室報告〉,《文訊》22期「報紙副刊特輯(續編)」(1986.02),頁366。

[111] 楊松年,〈建國二十五年(1959-1984)的新加坡華文文學〉,《文訊》23期(1986.04),頁141-153。

[112] 在《文訊》38、39期刊載論文5篇:陳松沾〈簡論東南亞華文文學的前途〉、原甸〈泛談新加坡華文詩歌〉、許世旭〈台灣詩給新華詩的影響〉、陳鵬翔(陳慧樺)〈寫實兼寫意:星馬留台作家初論〉以及李瑞騰〈入乎其內‧出乎其外:論王潤華早期的詩(1962-1973)〉,俱為「德意志聯邦共和國主催」於新加坡召開之第二屆「現代中國文學的大同世界」會議論文。

[113] 杜國清,〈中國與世界華文文學〉,《台灣文學與世華文學》(台北:台大出版中心,2015.10),頁336。

港」之外的另一角力場域。

有意思的是，「菲律賓華文文學特輯」與此前的「香港
文學特輯」同樣強調「對日抗戰」的影響：在香港，是因1938
年「許多報紙南下遷港，給予原有的港報很大的刺激」，例
如有戴望舒主編的《星島日報》星座版[114]；在菲律賓，以菲華
作家施穎洲（1919-2014）為例，他認為是「八年對日浴血抗
戰，喚起無數華僑青年」，菲華文壇也隨著「大陸變色」、
「政府遷台」，沉寂與興盛[115]。1950年「菲律賓華僑文藝工作
者聯合會」（簡稱「文聯」）成立[116]，1961年起，「文聯」與
僑委會，合辦「菲華文藝講習會」，歷經菲律賓戒嚴（1972-
1981）、中華民國與菲律賓斷交（1975），一直保持長期聯
繫，講師包含王藍、余光中、覃子豪、司馬中原等作家[117]，可
謂「民國」文學的海外延續。

因此，相較於第一階段著重在「現代文學」史料的整
理，第二階段的《文訊》（22~39期）側重在「海外華文文
學」、「抗戰（時期）文學」，與「當前大陸文學」等議

---

[114] 李瑞騰，〈寫在「香港文學特輯」之前〉，《文訊》20期「香港文學
特輯」（1985.10），頁19。

[115] 李瑞騰，〈寫在「菲律賓華文文學特輯」之前〉，《文訊》24期「菲
律賓華文文學特輯」（1986.06），頁58。

[116] 尹雪曼總編纂，〈第十一章　海外華僑文藝與國際文藝交流〉，《中
華民國文藝史》（台北：正中書局，1975.06），頁877。

[117] 封德屏，〈菲華暑期文教研習會〉，《文訊》24期「菲律賓華文文學
特輯」（1986.06），頁140、142。

題。而這其中，「抗戰時期」是中華民國與海外重要的鏈接點。以解嚴之初為例，當《文學界》刊出陳芳明、彭瑞金反思如何增修葉石濤的《台灣文學史綱》之際；《文訊》32-34期連續三期刊載「抗戰文學研討會」論文與側記，同步納入香港、新馬、東北、台灣與中共在「抗戰時期」的文藝活動，作為「七七事變」五十週年的紀念回顧。

本文認為，《文訊》在冷戰末期的第三階段可以劃在1989-1991年。1988年底，《文學界》停刊。1989年初《文訊》改版推出革新號，並從雙月刊改為月刊，除了在形式上的改變，也針對「文訊」的「文」重新定位，從「文學」擴及到「文化」，將原來的「文學資訊」（台灣地區、大陸地區、國際文壇）擴大成為「藝文月報」（台灣文訊、大陸文訊、國際文訊、文學類新書、藝術類新書），嘗試「提供一個創造完美的『文化中國』理想之基礎」[118]，成為世界華文文藝訊息中心。

在第三階段之初，可以看見兩岸文化交流的企圖，諸如「海峽兩岸兒童文學比較」的企劃。不過，影響這個階段編輯的大事，大抵是1989年中國天安門事件以及台灣民進黨首次面對縣市長選舉。六四天安門事件後，《文訊》45-47期，分別討論知識分子的困境與記者的角色，另出版《哭喊自由：天安

---

[118] 李瑞騰，〈敬致讀者〉，《文訊》雜誌革新第1期（1989.02），頁1。

門運動原始文件實錄》資料性專書，並集結書評製作專題。書評回應多集中在大陸同胞的苦難，與先前《文季》在文革傷痕文學的引介，極其相似；《哭喊自由》的回應者包含曾經執筆《文季》創刊號的胡秋原，指出「天安門的對抗，是俄化與西化兩種意識形態之對抗」，但僅僅「西方民主啟蒙」也不能救國，「中國與民運人士都要重新思想反省，進而研究立國正道」[119]，既有胡秋原自《中華雜誌》（1963-1992）一路以來對於中華民族主義的堅持，亦有對中共政權的批判。

　　《文訊》48-50期的關注，則從中國轉向島內。這三期是自1983年創刊至1991年中，沒有「文宿特寫」報導的。關鍵在於因應1989年底的大選，面對解嚴以後的首次大選，《文訊》製作「關懷文化事務的候選人」專題，在執政黨提名的立委候選人中挑出八位進行訪談[120]；亦有「問鼎百里侯，暢談文化事」專

<hr>

[119] 胡秋原，〈天安門悲劇的最大啟示〉，《文訊》47期「哭喊自由的迴響」特別企劃（1989.09），頁22。綜觀三份刊物，其實都有對「當代中國文學」的引介，然側重面向不一：《文學界》刊有程中書寫文革的小說〈自我追尋〉（第20集）、朦朧派詩人嚴力的詩作〈時代〉（第22集），旨供不同文化背景的觀摩。《文季》和《文訊》雖然都「反共」，但前者反的是被「俄共」路線誤導的「中共」，並特別強調以現實主義的文學風格，表現人民的苦難；後者反的則是與「中國國民黨」對立的「中國共產黨」，在文學評介上，著重對政權的批判。感謝審查委員的提點，得以有此更深一層的思考分析。
[120] 李瑞騰企劃、訪談；封德屏、高惠琳、王燕玲撰文，〈關懷文化事務的候選人〉，《文訊》48期（1989.10），頁16；

題，刊出七位縣市長候選人的「答編者問」[121]，可謂從文化面的軟性助選。1989年12月號的《文訊》相對安靜，是對於一九八〇年代總結的文化盤點。1990年的專題策劃，大抵回到台灣文化的關注，包含客家、廟宇、原住民文化，以及音樂、美術、舞蹈、戲劇等各類藝術教育議題。1991年則是難度較高的年度大型企劃：從屏東到桃園12縣市的藝文環境調查。如果說「地方包圍中央」是在野黨在1989年底縣市長選舉的倡議[122]，那麼，《文訊》則從中央來到地方，在編輯上的「彈性」，甚至早於各縣市政府地方文學獎的設立。[123]關於「文學史」的建構，也從創刊之初側重1949前的中國大陸，來到九〇年代的台灣各縣市。

六、結語：「冷戰末期」作為方法，與當代研究的反思

於焉，經由「冷戰末期」（1979-1991）作為方法，並以《文學界》、《文季》為觀察對象，可以發現，「中華人民共

---

[121] 李瑞騰企劃；封德屏、王燕玲、高惠琳執行，〈問鼎百里侯，暢談文化事：縣市長候選人答編者問〉，《文訊》49期（1989.11），頁7。

[122] 路向南，〈民進黨「地方包圍中央」策略的歷史回顧（1989-2000年）〉，想想論壇，https://www.thinkingtaiwan.com/content/3533。2014.12.24發表；2020.6.16檢索。

[123] 最早由地方政府開辦的地方性文學獎為台南縣政府主辦之「南瀛文學獎」（1993-2010）。

和國」作為一個變數，影響所及，不僅於「台灣民族主義」的
文化論述，還包含「統一左派」系譜的編列。當《文學界》
致力於戰後初期（1945-1949）中文、日文文學史料的重整，
《文季》則更強調二戰前後，台灣左翼系譜的聯繫。吳叡人所
謂「獨派在知識上讓出左翼」在此已見端倪。並且，由於中國
在新時期文學活動的「看見台灣」，日本的中國文學研究者也
隨之投入台灣文學研究，其中，日本親中左翼，與台灣統一左
派，有因而在冷戰末期，開始有了「奇特的結盟」。

此外，經由冷戰末期的《文訊》觀察，亦可以證成「華
文文學」與冷戰確實「有關係」。以香港文學為例，便是國共
角力的所在。因此新世紀的「華語語系」概念，無論是將中
國包括在外或在內，兩種詮釋框架，皆能在冷戰末期「共和
國」與「民國」的海外華文戰線裡，找到對應之處，或可謂之
「差異的演繹」。

職是之故，藉由「冷戰末期」三「文」（《文學界》、
《文季》、《文訊》）主義（台灣民族主義、社會主義、中
（華民）國民族主義）的分析，本文指出「冷戰末期」中華人
民共和國對於台灣文學場域的影響：固然「台灣民族主義」和
「統一左派」有了「重構」的機會，但「國家文藝體制」也隨
之調整，進行「中國性」的重組。本文由此更新既有的「冷戰
時期」研究，並反思台灣文學史書寫的未竟。

附錄一：《文學界》季刊1982-1988年各期提要

刊號／時間	作家專輯	其他篇章提要
第一集 1982春季號	鄭炯明（1948-）	葉石濤〈臺灣小說的遠景〉 李喬〈小說〉（主角「曾淵旺」）
第二集 1982夏季號	鄭清文 （1932-2017）	彭瑞金〈臺灣文學應以本土化為首要課題〉 康原〈詩人的回憶：林亨泰訪問記〉 鍾鐵民〈約克夏的黃昏〉（小說）
第三集 1982秋季號	趙天儀（1935-）	「藍斯頓・休斯」特輯 尉天驄〈臺灣鄉土文學的新課題〉 宋澤萊〈秋陽〉（以楊逵為原型的小說）
第四集 1982冬季號	李喬（1934-） 「寒夜三部曲」研究 洪醒夫悼念特輯 （1949-1982）	何欣〈提昇與淨化〉 趙天儀〈方言詩的開拓者：論林宗源的詩〉 李喬〈告密者〉（三八七四號湯汝組） 陳千武〈帝汶俘虜島（上）〉
第5集 1983春季號	陳千武（桓夫） （1922-2012）	葉石濤〈再論臺灣小說的提昇和淨化〉 鍾肇政《文友通訊》重刊 廖清山〈隔絕〉[124]
第6集 1983夏季號	鍾鐵民 （1941-2011）	李魁賢〈詩人的立場與創作〉
第7集 1983秋季號	李魁賢（1937-）	羅成純〈戰前臺灣文學研究之問題點——從與韓國文學之比較來看〉
第8集 1983冬季號	葉石濤 （1925-2008）	葉石濤〈沒有土地・哪有文學〉 葉石濤翻譯1946《中華日報》文藝欄文章 東方白《浪淘沙》長篇小說連載
第9集 1984春季號	白萩（1937-） 本名何錦榮	葉石濤〈流淚撒種的，必歡呼收割——光復初期的臺灣日文文學〉

---

[124] 警總要求《文學界》刪除該篇小說中的一段，新聞處事後賠償印刷費二仟元。鄭炯明，〈給「警總」的一則啟事〉，《文學臺灣》第三期（1992年6月），頁4。

刊號／時間	作家專輯	其他篇章提要
第10集 1984夏季號	李昂（1952-） 本名施淑端	彭瑞金〈記1948年前後的一場臺灣文學論戰〉 《臺灣新生報》橋副刊小說選刊
第11集 1984秋季號	許達然（1940-）	黃武忠選刊楊守愚（1905-1959）短篇小說
第12集 1984冬季號	暫停 （因史綱4萬餘言）	葉石濤〈臺灣文學史大綱（前篇）〉 林曙光（1926-2000）譯作特輯
第13集 1985春季號	杜國清（1941-）	葉石濤〈臺灣文學史大綱（後篇）光復初期〉 彭瑞金〈新生報「橋」副刊作品選輯〉
第14集 1985夏季號	陳若曦（1938-）	陳若曦〈海外作家的困境〉 林曙光〈楊逵與高雄〉「楊逵紀念特輯」 鍾肇政翻譯龍瑛宗1944小說〈濤聲〉
第15集 1985秋季號	非馬（1936-） 本名馬為義	葉石濤〈臺灣文學史大綱（後篇）五十至八十年代〉
第16集 1985冬季號	吳錦發（1954-） 《叛國》研究	趙天儀〈戰後臺灣新詩初探〉 張彥勳〈銀鈴會「潮流」作品簡介〉
第17集 1986春季號	周梅春（1950-） 《轉燭》研究	張彥勳〈銀鈴會「潮流」作品簡介（下）〉 楊青矗專訪〈獨裁已成過去〉
第18集 1986夏季號	田雅各（1960-） 本名Tuobasi Tamapima 《最後的獵人》研究	下村作次郎〈李獻章編「臺灣小說選」的研究〉
第19集 1986秋季號	無	黃娟〈鍾延豪（1953-1985）作品的特色〉 龍瑛宗〈月黑風高〉（日文創作，中文改寫） 譚石譯「非洲安哥拉詩」特輯
第20集 1986冬季號	無	葉六仁（葉石濤）〈四〇年代的臺灣文學〉 宋冬陽〈縫合這一道傷口：論陳映真小說中的分離與結合〉 程中〈自我追尋〉（文革相關小說）
第21集 1987春季號	李敏勇（1947-）	臺灣筆會〈臺灣筆會成立宣言〉 鄭清文〈報馬仔〉
第22集 1987夏季號	無	彭瑞金〈廖清山筆下漂泊的臺灣人〉 姚嘉文〈臺灣七色記：黃虎印〉（小說兩節）

刊號／時間	作家專輯	其他篇章提要
第23集 1987秋季號	無	鄭炯明〈我的詩路歷程〉（同年7月於洛杉磯「臺灣文學研究會」講稿）[125]
第24集 1987冬季號	無	〈陳芳明、彭瑞金對談〉 陳少廷〈對日據時期臺灣新文學史的幾點看法〉 施明德〈旋轉籠中的松鼠〉（散文）[126]
第25集 1988春季號	無	李敏勇〈獨立的台灣文學活動？自主的國際文化交流！〉 陳嘉農〈是撰寫台灣文學史的時候了〉
第26集 1988夏季號	無	劉春城〈鳳凰不死，乃在鄉土〉 巫永福〈台灣新文學運動與賴和〉
第27集 1988秋季號	無	陳少廷〈加強台灣文學研究此其時矣——向文史學界的呼籲和建議〉 雪眸（林國隆）〈艾奎諾夫人〉[127]
第28集 1988冬季號	無	回顧紀念專號 兒童文學研究專輯

---

[125] 鄭炯明主編，〈《文學界》光影〉，《從《文學界》到《文學臺灣》》（高雄：春暉出版社，2017），頁37。

[126] 摘自施明德回憶錄《奉獻者的腳步》，《文學界》24集（1987年11月），頁15。

[127] 以1975年台菲斷交之前，來台工作的菲籍女性為主要對話角色。1986年，艾奎諾夫人柯拉蓉推翻馬可仕政權，成為菲律賓以及亞洲首位民選女性總統。

附錄二：《文季》文學雙月刊1983-1985年各期提要

刊號／時間	論文	其他創作提要
1／1983.04	胡秋原〈中國文學之傳統的精神〉 楊逵〈臺灣新文學的精神所在〉 臺靜農〈書道由唐入宋的樞紐人物楊凝式〉	王禎和〈老鼠捧茶請人客〉 陳映真〈鈴璫花〉 王小棣〈新兵〉（電視劇本）
2／1983.06	施淑〈二零年代文藝理論的發展與反省〉 許南村〈試論吳晟的詩〉	張橫眉〈彎刀蘭花左輪槍〉（本名張貴興，1956-） 羅安達〈青石的守望〉（本名郭松棻，1938-2005）
3／1983.08	王曉波〈臺灣文學裡的中國意識〉 許南村〈消費社會和當前臺灣文學的諸問題〉	汪曾祺〈黃油烙餅〉 羅安達〈三個小短篇〉 陳映真〈山路〉
4／1983.11	戴國煇〈楊逵的七十七年歲月〉 王詩琅〈臺灣文學的重建問題〉 茅漢〈黑色青年與臺灣文學〉	張賢亮〈邢老漢和狗的故事〉 楊青矗〈父母親大人：「外鄉女」之四〉
5／1984.01	王曉波〈賴和受冤平反的經過〉 陳映真〈中國與第三世界文學之比較〉	李准〈王結實〉
6／1984.03	許南村〈談西川滿與臺灣文學〉 宋冬陽〈盛放的菊花：：聞一多的詩與詩論〉	劉青〈白色的路〉 李南衡〈下班前後〉
7／1984.05 2卷1期	郭楓〈高舉民族文學的大旗〉 陳國富〈殖民地文化活動另一章：專訪日據時代臺灣電影辯士林越峰〉	張賢亮〈靈與肉〉 伊犁〈伴娘〉

刊號／時間	論文	其他創作提要
8／1984.07 2卷2期	郭楓〈臺灣需要怎樣的文學理論〉 非馬〈中國現代詩的動向：在芝加哥「文學與藝術」講座上的談話〉 陳炳良〈魯迅與共產主義：傳說與事實之間〉[128] 山田敬三〈日本的臺灣文學研究現狀〉	牛正寰〈風雪茫茫〉
9／1984.09 2卷3期	王曉波〈殖民地傷痕與臺灣文學〉 張良澤〈戰前在臺灣的日本文學：以西川滿為例〉 近藤正己〈西川滿札記〉	陳映真〈想起王安憶〉 王安憶〈本次列車終點〉 趙淑俠〈快樂假期〉[129] 伊犁〈方醫生義診〉
10／1984.12 2卷4期	尹章義〈臺灣意識與臺灣文學〉 沈鴻〈拉丁美洲今日文學的搖籃〉	竹林〈網〉 王拓〈咕咕精和小老頭〉
11／1985.06 2卷5期[130]	葉芸芸〈試論戰後初期的臺灣智識份子及其文學活動〉 楊逵〈臺灣文學對抗日運動的影響〉 戴國煇、若林正丈〈臺灣老運動家的回憶與展望〉 河原功〈楊逵的文學活動〉	陸文夫〈萬元戶〉 伊犁〈十萬美金〉

[128] 香港中文大學陳炳良（1935-2017）經由文學史料的重新梳理，意圖將魯迅從中共製造的魯迅神話運動中解放出來。陳炳良認為，作為「熱誠的共黨和毛澤東的支持者」只是中共製造的「傳說」；魯迅「事實」上是進化論的信徒，因為共產主義給人一個遙遠的「希望」。陳炳良，〈魯迅與共產主義：傳說與事實之間〉，《文季》第8期（1984年7月），頁34。

[129] 「趙淑俠女士的作品也是從海外寄來的！俗語說「傍觀者清」，這篇小說所反映的正是一個傍觀者所見到的臺灣。」〈編輯室報告〉，《文季》第9期（1984年9月），頁184。

[130] 1985年6月，唐文標逝世，《文季》發行第11期後停刊；同年11月，陳映真創刊《人間》。由於《人間》雜誌（1985-1989）對底層弱勢的關注，更大於文學史建構的企圖，因此不列入本文的討論之中。相關論述可參見張耀仁在《台灣報導文學傳播論：從「人間副刊」到《人間》雜誌》（2014政大博論；2020五南出版）。

附錄三：《文訊》月刊／雙月刊1983-1991年
各期提要

刊號／時間	封面人物（文宿專訪）	專題名稱
創刊號1983.07	蘇雪林（1897-1999） 王詩琅（1908-1984）[131]	如何樹立嚴正的文藝批評
2／1983.08	孫陵（1914-1983）	第八屆國家文藝獎作品評介
3／1983.09	陳火泉（1908-1999）	如何使文藝紮根
4／1983.10	林芳年（1914-1989）	光輝十月
5／1983.11	謝冰瑩（1906-2000）	藝術乎色情乎
6／1983.12	王夢鷗（1907-2002）	大陸傷痕文學專輯
7、8／1984.02	韋瀚章（1906-1993）	抗戰文學口述歷史專輯
9／1984.03	楊熾昌（1908-1994）	文學的再出發： 民國38年至49年的文學回顧
10／1984.04	郭水潭（1908-1995）	戲劇的傳統與現代
11／1984.05	梁實秋（1903-1987）	文藝節看「五四」 現代文學史料整理之探討
12／1984.06	陳紀瀅（1908-1997）	現代詩學研討
13／1984.08	黃得時（1909-1999）	六十年代文學專號
14／1984.10	杜聰明（1893-1986）	當代散文專號
15／1984.12	趙友培（1913-1999）	電影與文學專號
16／1985.02	楊雲萍（1906-2000）[132]	中文系新文藝教育的檢討
17／1985.04	潘重規（1908-2003）	古典文學現代化‧比較文學中國化
18／1985.06	龍瑛宗（1911-1999）	傳統詩社的現況與發展
19／1985.08	胡秋原（1910-2004）	新時代的文藝課題

---

[131] 前39期本省籍「封面人物」計有：王詩琅、陳火泉、林芳年、楊熾昌、郭水潭、黃得時、杜聰明、楊雲萍、龍瑛宗、吳三連、巫永福等11位。

[132] 本期開始，封面人物從攝影照片改為任克成插畫呈現。

刊號／時間	封面人物（文宿專訪）	專題名稱
20／1985.10	高明（1909-1992）	香港文學特輯 「龍應台評小說」討論會
21／1985.12	何容（1903-1990）	報紙副刊特輯
22／1986.02	張雪茵（1908-1987）	報紙副刊特輯（續編）
23／1986.04	王集叢（1906-1990）	文學選集的理論與實踐
24／1986.06	吳三連（1899-1988）	菲律賓華文文學特輯
25／1986.08	錢穆（1895-1990）	第二屆現代詩學研討會
26／1986.10	曾虛白（1895-1994）	通俗文學的省思
27／1986.12	任卓宣（1896-1990）	文學雜誌特輯
28／1987.02	鄭騫（1906-1991）	當代文學作家的藝術趣味 會談「中國現代文學作品書名大辭典」（周錦編）
29／1987.04	巫永福（1913-2008）	文學社團特輯
30／1987.06	王文漪（1914-1997）	作家的第一本書
31／1987.08	鄭學稼（1906-1987）	戲劇與文學（上）[133] 抗戰文學研討會（上）
32／1987.10	臺靜農（1902-1990）	戲劇與文學（下） 抗戰文學研討會（中）
33／1987.12	史紫忱（1914-1993）	文學批評的理論與實踐 抗戰文學研討會（下）
34／1988.02 增設「文訊副刊」	蔣經國（1910-1988）	本期專題：中國當代音樂 特別企劃：在每一分鐘的時光中 　　──蔣故總統　經國先生追思特輯
35／1988.04	何凡（1910-2002）	比翼雙飛23對文學夫妻 對文化部的建言與期待
36／1988.06	琦君（1917-2006）	短篇小說特輯 當前大陸文學研討會實錄（上）[134]

---

[133] 主編葉振富（焦桐）策劃；1987年10月起轉任《中國時報》人間副刊。
[134] 是國內首次有關「大陸文學」的研討會，由《文訊》與《聯合文學》
　　合辦。李瑞騰，〈編輯室報告〉，《文訊》36期（1988.06），頁266。

刊號／時間	封面人物（文宿專訪）	專題名稱
37／1988.08	楊乃藩（1915-2003）	民俗與文學專題 當前大陸文學研討會實錄（中） 繆思最鍾愛的女兒──新生代女詩人14家
38／1988.10	張秀亞（1919-2001）	文學新人榜 當前大陸文學研討會實錄（下） 特別企劃：東南亞華文文學
39／1988.12	周策縱（1916-2007）	本期專題：詩人朱湘專輯 特別企劃：文學書評專輯
40／1989.02 革新第1期 25開改為16開 雙月刊改為月刊	本年度開始無封面人物 文宿特寫王昶雄（1916-2000）	兩岸文化交流
41／1989.03	文宿特寫孟瑤（1919-2000）的戲劇與文學	十二位傑出的藝文女性[135]
42／1989.04	文宿特寫尹雪曼（1918-2008）的新聞與文學	特別企劃1反省文化・重建文化 特別企劃2海峽兩岸兒童文學的比較
43／1989.05	文宿特寫關愛兒童，記錄時代的潘人木（1919-2005）	面對五四，面對五四人物
44／1989.06	文宿特寫終生的博物館員李霖燦（1913-1999）先生	詩人節特輯 台灣、香港、新加坡「當前文化變遷的省思」座談會側記
45／1989.07	文宿特寫十項全能王靜芝（1916-2002）	本期專題1大陸知識分子的困境、突破與超越 本期專題2血染天安門，日落北京城
46／1989.08	文宿特寫真愛的實踐者：孫觀漢（1914-2005）先生	本期專題：「記者」角色的再思 特別企劃：當代華文女作家
47／1989.09	思果：純正中文的捍衛者	特別企劃：哭喊自由的迴響

---

[135] 方芳、心岱、王力行、平珩、李亞俐、李艷秋、林玫儀、姚宜瑛、高惠宇、陶曉清、廖輝英、曠湘霞。

刊號／時間	封面人物（文宿專訪）	專題名稱
48／1989.10	無「文宿特寫」	本期專題：關懷文化事務的候選人 特別企劃：人文化成——文化界建議候選人關懷文化
49／1989.11	無「文宿特寫」	問鼎百里侯，暢談文化事——縣市長候選人答編者問
50／1989.12	無「文宿特寫」 亦無「人物春秋」	輕舟已過萬重山——八〇年代文化氣候觀測
51／1990.01	張佛千 （張應瑞，1907-2003）	客家族群的生活與文化
52／1990.02	孫如陵（1915-2009）	台灣寺廟之旅
53／1990.03	劉捷（1911-2004）	台灣原住民的文化與生活
54／1990.04	魏子雲（1918-2005）	埔里：藝術的小鎮
55／1990.05	葉曼 （劉士綸，1914-2017）	藝術現場觀察報告
56／1990.06	王紹清（1912-1994）	本期專題：企業回饋文化 特別企劃：搶救現代詩
57／1990.07	羅蘭 （靳佩芬，1919-2015）	正視音樂教育
58／1990.08	李獻（1915-1997）	正視美術教育
59／1990.09	王聿均（1919-2007）	正視舞蹈教育
60／1990.10	鄧綏甯（1914-1996）	正視戲劇教育 特別企劃：台灣文學與馬華文學（上）
61／1990.11	張敬（1912-1997）	本期專題：正視文學教育 特別企劃：台灣文學與馬華文學（下）
62／1990.12	朱立民（1920-1995）	本期專題：正視文化教育 特別企劃：期待一場全新的中華文化復興運動
63／1991.01	資深作家[136]繁露（王韻梅，1918-2008）創作生涯四十年	「各縣市藝文環境調查」系列之一陽光海岸：屏東的藝文環境

[136] 本期開始，「文宿專訪」改為「資深作家」，「主要是想讓報導對象

414

刊號／時間	封面人物（文宿專訪）	專題名稱
64／1991.02	資深作家專訪熊式一（1902-1991）先生	「各縣市藝文環境調查」系列之二 美麗淨土：台東的藝文環境
65／1991.03	資深作家專訪后希鎧（1917-2001）先生	「各縣市藝文環境調查」系列之三 卦山春曉：彰化的藝文環境
66／1991.04	資深作家專訪鍾雷（翟君石，1918-1998）先生	「各縣市藝文環境調查」系列之四 竹影茶香：南投的藝文環境
67／1991.05	資深作家專訪林適存（1914-1997）先生	「各縣市藝文環境調查」系列之五 稻花千里：雲林的藝文環境
68／1991.06	資深作家徐鍾珮（1917-2006）的寫作生涯	「各縣市藝文環境調查」系列之六 天人合歡：澎湖的藝文環境
69／1991.07	資深作家訪新評會（新聞評議會）主委潘煥昆（1917-1999）先生	「各縣市藝文環境調查」系列之七 諸羅風情：嘉義的藝文環境 特別企劃：認識文教基金會1
70／1991.08	資深作家郭立誠（1915-1996）以民俗研究為畢生志業	「各縣市藝文環境調查」系列之八 府城春秋：台南的藝文環境 特別企劃：認識文教基金會2
71／1991.09	資深作家文壇耆宿穆中南（1912-1992）	「各縣市藝文環境調查」系列之九 璀璨蓮花：花蓮的藝文環境
72／1991.10	資深作家高陽（1922-1992）和他的歷史小說	「各縣市藝文環境調查」系列之十 科技與人文：新竹的藝文環境 特別企劃：認識文教基金會3
73／1991.11	資深作家專訪夏元瑜（1909-1995）先生	「各縣市藝文環境調查」系列之十一 栗質天香：苗栗的藝文環境 特別企劃：認識文教基金會4
74／1991.12	資深作家楊念慈（1922-2015）	「各縣市藝文環境調查」系列之十二 灼灼桃花：桃園的藝文環境

更具彈性，『作家』可以是創作者，可以單指以文字寫作的人；『資深』，所以有豐富的經驗與成果，我們有責任將他們報導給社會大眾知道，這是一種經驗的累積，一種智慧的薪傳。」李瑞騰，〈編輯室報告〉，《文訊》64期（1991.02），頁128。

參考文獻

報刊

《文學界》季刊1-24期，1982-1987年。

《文季》文學雙月刊1-11期，1983-1985年。

《文訊》月刊／雙月刊1-74期，1983-1991年。

〈台灣文學往哪裡走？——南北作家座談會紀錄〉，《台灣時報》時報副刊，1982.03.28，12版。

白樺，〈苦戀27〉，《中央日報》晨鐘副刊，1981.11.22，10版。

尹雪曼，〈「中華民國文藝史」之編纂〉，《中央日報》，1976.01.19，10版。

黃天才，〈「苦戀」及其作者白樺〉，《中央日報》晨鐘副刊，1981.10.27，10版。

楊明顯，〈彤彤〉，《中國時報》人間副刊，1981.12.30-31，8版。

專書

中華文化復興運動推行委員會主編，《中國新文學史論》（台北：中央文物供應社，1983.09）。

王瑤，《中國新文學史稿》（上海：上海文藝出版社，1982.11）。

尹雪曼總編纂，《中華民國文藝史》（台北：正中書局，1975.06）。

史書美，《反離散：華語語系研究論》（台北：聯經出版，
　　2017.06）。

朱雙一，《台灣文學創作思潮簡史》（台北：人間出版社，
　　2011.05）。

文訊雜誌社編印，《台灣文學發展現象——五十年來台灣文學
　　研討會論文集（二）》（台北：行政院文化建設委員會，
　　1996.06）。

李喬編，《七十二年短篇小說選》（台北：爾雅出版社，
　　1984.03）。

吳桂枝、楊傑銘主編，陳建忠著，《島嶼風聲：冷戰氛圍下的台
　　灣文學及其外》（新北：南十字星文化工作室，2018.08）。

吳叡人，《受困的思想：台灣重返世界》（新北：衛城出版，
　　2016.07）。

杜國清，《台灣文學與世華文學》（台北：台大出版中心，
　　2015.10）。

施敏輝編著，《台灣意識論戰選集》（加州：台灣出版社，
　　1985.03）。

張金墻，《斷裂與再生：《台灣文藝》研究》（台南：台南市立
　　文化中心，1999.06）。

胡希東，《文學觀念的歷史轉型與現代文學史書寫模式的變遷》
　　（北京：中國社會科學出版社，2016.06）。

陳平原編，《文學史的書寫與教學》（北京：北京大學出版社，
　　2018.09）。

陳芳明，《鞭傷之島》（台北：自立報系文化出版部，1989.07）。

溫彩棠總編輯，《第十二屆府城文學獎得獎作品專集》（台南：

台南市立圖書館，2006.12）。

游勝冠，《台灣文學本土論的興起與發展》（台北：群學出版社，2009.04）。

游勝冠主編，《媒介現代：冷戰中的台港文藝》（台北：里仁書局，2016.11）。

劉綬松，《中國新文學史初稿》（北京：人民文學社，1982.04）。

鄭炯明主編，《文學的光影——從《文學界》到《文學台灣》》（高雄：春暉出版社，2017.04）。

蕭阿勤，《重構台灣：當代民族主義的文化政治》（台北：聯經出版，2012.12）。

賴香吟，《天亮之前的戀愛：日治台灣小說風景》（新北：印刻文學，2019.02）。

聶華苓，《三輩子》（台北：聯經出版，2017.09）。

期刊論文

王鈺婷，〈冷戰時期台港文化生態下台灣女作家的論述位置：以《大學生活》中蘇雪林與謝冰瑩為探討對象〉，《台灣文學學報》35期（2019.12），頁99-126。

王鈺婷，〈美援文化下文學流通與文化生產：以五〇、六〇年代童真於香港創作發表為討論核心〉，《台灣文學研究學報》21期（2015.10），頁107-129。

李知灝，〈「被嫁接」的台灣古典詩壇——《中華民國文藝史》中官方古典詩史觀的建構〉，《台灣文學研究學報》5期（2007.10），頁187-216。

李瑞騰，〈後期文季研究——文學媒體編輯觀點之考察〉，《台灣文學觀察雜誌》6期（1992.09），頁44-59。

高素蘭，〈中共對台政策的歷史演變（1949-2000）〉，《國史館學術集刊》第四期（2004.09），頁189-228。

張俐璇，〈從問題到研究：中國「三十年代文藝」在台灣（1966-1987）〉，《成大中文學報》63期（2018.12），頁159-190。

趙綺娜，〈美國政府在台的教育與文化交流活動（一九五一至一九七〇）〉，《歐美研究》31卷1期（2001.03），頁79-127。

簡義明，〈冷戰時期台港文藝思潮的形構與傳播——以郭松棻〈談談台灣的文學〉為線索〉，《台灣文學研究學報》18期（2014.04），頁207-240。

學位論文

王梅香，〈隱蔽權力：美援文藝體制下的台港文學（1950-1962）〉（新竹：清華大學社會學研究所博士論文，2015）。

林邑軒，〈來自彼岸的紅色浪潮：從意義中介視角重構戰後初期「省工委」的地下革命行動〉（台北：台大社會系碩士論文，2012）。

劉亦佳，〈聽「音」辨「位」：一九八〇年代台灣小說的階級書寫〉（台北：台大台文所碩士論文，2019）。

其他單篇

林尚賢，〈反對的力量是進步的泉源——訪文工會大將孫起明〉，《前進廣場》25期（1985.01），頁34-37。

顏尹謨，〈「統一左派」對上「台灣左派」——從「夏潮」批鬥
　　黨外和台灣意識說起〉，《政治家》週刊7期（1984.03），
　　頁40-45。

電子媒體

路向南，〈民進黨「地方包圍中央」策略的歷史回顧（1989-
　　2000年）〉，想想論壇，2014.12.24（來源：https://www.
　　thinkingtaiwan.com/content/3533，檢索日期：2020.6.16）。

回歸與挫敗：戰後初期《新臺灣》的
文化位置與身分論述

羅詩雲

致理科技大學通識教育學部副教授

摘要

戰後初期（1945-1949）是殖民地臺灣脫離日本帝國統治後，境內多元住民於短時間內「國民化」（nationalization）的關鍵階段；然而此一國民統合的過程卻遭嚴重的挫敗與分裂；本文鎖定此歷史時段，析論日治時期即旅居北京的臺灣知識分子之戰後文化位置與身分論述，以1946年臺灣省旅平同鄉會的綜合性機關誌《新臺灣》為考察場域。首先，整理北京（北平）的臺人團體概況與《新臺灣》雜誌的緣起、編輯與議題，詮釋其於戰後初期的文化背景與生產場域；再者，由身分問題的辯護、臺人的中國願景、認同的挫敗等脈絡，討論《新臺灣》社群所表現的戰後中國社會觀察和身分論述。研究目的為呈現旅平臺籍知識分子面對終戰後時勢下，關於身分建

構與國族情感的論述及其變化。

關鍵詞：戰後初期、《新臺灣》、身分認同、中國、前殖民地

Return and Frustration: Cultural Position and Identity Politics of *New Taiwan* in the Early Postwar Period

Abstract

In the historical narrative, 1945 was the year which the free world defeated militarism. For Taiwan, it was the historical stage of the "nationalization" of the multi-residents in the territory after the disintegration of Japanese colonial rule; however, the process of national integration was broke in the early postwar period. Thus, this paper focuses on this historical background of Taiwan in the early postwar period and explores the cultural discourse and imagining nationhood of Taiwanese intellectuals who lived in Beijing in the early postwar period. This paper first summarizes the origin and content issues of New Taiwan(新臺灣), which was published in Beijing in 1946, to explain the historical context of the Taiwanese publications in the early postwar period. Secondly, this paper analyzes the observation about China's

social and identity discussion in New Taiwan. This paper intends to
present the the speaking gesture and identity thinking about the Native
China(原鄉中國) and Hometown Taiwan(故鄉臺灣) of the former
colonial Taiwanese intellectuals who lived in Beijing during the Japanese
colonial period.

Keywords: the Early Postwar Period, New Taiwan, Identity
Politics, China, Ex-Colony

一、旅平臺人團體與《新臺灣》[1]

（一）旅平（北京）臺人團體概況

十九世紀以來東亞國際關係、戰爭、帝國的紛爭影響，

---

[1] 《新臺灣》於1946年2月15日創刊，迄同年5月1日為止共發行四期，由
新臺灣社出版，宣傳委員梁永祿擔任發行人兼編輯，第二期起曹哲隱
為主編。對照日後國民政府接收臺灣呈現的腐敗、混亂與二二八事件
的社會狀態，1945至1947年此間呈現相對平穩的狀態。《新臺灣》的
創刊意義在於戰後初期社會狀態相對平和、言論活動相對活躍的建設
時期，為旅居華北的臺灣人言論代表機關，且能呈現1945至1947年間
臺灣人對「新中國」的想像與願景。再者，根據梁永祿所藏《《新臺
灣》發送名冊》資料，可知這份雜誌為日本帝國瓦解後，臺籍人士在
中國歸返臺灣前重要的輿情刊物。它所設定的讀者對象除了中國讀者
之外，也包括旅平準備返臺的臺人讀者、準備來臺的外省籍人士和臺
灣本島讀者。

讓臺灣人不斷面臨地理空間國境的變化、身分的複數轉換與社
會地域流動之閾境狀況，故估算旅外臺人的人數與去向實屬
不易。1946年1月，依據長官公署所公布的資料，旅居中國者
約莫七萬餘人為最多，其次為日本、南洋各地；而據日本政
府的統計，1937至1945年間的旅平人數則約有五百多人，若
進一步觀察華北臺人的分布狀況，可知有三分之一數量的臺
人集中在北京，其次為天津、青島，旅平人數亦是可觀。[2]臺
灣地理位置以及多重殖民歷史機緣，使得臺灣充滿了人群遷
移和認同形成的多元路徑，戰後初期的旅中臺人論述是探討
「殖民地臺灣」轉換至「民國臺灣」過程中接軌/脫軌的關鍵
文本。具體而言，以旅平臺人社群作為研究對象的意義，除
了前述人數及旅居空間考量之外，於時間意義上則是對1945
年終戰變革的重述與再現；在空間意義上則涵蓋各疆界的穿
透渡越，包括語言、文化、社會與歷史層面；在旅平臺人身
分意義上，為境況未定之戰後北京場域中帝國解體與身分復
籍問題互涉的主體重構。

　　旅平（北京）臺人團體概況，[3]可由日治時期以來臺灣人

[2]　湯熙勇，〈恢復國籍的爭議：戰後旅外臺灣人的復籍問題（1945-
47）〉，《人文及社會科學集刊》17：2（2005.6），頁400-401。許雪
姬，〈1937年至1947年在北京的臺灣人〉，《長庚人文社會學報》1：
1（2008.4），頁49-50。
[3]　北伐後的中國以南京為首都，北京改名為北平特別市。1937年中日戰
爭後，北平被日軍佔領，改名為北京。1945年中日戰爭結束，同年恢

的文化組織、同鄉會及其會館分別掌握。前者應從1922年成立的北京臺灣青年會論起，此組織由社會運動者蔡惠如促成，凡屬臺灣人皆有入會資格，以中國文化研究與倡導臺人赴京留學為宗旨。主要成員為北京大學臺人學生，聚會於王悅之崇文門釣餌胡同的居所，《北京臺灣青年會月刊》發刊詞：「我們因為要提倡臺灣同胞，來中國留學；和要研究中國文化，覺著沒有一個團體，是很不方便的。所以才和在京同人，組了臺灣青年會。」[4]說明了成員來京目的、組織成立原因、活動屬性等。此團體也與臺灣文化協會保持聯繫，支持臺灣民族主義啟蒙運動與臺灣議會設置請願運動。[5]1923年〈華北臺灣人大會宣言〉由「臺灣遺民」的角度闡述民族、政治、軍閥、資本

復原名北平。1949年1月，中國人民解放軍進入北平市，宣告「北平和平解放」，同年9月北平市改稱北京市。北京是一座三千多年歷史的古都，「北京」和「北平」在地理位置上是指同一座城市，因為時代政權的不同而有名稱上的差異，「京」字的使用是因為首都所在地之意。北伐後的中國以南京為首都，北京改名為北平特別市。本文考量研究對象對此地文化首善之想像，且旅居臺人的地域生活是以北京城牆內外空間作為界線（北京城牆、城門於1949年後陸續拆除，故本文研究對象屬於北京城時代的居民，生活或體驗世界的方式仍被北京城空間所影響），且研究角度涉及了城市歷史與現實所形成的連動影響，故本文論述行文仍使用「北京」一詞指稱，若為原典引文或指涉《新臺灣》社群則依原文用語為準。

4　邱士杰，《一九二四年以前臺灣社會主義運動的萌芽》（臺北市：海峽學術出版社，2009），頁128。

5　王詩琅譯註，《臺灣社會運動史──文化運動》（臺北：稻鄉出版社，1995），頁164-167。

之於臺灣的壓迫，連帶起與一九二〇年代中國的共同境遇。「遺民」本身暗示一個與時間脫節的政治主體，意義建立在合法性及主體性逐漸消逝的邊緣上，就臺灣人而言就是1895年的時間裂變；[6]之後，此組織由1927年張我軍等人重組的北京臺灣青年會持續，並發行《少年臺灣》月刊，嘗試建立臺灣與中國之間思想知識的資訊橋樑；其他臺人組織尚有1923、1924年范本梁組建的新臺灣社與新臺灣安社，後者機關誌同樣名為《新臺灣》，具無政府主義思想傾向。同時期者包括韓臺革命同志會。[7]

再者，同鄉會以地緣為中心，建立在移居者本籍地緣的基礎，並以移居地為會址所在地。同鄉會向來以會館作為活動據點，提供在京鄉人聚會及來京鄉人暫住，為同鄉社群服務的固定場所。北京的臺人同鄉會沿革，可知清代已有臺人同鄉會組織存在，然臺人仍多參與閩籍會館的同鄉會。已知一九二〇年代部分留學北京的臺灣人曾入住後孫公園附近的泉郡會館，例如張我軍、張鍾鈴、洪炎秋等人；戰時北京期間大江胡同（大蔣家胡同）的臺灣會館產權已被臺人同鄉會收回管理，成為正式的附屬財產，自此便有臺人入住臺灣會館的紀

[6] 王德威，《後遺民寫作》（臺北市：麥田出版社，2008），頁34。
[7] 邱士杰，《一九二四年以前臺灣社會主義運動的萌芽》，頁134；洪炎秋，〈楊肇嘉回憶錄序〉，陳萬益編，《閑話與常談：洪炎秋文選》（彰化：彰化縣立文化中心，1996），頁245。

錄，例如作家鍾理和。[8]1945年後臺灣會館正式成為旅平臺灣
同鄉會與旅平臺人組織的活動據點。[9]由記錄可知，1937年前
後謝廉清、林煥文、林少英、張深切、洪炎秋、梁永祿等人陸
續出任同鄉會會長，[10]梁永祿經營的三安醫院更為終戰前後華
北返鄉臺人的暫住地，此可見於鍾理和歸返小說的場景。1943
年5月張深切日記則載臺灣同鄉會第四次總會記事，會員總數
達七十名。[11]不過，相較於戰時北京臺人活絡的文化活動，同
鄉會活動顯得消沉許多。箇中原因，張深切指出此乃緣於北京
臺灣同鄉會成員的政治與臺籍身分考量。[12]

[8]　北京市臺灣同胞聯誼會編，《臺灣會館與同鄉會》（北京：北京大
　　學，2012），頁122-123。林海音，〈番薯人〉，《我的京味兒回憶
　　錄》（臺北市：格林文化，2000），頁25-26：「母親曾對我談過，
　　父親生前有志把北京的台灣會館收回。……民國十二年父親曾對收回
　　台灣會館一事努力過，但無結果。父親死後，家中所存的一疊台灣會
　　館資料，就被台灣同鄉賴先生兄弟取走，他們也想繼續努力，但無下
　　文。」
[9]　北京市臺灣同胞聯誼會編，《臺灣會館與同鄉會》，頁92。
[10]　同前註，頁132-133。
[11]　陳芳明等編，《張深切全集卷11 北京日記·書信·雜錄》（臺北市：文
　　經出版社，1998），頁345。
[12]　陳芳明等編，《張深切全集2里程碑》（臺北市：文經出版社，
　　1998），頁657：「北京本有一個臺灣同鄉會，旅京同鄉都不喜歡參
　　加，因為這裏的同鄉，大抵冒稱福建人或廣東人，自食其力，以託庇
　　日本勢力占便宜為恥辱，這在全國可謂絕無僅有的特徵，日本當局認
　　為這是要不得的嚴重問題，想要加強同鄉會，利用同鄉會做他們的御
　　用機構。」

（二）臺灣省旅平同鄉會與《新臺灣》

終戰後東亞各地的臺灣同鄉會提供情緒紓解與溝通的平台，也成為臺灣人認同原鄉的標籤。[13]終戰後的北京臺人同鄉會組織一改低調作風，積極投入相關文化建設與政治號召。陸續成立了臺灣省旅平同鄉會（1945.9）、臺灣革新同志會（1945.10，會址南長街57號雲溪會館）、臺灣省旅平同學會（1946.4）等各式團體。本文討論對象為臺灣省旅平同鄉會及其機關誌《新臺灣》。此刊詳載了臺人一改日治時期的沈寂，終戰後成立組織的熱切態度：

> 旅平台灣人士因此次我國抗戰勝利，得以脫離日人羈絆，無不歡欣雀躍，已於日前致電蔣主席致敬，並於九月九日下午二時在西單大光明戲院開全體大會，出席者共有五百多名，討論百出，情緒熱烈，其盛況洵謂近年來未有見之……。[14]

乘著9月9日日軍在南京舉行投降儀式的時機，臺人旋即召

---

[13] 湯熙勇，〈烽火後的同鄉情：戰後東亞臺灣同鄉會的成立、轉變與角色(1945-48)〉，《人文及社會科學集刊》，頁36。

[14] 編輯部，〈台灣省旅平同鄉會成立〉，《新臺灣》創刊號（1946.2.15），頁8。（傳文文化復刻出版）

開超越登記在冊人數的「臺灣省旅平同鄉會」成立大會，並
有效率的選出執行委員七名、監察委員二名。[15]委員當中的梁
永祿、洪炎秋、張我軍、吳敦禮、陳天錫等人皆在戰前（1937
年中日戰爭爆發前）即旅居北京。其組織性、人事決定之效率
可見一斑，也凸顯臺人對脫離日本殖民後願景的滿心期待。
同鄉會辦事處設立在西城南太常寺4號，同月11日舉行第一次
執行委員會會議，議決委員之職務：會長洪炎秋、事務委員
洪耀勳、文書委員張我軍、聯絡委員張深切、調查委員吳敦
禮、學務委員林朝棨、宣傳委員梁永祿。簡章第一章總則第
二條「本會以圖謀會員親睦及增進旅平臺灣同鄉之福祉為目
的」，同鄉會組織運作項目圍繞臺人權益，包含管理臺灣會
館、斡旋同鄉職業、發行會報介紹本省實情、救濟同鄉、輔
導同鄉留學生、設置宿舍及有益娛樂機關、舉行懇談會等事
務。[16]終戰後臺灣省旅平同鄉會之規模與聯絡網之緊密，頗具
北京當地的社會影響力。

　　臺灣省旅平同鄉會戰後投注大量心力於協助政府接收臺
灣、瞭解臺灣現況，與協調華北臺人返鄉等任務。考量旅中臺
人返鄉需求以及會務推行，臺灣省旅平同鄉會與天津市臺灣同

---

[15]　《新臺灣》雜誌介紹，參見秦賢次，〈《新台灣》導言〉《臺灣舊雜
誌覆刻系列2《新臺灣》》（臺北市：傳文文化復刻出版，1998），
頁5-7。
[16]　北京市臺灣同胞聯誼會編，《臺灣會館與同鄉會》，頁143-144。

鄉會（會長吳三連）併為臺灣省平津同鄉會聯合會，主要工作為維護臺人權益、支援臺灣國語運動、協調安排華北臺人回鄉事宜。聯合會運作下延伸成立五個社團：第一為臺灣革命同難同志會；二為臺灣省教育協進會，協力政府改進臺灣教育；三為臺灣革新同志會，會長為林少英；四為新臺灣建設協進會；五為臺灣省旅平醫師聯絡會。組織的共同目標「希望糾合同志，各盡所能，以協助政府，把臺灣建設成一個全國的模範省。」[17]獲得政府許可正式運作者唯獨臺灣革新同志會（1945.10.14成立），會務是協助文教人員訓練、赴臺從事國語語文教育，張深切、洪炎秋、林少英都是該會同仁；[18]其他北京臺人團體，尚有1946年由北京臺人留學生成立的臺灣省旅平同學會，其目的為「相互砥礪學術思想，以為台省與內地各省文化交流之橋樑，並謀解決學生本身之問題，使各得專心研讀以備將來得於貢獻國家社會耳」，[19]同樣與旅平同鄉會保持密切聯繫。從團體發展狀況看來，臺人戰後在北京的團體組織一時林立，但其中持續運作且發揮影響力者，實屬臺灣省旅平同鄉會與合併後的臺灣省平津同鄉會聯合會二者。

---

[17] 秦賢次，〈《新台灣》導言〉《臺灣舊雜誌覆刻系列2《新臺灣》》，頁6。編輯部，〈台灣省旅平同鄉會成立〉，《新臺灣》創刊號（1946.2.15），頁8。

[18] 北京市臺灣同胞聯誼會編，《臺灣會館與同鄉會》，頁147。

[19] 同學會，〈台灣省旅平同學會的使命〉，《新臺灣》1：4（1946.5.1），頁13。

　　終戰後華北臺人的返鄉事宜與狀況並不順遂，除了戰後中國接收復員、交通、經費問題，還有來自國共內戰的阻礙，故當局設法先將平津臺胞分批集於上海，再遣送臺灣。[20]1945年11月19日旅平同鄉會會長洪炎秋更曾致信聯合國救濟總署遠東委員會，求助協調臺人返臺交通事宜，信中說明平津兩地有一千兩百名臺人等待返臺：

　　　　竊吾臺民，前因不堪日本壓迫，多有逃回祖國者，平
　　　　津兩地，即有二千三百五十名，唯生活頗感困難，
　　　　現以勝利來臨，臺灣重歸中國，平津臺民之中，有
　　　　一千二百名希望回臺，一面協助政府，辦理接收建
　　　　設，一面解決個人生活。唯因交通工具全被破壞，不
　　　　能如願，懇請派遣美國輪船一艘，將其載回，以資救
　　　　濟，不勝感激之至。[21]

---

[20] 褚靜濤，〈臺灣光復後滯外臺灣同胞返臺的經過及其影響〉，《臺灣研究》1（2000.3），頁83。

[21] 洪櫪，〈臺灣省平津同鄉會為請船返臺致聯合國善後救濟總署遠東委員克拉克呈文〉，尹全海等整理，《中央政府賑濟臺灣文獻・民國卷》（臺北市：崧燁文化，2018），頁168。（1945年11月19日）關於旅平同鄉會對臺人遣返問題的協助，參見洪炎秋，〈我的朋友吳三連〉，《淺人淺言》（臺北市：三民書局，1971），頁31：「因為我們各級政府，正在忙於接收，急於復員，物資入手，兩感不足，海運工具，完全缺乏，空運自然也是力不從心。三連兄和我，感到十分頭痛，於是鳩首討論，窮人想出窮辦法來，決分四方面進行：①向比較富有的同鄉募捐；②向十一戰區、北平行營、日俘管理處交涉，對被

　　12月19日臺灣省平津同鄉會聯合會亦致文救濟總署冀熱平津分署，希望賜撥輪船載運自願回臺協助建設工作的平津臺人；[22]事實上，平津航政局曾訂1946年2月23日海蘇號輪船載運首批三百名臺人返臺，卻因運送肥料而遭天津招商局臨時更改計畫；[23]同年3月到9月臺人主要由聯合國善後救濟總署協助返臺交通，救濟總署亦提供等待返鄉的滯滬臺人生活接濟。[24]

　　微軍屬，按口給予日俘的口糧，並設法籌畫船隻，把他們送回；③向救濟總署天津分署請求其對於平民身分的臺胞，儘可能予以救濟，並代洽遣送船隻；④向天津港口司令部交涉，遇有遣送臺胞回臺船隻，在手續上儘量給予方便。」旅平同鄉會成員張我軍亦擔任其中一個服務隊的隊長，協助臺人返臺事宜。秦賢次，〈張我軍的漂泊與鄉土〉，彭小妍主編，《漂泊與鄉土：張我軍逝世四十週年紀念論文集》（臺北市：行政院文建會，1996），頁13。

[22] 臺灣省平津同鄉會聯合會，〈臺灣省平津同鄉會聯合會呈善後救濟總署冀熱平津分署〉，尹全海等整理，《中央政府賑濟臺灣文獻‧民國卷》，頁169-170。（1945年12月19日）

[23] 趙梅伯，〈旅居平津臺胞資訊統計及先批返籍人數情形〉，尹全海等整理，《中央政府賑濟臺灣文獻‧民國卷》，頁172：「關於臺胞返回事，請電天津辦事處會同unite海蘇艦交涉運送三百名臺胞返回。該船已有正式公函通知本市臺胞同鄉會，允於二日內在平市運送92名，津市92名，兵士116名，共300名為荷。」關於戰後首批平津臺人返臺波折與輿論，參見〈台灣同胞之回籍〉，《新臺灣》1：2（1946.2.28），頁1；〈航政局拒絕臺灣同胞回籍〉（轉載北平新報），《新臺灣》1：2，頁5；〈台灣消息評述〉，《新臺灣》1：2，頁6-7；台灣重建協會，〈為臺灣同胞講幾句話〉，《新臺灣》1：2，頁10-13。

[24] 台灣重建協會，〈為臺灣同胞講幾句話〉，《新臺灣》1：2，頁11：「南京漢口等各地台胞，最近陸續的流落到上海，已有好幾千人現在由本會請求善後救濟總署供給他們的衣食，並將他們收容在幾個招待所裏頭。……各地來滬集中的台胞，愈來愈多起來了，都等待著歸家。但當局並沒有遣送他們返鄉的準備，所以他們的怨望聲，愈喊愈

從1945年9月以協助華北臺人返鄉為重要會務的旅平同鄉會成立，至翌年3月滯留中國的臺灣人始得以陸續返臺，參見〈遣送臺籍難胞表〉（1946年3月1日至9月7日）：[25]

批次	一	二	三	四	五	六
時間	3/1	4/1	5/7	6/8	6/22	6/29
人數	40	296	149	120	128	366
所乘輪別	永生輪	和生輪	漢揚輪	和生輪	岳州輪	和生輪
備考	黃啓惠等	李清芬等	陳溪山等	劉進德等	鄒天來等	黃順記等

批次	七	八	九	十	十一
時間	7/3	7/25	8/31	9/2	9/7
人數	49	118	56	250	191
所乘輪別	海冀輪	怡生輪	北銘輪	來央輪	萬善輪
備考	劉達明等	蔡裕等	吳石山等		

此表時間為上海船班出發日期，從1946年3月1日至9月7日為止，計十一批次，共1,763人返臺。若再涵蓋其他地域，當時自中國返臺的人數必定多於此數量。[26]且相較於救濟總署的

響了。」
25 「遣送臺籍難胞表」摘錄自王蘊漢（撰稿人），〈為呈報遣送臺灣難胞回籍情形請鑒核備查由〉（善後救濟總署冀熱平津分署公文稿），陳雲林總主編，《館藏民國臺灣檔案彙編》（第102冊）（北京市：九州出版社，2007），頁370-371。同鄉會會長洪炎秋於1946年5月初抵臺，《新臺灣》及旅平同鄉會社群返臺狀況，參見沈信宏，《洪炎秋的東亞流動與文化軌跡》（臺北市：秀威資訊，2016），頁253-257。
26 戰後初期遣返臺人人數相關紀錄，參見洪炎秋，〈我的朋友吳三連〉，《淺人淺言》，頁31：「在那船隻極度缺乏的情形之下，終

協助，國民政府態度倍顯消極，故此間平津臺人已表露對當局
的不滿：

> 承聯合國救濟總署的好意第一批還台平津同胞四十名
> 在三月上旬由塘沽經上海，歸還到台灣了。三月十九
> 日該署又通知台灣同鄉會擬於卅一日再遣送第二批
> 二六〇名。因該署向來辦事很有信用，同鄉會隨時通
> 知會員立刻處理起程準備。……管吃，管住，還管零
> 錢，還能逛趟上海。可是每一個台胞的心裏免不了發
> 生一種疑問──為甚麼我國政府不能送回我們，非得
> 靠外國人的力量不可？──其實當局或台灣當局並非
> 沒有船，而外國人說行，就是行，不會答應後，忽然
> 變更其態度的。[27]

於在不滿兩年之間，把這三千多無告的臺胞，悉數遣送完畢。」；
趙梅伯，〈旅居平津臺胞資訊統計及先批返籍人數情形〉，尹全海
等整理，《中央政府賑濟臺灣文獻・民國卷》，頁171-172：「北平
普通人：1000人。徵用兵：115人。天津：1000人。太原：100人。
共：2215。」（1946年2月20日）；〈善後救濟總署臺灣分署視察室報
告〉，尹全海等整理，《中央政府賑濟臺灣文獻・民國卷》，頁439-
440：「（1）海南島歸省難民：共有六批，其中一批於十月十二日抵
達基隆。經派員視察，難民共計二二七九人，此批難民生活情況極
苦，……（2）東北歸省難民：十月十八日抵達基隆，共計二百八十
五人。此批難民經濟情況尚佳，多數攜有少量衣物，健康情形亦較良
好。」（1946年11月）
[27] 〈台灣消息〉，《新臺灣》1：3（1946.4.1），頁9。

　　引文出自「臺灣省旅平同鄉會」的機關刊物《新臺灣》。自1946年2月15日創刊以來《新臺灣》僅發行四期，但其戰後初期的出版時間、擴及中國、臺灣兩地的發行範圍、主要以旅平臺人為參與成員的屬性，以及扣合臺灣議題的編輯方針都讓此份刊物的文化位置至關重要。且在1945至1947年相對呈現平穩狀態的戰後時空，[28]《新臺灣》的言論活動無疑更具活躍的空間與迴響，不啻為當時旅居中國的臺灣人言論代表機關，並呈現1945至1947年間臺灣人切要的關注課題和新中國想像。

　　《新臺灣》與戰後旅平臺灣人的密切性，亦得證於戰時旅滬的楊肇嘉所見所聞，其回憶錄指出的戰後中國政府對臺灣人的三項失察，恰能對應《新臺灣》創刊原因。[29]第一項是1945年11月國民政府核定的「關於朝鮮及臺灣人產業處理辦法」；第二項是1945年9月1日成立的負責接收、治理臺灣的臺灣省行政長官公署；第三項為遲至1946年1月12日公佈臺灣人國籍恢復為中華民國籍的行政命令。除此之外，旅平臺人

---

[28] 蘇瑤崇，〈「終戰」到「光復」期間台灣政治與社會變化〉，《國史館學術集刊》13（2007.9），頁47。

[29] 楊肇嘉，《楊肇嘉回憶錄》（臺北市：三民書局，1970），頁350：「一是將居住於大陸淪陷區的臺灣人和朝鮮人一樣視同「敵僑」待遇。二是將臺灣暫劃為「特區」，設行政長官公署而不設省。三是臺灣人原都是大漢民族的後裔，……政府遲遲不公佈恢復這些人的中國國民的國籍。最感焦急的當然是那批居住於淪陷區的臺灣人。」

頻遭國民政府以漢奸嫌疑罪名逮捕，也是一大爭議，包括江
文也、柯政和、謝廉清、彭華英、林文龍等知名人士。[30]可知
戰後臺灣人並未相應得到身為中華民國國民的權益與平等對
待，於是旅平臺灣人開始組織團體，甚而創刊《新臺灣》為旅
居平津的臺人集體發聲，呼籲政府當局改正戰後措施，強調臺
灣人並不適用「懲治漢奸條例」。《新臺灣》的創刊可謂肩負
宣揚臺灣人對中國的民族情感與貢獻新中國建設的意義，展現
對國族與文化身分的追求與定位。

　　《新臺灣》表徵了編輯群與從屬團體之旅平臺灣人對故
鄉臺灣的關懷，以及文化、政治上的理想實踐；《新臺灣》創
刊初衷希望以言論自由推進中國的臺灣建設、對臺認識，亦有
籌備將刊物移至臺北發行的計畫。[31]編輯部將《新臺灣》發展
規劃為三階段：祖國及臺灣的交流橋樑、為旅居中國的臺人爭
取權利、對中國報導臺灣現狀，喚起國內外言論機關注意。[32]
刊物約稿簡則註明歡迎有關臺灣的文字、退還無關臺灣之來
稿，更隨期號添加歡迎有關臺灣教育、國語文、文藝，以及臺
灣政治、經濟、社會問題的稿件規則。《新臺灣》的發行數量

---

[30] 許雪姬，〈1937年至1947年在北京的臺灣人〉，《長庚人文社會學
報》1：1，頁56-58。

[31] 編輯部，〈約稿簡則〉，《新臺灣》創刊號（1946.2.15），頁16。

[32] 本社，〈謹對全國愛國志士及言論界諸公呼籲〉，《新臺灣》1：4
（1946.5.1），頁1。

計有八千多冊，讀者群含納旅平同鄉會與編輯群所在地的北平人士、臺灣知識分子及在臺政府官員。時任臺灣省國語推行委員會的魏建功、何容，社會要人連震東、林獻堂、游彌堅、黃朝琴、宋斐如，臺北的省外臺胞送還促進會、民報社等單位，都在收件人名單之列，更有平信寄送《新臺灣》至臺灣島內的讀者。[33] 綜上所述，《新臺灣》是極富政治意識的綜合性雜誌，發行期數雖少，內容卻以戰後臺人為問題意識而涵蓋各層面論述，無疑是協助戰後中國社會穩定、促進中臺兩地文化交流，以及推進國語運動的重要力量。

二、戰後初期旅平臺人的身分考辨與中國論述

（一）從籍民到國民

　　尋找認同本是人類境況天性的一部分，國族國家便是結合了此種人類感受的地方情感與抽象性空間的產物。[34] 而類同

---

[33] 汪毅夫，〈愛國愛鄉兩岸情──讀梁永祿先生家藏文獻〉，《團結報》（2010.4.1），第6版。省外臺胞還送協進會成立於1945年10月20日的臺北，完整組織名稱為「日據時期被迫赴海外之臺胞遣還協進會」。其相關活動參見何鳳嬌，〈戰後海外臺灣人的救援行動〉，《臺灣學研究通訊》102（2017.11），頁20-21。

[34] Tim Cresswell（蒂姆‧克雷斯韋爾）著，王志弘、徐苔玲譯，《地方：記憶、想像與認同》（新北市：群學出版有限公司，2006），頁

與差異之間的互動是認同形塑過程的依據，主體藉由不斷與他者相互對照以認識自己，其呈現與闡述同時接受四周環境影響。[35]戰後初期旅平臺人的自我身分問題亦於同/異情境間形構，透過民族血緣、歷史記憶與文化意識的類同與中國產生本質連結，又因前日本殖民地的背景差異而被中國拒斥。前者的「同」連結可由《新臺灣》創刊詞所述考察：

> 小弟弟和家隔離五拾一個月，現在已經回到家裏來了。脫出幫票的虎穴，歸到慈母膝下的這個小弟弟是如何愉快和興奮呀！
>
> 天天在那些粗漢的壓迫下，走過流浪生活的小弟弟該是聰明的。禮貌，待人，語言等家法用不著父母操心，在很短時間內一定能學會。因為做過人家奴，所以小弟弟的愛家心也許比他的父母還強。……但是只要有一點兒時間和空間，小弟弟願意多說一點話。這對維持家庭的和平和家庭的新建設很有用處。[36]

雜誌編輯群以「家」的構圖將戰後臺灣的脫殖民比喻為

158。

[35] Richard Jenkins（理查・詹金斯）著，王志弘、許妍飛譯，《社會認同》（臺北市：巨流出版，2006），頁72-73。

[36] 編輯部，〈創刊詞〉，《新臺灣》創刊號（1946.2.15），頁1。

回家（中國），回家成為臺灣復歸中國的政治比喻。臺灣是家庭裡的「小弟弟」，中國則為「慈母」，擁有相連血脈的兩者只是暫時的隔離，一場「流浪生活」的過渡，終歸返家；「異」的處理表現在形容日本殖民者為家庭外的他者「粗漢」，並強調「愛家心」（愛國心）因他者的壓迫反倒愈加強烈。「小弟弟願意多說一點話」可解讀為旅平臺人面對終戰後臺灣、中國的隔閡，願意全力貢獻、縫補隔閡的我群發聲，包括各地同鄉會與《新臺灣》的創刊都是此建設藍圖下的具體實踐。是故《新臺灣》中「家」的構圖，不但是臺人展開中國想像的出發位置，也為己身提供了身分認同的依據與目標。

　　然而，《新臺灣》諸篇同時在復歸中國的喜悅之外，顯現臺人社群對中國社會如何看待自我身分的深刻意識與掙扎、矛盾：

> 我們以為對於臺灣人的這種看法，或者是一時的誤解，無妨可以雲消煙散的。然而，據其後種種事實，證明這樂觀是不可靠的了。……祖國同胞仍把我們當敵人，或敵人的奴才看待，給予一種不理解與輕視的

特別眼光麼？[37]

　　引文呈現臺灣人的認同掙扎由日治時期延續到戰後初期，1945年臺灣脫離日本殖民的現實，並未讓臺人擺脫外界對其身分的質疑，依舊處於中國與臺灣之間敵我矛盾的尷尬處境。文中的「祖國同胞」與「我們」劃分為二，「我們」（臺灣人）身分被「祖國同胞」貼上了不理解與輕視的標籤；這種臺灣人身分認同的苦悶，張秀哲早從中國社運參與的角度，於回憶錄記述殖民地青年得不到中國認同的精神苦悶：「臺灣人在光復以前雖心愛念祖國，然而救國乏術，想要脫俗的我們，在臺灣苦心轉念頭想法申請護照，……俟到一步踏入京滬兩地，馬上你就又覺失望萬分！因為『人生地疎，無人可靠，言語不通，復無背景』！」[38]言語與背景的隔閡讓急切報效中國的臺灣學子鎩羽而歸，空有滿懷抱負；類似感受同見於戰後返臺且為同鄉會重要成員的洪炎秋、張深切、張我軍等人在《新臺灣》的文章，站在旅居平津華北的臺灣人立場表述離臺赴中之背景動機：

[37] 臺灣旅平青年團，〈我們的解釋與請求〉，《新臺灣》1：4（1946.5.1），頁7。
[38] 張秀哲，《「勿忘臺灣」落花夢》（新北市：衛城出版，2013），頁45。

諸位請想一想——受過五十一年日本的統治和教育的
台胞，還能維持這麼熱烈旺盛的民族精神，我們相信
對得起祖國，對得起同胞！請諸位不要以廈門福州等
地的匪類台胞，來懷疑我六百餘萬善良的台胞。……
我們希望諸位了解我們亡命於華北的心情，第一是不
願受日本統治，第二是要來親親祖國的同胞，……如
今我們勝利了，臺灣解放了，我們還回不了故鄉，這
是何等可悲可嘆的一件事！

須知旅居祖國的同胞，大多數是為了不願受日人統治而
逃向祖國的呀！……台胞在日本帝國主義鐵蹄下掙扎了
五十年，唯一的期望是重返祖國懷抱做個清白的國民。

天津多商人，北平多學生，他們來此的共通動機，是
要避免日本的壓迫，所以來的人都是愛國者。……中
日戰事發生後，臺胞為逃避日敵的徵用，跑回祖國者
更多，多冒稱閩粵人。[39]

---

[39] 洪楢，〈平津臺胞動靜概況〉、者也（張深切），〈一台灣人的呼
喚〉、伍君（張我軍），〈為台灣人提出一個抗議〉，《新臺灣》創
刊號（1946.2.15），頁2、6、7。

　　三人共同道出日治時期臺灣人奔赴中國的動機——逃離日本殖民與重返中國懷抱，重申民族情感之深厚和中國嚮往；然而這批人戰後卻仍被視為中國國民之外，不知自己歸屬何處。張深切更呼籲勿以部分惡名在外的華南臺灣籍民，懷疑所有旅居中國的臺灣人。這種亟欲解釋身分、強調身分正當性的意識，是日治以來僑居中國的臺灣人之普遍心理與現實問題。戰時旅滬的楊肇嘉也曾回憶由華北、華中一帶至上海轉乘返鄉的臺灣人，除了生活救濟、交通運輸等問題，身分的證明也是亟待解決的。[40]

　　《新臺灣》創刊背景是在中國政府不對等的政治態度與措施之下，旅平臺灣人為己身辯護所成立的言論空間。創刊主要目的是為臺人之喉舌，以言論表達校正政府當局之臺人措施，包括懲治北京臺奸問題、臺灣人產業處理辦法二者。[41]前者指的是1945年10月國民政府依據懲治漢奸條例展開臺人政治逮捕，交由法院審判；後者為1945年11月國民政府核定的「關於朝鮮及臺灣人產業處理辦法」之爭議。[42]《新臺灣》尤其針

---

[40] 楊肇嘉，《楊肇嘉回憶錄》，頁348。

[41] 秦賢次，〈《新台灣》導言〉《臺灣舊雜誌覆刻系列2《新臺灣》》，頁7。

[42] 臺灣省旅平同鄉會、臺灣革新同志會，〈關於處理台灣人產業之意見書〉，《新臺灣》創刊號（1946.2.15），頁5：「（一）凡屬朝鮮及臺灣之公產，均收歸國有。（二）凡屬朝鮮及台灣人之私產，由處理局依照行政院處理敵偽產業辦法之規定，接受保管及運用，朝鮮或台灣

對後者表示抗議,如創刊號的臺灣省旅平同鄉會〈關於處理
台灣人產業之意見書〉、伍軍〈為台灣人提出一個抗議〉、
編輯部〈台灣人產業處理辦法　實有難於忍耐之點〉、林麗
生〈一位台灣人之呼籲〉、葉一舟〈關於台灣人產業處理辦
法〉;第二期〈轉載——為台灣同胞講幾句話〉;第三期林鷹
〈就臺人產業處置而言〉;第四期的臺灣旅平青年團〈我的解
釋與請求〉等篇。〈關於處理台灣人產業之意見書〉以別於臺
灣民族存在之差別待遇,就「正名定分」之立場提出辦法不
當。所謂「正名定分」正是《新臺灣》思辨政府對臺人措施的
基本論述,1946年1月同鄉會甚至為此辦法召開記者會公開談
話,提到產業處理辦法涉及臺胞的法定地位而急盼修正;林鷹
〈就臺人產業處置而言〉直言「臺灣人是中國人」,盼政府寬
大處理;〈為台灣人提出一個抗議〉明言以「國民」立場駁斥
視臺人為敵偽的產業處理辦法認定,指出行政院作法將惡化中
國對臺人觀感,顯示作者為自我及臺人正名之渴求。

　　《新臺灣》並非旅平臺人的單向論述,也多方引述中
國報刊社說加強論說立場,形塑來自第三公正方(非國民政
府、非臺灣人)之於臺人身分的客觀評斷,協助臺人「脫籍

人民,凡能提出確實籍貫,證明並未擔任日軍特務工作,或憑藉日人
勢力,凌害本國人民,或幫同日人逃避物資,或並無其他罪行者,確
實證明後,其私產呈報行政院核定,予以發還。」

民、入國民」的身分復籍辯護。《大公報》社說〈認識台灣同胞〉闡述臺人身分的兩難：

> 我們應同情過去台灣處境的狼狽。那是一個悲劇：台灣過去被日本奴役，日本對他們根本就不相信；同時，中國政府對台灣人也有種種疑慮。當時一個台灣人有兩重人格，他身上流的是漢族的血，應為中國人；但在國籍上卻是日本國民。為此兩重人格，台灣人走頭無路，無法做人。來國內的接觸中日兩方，尤感痛苦。[43]

此篇社說與《新臺灣》一貫的身分辯護方式雷同，由被殖民歷史與日人壓迫點明臺人對日本非真心依附為前提。除了中、日雙方對臺灣人的不信任外，社說提出奔赴中國的臺人尤其痛苦的觀察。「身分」本非固定不變的概念，實由「文化情感」與「現實策略」所交織而成的概念。[44]基於原生血緣、地緣關係的文化連帶，以及戰後時空對自由民主價值的脫殖民化

---

[43] 上海大公報社評，〈認識臺灣同胞〉，《新臺灣》創刊號（1946.2.15），頁10。

[44] 廖咸浩，〈在解構與解體之間徘徊——臺灣現代小說中「中國身分」的轉變〉，張京媛編，《後殖民理論與文化認同》（臺北市：麥田出版社，2003），頁194-195。

追求，無論是《新臺灣》編輯群、來稿者、中國報刊社說之論述，莫不將臺人時刻置入名為「祖國」的民族紐帶隱喻中，「祖國」成為旅平臺人精神追懷或情感連結的首要對象。

　　秦賢次分析《新臺灣》內容主要為六類，當中與臺灣直接相關者為「認識臺灣」和「推動臺灣普及國語運動」。[45]前者透過臺灣歷史與現況的介紹向中國讀者建構臺灣形象，例如中國大學歷史系教授王桐齡〈臺灣開闢史略〉之連載、非久〈甲午之役〉、〈我的家鄉〉連載、藋溪〈日本統制期間之臺灣民族運動〉、王樹禮〈美麗之島〉、文昶〈介紹一段珍貴的文獻 甲午中日戰後台灣抗日自主之文牘〉、薛恩波〈臺灣介紹觀摩記〉等篇。此外，轉載上海《大公報》、北京《華北日報》、《解放報》、《民強報》與臺灣《臺灣新生報》各報系立場之社說、採訪，呈現臺灣社會的全盤面貌；若進一步劃分其內容屬性，則有臺灣歷史與現況引介之類。在基本的家庭或家族血緣團體之外，社會群體皆有其對應的集體記憶，藉此「共同過去」凝聚及延續群體。[46]《新臺灣》的臺灣歷史敘事在「正名定分」以求身分轉換的意識操作下，包括以下要素：共同的祖源、共同的經歷、他者的建構。臺灣祖源、經歷

---

[45] 秦賢次，〈《新台灣》導言〉《臺灣舊雜誌覆刻系列2《新臺灣》》，頁8。

[46] 王明珂，〈過去的結構——關於族群本質與認同變遷的探討〉，《新史學》5：3（1994.9），頁121。

的追溯借用了鄭成功後裔的漢民族，以及甲午戰爭、抗日運動等具民族氣節之史實經歷回顧，為臺灣空間灌注海外抗日、孤忠的精神象徵。以臺灣反殖民抗日運動縫合中國反帝運動，等同將中、臺各自的近代歷史記憶接連至漢人民族性的紐帶，營造一種臺灣人回復中國人身分的文化共感。再藉不能歸化的他者，來劃定自身的邊界。「不能歸化的他者」此指討論「關於朝鮮及臺灣人產業處理辦法」時採劃朝鮮人為他者，凸顯臺灣本是中國人民的論說策略。

　　打造共同的歷史記憶是《新臺灣》凝聚群體認同的方式之一，重組過去以解釋當前臺人艱困的身分情勢。歷史從來是「真實」的再現，於是《新臺灣》有論者提出修史的想法，藉以省視臺灣歷史、重建臺人愛國心：「歷史的力量可以使這種愛國愛地方的情緒能夠有系統的增強下去。」[47]《新臺灣》反映旅居中國的臺灣人冀望構築民族認同的共同基礎，再接續討論臺灣文化重建與新臺灣建設方案的論述邏輯。[48]與其說《新臺灣》是站在所有臺灣人，毋寧更是以旅居中國的島外臺灣人立場，不斷透過歷史事實、心理自白或報刊社說轉載，向中國

---

[47] 我愛地，〈由「地方自治」談到修編「台灣文化史」的必要性〉，《新臺灣》1：4（1946.5.1），頁3。

[48] 崔末順，〈「重建台灣、建設新中國」之路：戰後初期刊物中「文化」和「交流」的意義〉，《臺灣文學研究學報》21（2015.10），頁47。

政府或社會大眾展開身分辯護的正名行動。[49]此言論傾向與操作方式來自旅平臺人對戰後中國生活現實，及其後國民政府之於臺灣特殊行政體制安排的第一線觸發。

（二）同床異夢的光復願景

就旅居中國的臺籍人士而言，一如《新臺灣》言論所呈，論調起初對中國政府的接收滿懷期待與憧憬，甚至在1943年開羅會議英美承認臺灣復歸中國後，即有在中臺人提出臺灣收復的建議。[50]然而臺灣戰後由中國政府接收的政權轉移，相對排除了臺灣人的社會參與，使得臺灣人不得不走上「自治」與「獨立」的分歧點。臺灣島內有識之士對中國統治的不安，令戰後初期相繼出現了歡迎中國之外，尚存關於臺灣託管、獨立或成立自治政府的聲音。[51]臺灣民族政治運動核心人物且具旅中經驗的謝南光（謝春木），曾指出臺灣戰後的收復問題在於「思想」，即如何解決日本殖民統治所造成的問題，以及民主制度的臺人自治要求：

---

[49] 關於《新臺灣》如何改變戰後中國人歧視臺灣人的策略有二：一是重述日治歷史；二是強調臺灣人的愛國心。沈信宏，《洪炎秋的東亞流動與文化軌跡》，頁241-243。

[50] 近藤正己著，林詩庭譯，《總力戰與臺灣：日本殖民地的崩潰》（臺北市：國立台灣大學出版中心，2014），頁570-571。

[51] 蘇瑤崇，〈「終戰」到「光復」期間台灣政治與社會變化〉，頁47-50。

五十年來，臺灣產業由農業時代進步到重工業的階
段，教育程度已經提高，運用民權的訓練有了二十餘
年的歷史，社會設施也完備了，但是，這一切的進步
都是在日本帝國主義下的殖民地的進步，奴化政策下
的奇形的發展，並非自由民主獨立的進步，這是無容
諱言的。我們應該掃除一切帝國主義的殘餘，以三民
主義來運用進步的形體及其技術，當然是必要的步
驟，認清了這點我們就很容易了解處理戰後的臺灣問
題的焦點在於解決思想問題及在其進步的形態上面灌
注新的靈魂和新的統治形式，這是臺灣同胞很懇切的
要求祖國當局考慮的中心問題。[52]

　　日治時期臺灣的經濟發展、教育程度、民權訓練、社會
設施都是憑藉殖民現代性發展而來，謝南光認為即便已達一定
基礎，也必須於戰後重新審視其精神內質，這精神內質包括並
非天生而成的民族認同。民族認同必須經歷想像、建構，及成
熟的步驟，甚至不斷解構、轉型，或重建，才能有完整的圖

---

[52] 謝南光，〈臺灣問題言論集第一集序文〉，張瑞成編輯，《抗戰時
期收復臺灣之重要言論》（臺北市：國民黨黨史會，1990），頁123-
124。

像；此外，上述引文也顯示1943年後在中國的臺人光復願景之制約：屬於次殖民地的中國本土現實情況，物質上較已屆現代化之境的臺灣來得落後。[53]1946年王白淵〈在台灣歷史之相剋〉同樣指出殖民地資本主義洗禮的臺灣社會與中國次殖民地社會的歷史矛盾：「接收台灣，就是接受日本，從低級的社會組織，來接收高度的社會組織，當然是不容易的。」[54]王白淵從社會性質的角度，將臺灣回歸置於中國社會結構的歷史發展，認為唯有中國走向民主主義的現代化，戰後臺灣政治方能平穩。戰後臺人光復願景多如謝南光、王白淵所言，是在產業、教育、社會設施完備的狀況下，主張以三民主義進行中國社會民權的思想改造，促進臺灣與中國的文化交流為目標，其論述基底構築於進化論之上的法治與人權概念。

旅中的臺灣知識分子長久背負日本殖民臺灣和帝國主義對中侵略之威脅，加諸日治時期以來積累的中國憧憬與認知，面對1945年的「光復」，莫不熱切表達對中國政權/文化

[53] 近藤正己著，林詩庭譯，《總力戰與臺灣：日本殖民地的崩潰》，頁588。

[54] 王白淵，〈在台灣歷史之相剋〉，《政經報》2：3（1946.2.10），頁7。戰後初期臺灣文化人的政治訴求與社會實踐集中於民主化與地方自治等問題，臺灣報刊不分左右翼亦有相應論述，如《民報》認為臺灣人的法治觀念現代化，外省人士反而應該「臺灣化」學習法治觀念。參見徐秀慧，《戰後初期(1945-1949)台灣的文化場域與文學思潮》（臺北：稻鄉出版社，2007），頁159-160。

祖國的認同與返鄉臺灣的想望之二重情緒。例如戰後初期的張深切：

> 我們因為厭惡日本的統治，所以想要回鄉的心情更切，我們很想回故鄉去與我親愛的同胞從事新建設，我們不願意在這裏做官，更不願意在這裏發財！我親愛的同胞在望眼欲穿地熱盼著我們回去！他們因為不懂國語和國文的關係，很焦急地希求我們回去替他們說話，去和他們協力共同建設新臺灣——我們要求我當局趕緊設法讓我們回去！[55]

　　回鄉意指回到故鄉臺灣，而回鄉之後的工作便是從事新建設，促進臺灣同胞與中國方面的瞭解。家/國、臺灣/中國的層次於此顯現，因為內心認同中國（我當局）所以毋需再避居他地而能回鄉（臺灣）建設，並為居處殖民統治而不諳國語的臺灣大眾發聲；不單是旅居北京的臺灣知識分子，中國其他地區的旅居臺人也有相同情緒與心志。徐州的劉捷、上海的楊肇嘉皆有戰後在中臺人為求返鄉組織集結的描述：

---

[55] 者也（張深切），〈一台灣人的呼喚〉，《新臺灣》創刊號（1946.2.15），頁6。

「我急要回鄉重建臺灣，不管這些事，此時各縣的不知姓名同鄉亦集中徐州成立『徐州臺灣同鄉會』，我被推為會長」

「徐州地區的臺灣同鄉很多人集中徐州市，成立臺灣同鄉會，我被推為會長，我竭力照顧他們回鄉，而我本身亦急想返回臺灣。」[56]

為了協助政府接受臺灣，供給政府瞭解臺灣五十年來的民情實況，以及協助流落大陸的臺灣人還鄉。他們認為在上海的臺灣人應該團結並組織起來，繼而他們並提出了具體的辦法，希望以我為中心組織「同鄉會」，俾第一步能先「集思廣益」。那幾天來就我研商這一問題的人，非常之多。[57]

上海是中國僑居東北、華北、華中臺人回到臺灣的唯一港口，[58]楊肇嘉描述在上海成立向政府交涉相關事宜的臺人組織是眾所期望的。楊肇嘉甚至於1946年7月以臺灣重建協會上

---

[56] 劉捷，《我的懺悔錄》（臺北市：九歌出版社，1998），頁116、119。
[57] 楊肇嘉，《楊肇嘉回憶錄》，頁346。
[58] 許雪姬，〈1937-1947在上海的臺灣人〉，《臺灣學研究》13（2012.6），頁14。

海分會團體為名義，針對臺灣的政治、經濟問題，赴南京向國民政府請願。[59]劉捷除了描述戰後旅中臺人返鄉心切外，也與張深切口徑一致提到自己返鄉的目的——重建臺灣，是故如何重建臺灣是戰後旅平臺人亟欲解決的共同目標，《新臺灣》的創刊成為暫留中國的臺灣人積極參與家國重建的行動表現。

重建臺灣的當務之急，從《新臺灣》所刊可知其具體項目，即「推動臺灣普及國語運動」。戰後臺灣與中國語言隔閡狀況，見於中國記者參訪紀錄「有時要經過兩道翻譯，由國語翻閩南話，再由閩南話翻成客語」。[60]臺灣語言問題不單是一對一的轉換，隨地域的不同還有各族群方言的難題，凸顯國語運動的迫切性。相關篇章包括〈燕京台灣國語普及會創辦意見書〉、金文昶〈漫談國語與台灣推行國語〉、曾慧明〈對於從

---

[59] 楊肇嘉，《楊肇嘉回憶錄》，頁354-355。請願內容主要有三：撤廢臺灣省行政長官公署組織條例，改設省政府制度；禁止臺灣銀行發行台幣，阻遏其壟斷金融，防止通貨膨脹；取消臺灣專賣統制及官營貿易企業制度。許雪姬，〈戰後上海的臺灣人團體及楊肇嘉的角色：兼論其所涉入的「戰犯」案（1943-1947）〉，《興大歷史學報》30（2016.6），頁102-103：「1946年7月閩、臺六團體在上海開會，特別推派陳榮芳、楊肇嘉、陳碧笙、張邦傑130等人進京向國民政府請願。這六個團體是閩臺建設協進會上海分會、臺灣重建協會上海分會、福建旅滬同鄉會、上海興安會館、上海三山會館、臺灣省政治建設協會（上海分會），純粹臺灣人的團體只有兩個，領導人分別是楊肇嘉、張邦傑。」

[60] 編輯部，〈節錄國內記者之台灣訪問記〉，《新臺灣》創刊號（1946.2.15），頁12。原出處：純青，〈台灣訪問記之二：二十三天的旅行〉，《大公報》（1945.12.26），第2版。

事台灣省國語普及運動應有的認識與態度〉、陳鴻勳〈台灣國
語的推行與注音符號〉等。除了各方意見陳述,旅平臺人更致
力成立國語推動組織,包括臺灣革新同志會與1945年12月所成
立的燕京臺灣國語普及會(中國大學學生宿舍西齋八號)。[61]
後者創辦意見書提到:

> 北平是國語的發源地,又是我國文化中心地,如果住
> 在此地的熱心教育的同胞對臺灣的教育問題不關心的
> 話,那就等於一個闊大夫對染過毒的兒子不給想戒毒
> 的辦法一樣,如果住在此地的同胞對家鄉的國語國文
> 普及問題不做些籌備工作的話,那太辜負這些年住在
> 北平的特殊環境了。[62]

其意見書從日治時期臺灣的教育問題談起,更以醫生幫
助其子戒毒的比喻,強調教育得待中國的教育人才親赴臺灣貢

---

[61] 編輯部,〈編輯室話〉,《新台灣》1:3(1946.4.1),頁16:「關
於推進台灣國語普及一事,北平現在組織了兩個團體,一個是台灣革
新同志會,另一個是北平台灣省國語普及會。此兩團體實施之目的相
同,但推進方法稍異。」燕京臺灣國語普及會即後者,曾慧明為負責
人;臺灣革新同志會曾在平、津兩地開設訓練機構,為臺人講習國
語,並曾派出包括中國青年在內的文教服務團赴臺任教。參見北京市
臺灣同胞聯誼會編,《臺灣會館與同鄉會》,頁151。

[62] 編輯部,〈燕京台灣國語普及會創辦意見書〉,《新臺灣》創刊號
(1946.2.15),頁16。

獻，尤其這也是旅平臺人義務。在戰後中臺兩地交通尚未恢復的狀況下，燕京臺灣國語普及會的現階段工作就是蒐集國語文材料、組織團體。

民族主義的論述中，「語言」通常被用來劃分民族的界限。[63]而語言對立是戰後國民政府接收臺灣的代表性議題，包括了國語與日語、國語與方言的層次。[64]1946年面臨的是國語推行運動中排除日語文因子的問題，〈漫談國語與台灣推行國語〉、〈台灣國語的推行與注音符號〉關於國語運動的討論都提到語言是構成民族元素之一，且臺灣歷經殖民統治，故教導臺人識得國語文，完成民族團結較中國內地各省更為重要；此際《新臺灣》所鼓吹的臺灣國語運動，恰接合上行政長官公署的臺灣文化重建項目中的國語教育。[65]即視國語、國文教育為第一優先，剔除日本文化影響，接合臺灣、中國兩方言語秩序，以利中華民族主義和中國新文化運動在臺推展；接續前節所述，積極正名復籍的旅平臺人既已自認是中國國民，故臺人國語運動的目標並非中國政府所設想的知識開化或是去除日

---

[63] 藍適齊，〈超越民族想像——中國的臺灣論述與民族論述〉，若林正丈、吳密察主編，《跨界的臺灣史研究》（臺北市：播種者文化，2004），頁334。

[64] 何義麟，《跨越國境線——近代台灣去殖民化之歷程》（臺北：稻鄉出版社，2006.1），頁191。

[65] 黃英哲，《「去日本化」「再中國化」：戰後台灣文化重建（1945-1947）》（臺北市：麥田出版社，2007），頁62。

本文化影響,而是協助教育普遍、知識完備的臺灣人掌握新中國,並能運用國語作為語文工具向中國發聲。[66]可知《新臺灣》內中國、臺灣兩方對臺灣國語運動的方式與目標產生了消除／連結與特殊性／一般性之歧異。[67]中國人士認為首要刮除臺人精神文化的日本(帝國)因子,視臺灣教育為特殊問題;臺灣知識分子基於民主自由的追求與身分回歸而推行國語文,視臺灣教育為全國的普遍性問題。

　　戰後初期臺灣與中國兩地的文化交流是另一重要議題,

---

[66] 中國學人意見,詳參金文昶,〈漫談國語與台灣推行國語〉,《新臺灣》1:2(1946.2.28),頁4;畢平(山東人,中國大學哲學系教授),〈關於臺灣的教育〉,《新臺灣》1:3(1946.4.1),頁4:「緣於五十一年的淪亡,備遭敵人的奴化宰割,情形特殊;今剛返到祖國,教育上自不能與國內等例齊視。政府應權宜的積極設法,對其往日缺失的部分猛力補充。十年二十年後,必能和國內各省達於相同的教育水準。」;旅平臺人意見,詳參編輯部,〈台灣大學需否在國內招生〉,《新臺灣》1:3(1946.4.1),頁1:「驟然將國內萬餘教員,一齊送到臺灣,恐怕臺灣子弟的胃腸也消化不了!一則因言語不通,一則因這些人未必全比現有的臺胞教員優秀。」;江流(鍾理和),〈在全民教育聲中新台灣教育問題〉,《新臺灣》1:4(1946.5.1),頁5:「認為台灣過去半世紀受了日本的同化,而此時有變異種人之可能的。這是國人一種過分的焦慮,與過分相信同化的力量了!台省的文化傳統,生活習慣與語言,尚保持著漢民族原來的方式,不異於國內任何一省。……新台灣的教育問題與其說是特異性的。毋寧說是一般性的。」

[67] 徐秀慧,《戰後初期(1945-1949)台灣的文化場域與文學思潮》,頁151-153。《新臺灣》版面之於國語運動意見的分殊,對應徐秀慧所指出的戰後初期官民之間「中國化」的認知分歧。政府當局關注的是民族意識的向心力,臺人一方關注的是民主政治的體制路線,由此導致臺灣文化人思索臺灣政治的出路與臺灣文化的重建。

不但為臺灣文化重建工作之一，還是推動中國建國方向的有效
參考。戰後初期提出的「文化」與去日本化、中國化等新臺灣
重建相關，研究者指出三民主義、魯迅、鄭成功為當時兩地文
化交流媒介的三大論點。[68]鄭成功歷史形象向被賦予反殖民功
臣、遙奉大明正朔、民族氣節、跨國離散的多重意義。[69]藉由
這樣的文化想像，「鄭成功」此符碼為中國與臺灣之間接連了
一種政治身分，即臺灣人為中國漢民族之一支。遺民意識成為
戰後初期積極改造臺灣現實的潛概念，臺灣人就如鄭氏父子
般充滿失去、延宕、等待的生命經驗。創刊於北平的《新臺
灣》亦使用了這樣的文化論點，每期連載中國大學歷史系教授
王桐齡的〈臺灣開闢史略——附鄭延平父子略傳〉外，第四期
另有林少英〈謁延平郡王祠〉七言絕句。亦有王樹禮〈美麗之
島〉上溯周代、三國志東夷列傳、明初顏思齊時的臺灣，將臺
灣的發現、社會文明的濫觴扣連漢民族的文化脈絡。

　　另作為《新臺灣》知識交流重點的「認識臺灣」，介紹
方式包括單篇散論、個人回憶、中國記者訪臺系列文章與活
動參訪整理。系列連載〈我的家鄉〉以臺灣、北京兩地「差

[68] 崔末順，〈「重建台灣、建設新中國」之路：戰後初期刊物中「文
化」和「交流」的意義〉，頁58-61；徐秀慧，《戰後初期（1945-
1949）台灣的文化場域與文學思潮》，頁189-204、273-297。徐秀慧則
指出「三民主義」、「魯迅」其後成為戰後初期臺灣知識分子用以批
判國民黨政權、黨國體制的文化資本。
[69] 王德威，《後遺民寫作》，頁29。

異」為主軸，首篇從兩地氣候與生活經驗的差別，闡述臺灣居
民的人文特性具南方開放性，「受不到時間的束縛和空間的
限制」；次回描繪北京生活的異鄉拘束感，號房設置（傳達
室）、人工遊覽地、高牆、存車存衣處烘托北京城之於人的圍
困，與臺灣社會自然、整潔、良善的人文風俗相對立；末回以
民情風俗和日常生活寫出臺灣民情淳樸、沒有階級差別的美
好，而批判中國猶如「母親的奶沒有營養，缺乏維他命」，
只是帶來封建的陋習污染。[70]作者非久（梁永祿）的文字隨章
回愈趨展露強烈的鄉愁情緒，且隱然具有臺灣現代化的優越
感，尤其透過臺灣社會秩序、人文風情及生活習慣的良好水
準，凸顯北京生活制度、人為的困擾與不安。特殊的是，這種
現代化臺灣的形象不單出現於旅平臺人的陳述，《新臺灣》所
轉載的北平報刊《民強報》亦有類似言論：

> 它（此指臺灣）是到現在為止，全國人民智識水準最
> 高愛國心責任心，極強的一省，在建國工作上，可以
> 供給大量技術人才，和事業人才的地方，……要迅速
> 打破交通阻隔，盡量使台灣與陸上各省物資交流，並

---

[70] 非久，〈我的家鄉（一）〉，《新臺灣》1：2（1946.2.28），頁5；
非久，〈我的家鄉（二）〉，《新臺灣》1：3（1946.4.1），頁8；非
久，〈我的家鄉（三）〉，《新臺灣》1：4（1946.5.1）頁，11。

使台灣技術人員到大陸各省工作。[71]

　　《新臺灣》編輯將《民強報》歸類於「無黨無派」屬性，引文不單從愛國、知識方面多重肯定臺灣，更推崇臺灣技術人才之於新中國建設的可能貢獻，反客為主的向中國建議輸入臺灣人才。

　　二十世紀的臺灣歷經三次地景重寫，從日本殖民地、反攻大陸的跳板、到臺灣主體確立等，地景風貌隨政治論述更迭而變化，[72]《新臺灣》對臺灣現狀的介紹處於第一次到第二次的地景過渡期。團體需要思想和組織的要素方能鞏固，旅平臺人認為中國思想固然高，卻缺乏組織性。[73]因此戰後積極籌組各式團體，在民主平等的想像下企求新中國與新臺灣的交流、建設。〈臺灣介紹展觀摩記〉就是作者參訪北京「臺灣介紹展」的所得整理，此展由旅平同鄉會成員、北京師範大學地學系教授林朝棨所策劃，展出物件包括彩色掛圖、照片、統計圖表、實物（衣飾、配件、泰雅族手工織布）。基於「足以指明台省之各種人文地文之詳情，諸如交通實業、山脈河流、

71　編輯部，〈轉載　北平各報評論台灣問題〉，《新臺灣》1：4
　　（1946.5.1），頁9。原出處〈正視臺灣〉，《民強報》（1946.4.17）。
72　范銘如，《空間／文本／政治》（臺北市：聯經，2015），頁22。
73　編輯部，〈臺灣省旅平同學會成立總會記錄〉，《新臺灣》1：4
　　（1946.5.1），頁10。

生活出產、地質氣象、民族風光等，無不條分縷列，繪製羅
列，使人一覽無餘，如身臨其境」之故，[74]文章主幹為掛圖與
統計圖表的介紹。此文原為系列連載，但因《新臺灣》第四期
後停刊，僅得見其中九張圖表內容，涵蓋臺灣地理位置、地
形、氣候、地質、種族之介紹。[75]「認同」是一組牽涉到社會
實踐與地理想像的文化活動。〈臺灣介紹展觀摩記〉尤其凸顯
《新臺灣》的臺灣認識是緊密連結民族主義與領土之特性，
民族主義必須讓人民認知家鄉、領土，從而產生歸屬感。[76]因
此，《新臺灣》向中國讀者介紹臺灣實為一種社會實踐與地理
想像的文化辨認與劃界，以臺灣的自然物景覆蓋日本殖民地的
人文地景，特別強化臺灣地理位置之於中國軍事、政經發展
的重要性：領海邊緣的堡壘、航路中繼驛站、監視日本瞭望

---

[74] 薛恩波，〈台灣介紹展觀摩記〉，《新臺灣》1：4（1946.5.1），頁12。

[75] 九張圖表主題為「不動母艦」、「台灣島之降生」、「半月形會合之
實驗」、「台灣之身世」、「回歸線下的台灣——熱，光，雨的最惠
地」、「常夏台灣之特徵」、「台灣之土壤」、「台灣地形」、「台
灣省——同胞與蕃胞的共同住宅」。參見薛恩波，〈台灣介紹展觀摩
記〉，《新臺灣》1：4（1946.5.1），頁12。作者文中敘述介紹展中
有掛圖24張，統計圖表十多幅，說明臺灣各種人文地理之詳情。圖表
「不動母艦」強調臺灣軍事國防位置，「台灣省——同胞與蕃胞的共
同住宅」為各族分布之圖表，其餘七張圖表皆屬地理性質介紹：「臺
灣島之降生」為說明臺灣地殼形成，「半月形會合之實驗」為臺灣板
塊運動之研究紀錄，「臺灣之身世」為解釋各種地質形成，「回歸線
下的臺灣」為一表示雨量多寡之綠色繪圖，「常夏臺灣之特徵」為臺
灣及全中國氣溫、雨量之比較圖表二張。

[76] 范銘如，《空間／文本／政治》，頁105。

台、掌握南洋經濟權出發點等。

相對於戰前中國以總督府統計書構築所謂的臺灣知識，1945年10月臺灣行政長官公署即成立秘書處統計室，展開臺灣統計機關、資料的接受與整理。[77]這群旅平臺人較國民政府和島內臺灣大眾所擁有的，另多了一分北京「在地」的思考、情感、知識優勢，因此他們可就兩地生活經驗與中國政府需求，對戰後的臺灣治理政策提出彈性意見，或者引介中國方面未能掌握的臺灣訊息；然而這種戰後時空下急於驗明「國民」身分的心理，也相對侷限《新臺灣》的論述空間，顯露了某些固定營造的文化論述或是話語模式。面對「光復」，從國語運動、新臺灣建設認知的差異，可知旅平臺人或其他相關人士對臺灣文明開化的自信，但對臺灣不甚瞭解的中國政府或部分《新臺灣》來稿者而言，臺灣仍停留在日本前殖民地的印象，因此中國、臺灣人士兩方對光復願景存有同床異夢的追求。

（三）遺民・移民・棄民：臺人認同的挫敗

臺灣歷史上同時接納移民與遺民，前者涉及空間上的轉換，後者則是時間上的裂變。[78]換言之，就日治時期主動移居

---

[77] 林佩欣，〈他山之石：國民政府在臺灣的業務統計體系接收與重建（1945-1949）〉，《興大歷史學報》31（2016.12），頁94-95。

[78] 王德威，《後遺民寫作》，頁27。

中國或於中國展開政治實踐的臺灣知識分子而言，其情感結構
與書寫或多或少涵蓋了移民與遺民意識，旅居經驗的書寫則作
為寄託或隱喻的所在。戰後旅居中國的臺灣人滿心期待以三民
主義為號召的中國政府之接收治理，符應了面對新文明、新政
權所蘊含的桃花源之遺民想望。前述之《新臺灣》論述內容
與訴求，正是此類臺灣日治時期知識分子精神上移民/遺民之
二重情感，以及迫切尋求國家認同的具象化。[79]此二重情感不
僅並存於旅居中國的臺人身上，且不斷歷經現代化情境的洗
禮，由日治時期的經濟工業化、社會生活城市化、思想領域
的啟蒙開化，至戰後追求去殖民化的政治民主化等現代化歷
程；而在戰後初期臺灣的歷史變革與文化語境裡，臺人亦相應
產生了被社會、政府或所謂祖國予以屏棄的棄民意識。這種多
重情感的糾結，如實體現於《新臺灣》的版面，尤其是具個人
色彩的回憶文字以及戰後中國為背景的文藝創作。

　　旅滬臺人楊肇嘉回憶戰後臺灣社會民心對中國政府由期

---

[79] 陳芳明，《新台灣文學史（上）》（臺北市：聯經出版，2011.11），
頁90。論者指出臺灣第一代知識分子約莫生於一八九〇年，是滿清與
日本政權於臺灣更迭的時期。第二代知識分子則出生於一九〇〇年
代，即資本主義從萌芽到蓬勃發展的時期。兩個世代經歷的社會性
質、教育思想皆有很大落差，尤其第二世代知識分子知識領域與思維
方式的提昇，社會主義思潮產生很大的影響。本文結合上述兩個年齡
世代，從知識養成兼具新學、漢學背景的角度，且相對於1920年代之
後接受日本新式教育、使用日語創作、思考的知識分子，統稱為「臺
灣日治時期知識分子」。

待而消沉的變化，即可作為上述旅中臺人情感轉變與認同轉折的佐證，而這過程僅不過是1945年10月臺灣受降典禮至翌年6月的數月時程：

> 自國民政府公佈臺灣設置行政長官公署，並派陳儀為首任行政長官後，陳儀於民國卅四年十月念四日飛臺，廿五日正式視事，並於臺北中山堂舉行受降典禮。這一天臺灣全島的六百萬人民歡迎陳儀長官及慶祝臺灣光復回歸祖國的熱鬧情形，可以說在臺灣歷史上，亙古以來未有的盛況！……由報章雜誌上的記載和臺灣人到上海的口述，其熱烈情形的確是夠人興奮的！但曾幾何時，到了翌年的六月，在短短不到八個月的時間中，臺灣人對祖國愛的熱忱，就一天天降低。我們在上海所聽到的是人民的載道怨聲和人民的生活困難。[80]

楊肇嘉更指出臺灣人所謂祖國愛的降低，緣由有五：通貨膨脹、留用日人太多、行政長官集權、專賣壟斷、陳儀統治不力。此間，北京各報無不引述上海《華盛頓城郵報》社

---

[80] 楊肇嘉，《楊肇嘉回憶錄》，頁352。

論，指陳臺灣接管狀況不佳，甚至致使臺灣社會倒退十年。[81]
總而言之，國內外皆有追究行政長官公署在政治、經濟、文化
層面的臺灣接收和治理，發生問題而批判的輿論聲音。

　　編輯群於第四期《新臺灣》指出當前任務是對國內報導
臺灣現狀，喚起國內外言論機關注意，並將其評論轉告臺灣官
民。此階段已超越第一期臺人組織的糾合，與第二期為臺人發
聲之性質，而化被動為主動，將臺灣、中國方面的意見相互傳
達予彼此。此外，《新臺灣》提出八項聲明：

一、本社站在無黨無派的立場，為六百萬台胞大多數
　　的利益而奮鬥。

二、只要為全中國大多數人民的利益，本社願和國內
　　任何團體協力。

三、本社願為祖國及台灣的橋樑，即願為四萬萬五千
　　萬及六百萬人民的聯絡員。

四、在台灣省行政長官公署軍政特殊制度之下，目前
　　最要緊的是爭取言論自由，對此點，本社特懇國
　　內各言論界之援助及鼓勵。

---

[81] 編輯部，〈轉載 北平各報評論台灣問題〉，《新臺灣》1：4
　　（1946.5.1），頁8-9。包括《華北日報》、《解放報》、《民強
　　報》。

五、本社重要任務之一，即將國內外言論，介紹予六百
　　萬台灣之官民，以避坐井觀天，頑固獨斷之弊。

六、本社必努力促進多數台胞於國內移居、上學、並
　　援助他們組織起來。

七、本社於國內各地台胞擁護之下擬於國內各地設立
　　分社。

八、本社隨時機的演變，將來或有再移至國內之可能
　　性。[82]

　　從上述聲明即知《新臺灣》編輯社群躊躇滿志，期以言
論力量為中國、臺灣民主建設而努力。工作要項亦從協助華北
臺人返鄉、抗議懲治臺奸與臺灣人產業處理辦法、雜誌移回臺
灣發行等關於臺人公民權之爭取，而至積極發展聲明中所言第
六、七、八點：協助臺人移居中國、設立月刊各地分社、本社
移至國內等藍圖，[83]可知加入了引薦臺灣社會力量至中國的構

---

[82] 本社，〈謹對全國愛國志士及言論界諸公呼籲〉，《新臺灣》1：4
　　（1946.5.1），頁1。

[83] 《新臺灣》第一至三期出版項都載有「本雜誌待交通回復後擬移至台
　　北發行」字樣；停刊前第四期聲明「本社隨時機的演變，將來或有再
　　移至國內之可能性」，出版欄位已見新臺灣社社址為臺灣省臺北市
　　（詳細地址未定），並載有「本雜誌現正籌辦移至台北發行」字樣，
　　且分為駐平辦事處與臺灣聯絡處。前者設於南太常寺四號（亦為同鄉
　　會會址），後者則載臺南市中山路一丁目的梁永祿先生、臺北市省立
　　女子師範學校洪櫪先生。足見新臺灣社社址與《新臺灣》第五其後發

想。不過一如楊肇嘉和時論所言之戰後臺灣態勢，以及《新臺灣》1946年5月後即告停刊一事，除凸顯中國政府並未給予臺灣大眾穩定的生活環境，更剝奪知識分子的言論批判空間。這對欲以言論自由推進中國民主化進程的《新臺灣》，與日治時期投入民族政治運動或文化啟蒙運動的臺灣知識分子而言，無疑是追求去殖民化的重大挫敗。

第三期〈臺灣消息〉由臺灣社會政治、經濟、教育、華北臺人返鄉議題的負面效應，檢視國民政府的臺灣治理與臺人的心理挫敗。首節引述臺灣民間流傳的〈天地歌〉：「轟炸　驚天動地/收復　歡天喜地/接收　花天酒地/政治　黑天暗地/人民　喚天叫地」[84]簡明描寫臺灣從轟炸、歸復、接收的人民感受，點描社會經濟、產業結構動盪與治安紊亂，最末以聯合國救助平津臺人返鄉指責國民政府反覆的遣返規劃；第二期刊頭論述〈台灣同胞之回藉〉亦就國民政府遣送臺人回臺的海蘇號計畫變更，批判當局輕諾寡信與人物作祟。此呈現了具敏銳政治意識的臺人逐漸對中國政府失去信心的狀態；鍾理和〈白薯的悲哀〉一句「北平沒有台灣人，但，白薯卻是有的！」道盡旅平臺人的哀愁，[85]描繪身分不被政府承認的苦

行地已遷至島內。或許《新臺灣》第五期刊物與發行機關已計畫在臺運作，卻遭當局禁止。
[84] 編輯部，〈臺灣消息〉，《新臺灣》1：3（1946.4.1），頁8。
[85] 江流（鍾理和），〈白薯的悲哀〉，《新臺灣》1：2（1946.2.28），

悶，生活在歧視眼光下的悲憤：由擺脫遺民狀態迎接光復的興奮、感激，再到悲憤、怨恨，終至空虛、失望的棄民情緒，在祖國中心的北平邊緣如流浪漢般徘徊。這種被戰後新中國拋卻的不滿與失落，同樣顯影於《新臺灣》論說與文藝作品：例如慍生（藍明谷）〈問答小天地〉以A、B二者問答的敘事節奏，場景設定在司法房，表現中國司法官員A對赴京臺人B的不信任與厲聲逼問，相對之下回答問題的臺灣人認真、焦急地連聲解釋，並引述蔣主席對臺灣人是中國人的認定強化論辯立場。雖言1945年10月25日臺灣人民即恢復中國國籍，臺灣人的身分定義卻至1946年1月12日據行政院院令始獲解釋。[86]儘管B氏動之以情、敘之以理地自述反日思想、祖國信仰，甚至是政府院令對臺灣人身分的釋疑，仍招來A氏「形色可疑的流浪者」的主觀質疑，刻劃戰後臺人國族認同的孤絕心理與對中國的失望。

　　餘波〈冷齋小記〉由第一人稱口吻，敘述丈夫戰後被政府以臺奸罪名逮捕審問，妻子無奈等待機關判決的故事，回應《新臺灣》懲治臺奸議題的創刊動機與時空背景。文中插入一

　　頁10。

[86] 行政院1946年1月12日節叄字第1297號院令：「所稱臺灣人，係指因臺灣被迫割讓於日本而喪失原有中國國籍之臺灣人，及其在臺灣割讓後出生之後裔而言。」（檔案資源編號：2.3.2.1-3）國家檔案資訊網：https://aa.archives.gov.tw/index.aspx（2016年3月29日徵引）

段湖北省臺籍漢奸審判無罪之判文，並由妻子記憶中刪除七月
七日的丈夫日記，以及思緒帶出臺灣人久居被殖民境遇的悲痛
歷史，堆疊故事裡臺人（丈夫）的無辜與壓抑下的反動情緒：

> 的確台灣人太可憐了，為著祖國外交的失敗，而
> 被動的犧牲了國民的權利與自由，痛壓於日敵慘酷威
> 迫之下，忍氣吞聲，挨著無邊無涯，無光明希望的亡
> 國日子。驟然光復，重歸祖國，也是他們「忍耐」的
> 代價！
>
> 假如，祖國對於這個受苦的台灣，再沒有特別的
> 理解與愛護時，我想這個「肯忍耐」，「能忍耐」的
> 人，到了忍耐的苦痛絕端，也會自然的溢出一種反動
> 的波沫來……。[87]

故事情境中的判決尚未確定，妻子仍被動等待丈夫的審判
結果，意謂現實中臺灣人正在等待國民政府對臺灣人確切的處
理態度與身分正名；至於湖北省漢奸的無罪開釋之情節，一則
顯現臺人所懷抱的一絲希望，一則流露當時政府對臺灣問題的
曖昧態度。重歸祖國是臺灣人犧牲權利與自由，以「忍耐」換

---

[87] 餘波，〈冷齋小記〉，《新臺灣》1：4（1946.5.1），頁15。

取的代價，中國卻對身負殖民苦痛的臺灣未給予對等理解，強
烈期待下的失落終究促發妻子的憤懣。因此，引文預示臺灣人
對於「祖國」終將產生反動。〈冷齋小記〉敘事者心理狀態顯
然擺盪在歡喜光復的遺民，及身分、權益遭政府質疑、漠視的
棄民之間，抑鬱不平成為旅平臺人複雜的心情寫照。

　　戰時進入重慶國際問題研究所工作的謝南光曾言：「臺
灣人今日所要求的是民主政治，是政治上的自由和平等，不予
臺灣人以政治自由，不以平等待遇臺灣人，一切政治技巧都是
沒用的。」[88]對臺灣政治、經濟、社會、軍事方面都持肯定的
謝南光，提出以三民主義建設新臺灣的意見，其語意實蘊含臺
人對民主政治的要求；《新臺灣》版面中林麗生〈一位台灣人
之呼籲〉、葉一舟〈關於台灣人產業處理辦法〉皆強調臺人抗
日的民族氣節，而就「關於朝鮮及臺灣人產業處理辦法」控
訴臺人被政府排除於三民主義的民族、民權、民生的不公對
待。灘音〈台灣行政恐無救藥之危機〉先論中國政府戰後以來
對臺人的敵視與不當政策，乃至視臺灣為「殖民地」的特別行
政管理，加諸中國內戰動盪與國民政府治國失措，綜合裡外問
題批判。此篇文章語調與用字遣詞直率鮮明，譴責中央政府的

---

[88] 謝南光，〈光明普照下的臺灣〉，張瑞成編輯，《抗戰時期收復臺
灣之重要言論》（臺北市：國民黨黨史會，1990），頁321。原載於
《臺灣民聲報》9、10合刊（1945.10.7）。

不倫不類，堪稱《新臺灣》最尖銳的批判論說。從上可知，《新臺灣》對中論述普遍指出臺灣與中國缺乏一體性，而導致此現狀者正是中國單方面對臺人的不信任與不瞭解，行政長官公署的無能更讓臺人失去對中國最後的希望，陷入另一道被殖民歷史的洪流。

學者指出戰前旅居中國的臺灣知識分子的認同結構，並存著「祖國意識」與「棄民意識」的二重性。[89]吳叡人說明這種中國認同的二重性，就是臺灣人身為「弱小民族」的自覺。[90]臺灣人在國家認同上具有高度的實用性格、實利傾向，[91]日治時期以來為了改善臺人的待遇與處境，臺灣運動論述不斷在理性選擇與情感歸屬中拉扯。日治時期追求與中國反殖民力量合流的臺灣知識分子，便以「弱小民族」共同陣線之意識觀看、行旅中國，甚至親赴中國活動，是故面對光復，臺灣人自然將戰前抗日價值嫁接至對祖國中國的認同。上述《新臺灣》諸篇與臺人相關論述對中國的反動情緒，實出自戰

---

[89] 近藤正己著，林詩庭譯，《總力戰與臺灣：日本殖民地的崩潰》，頁546-547。

[90] 吳叡人，〈祖國的辯證——廖文奎（1905-1952）臺灣民族主義思想初探〉，洪子偉編，《存在交涉：日治時期的臺灣哲學》（臺北市：聯經出版，2016），頁229。

[91] 陳翠蓮，〈在日本與中國之間：臺灣人的國家認同〉，收錄於中華民國史料研究中心編，《中國現代史專題研究報告》（第二十二輯）（臺北市：中華民國史料研究中心，2001），頁273。

後初期旅平臺灣知識分子對所秉持的文化價值——民主和自由，[92]以及現實上擁護臺人權利卻未達完滿之雙重失落。旅平同學會的發言指出中日戰爭是象徵民主思想對戰帝國主義思想的勝利，[93]不過戰後旅平臺人所遭受的歧視，加之臺灣所施行的行政長官公署特別行政體制，具有軍政一元化、專制行政與委任立法性質，[94]及戰後臺灣社會秩序、民生問題層出不窮，都讓戰前為了追求殖民體制外自由空氣而旅居中國的臺人產生價值衝突。由《新臺灣》內容研判，此類終戰後因接觸現實中國而產生認同危機者絕非少數。

「祖國」在日治時代臺灣知識分子心目中是一種歷史的共業，這種共業以對漢文化的認同為基礎，「集體記憶」則由當代人（尤其是日本帝國的殖民與壓迫）所建構的。[95]這種漢文化、殖民歷史的論述成為《新臺灣》為臺人國民身分辯護的基礎論據之一，但也流露「祖國」中國既不是故鄉，也不是生長的土地，而蘊含了延伸自對抗日本殖民統治（反抗帝國主義運

---

[92] 崔末順，〈「重建台灣、建設新中國」之路：戰後初期刊物中「文化」和「交流」的意義〉，頁66。

[93] 編輯部，〈臺灣省旅平同學會成立總會記錄〉，《新臺灣》1：4（1946.5.1），頁10。

[94] 黃英哲，《「去日本化」「再中國化」：戰後台灣文化重建（1945-1947）》，頁33。

[95] 黃俊傑，《臺灣意識與臺灣文化》（臺北市：國立臺灣大學出版中心，2006.11），頁95-97。

動）之共同價值下形成的一種運動概念。所以當1945年國民政
府將公民議論全套移植自清末以後的中國，[96]致使臺灣領土重
劃後臺灣人的民主要求與身分問題遭到漠視、歷史意識與日治
時期產生斷裂時，其支撐中國認同價值的支柱即顯空泛危殆。

三、結語：前殖民地知識分子的焦慮與挫敗

　　戰後臺灣人對新中國的光復願景並非一片光明，其根本
制約在於中國本土的現實狀況。[97]臺灣人戰後中國的印象，從
本文論述已見旅平臺籍知識分子所著力的社會批判與現代論
述，摻雜了遺民、移民、棄民等身分意識的社群痕跡。《新臺
灣》實能代表其從屬機關「臺灣省旅平同鄉會」的聲音與行
動，來稿者不分省籍，凡是臺灣相關議題皆予以接受。然而即
便是省籍並非臺灣人的來稿，也因經過雜誌編輯方針的篩選揀
擇，以及發行人旅平臺人梁永祿的立場審視之過濾下，而具
相當程度的「臺灣性」。短暫發行四期的《新臺灣》緊扣時
局，焦點集中於臺人身分考辨與中國接管臺灣的問題討論，
論述力道有柔有強。諸篇將臺人置入名為「祖國」的民族主

---

[96] 黃金麟，〈公民權與公民身體〉，黃金麟、汪宏倫、黃崇憲編，《帝
國邊緣：台灣現代性的考察》（臺北市：群學，2010），頁258-259。
[97] 近藤正己著，林詩庭譯，《總力戰與臺灣：日本殖民地的崩潰》，頁
588。

義隱喻，「祖國」成為旅平臺人精神追懷或情感連結的仰視
對象，但過度強調民族歷史、抗日運動的民族精神與認識臺
灣，反而凸顯臺灣、中國之間缺乏現實連結，而急於創發某種
地理認識或文化情感的刻意營為；值得留意的是，三〇年代以
降中國的臺灣敘事，具有理解臺灣是獨立弱小民族及漢族同胞
的論述疊合，臺灣人與中國人的同質性與差異性已被並置、描
述。[98]戰後初期缺乏現實連結的匱乏，導致中國、臺灣之間的
「差異性」愈趨擴大，於是產生對新中國或新臺灣建設的兩方
想法歧異，例如戰後初期臺灣國語運動的推行便是「消除」與
「連結」的文化主張各表。

　　戰後旅平臺人社群關於身分論述與國族情感的變動，可
見1946年2月創刊之《新臺灣》的版面輿論。戰後初期中、臺
兩方不平等的社會權力結構，讓一九二〇年代以來追求民主自
由而奔赴中國的臺灣知識分子，其對中態度短時間內劇烈的由
期盼轉變為批判。然而演變至對國民政府排除臺人於三民主義
（民族、民權、民生）之外的控訴，實乃源自日治以來旅居中
國的臺灣知識分子對政治現代性和公民權利的持續追求。伸張
言論自由與現代社會價值的文化遺緒，是為這群臺灣知識分子

---

[98] 藍適齊，〈超越民族想像──中國的臺灣論述與民族論述〉，若林正
丈、吳密察主編，《跨界的臺灣史研究》，頁319-348。漢民族的血緣
基礎將臺灣人視為中國人的同胞，但三〇年代論述中臺灣在「分家」
狀態下被分殊化臺灣人與中國人並非同一民族。

延續戰前感覺結構的重要質素。身分認同本是一個不斷尋找自我歸屬感的過程，戰後初期《新臺灣》的創刊與社群活動，一方面呈示臺灣人對身分正名的迫切歸屬，以及對民主自由的追求意志；另一方面，則表現戮力復籍正名的旅平臺人於複雜時局下藉由諸種活動樣態（同鄉會、創辦雜誌、演講會、譯介寫作）積極爭取言論空間與政治資本的行動力。最重要的是，《新臺灣》論述於短時間內由回歸期許至批判的劇變，呈現戰後初期旅平臺灣知識分子於中國認同上的價值挫敗與潛在分歧，彷彿預告了日後島內的官民衝突。此際的中國經驗亦延伸影響社群成員返臺後的社會文化活動狀況，諸如洪炎秋、張我軍、張深切等人不同的際遇，此部分則另待他篇進一步討論。

參考文獻

Richard Jenkins（理查・詹金斯）著，王志弘、許妍飛譯，《社會認同》（臺北市：巨流出版，2006）。

Tim Cresswell（蒂姆・克雷斯韋爾）著，王志弘、徐苔玲譯，《地方：記憶、想像與認同》（新北市：群學出版有限公司，2006）。

《臺灣舊雜誌覆刻系列2《新臺灣》》（1946.2.15-1946.5.1）（臺北市：傳文文化復刻出版，1998）。

中華民國史料研究中心編，《中國現代史專題研究報告》（第二

十二輯）（臺北市：中華民國史料研究中心，2001）。

尹全海等整理，《中央政府賑濟臺灣文獻‧民國卷》（臺北市：崧燁文化，2018）。

王白淵，〈在台灣歷史之相剋〉，《政經報》2卷3期（1946.2.10），頁7。

王明珂，〈過去的結構——關於族群本質與認同變遷的探討〉，《新史學》5卷3期（1994.9），頁119-140。

王詩琅譯註，《臺灣社會運動史——文化運動》（臺北：稻鄉出版社，1995）。

王德威，《後遺民寫作》（臺北市：麥田出版社，2008）。

北京市臺灣同胞聯誼會編，《臺灣會館與同鄉會》（北京：北京大學，2012）。

何義麟，《跨越國境線——近代台灣去殖民化之歷程》（臺北：稻鄉出版社，2006.1）。

何鳳嬌，〈戰後海外臺灣人的救援行動〉，《臺灣學研究通訊》第102期（2017.11），頁20-21。

何標，《明月多應在故鄉》（臺北市：海峽學術，2008）。

汪毅夫，〈愛國愛鄉兩岸情——讀梁永祿先生家藏文獻〉，《團結報》（2010.4.1），第6版。

沈信宏，《洪炎秋的東亞流動與文化軌跡》（臺北市：秀威資訊，2016）。

林佩欣，〈他山之石：國民政府在臺灣的業務統計體系接收與重建（1945-1949）〉，《興大歷史學報》第31期（2016.12），頁93-122。

林海音，《我的京味兒回憶錄》（臺北市：格林文化，2000）。

近藤正己著，林詩庭譯，《總力戰與臺灣：日本殖民地的崩潰》
　　（臺北市：國立台灣大學出版中心，2014）。

邱士杰，《一九二四年以前臺灣社會主義運動的萌芽》（臺北
　　市：海峽學術出版社，2009）。

洪子偉編，《存在交涉：日治時期的臺灣哲學》（臺北市：聯經
　　出版，2016）。

洪炎秋，《淺人淺言》（臺北市：三民書局，1971）。

若林正丈、吳密察主編，《跨界的臺灣史研究》（臺北市：播種
　　者文化，2004）。

范銘如，《空間／文本／政治》（臺北市：聯經，2015）。

徐秀慧，《戰後初期(1945-1949)台灣的文化場域與文學思潮》
　　（臺北：稻鄉出版社，2007）。

行政院1946年1月12日節叄字第1297號院令（檔案資源編號：
　　2.3.2.1-3），國家檔案資訊網：https://aa.archives.gov.tw/index.
　　aspx（2016年3月29日徵引）。

崔末順，〈「重建台灣、建設新中國」之路：戰後初期刊物中
　　「文化」和「交流」的意義〉，《臺灣文學研究學報》第21
　　期（2015.10），頁39-69。

張秀哲，《「勿忘臺灣」落花夢》（新北市：衛城出版，
　　2013）。

張瑞成編輯，《抗戰時期收復臺灣之重要言論》（臺北市：國民
　　黨黨史會，1990）。

許雪姬，〈1937年至1947年在北京的臺灣人〉，《長庚人文社會
　　學報》1卷1期，（2008.4），頁33-84。

———，〈1937-1947年在上海的臺灣人〉，《臺灣學研究》第13

期（2012.6），頁1-30。

———，〈戰後上海的臺灣人團體及楊肇嘉的角色：兼論其所涉入的「戰犯」案（1943-1947）〉，《興大歷史學報》第30期（2016.6），頁81-116。

陳芳明，《新台灣文學史》（臺北市：聯經出版，2011.11）。

陳芳明等編，《張深切全集2里程碑》（臺北市：文經出版社，1998）。

————，《張深切全集卷11　北京日記・書信・雜錄》（臺北市：文經出版社，1998）。

陳雲林總主編，《館藏民國臺灣檔案彙編》（第102冊）（北京市：九州出版社，2007）。

陳萬益編，《閑話與常談：洪炎秋文選》（彰化：彰化縣立文化中心，1996）。

彭小妍主編，《漂泊與鄉土：張我軍逝世四十週年紀念論文集》（臺北市：行政院文建會，1996）。

湯熙勇，〈恢復國籍的爭議：戰後旅外臺灣人的復籍問題（1945-47）〉，《人文及社會科學集刊》17卷2期（2005.6），頁393-437。

———，〈烽火後的同鄉情：戰後東亞臺灣同鄉會的成立、轉變與角色(1945-48)〉，《人文及社會科學集刊》19卷1期（2007.3），頁1-49。

黃金麟，〈公民權與公民身體〉，黃金麟、汪宏倫、黃崇憲編，《帝國邊緣：台灣現代性的考察》（臺北市：群學，2010），頁251-281。

黃俊傑，《臺灣意識與臺灣文化》（臺北市：國立臺灣大學出版

中心，2006.11）。

黃英哲，《「去日本化」「再中國化」：戰後台灣文化重建
（1945-1947）》（臺北市：麥田出版社，2007）。

楊肇嘉，《楊肇嘉回憶錄》（臺北市：三民書局，1970）。

廖咸浩，〈在解構與解體之間徘徊——臺灣現代小說中「中國身
分」的轉變〉，張京媛編，《後殖民理論與文化認同》（臺
北市：麥田出版社，2003），頁193-211。

褚靜濤，〈臺灣光復後滯外臺灣同胞返臺的經過及其影響〉，
《臺灣研究》第1期（2000.3），頁81-85。

劉捷，《我的懺悔錄》（臺北市：九歌出版社，1998）。

蘇瑤崇，〈「終戰」到「光復」期間台灣政治與社會變化〉，
《國史館學術集刊》第13期（2007.9），頁45-87。

文學是一種文化行動
——布農族作家乜寇‧索克魯曼的文學創作自述

乜寇‧索克魯曼（Neqou Soqluman）

古坑華德福實驗高級中學

　　本文想要從一個筆者個人之文學創作歷程的回顧，來敘述筆者自己的文學作品所展現的文化行動，當然大部分的文學創作大致都在呼應作者位處社會實況，進行一種紀錄、抒情與各樣發想，也因此會帶出一些對時事的反思與批判乃至於引導。回到我自己作為一個文字創作者而言，我個人的作品都有一定的議題性，也就是它可能源自一個事件、爭議或可受公評的社會議題，而我藉由文字提出我個人的想法與意見，或者從我是一位原住民布農族的族群身份，展開一種欲與社會大眾對話的文學實踐。

乜寇的文學創作歷程

　　我是來自台灣中部山區名為Kalibuan（望鄉）部落的布農

族人，在日治時期1938年日本當局為了統治殖民的理由，強制我先祖從中央山脈的故居——布農族人統稱此處為Me-Asang，也就是故居之意——遷移到現在生活的部落。這樣的遷移造成了我民族文化巨大的斷裂，在尚來不及適應新的環境之時，旋即又被現代洪流捲入，形成了一種與傳統越來越遠，又迷失於現代洪流的現象，因此到了我出生的時候部落已不再有任何的傳統祭典，小米也消失在部落的田園上，我不太知道什麼是傳統，也不太有清楚的族群認同，傳統的一切皆嚴重式微、瓦解與喪失。

　　所幸我出生之時部落還相對保持完整的族語環境，讓我自小就可以流利的使用族語，只是進入國民小學之後就被強制學習使使用「國語」，國語成為唯一的官定使用語言，遏制了其他語言的使用空間，因此其他的語言如閩南語、客家語以及原住民各語言皆被貶低為「方言」，在學校環境裡禁止使用，一旦使用就會遭受懲處；不僅如此，當時的課文還有「吳鳳的故事」，敘述吳鳳是一個善待山地同胞的商人，但山胞因為迷信與落後的習俗而誤殺了吳鳳，藉此形塑原住民就是化外之民，必須接受現代化之教化；這樣的政策操作嚴重傷害當時我們稚嫩的心靈，損害了我們的民族認同。

我的第一首詩

就在這樣的處境中，我生出了我的第一首詩。

作為一名作家，我不是那種自小就展露文學天份的人，相反的我沒有太多有關文學的經歷與接觸，因此就連我自己也不太相信自己未來會成為一名作家。當時我們的校長為了能夠提昇我們的國語能力（或改變我們的語言習慣），每班都會有「國語日報」可以閱讀，同時也要求每個學生必須每天寫日記，但校長也鼓勵學生不僅僅只是寫每天的生活情況，也可以寫寫文章。然而我發現我們在語言轉換上，竟產生了一種集體的習慣，那就是在說每一句話以前都會加上「就」這個贅詞，包括我們的日記也是一樣，比如：

> 就我早上起來了就，就我就去吃早餐，吃完了以後就我就去上學，就學校很好玩就，就……

這贅詞後來被老師發現，認為這是說方言的一種遺毒，於是也同樣禁止使用。

我記得是在二年級的時候，我讀到國語日報上有一篇讓我很有感觸的詩，它以星星、月亮與太陽來敘述一家人彼此的

關係，於是我心血來潮的也在日記裡寫了一首類似的詩，我比喻星星是孩子，月亮是媽媽，太陽是爸爸，一家人應該是完整而美滿，只是令孩子星星難過的是為何到了晚上卻總是看不到太陽爸爸，當時那首詩的實際內容我已無法完整還原，但現在想來大致是反應了當時我父親長年在外工作掙錢，只有假日才會回家的場景。這是我第一次感受到詩的創作是一種心靈被觸動的感覺，好像一陣風吹過你身旁，你必須趕緊用捕捉，否則很快的那感覺就會消逝而被遺忘。

那首詩我自覺寫得還不錯，可是校長卻認為我是抄襲來的，而我也不知該如何解釋，最後校長喝令道：「以後不可以再抄了！」如此的被誤會，讓我難過了好一段時間，後來我猛然醒悟，一定是我寫得還不錯，否則校長不會這樣說我，之後我心情也平復了許多。

我的第一部小說

到了國中我的生活變動很大，因為哥哥們都陸陸續續離開了部落，到外地讀書或服兵役、工作，父母親也在外頭工作，以至於到了後來家裡就只剩下我一個人，雖然部落離學校僅僅只有十幾分鐘路程，最後我也不得不選擇住校。青少年時期，我開始思考很多事情，包括家庭、父母親、自我認同以及

未來，此時也更清楚看見到部落母語文化的式微，此時我也開始喜歡閱讀，比如倪匡科幻小說以及世界文學讀物如《孤雛淚》、《唐吉軻德》、《鐘樓怪人》等等，但我仍然沒有在寫作上有太大的展現，然而就在國中三年級的時候，一次的國文寫作課，老師破天荒的要我們自由寫作，這種「自由」的創作，讓我寫下我生平的第一篇小說，當時的作品已經遺失，字數也約有兩千左右，內容大致如下：

> 一位部落男孩擁有了一隻自己心愛的狗狗，他們一起玩樂也一起成長，有一天部落要舉行狩獵，小男孩就帶著他的愛犬一起去參與。在山裡狩獵時，突然出現了一頭山豬，獵犬合力圍捕了這頭山豬，然而小男孩的愛犬卻不知怎地迷了路，找都找不到，這讓男孩非常的難過，也等不到愛犬的歸來。所幸等了將近一個禮拜之後一個清晨，她的愛犬終於再度回到他的身邊。

隔一週上課老師一一將作文發還給同學，每個人無論好壞都一定有分數，唯獨我的作文沒有分數，但老師給了我兩個字──「異數」，老師沒有特別解釋這兩個字的意思，但表達了對我創作的肯定，並鼓勵我可以繼續寫下去，這可以說是我生平的第一篇小說，帶給我難得的文學成就。後來有一次老師

又讓我們自由寫作，我異想天開地想要寫個關於外星人、飛碟的故事，我著筆敘述從遙遠的外太空飛來了一個飛碟，它繞了地球幾圈之後，選擇了在我們學校的操場落地，引發全校師生的驚慌。只是寫到了這裡我就完全不知道該如何再寫下去了，我才知道寫作除了想像力，也需要有一些經驗以及必要的知識。

國中畢業要再繼續升學就必須要離開家鄉，我考上了位於彰化市的一所專科學校就讀，全校幾千個學生但原住民學生非常少，一開始我對這完全以漢人為多數或主體的環境感到非常非常格格不入，因為沒有多少人可以理解你的語言與文化感受。另一方面我也非常擔憂我的族語會不會因此退化，因為我時常看到部落的一些兄長到外讀書回來之後，就不太使用族語了，而是改用國語，使用族語會暴露自己的身份認同，使用國語彷彿是一種比較現代或進步的象徵，這其實一種自卑感的作祟，但我不想像他們一樣。後來我想起了我小時候寫日記的經驗，於是我又開始提筆寫日記，除了寫寫日常生活的趣事，也藉此寫寫家鄉的種種，抒發思鄉之情，沒多久我也開始嘗試用羅馬拼音的書寫，也就是族語書寫，這樣大致維持了兩年之久，雖然只是日記洗作，但潛移默化的奠基了我的族語寫作與思考的能力。

這個時期我也開始關注原住民的社會議題，對自我認同

有更多的追求，我讀到布農族作家田雅各的小說《最後的獵人》，對我而言那是一次非常特別的閱讀經驗，我非常驚訝的是我竟可以從漢文字文學中讀到我很熟悉的語言與故事，也就是閱讀到我們自己。那時我也時常到台中市的一間獨立書房——「台灣書房」買書，它是一個基本以台灣本土文學為主體的書店，在那裡你可以看到包括山海雜誌，以及原住民文學作品，這在一般的書店是看不到的，我永遠忘不了那一天我在台中火車站月台上閱讀排灣族詩人莫那能的詩集《美麗的稻穗》時，對於詩文中所揭露的原住民處境，我幾乎就要放聲大哭；泰雅族作家瓦歷斯‧諾幹的《番刀出鞘》又帶出了非常另類的閱讀感受，也就是原來我們還是有對這社會擁有反擊與批判甚至揶揄的能力與空間，拉出了屬於原住民體性，這些都開啟了我不一樣的視野。

我的文學啟蒙

專科畢業後我隨即進入軍中服役，當時適逢台灣政府頒布了原住民恢復傳統姓氏條例，也就是作為原住民可以依其意願恢復自己的傳統名字，退伍之後（1999年）我先從父親的戶口獨立出來，自己成為一個戶口，當時還讓我父親感到有點質疑與不悅，之後我便到戶政事務所辦理恢復傳統的姓氏，我

從茫茫辭海中為我的族名Neqou Soqluman找到了中文音譯「乜寇・索克魯曼」，Neqou是我的名字，這名字是傳承自我的曾祖父，至於是什麼意思已經不可考究，Soqluman是我們的家族名，意思是「保護敵人的人」，記憶著古時有鄒族人被布農族人追殺，被我先祖藏於一處洞窟而免於殺害的往事。後來身份證上也開放了可以使用羅馬拼音與中文並列的形式，因此現在身份證上所呈現的是乜寇・索克魯曼／Neqou Soqluman兩種書寫形式。

　　然而自小因為學校教育所影響的自卑感以及內在矛盾衝突的自我認同，卻在此時形成了一股風暴，因為恢復傳統姓氏讓我的原住民身份完完全全攤在陽光下，沒有一點隱藏的空間，以前我是「全振榮」三個字的漢名之時，我還可以躲進人群中，只要不承認不說就沒有人知道你是原住民，但現在這樣的名字完全沒有隱藏的空間，一看就知道這絕非一般漢名，另一方面可以說台灣的大社會尚未準備好，我自己沒有準備好，於是內在的自卑感以及認同的矛盾衝突就直接被攤在陽光下，沒多久我落入了一種社會畏懼症，害怕他人的眼光，覺的自己做了一個錯誤的決定，我差點就要把名字再改去，這場內在風暴維持了一年之久，然而恢復了傳統姓氏，自己也與祖先站在同列，這來自文化傳統的內在力量也一點一滴的滋潤我。某天清晨醒來，我感到整個生命是撥雲見日的，心頭上的黑雲完全消

逝，從此民族認同不再是一種負擔或陰影，而是自然本來。

　　此後我進了台灣基督長老教會聖經學院繼續深造，大一有一門『台灣文學賞析』的課程，授課老師是許素蘭，讓我第一次正式接觸所謂文學，也就是不以考試為目的的形式接觸文學，我接觸了包括日治時期的台灣文學、戰後文學以及原住民文學，在老師的引導下，打開了我的文學視野，我看見文學有一種「自由」的力量，也就是縱使你處在一種沒有自由、被挾制的大時代環境中，文字依然可以提供你自由，文字甚至是一種非常有力量的武器，它可以在思想上繼續為自由戰鬥，由此我也開始嘗試寫作，我的第一篇正式的文學作品〈1999年5月7日生命拐了個彎〉，即榮獲2000年中華汽車原住民文學獎散文貳獎，這樣的獎項帶給我對文學創作極大的信心與動力。

　　從上述整理的脈落可知，我進入文學創作的領域，大致都跟我對於自我認同的追求，也就是想要探索我是誰，以及對於原住民議題的關懷有深刻的關聯，這也是本文所欲提出的本人作品帶著一種文化行動，關於此可以這麼理解的是，我會敏銳於自己身邊周遭出現的各樣訊息，有一些訊息對我而言彷彿是對我說話，好像指引我再更深入的探討它們，進而帶出一些行動，讓更多人知道，但我這麼一個沒有任何勢力與社會資源的人如何讓我所見所想的分享出去呢？文學創作提供了我這樣的媒介、管道以及力量。

文學行動之一：東谷沙飛運動

　　我的第一本文學作品是《東谷沙飛傳奇》，是一部長達16萬字的奇幻小說作品，「什麼是東谷沙飛？」是這本書所要處理、探索以及解釋的核心問題，也形成了我的創作動機。

　　我的部落－望鄉部落是一個可以直接眺望台灣第一高峰－玉山主峰的地方，台灣第一高峰被稱為「玉山」在台灣而言可以說是一件非常自然也理所當然的事，是一件不是問題的問題，包括我在內所有人都認知台灣第一高峰就叫做「玉山」，從來沒有想過它還會有別的命名，或者別的命名還能有什麼意義，然而就在我28歲之時，有機會跟著部落族人走上玉山主峰山頂上，這也是我第一次登頂玉山，當時寒流來襲，山頂上霧茫茫一片，什麼都看不到，冷列的寒風自四方襲來，令人彷彿置身於一座孤島之上，周圍是茫茫大海，就在此時一位長輩突然大喊：

　　Paqanda tupaun a ludun diki tu Tongku Saveq, opa maszang tuza laninga`van dengaz tu katinpaqtingpaq saduan.（難怪這座山會被稱為東谷沙飛，因為看起來就像是大洪水氾濫時大水澎湃。）

　　這是我第一次聽到原來我們布農族稱這山叫作Tongku Saveq，其背後連結的是一則古老的大洪水傳說，大洪水傳說我自小就知道，也正是這一則傳說故事，布農族人就理所當然的視玉山民族聖山，然而Tongku Saveq是什麼意思？為什麼我從來不知道這個說法？除了隱藏於命名背後的文化奧秘值得探索之外，時代變遷之下究竟發生了什麼事也更值得探討。這開啟了我不一樣的關於民族世界觀的想像，也就是原來我們布農族其實是擁有一套屬於自己對這存在世界的認知、感受與理解的知識體系，這尤其展現於神話傳說以及語言，也就是說神話傳說不只是故事，更是一種民族世界觀的想像，在那裡他們進行著有關世界是什麼，以及它為什麼是如此的探討。

　　此時我也非常著迷於由奇幻文學改編的電影《魔戒》，電影裡所展現的壯闊奇幻場景，以及神話傳說般的人物與故事，完全滿足了現代人對古老之神話傳說之世界的想像。然而這些電影的奇幻元素讓我感到有種熟悉，因為在我們部落其實也有很多類似的故事元素，我們也有包括巨人、矮人、地底人以及人變獸等等的神話故事元素，我看見似乎在這個層次上不同的文明彼此有著相似的關聯，這尤其當我站在部落凝望台灣第一高峰時，那大洪水的傳說想像，讓我萌生也想要創作一部屬於台灣魔戒的企圖。

　　另一個問題是：為什麼我竟不知道我們稱這山為Tongku Saveq？這可以說又是一個大時代變遷的濫觴，讓人失去了與自己的土地的連結與記憶。我後來成為了一名高山嚮導，時常帶隊登頂玉山主峰，看著山友站上台灣第一高峰，所生發的那一種作為台灣人的驕傲與認同之時，可以清楚感受到玉山在台灣人心目中的地位。也在這時我接觸到當時在台灣文藝界有一群作家、藝術家、音樂家企圖想要推動讓玉山成為台灣聖山的運動，他們稱之為「玉山學」，意思是作為台灣人一生就要爬一次玉山，因為玉山是台灣（東北亞）第一高峰，它高、美⋯⋯所以是台灣的聖山。然而這整個運動卻忽略了在地民族與這山之間的關係，它是建立在以台灣漢人為視角文化行動，而所謂「因為是台灣第一高峰所以是台灣的聖山」這樣的文化理解，也恰恰讓我們看到漢人社會時常出現的巨大的石頭成為石爺，巨大的樹木成為神木的民間宗教信仰想像。

　　我個人不反對玉山是台灣人的聖山的行動與理念，但必須要有充足的理由或者要有具能量的故事，由漢人之文化生出的「玉山」在歷史的厚度上顯然不足，其次也生不出相應的故事。但誰可以說得出那個理由與故事呢？我認為正是被玉山學所忽略的在地原住民社群，這包括的鄒族與布農族，這兩個族群都有深刻的神話傳說建立起人與環境神聖的關聯，進而可以生出台灣第一高峰是聖山的足夠份量。關於布農族大洪水傳說

的故事如下：

> 古時東方日昇之處突然出現一條巨大的蟒蛇，之
> 後就橫臥在古濁水溪的出海口上一動也不動，卻讓流
> 水流不出去，釀成了毀天滅地的大洪水災難，地上所
> 有的一切都被大洪水淹沒，只有台灣第一高峰浮在大
> 水之上，成為了天下蒼生最後的避難所。

> 但倉促逃難之下，人們沒有帶到足夠的食物與
> 火種，很快的人們就面臨了挨餓受凍的困境，就在此
> 時，有人發現遙遠的另一座山峰上有火在燃燒，這讓
> 人們產生了最後一絲希望，希望可以取得火種，然而
> 在洪水氾濫之下，人類完全沒有能力可以取得。

> 人們轉而求助於同樣在東谷沙飛避難的動物
> 們，於是動物們前仆後繼的躍入海中要幫人們取得火
> 源……

這個故事在表達的是當世界發生嚴重災難時，台灣第一
高峰成為了天下蒼生最後的避難所，一如基督教《聖經》諾亞
方舟的故事，而布農族人也認為這則大洪水傳說也是該族群時
代的分水嶺，一是布農族由神話創生時代進入了現在這種人與
萬物界線分明的時代，二是布農族人從此開始了高山文明的

時代，成為高山民族。由此我開始了由我個人展開的文化行動，如下：

一、於2008年出版屬於台灣人的魔戒——《東谷沙飛傳奇》，同時獲得2008年吳濁流文學獎小說正獎殊榮，隔年亦獲得台灣文學獎入圍，藉由文學向社會大眾分享Tongku Saveq。

二、藉由登山嚮導，我們將一般登山社的「玉山主峰輕鬆行」的登山行程，改名為「東谷沙飛輕鬆行」，讓登山帶隊成為一種文化行銷的手段。

三、2016年這部作品被改編為兒童戲劇，並於當年度台北兒童戲劇節展演，吸引不少觀眾欣賞，尤其是兒童觀眾。

四、2019年由三民書局編輯的高中歷史課本第一冊首章即以「台灣最早的住民」為題，以布農族大洪水傳說為故事，讓東谷沙飛Tongku Saveq成為了國家集體記憶的內涵。

東谷沙飛運動像是一種正名運動，但不是政治上那種非你即我對立的正名運動，而是透過文學的行動，與國家或大社會進行一場台灣第一高峰詮釋權的論戰，藉此解放台灣第一高峰，讓多元的空間知識與記憶豐富來台灣第一高峰，讓更多人知道這山尚未被稱為玉山之時，布農族人極稱之為Tongku Saveq，它是古老大洪水傳說中拯救天下蒼生最後的避難所。

文學行動二：傳統豆類農作之復育保種運動

2008年我仍是靜宜大學生態研究所學生，該年暑假我跟隨本校南島文化研究中心團隊遠赴南美洲秘魯參加國際民族生物學大會（International Congress of Ethnobiology），該年同時也是聯合國的國際馬鈴薯年（International Year of the Potato）。出發之前一張大會宣傳照片引起了我的注意，我以為那是多樣性豆類農作的照片，這勾起了我小時候部落家鄉好像有很多豆子的記憶，然而到了秘魯之後，我才知道原來那些都是馬鈴薯，主辦單位甚至宣稱通過DNA技術分析安第斯山脈的馬鈴薯品系多達三千五百多種，這樣的數字完完全全顛覆了我的認知與想像。

當時生物學大會還有一個特別的主題是「生物文化多樣性」（bio-cultural diversity）的探討，意思是文化與自然是彼此緊密關聯、相互影響的，安第斯山脈的印加民族與馬鈴薯之間的關係體現了這樣的精神，也就是生物或自然生態乃至於環境之穩定或豐富有時候會有在地文化之發展有關，反過來說在地文化的多樣與豐富也密切的跟整個環境有關，彼此緊密關聯，無法分割。進一步聯合國之所以會訂定馬鈴薯年，主要是想要在當代全球糧食危機以及飢荒的議題上，找到可以解決的方案，而像馬鈴薯此類古老的農作，都具有耐旱、高度環境適

應性、不須過多人力成本等等的特性，為此一議題帶來了新的可能性。回來台灣之後，我開始自問：我們也有這樣生物文化多樣性的文化成就嗎？但部落小米田已不復存在，我們還有什麼呢？

　　帶著這樣的眼光回到家鄉，我遇到了被我們稱為「豆子奶奶」的婦人－Tina Ibu，她是在現代大量經濟農作的環境之下，少數仍然種植不具經濟價值的傳統農作的族人，在他身上也同時擁有豐富的耕種經驗與傳統農作知識，然而豆子奶奶其實只是我家隔壁的鄰居，我自小就認識他，將她視為長輩，但我若沒有走過一趟南美洲，打開了我生物文化多樣性的眼光之後，我可能只會把她視為一般部落族人，但當我從這個視野眺望我的部落之時，豆子奶奶可以說是一位傳統豆類農作的文化守門人，她透過她堅忍的意志在現代化中守護傳統豆類農作與背後的生態文化知識。透過研究與整理，大致整理出了在我的部落至少有25種的豆類農作，以及豆類的分類系統，命名與典故，同時也整理出相關的神話傳說與故事、歌謠以及祭典儀式，可以說在我眼前展開的就是一個以豆類為核心的傳統生態知識體系。

　　然而真正感動我的是豆子奶奶自己的故事，有一天我要到田裡拜訪老人家，那時豆子正開花結果，應是令人喜悅的時候，然而就要抵達田間時，豆子奶奶卻不知怎地突然嚎啕大

哭，待她情緒平復之後，我便問他說：怎麼會突然嚎啕大哭呢？對此她深感抱歉，在晚輩面前失禮，她說看著豆子開花結果，彷彿看到媽媽出現在眼前，聽到媽媽稱讚著說：「你種的豆子很漂亮」，她的心就飛向了媽媽，太過思念於是就嚎啕大哭。豆子奶奶說很小的時候她的父親就離世了，母親一個人帶著他們幾個孩子長大，也擔心孩子會受到委屈，因此堅決不再改嫁，母兼父職的養育孩子長大成熟。母親時常帶著孩子到山上田裡工作，就是那個時候豆子奶奶開始認識了這些豆子，夜裡他們就在芭蕉葉底下過夜。然而五歲的時候豆子奶奶生了重病，彷彿要死去，當時沒有現代醫療，傳統巫醫也束手無策，一天清晨母親為她煮了碗豆子湯，讓她喝下幾口之後，到了下午竟不見孩子在床上，原來已經跟著其他的玩伴到河邊玩水去了。

豆子奶奶後來嫁到我的部落之時，她也帶著這些家鄉的豆子來種，一直到現在，母親離開的時候就是豆子開花結果之時，豆子就成為了她與母親之間維繫親情的一種媒介，這讓我認知道豆子不只是食物，它更是一種載體，承載了民族的文化、知識、語言乃至於故事，更進一步而言它更承載了世世代代的「親情」，這部份才是觸動我心靈的地方。

我將此故事訴諸於繪本的創作，首先於2011年我先是用個人自費出版形式發表，書名為《奶奶伊布的豆子故事》，此後

又再於2016年與青林出版社合作再版更名為《伊布奶奶的神奇豆子》，獲得2016年文化部優良兒童青少年圖書，本書也參與了2017年義大利波隆那兒童書展，自此一個傳統豆類農作的復育與保種的行動有了更大的發展，開始有一些學校尤其是民族實驗學校會依此作為民族教育之教材來規劃上課內容，我也時常受邀分享以此主題為題的演講活動，我自己也同時在我目前任教的學校－雲林縣立古坑華德福實驗高中實踐此行動，我無法估算它目前產生的影響力，但相信藉由繪本為媒介，它的影響力是不會間斷的。

文學行動三：Pistibuan家族返家護火行動

傳統上布農族是一個以「家族」為單位在進行任何關於民族文化之運作與傳承，然而我是生長在已經是「部落」型態的社區模式，我一直以為「部落」就是原住民關於聚落、社區的說法，但當我更深入探討這些相關的議題時，發現部落其實是一種現代概念，它是由日本統治台灣時期使用音譯英文block（區塊）這詞來表達被統治的原住民聚落，因此我們現在在談的部落其實不是傳統聚落的形式，而是由日本統治時期因貫徹統治而建立的區塊（block），也就是「部落」，我現在的部落就是日本統治時期，將至少四個傳統家族被迫從各自

不同的聚落遷移，然後強制放置在現在望鄉部落共同生活在一起，同時實施現代化管理。於是當我們不斷沿用部落這個詞之時，其實也是不斷地遂行「被殖民」這個事實。

　　而我自小就時常聽聞我們的老家就在山的那一邊，也就是中央山脈深處，只是你可以感受到一種時代的拉扯與無奈就是，人們似乎認為再也回不去了，同時認為我們已經失去了那些古老的家園，在現代化之下也只能被現代化的浪潮帶著走。然而我一直認為這樣的想法是不正確的，土地老家一直都在，只是沒有人回去，另一方面當我意識到「家族」這個概念時，才猛然發現在現代部落中我們似乎失去了「家族」，也就是若在傳統時代，家族彼此的關係絕對是緊密的，但在現代的部落裡家族關係卻是疏離的，由此我開始在家族成員之間進行了許多的溝通，終於在2017年召集家族成員召開家族會議，透過此會議大家凝聚共識，並決議隔年要展開恢復家族傳統祭儀以及返回中央山脈老家的行動。

　　2018年2月初我們先是舉行了小米播種祭，隔天我們再取用儀式產生的爐燼，將這爐燼當作我們要返回老家的行動之一，因為1938年我們的先人被迫遷移之時，他們就是帶著火種從老家移動到新的居地，也因為有火種他們才可以在途中過夜，以及即刻在新居地建立新的生活，因此火是整個行動中最重要的象徵，我們要把火帶回老家去。我們一共花了六天的時

間往返，也成功的將火種帶回老家去，並在老家土地上燃起狼煙，宣告我們正式返家，因為我們老家就叫做pistibuan，意思就是「施放狼煙之處」，相傳我們的老家正是古時重要的報訊之地，有重要的節慶或發生外題入侵等，我們的老家所在的位置正好可以讓四周圍的家族聚落看見，因此成為pistibuan（施放狼煙之處）。

這樣的行動我將之撰寫為一篇報導文學作品——《Pistibuan家族返家護火行動紀實》，參加了2018年全球華文文學獎報導文學獎，獲得首獎的殊榮，這樣的文學行動也持續的在我的家族中產生力量。

文學行動四：masamu pataz tumaz忌殺黑熊

還記得2009年自由時報刊登了被稱為「黑熊媽媽」的黃美秀教授所撰寫的一篇文章，大致是當時大陸致贈台灣兩隻貓熊團團、圓圓的議題，探討台灣黑熊保育的議題，進一步指出台灣黑熊族群數量的減少與原住民狩獵文化有極大的關係。然而這與我對部落狩獵文化以及生態保育觀念有極大的落差，尤其布農族傳統上是有忌殺黑熊的禁忌，因此布農族人不會將黑熊視為獵物，我自己自小在部落成長，幾乎沒有聽過有族人獵殺黑熊的事蹟，更不會有人以獵殺到黑熊為傲，後來網路通訊軟

體發達，我也透過這個方式詢問不同的地方的布農族人關於獵殺黑雄的議題，得到的訊息幾乎一致，也就是即便到了現代布農族人普遍仍存在忌殺黑熊的觀念。

另一方面，我個人對於學術單位如此污名化狩獵民族覺得不以為然的地方在於，學術單位之所以可以達到對黑熊族群的研究調查，其實是仰賴在地布農族人極大的幫助，因為中央山脈廣闊的山野不僅是黑熊的生活領域，也同時是布農族人的傳統領域或獵場，想要進入這片山林並進一步要捕捉到黑熊必然需要布農族獵人的協助，否則難上加難。我的質疑是在這個層次上學術與布農族人應該是一種合作的關係，同時在這樣合作的過程中難道都不曾深入理解布農族人的黑熊生態觀嗎？我的意思是，為何不用繼續以及尋求更為深度的合作一起來共同保護黑熊呢，反而要用一種把狩獵文化視為破壞生態保育的說法來合理化學術單位的生態保育行動？難道在地民族與學術單位之間只能是一種對立關係嗎？

我作為一名民族作家，同時也一位民族生態學的研究者，我認為我必須要為自己的民族發聲，除了在網路平台上回應了黃美秀教授的投書，寫了一些文章，2018年高雄市文化局的創作計畫讓我有了一次創作繪本的機會，於是就決定以布農族的「忌殺黑熊」為主題進行創作。故事大致如下：

在都市的原住民男孩——小達駭，暑假時回到山上與
爺爺奶奶生活在一起，幫忙照料小米田，爺爺是一位
獵人，年輕時曾遭黑熊攻擊，為了自保爺爺宰了那頭
黑熊，只是臉上卻留下一道深刻的疤痕，自此人們給
了他「達駭黑熊」的綽號。然而布農族有忌殺黑熊的
傳統，這讓爺爺背負著違反傳統的污名。有一天晚
上，小達駭做了個夢，爺爺認為是好運的徵兆，就帶
著小達駭走到山裡試試運氣，然而他們卻沒有逮到任
何的獵物，後來又遇到了狂風暴雨，只能躲在獵寮底
下，半夜一道閃電擊倒了一棵巨大的杉木，竟發現有
一隻小黑熊也因此受傷。小達駭與爺爺趕緊救起小黑
熊，並試圖引導黑熊媽媽將小黑熊帶回身邊。爺孫倆
回到家中之後，奶奶問起是否有任何收穫，起初小達
駭回答說什麼都沒有，但知道了他們的經歷之後，奶
奶說這才是真正的收穫，因為你救了小達駭。

　藉此故事，將布農族忌殺黑熊的來源典故說了一遍，同
時拉出獵人無論如何也會在山林中遇到黑熊，甚至可能因為自
保而殺害黑熊，但因為殺害黑熊是禁忌，於是就讓自己陷於內
心爭戰之中，但透過小達駭幫助小黑熊的故事，翻轉了爺爺殺
害黑熊的污名，表達布農族與黑熊之間獨特的關係，也藉此傳

遞文化傳承美好的圖像。

2020年初繪本《我的獵人爺爺：達駭黑熊》由四也文化出版社出版，並於高雄市巴楠花實驗學校舉行新書發表會，同年9月被改編成音樂劇於台北國際音樂廳展演，藉由媒體以及音樂會將布農族忌殺黑熊的文化，以及布農族的生態觀傳遞了出去，不僅如此該繪本也獲得了不少的獎項，包括2020年文化部優良讀物，以及2020波隆那兒童書展臺灣館之代表書，2021年與布農族語言學會合作出版了布農族語的版本。

暫結語

本文嘗試藉由本人自己文學創作歷程的回顧，整理出目前具有文學行動的幾項作品，這些對我而言也都仍然在實踐中，尤其一旦文學作品被發表出來之後，作品就會自己展開行動，在不同的時間與空間進行著不同的作用，而這時已經不再是作為作者的我所能夠掌控的。

對我而言我也將會持續在我所關注的議題中展開行動，未來這樣的寫作模式也將會持續。

參考文獻

乜寇・索克魯曼（2008），《東谷沙飛傳奇》。台北：印刻

乜寇・索克魯曼（2011），《奶奶伊布的豆子故事》。自費出版。

乜寇・索克魯曼（2017），《伊布奶奶的神奇豆子》。台北：
　　青林。

乜寇・索克魯曼（2018），《護火：全球華文文學星雲獎報導文
　　學得獎作品集（五）》。台北：聯經。

乜寇・索克魯曼（2020），《我的獵人爺爺：達駭黑熊》。台
　　北：四也。

語言文學類　PG2516　文學視界133

異口同「聲」
——探索臺灣現代文學創作的多元發展

主　　　編／德國特里爾大學漢學系　蘇費翔、簡若玶
作　者　群／王鈺婷、李癸雲、沙力浪、周郁文、張俐璇、張韡忻、黃美娥、
　　　　　　董恕明、羅詩雲、也寇‧索克魯曼（Neqou Soqluman）、
　　　　　　Hangkun Strian（呂恒君）、Ludovica Ottaviano、Pavlína Krámská
責任編輯／孟人玉
圖文排版／蔡忠翰
封面設計／劉肇昇

發　行　人／宋政坤
法律顧問／毛國樑　律師
出版發行／秀威資訊科技股份有限公司
　　　　　114台北市內湖區瑞光路76巷65號1樓
　　　　　電話：+886-2-2796-3638　傳真：+886-2-2796-1377
　　　　　http://www.showwe.com.tw
劃撥帳號／19563868　戶名：秀威資訊科技股份有限公司
　　　　　讀者服務信箱：service@showwe.com.tw
展售門市／國家書店（松江門市）
　　　　　104台北市中山區松江路209號1樓
　　　　　電話：+886-2-2518-0207　傳真：+886-2-2518-0778
網路訂購／秀威網路書店：https://store.showwe.tw
　　　　　國家網路書店：https://www.govbooks.com.tw

2022年5月　BOD一版
定價：640元
版權所有　翻印必究
本書如有缺頁、破損或裝訂錯誤，請寄回更換

讀者回函卡

國家圖書館出版品預行編目

異口同「聲」──探索臺灣現代文學創作的多元發展/德國
特里爾大學漢學系蘇費翔、簡若玶　主編. -- 一版. --
臺北市 : 秀威資訊科技股份有限公司, 2022.05
　面 ；　公分. -- (語言文學類 ; PG2516)(文學視界 ; 133)
BOD版
ISBN 978-986-326-959-5(平裝)

1.臺灣文學 2.現代文學 3.文學評論 4.文集

863.07　　　　　　　　　　　　　　　　110012697